新潮文庫

# 大炊介始末

山本周五郎著

# 目次

# 大炊介始末

# ひやめし物語

# 一

大四郎は一日のうち少なくとも二度は母の部屋へはいってゆく、「お母さんなにかありませんか」と、云《い》うことは定《きま》っている。云わないで黙っているときもある。ながいあいだの習慣だから母親の椙女《すぎじょ》は、彼がそう云おうと黙っていようと、茶箪笥《ちゃだんす》のほうへ振返って、「上の戸納《とだな》をあけてごらんなさい、鉢の中に飴《あめ》があった筈《はず》ですよ」と云う、菓仙《かせん》の饅頭《まんじゅう》や笹餅《ささもち》のこともあるし、茶平の羊羹《ようかん》のこともあるが、たいていは黒い飴玉だ、彼は欲しいだけ皿に取って自分の部屋へ帰り、うまそうにしゃぶりながら古本いじりをやる。

大四郎は、柴山家《しばやまけ》の四男坊である。父の又左衛門《またざえもん》は数年まえに死に、長兄が襲名して家を継いでいる。次兄の粂之助《くめのすけ》は家禄《かろく》三百石の内から五十石貰《もら》って分家し、三兄の又三郎は中村参六へ養子にはいった。中村は新番組の百九十石で、なかなか羽振りのいい家である。……大四郎は二十六歳になるが、いわゆる部屋住で兄の厄介者《やっかいもの》だ、思わしい養子の話もないし、次兄が五十石持っていったので家禄を分けて貰うわけにもいかない。縁が無ければ、一生冷飯で終るより仕方がないのである。裕福でない武家の二男以下はみなそうだし、これはなんともいぶせき運命であるが、大四郎はかくべつ苦にしていないようだ。彼に限らずいったい柴山の家族は暢気者《のんきもの》ぞろいで、誰も四男坊に就いて積極的に心配するようすがない、「そのうちなんとかなるさ」くらいの、ごく軽い気持でなりゆきに任せていた。

然《しか》し大四郎も、自分のいぶせき運命に気づく時が来た、彼は或《あ》る佳人をみそめたのである。名も住居も知らないし、そう美しいというわけでもないが、どうしようもないほど好きになってしまった。……彼は月づきの小遣を溜《た》めて古本を購《あがな》うのが道楽だった。百万石の城下でもそのころ古本屋などはない、藩侯がひじょうに学芸を奨励していたため、江戸、大坂、京都などの書肆《しょし》の出店が五軒ほどある、それらで古書を扱っていたし、古道具屋などでもときに奇覯《きこう》の書をみつけることが無くはない、臨慶史《りんけいし》とか歳令要典とか、太平記人物考とか改元記などという史書は、彼の蔵書の中でも珍重に価《あたい》するものであるが、これらはみな古道具屋のがらくたの中からみつけだしたものだ。買って来る書物はたいてい傷《いた》んでいる、頁《ページ》が千切れたり、端が捲《まく》れたり、綴糸《とじいと》がほつれたり表紙が破れたり、題簽《だいせん》の無いものなども少なくない、それを丹念に直して、好みの装幀《そうてい》をして、新しい題簽を貼《は》って、さいごに艸雨堂《そううどう》蔵という自分の蔵書印を捺《お》すのだが、これがまた云いようもなく楽しい仕事で、かかっているあいだはまったく我を忘れるくらいだった。

佳人をみそめたのは、その道楽の古本あさりをする途上のことだ。片町通りの古道具店を出て歩きだすとすぐ、香林坊のほうからその人が来た。すれ違うときこちらを見て、ぱちぱちと三つばかり目叩《またた》きをした、利巧そうな、はっきりした眼つきで、目叩きをした瞬間なにか眸子《ひとみ》がものを云ったようにみえた、彼はどきっとして急ぎ足に通り過ぎた。五日ばかりして、同じ道の上でまた会った、それから三たび、四たびと、たいてい同じ時刻に同じ町筋で会う、……濃い眉毛《まゆげ》が緑色にみえるほど色が白い、生《は》え際《ぎわ》のはっきりした三角額で、薄手の唇をきゅっとひき緊《し》めている、決して美人ではない、よく云っても十人並というくらいだろう、然し眼だけは際立って美しい、殊《こと》にこっちを見て、ぱちぱち目叩きをするときなどは、そこだけ花が咲くように美しくなる。……帯も着物もじみな柄で、いつも若い下女を供につれている、さっさっと裾《すそ》さばきも鮮やかな足どりで、まっすぐ前を見て歩く、晴れた秋空の下で桔梗《ききょう》の花を見るような印象だ。

大四郎が幾ら暢気でも、その人のほうへ傾く自分の感情が、どんな意味をもっているかわからないほど木念仁《ぼくねんじん》ではない、そこでその意味に気がつくとすぐ、彼は母のところへ相談にいった。大四郎のこういうすなおさは類が少ない、相女は継ぎ物をしていた。

「中の戸納をあけてごらんなさい」はいって来た大四郎を見ると、椙女は例のとおり茶箪笥のほうへ振返った。「残り物だけれど、栗《くり》饅頭がありますよ」

栗饅頭はあった。彼は二つ皿に取ったが、出てはゆかずにそこへ坐《すわ》った。椙女は縫目を爪《つめ》で緊めながら、「お茶を淹《い》れましょうか」と云った。彼は饅頭を一つ摘《つま》んで、喰《た》べたものかどうか考える風だったが、そのまま皿へ戻して母の顔を見た。

「お母さん、私も二十六になってしまったんですね」

「そうですよ」椙女も息子を見た、「それがどうかしたんですか」

「ついこないだ気がついたんですが、さもなければまだ気がつかなかったかも知れません、人間なんてうっかりしたものですね」

「人間がではなくあなたがでしょう、でも、……さもなければって、なにか年に気のつくようなことでもおありだったの」

「みそめちゃったんですよ」

二

椙女は手を止めて彼を見た。武家の婦人でもそのくらいの言葉は知っている。然しこの暢気な四男坊が、その意味を知って云ったのかどうかが疑わしかった。

「はっきり仰《おっ》しゃいな、どうしたんですって」

「或るむすめをみそめちゃったんです」

「大四郎さん」梠女は思わず仏間のほうを見た、「あなたそんな不作法なことを仰しゃっていいんですか、お位牌《いはい》が聞いておいでですよ」

「それでどうしたらいいか、御相談にあがったんです」

彼は別に衒《て》れもせずに云った、「考えてみると私も二十六になったし、もう嫁を貰ってても早すぎはしないと思うんですが」

「それは早すぎはしませんとも、けれど……」

梠女はここでちょっと言葉に詰った、大四郎の考え方はごく自然だし、自分もついそれに乗ろうとしたが、四男坊の冷飯ということに気づいてはっとしたのだ。

「けれどって……いけませんかね」

「そのことはいけなくはないけれど、ちょっと嫁に貰うというわけにもいかないでしょう」

「どうしてです」こう云ってから、彼は母の表情ではじめてそのことに気がついた、

「ああそうか、冷飯でしたね」

「粂之助さんが分家しているし、そのうえあなたに分けるということもむずかしいでしょう、でも、その方はどういうお身の上の人なの」

「まったく知らないんです、ただ時たま道でゆき会うだけですから」

「縁組のできるような方だといいけれどね」

椙女はこう云ったが、慰めにしても希望のもてない言葉つきだった。その娘がうまく婿《むこ》を取る立場にあるとしたところで、男のほうから養子にゆこうという縁談はあり得ない、大四郎はもう諦《あきら》めたようすで、こんどは正《まさ》しく銜れながら、饅頭の皿を持って母の前から立った。

彼は四五日ぼんやりと過した。今まで考えてもみなかった四男坊の運命というものが、千丈の断崖《だんがい》でも眼の前に突立ったように、動かし難い巨《おお》きさと重たさで感じられ、幾たびも部屋の内を見まわしては溜息をついた。前例はいくらでもある。その中でも母方の叔父で中井《なかい》岡三郎《おかさぶろう》という、もう四十七八になる人のことが思いだされる。三男なのだが、その年になってもまだ部屋住で、尺八を吹いたり、庭いじりをしたり、暗い陰気な部屋で棋譜を片手にひっそりと碁石を並べたりして暮している。ひところ庭へ藍《あい》や紅花や紫草などという染色用の草本とか、二十種ばかりの薬草を栽培していた。

——道楽じゃないよ、とんでもない。

その叔父は人の好《よ》さそうな顔で笑いながら、左手の指で輪を拵《こしら》えて、なにかを呷《あお》るまねをした。——これだよ、みんな飲み代《しろ》だよ。

大四郎は、いまそのことを思いだしてうんざりした。それからまた身のまわりを眺め、すっかり装幀を仕直して積んであるのや、買って来たままつくねてある古本の数かずを見、北向きの窓から来る冬ざれた光りのさす、畳も襖《ふすま》も古びきった部屋の内を見やって、自分もやがては中井の叔父のように、ここで鬱陶《うっとう》しく一生を終るだろう、といったふうな、やりきれないもの思いに閉ざされたりした。

然し、そんなことは長くは続かなかった。元もと暢気なたちだし、年の若さがそんな薄暗い考えにいつまでも執着させては置かない、彼はまた古本あさりに出歩き始めた、ただ要慎《ようじん》して片町通りへは近づかなかった、そっちにはごく心安くしている古道具屋があって、彼のために古書類を特に買い集めていて呉《く》れる、たいてい下らない物だが、時には珍しい物もあるし、出して呉れる茶を啜《すす》りながら、詰らない道具の自慢ばなしを聞くのも面白かった。

——私は擬《まが》い物やこけおどしな品は扱いません、金を儲《もう》けるにはそのほうが早みちでございましょうが、性分でどうも筋の通った物でないと手に取る気にもならないんでございます、此処《ここ》にあるこの茶壺《ちゃつぼ》などは貴方《あなた》……。

こんな風に云って、恐ろしくひねこびた、土釜《どがま》の化けたような物を、大事そうに捻《ひね》くってみせたりする。欲の深いくせに人が好くて、自分はたいそうな目利《めきき》だと信じているところに愛嬌《あいきょう》があった。大四郎はふとするとその店のほうへ足を向ける、また自慢ばなしでも聞いてやろうという気になる、然し武蔵《むさし》ケ辻《つじ》まで来ると娘の姿を思いだすので、渋いような顔をしては道を外《そ》れるのだった。

北ぐにの春はおそく来て早く去る、お城の桜が散ると野も山もいっぺんに青みはじめ、町なかの道は乾いて、少しの風にも埃立《ほこりだ》つようになる。……そんな或る日、中村へ養子にいっている三兄が客に来た、彼はちょうど武経考証という本の綴じ直しをしていたところで、嫂《あによめ》から知らされたが、手が放せなかったから続けていると、おいどうしたと云いながら、三兄がずかずかやってきた。

三

「おまえの部屋は相変らず混沌《こんとん》たるものだな、まだその道楽が止《や》まないのか」又三郎は障子を明けて覗《のぞ》きこんだ、「読みもしないものをこうむやみに溜め込んでもしようがないじゃないか、本屋でも始めるのかい」

「読まなかかありません、読みますよ」

「読みますかね、へえ、なんのためにさ」

「なんのためと云ったって、そりゃあ、読みたいからでさあね」

「まるっきり尻取《しりと》り問答だ、いいからあっちへゆこう、酒と肴《さかな》を持って来てあるんだ、粂さんもすぐ来るだろう、今日は四人で飲むんだよ」

「なにかあったんですか」

「飲みたいからでさあね」

又三郎が去ってからも、大四郎はなお暫《しばら》く綴じ直しを続けていた。かれら兄弟は性格がよく似ている、暢気なところも、無欲で物に拘《こだわ》らないところも、飄《ひょう》ひょうと楽天的なところも、ただ三男の又三郎だけは口が達者で、四人分を独りでひきうけたように饒舌《しゃべ》る、母親に云わせると三つの年に縁側から落ちて頭を打って以来だそうだが、少年じぶんは朝めがさめるとすぐ饒舌りだして、夜は寝入るまで殆《ほと》んど舌の止まることがなかった。父がずいぶん根気よく叱《しか》ったり折檻《せっかん》もしたけれど、半日と利き目のあった例《ためし》がなかった、しまいには精を切らして、「こいつの口には紐《ひも》が無いんだ」と投げてしまった。今はそれほどでもないが、兄弟で集まる時などは自在に舌の健康なところを示した。

嫂が催促に来たので、ようやくそこらを片付けて立った。客間にはもう灯が入れてあり、次兄の粂之助も来て、三人で飲み始めていた。彼の席は三兄の隣りに設けてあった。又三郎は例によって独りで饒舌っていたらしいが、大四郎が坐ると、その盃《さかずき》に酌をしながら、長兄のほうへ振向いて妙なことを云いだした。

「兄さん、四郎に艶聞《えんぶん》があるのを知っていますか」

「知らないねえ」又左衛門はほうというように末弟を見た、「そんなことがあるのかい四郎」

「四郎は知らないんですよ、或る家の娘が四郎をみそめたというんです」

「本当かね、それは」粂之助はもう赤く酔いの出た顔で疑わしそうに笑った、「また三郎のでまかせじゃないのか」

「まじめな話ですよ、今日の酒は半分はそのお祝いという意味があるんです、とにかく四郎がよその娘にみそめられたというんだから、祝杯の値うちはあるでしょう」

「それが本当なら大いに祝杯の値うちはあるが、半分というのはどういうんだ」

「そこが問題なんですが、まず四郎を少し酔わせましょう」

　大四郎は立ってゆきたかった。彼には三兄の話が片町通りの事を指すので、みそめた立場を反対にしたのは厭《いや》がらせだと思えたし、そのあとには、独特の揶揄《やゆ》が飛ぶだろうと考えられたから。然しむろん立てはしなかった、そのうえ又三郎の話は彼の臆《おく》測《そく》とはかなり違ったものだったのである。……相手はやっぱり片町通りで会った娘だった、そして途上での幾たびかの邂逅《かいこう》は、娘のほうで時刻と場所を計ったのだという。

「今どき武家にそんな娘がいるのかね」

「まだ先があるんですよ」又三郎は興に乗った調子で続けた、「そうして刻《とき》を計っては道で会っているうちに、ふいと四郎が来なくなった、時刻を変えてみたり、道筋を違えてみたりした、然しやっぱりゆき会わない、そこで娘は古風にも病気になってしまったんです」

「三郎の話は、この辺から眉へ唾《つば》をつけて聞かなくちゃあいけないんだ」

「まあお聞きなさい、病気といってもむろん寝たり起きたりで、蒼《あお》い顔をして部屋にこもって、涙ぐんだ眼を伏せては千代紙で鶴《つる》を折っている、折った鶴を糸でずらっと吊《つ》って、それを見上げながら溜息をつく、いちにち夜具をかぶって忍び泣いていたと思うと、物も喰べずにまた鶴を折る、そんな風で鶴ばかり折っているんですね、どの医者にみせても気鬱という他にみたてがないというわけです」

「それを膈《かく》（鶴《かく》）の病いというんだ」こんどは又左衛門が冷やかした、「胃の腑《ふ》に癌《がん》の出来るやつさ、藤蔓《ふじづる》の瘤《こぶ》をやぶれば治る」

「みんなだんだん心配するんですがわからない、そのうちにいつも供をして出る下女が感付いたんですね、それとなく当ってみると間違いない、そこで下女がひそかに四郎を捜し始めた、精《くわ》しく話すとこの辺は、涙ぐましいところなんだが、とにかくかなりな日数をかけてとうとう突き止めたんです、十日ばかりまえにうちへ寄ったことがあるな、四郎」

「風が吹いた日でしたっけかね」大四郎はこう云って、いつもの古本あさりの帰りに、中村の表を通りかかったので立寄ったこと、そのとき土塀の際にある山椿《やまつばき》が、血のように赤く咲き競っていたことを思いだした。

四

「下女は武蔵《むさし》ケ辻《つじ》から跟《つ》けて来て、四郎がうちへはいるのを見届けて帰った、そして娘の母親にあらましの事を話したんです、どんないきさつがあったかわからない、一昨日《おととい》、その娘の兄が私の役部屋へやって来て、こういう若君がうちにいるかと訊《き》く、いない、いやいる筈《はず》だというんで、考えてみると四郎なんですね、どうかしたのかと訊き返すと、自分の妹を嫁に貰《もら》って欲しいというわけです」

「いきなり縁談とは思い切ったものだな」

「その男とは私が中村へいってから役向きの関係で親しくしていたんですよ、そしてみそめから鶴の病いまで精しく話すんです」

「恥から先に話す相談だね」と、粂之助《くめのすけ》が云《い》った、「然しよっぽど妹を愛しているんだ」

「そうですとも、まったくしんけんなんです、けれど残念ながら嫁に出さなければならない、それでこちらも四男坊で、分家の出来ないという事情を話すと、たいへんがっかりして、帰ってゆきました」

「いったい相手は誰なんだ」又左衛門《またざえもん》がこんどはまじめにこう訊いた。

「纏《まと》まる話なら云ってもいいですが、両方の条件がいけないから名を云うのはよしましょう、それに惜しいほどの相手じゃあないんです」又三郎はあっさり云った、「ただ四郎がよその娘にみそめられたというのがばかに嬉《うれ》しかったので、みんなで祝杯をあげたくなったんです、なにしろ我われ三人すっかり末弟にさらわれたかたちですからね」

「残り物に福があったわけか」

「それじゃあ小遣もふやさなければなるまいなあ、四郎」

又左衛門が笑いながらこっちを見た、「そういう仕儀だとすると、もう飴《あめ》ばかりねだってもいられないだろうから」

こうして三人の兄たちは、陽気に話したり飲んだりした。少年のように思っていた末弟がいつかそんな年齢になり、艶《つや》めいた話題の主になったということが、どれほどか彼等を楽しく興がらせたのである。その縁を纏めようとか、纏めるために方法を考えようなどという相談はまったく出なかった。向うが嫁に遣《や》らなければならず、こっちが四男のひやめしという条件では、もちろん思案する余地などありはしない、それはわかりきっていたが、大四郎は淋《さび》しいような、哀《かな》しいような孤独感にとらわれ、ほどをみはからってその座を立った。

又三郎の話は、彼には実感が来なかった。桔梗《ききょう》の花を思わせるような娘の俤《おもかげ》は、いまでも朧《おぼろ》げには眼に浮ぶし、さっさっと裾《すそ》さばきの凜《りん》とした歩きぶりなどは鮮やかに思いだせるが、その娘が自分を恋いわびて、病む人のように寝たり起きたりしているとか、泣きながら独り折鶴を作っているとかいうことは、どう想像しても現実感が伴わないのである。だいいち、自分が想《おも》われているということからして、妙に具合の悪い、あやされているような、空ぞらしい感じだった。

「ともかく漠然としたもんだ」彼は独りでこう呟《つぶや》いた、「下女の独り合点でなにを間違えたか知れもしないし、色紙で鶴ばかり折っているったってどうしようもありゃしない、つまり、それっきりの話じゃないか」―

そして三十日ほどするうちに、そんなこともいつか記憶の底へ沈み去ってしまった。翌月の末になって、長兄は本当に小遣を増してくれた、然《しか》も三月分を纏めて呉れたのである。

「これからずっとこうするよ、そのほうが遣いみちもあるだろう」又左衛門はそう云った、「けれども遣ってしまうと三月めが来るまでは出さないぜ、前借はお断りだよ」

「たいてい大丈夫です、いただきます」

大四郎はちょっとわくわくした、額にすればたいしたことではないが、そういうように纏まった金を自分のものにした経験がない、それだけあれば安心して物も買えようし、また望むならちょいとした贅沢《ぜいたく》くらいはできそうだ、そして彼は初めて遊興ということを考えた。

「ひとつ豪遊をしてやろう」

彦三町の地端《じはず》れに「河重《かわじゆう》」という料亭がある、浅野川に望んだ野庭づくりの風雅な家で、富裕な藩士の宴席などによく使われる、ゆうべは河重でね、などと云うことが若い仲間にはみえの一つになるくらい、ふつうではちょっと近づきにくい場所だった。どうせ遊ぶなら詰らない処《ところ》の五たびより河重で一どのほうがいい、大四郎はこう考え、或《あ》る日ちゃんと着替えをしてでかけていった。

昼だったので客も少なく、障子襖の明けはなしてある座敷には初夏の微風が吹き通っていた。若木の杉や楢《なら》の樹立《こだち》に萩芒《はぎすすき》をあしらっただけの、なんの気取りもない庭の端れに、浅野川が藍青《あいあお》の布を延べたように迂曲《うきょく》して流れている。風はその川からまっすぐに若草の原をわたり樹立をそよがせて、その座敷まで清《すが》すがしい瀬音を送って来た。

「お腰掛けでございますか、御昼食でございますか」

「酒を飲みたいんだがねえ」大四郎は正直にこう云った、「こういう家のしきたりをなんにも知らないんだ、どういう料理ができるのか、ひとつなにかに書いて来て貰えますか」

## 五

廊下を隔てた小座敷のほうに、身装《みなり》の卑《いや》しからぬ初老の武士がひとり、静かに独酌《どくしゃく》で飲んでいた。大四郎は気がつかなかったけれど、こちらは彼が案内されて来たときから時おり横眼で見ていた。初めは咎《とが》めるような、冷たいまなざしであったが、大四郎の容子《ようす》が気にいったものかだんだん和やかな色を帯び、「こういう家のしきたりをなんにも知らないから」と云うのを聞くと、唇の隅に微笑を浮べさえした。

「これは鯉《こい》のあらいというんだね」向うでは大四郎が、女中の持って来た書出しを見ながらこんなことを云っていた、「芽たでというのはつまか、ではまずこれを貰おう」

「鯉のあらいに御酒でございますね」

「そうだ、然しちょっと待って呉れ、あらいの値段は幾らだい、酒はどのくらいするのかね」

「さあ……」女中ははたと当惑した、「わたくし存じませんが、訊いてまいりましょうか」

「ああ訊いて来て貰おう」

この問答を聞いた小座敷の客は、もういちど微笑した。そしてなるべく気づかれぬように注意しながら、じっと大四郎のようすを見まもっていた。

女中はすぐ戻って来て、あらいと酒の値段を告げた。大四郎は安心したという風で、それから独りで飲み始めたが、盃を持つ手つきもぶきようだし、肴の注文がちぐはぐである。焼魚の次ぎに汁椀《しるわん》を取ったり、箸休《はしやす》めの小鉢の代りを命じたり、蒸し鳥のあとで、煎《い》り鳥を注文したりする、そしてその一品ごとに必ず値段を訊くのである。こういうとひどくぶまで品の下ったように思えるが実際はそれとまったく反対で、ひじょうにおおらかで暢《のん》びりした感じが溢《あふ》れていた。たいがいなら面倒がって厭な顔をする筈の女中が、寧《むし》ろ興がっているとさえみえるほど、愛想よく云われるままになっている、値段も書出しへいちどにつけて来ればよいものを、いちいち訊きに立った。それで大四郎の不拘束なやり方が、ますます際立《きわだ》つわけである。

「たいへんなやつがいるものだ」小座敷の客はこう呟きながら始終をじっと眺めていたが、やがてこの家の主婦とみえる女が、酒を代えにはいって来ると、「あれは馴染《なじみ》か」と、低い声で訊いた。

「さあ、おみかけ申さない方のようでございますね」

「馴染でなかったら頼まれて貰いたいことがある、聞かれては悪い、寄って呉れ」そしてこの客は、なにごとか主婦に囁《ささや》いて聞かせたのち、間もなくその小座敷から立っていった。

大四郎は心持よく酔っていた。酒もうまいし肴もうまかった、若葉の樹立を透《とお》して見える浅野川の流れや、広びろとうちわたした草原の上に、眩《まぶ》しいほど真昼の光りの漲《みなぎ》っている眺めも申し分がない、そのうえ胸算用をしてみるとたいてい飲んでも喰《た》べても金は余りそうだ、河重などと云ってもこのくらいのものなんだな、こう思うとますますいい心持で、そのうちにいちどひやめし仲間を呼んでやろうか、などとおおようなことさえ考えた。……そうしているうちに女中が来て、申し兼ねるが座敷を変って貰いたいと云った。

「こちらへは間もなく大勢さまがみえますので、まことに勝手ではございますが」

「ああいいとも」彼は気軽に立った。

「ではどうぞこちらへ……」

女中は膳部《ぜんぶ》を持って、廊下を隔てた小座敷へ案内した。今しがたまで老武士のいた部屋である、もちろんきれいに片付いて、敷物も直してあった。女中が向うの物を運び終り、酒の注文を聞いて退《さが》ると、大四郎は敷物に坐《すわ》ってまわりを眺めた。前の座敷より遥《はる》かに上等である。床間には誰かの消息を茶掛に仕立てた幅《ふく》が懸けてあり、小さな青磁の香炉からは煙が立っていた。違い棚の船形の籠《かご》に若い葦《あし》を活《い》けたのを見ながら、「これは儲《もう》けものをした」などと呟いていた彼は、やがて膝《ひざ》の下になにか固い物が挟まっているのに気がついた。膝をどけてみると敷物の下らしい、捲《まく》るとそこに紙入があった、古渡り更紗《さらさ》の高価な品のようである。

——客が忘れていったんだな。

彼はそれを脇《わき》に置いて、また盃《さかずき》を取上げた。間もなく女中が酒を持って来たので、こんな物があったと出してやると、女中は困惑したようすで取ろうとしなかった。

「それでは明けて見るから立会って呉《く》れ」

なにげなくそう云って、中を検《あらた》めた。金もかなりあるようだが、それには手は付けず、名札の入っているのをみつけて取出した、それには中川八郎兵衛、堤町と書いてあった。堤町の中川といえば藩の中老で、五千石の扶持《ふち》である。そのまま預けようとすると、女中はいちど帳場へ訊きにいったうえ、こちらで預かるのは困るという返辞を持って来た。

「今日は中川さまはおみえになりませんそうで、お紙入が此処《ここ》にあるわけがございませんし、もしや掛り合にでもなるようですと……」

「じゃおれが届けよう」彼は面倒くさくなってそう云った、「帰りに届けるからと帳場へそう云っておいて呉れ」

六

いわゆる豪遊が済むと、彼は半刻《はんとき》ばかりうたた寝をやった。酔っていたからではあろうが、ちょっとした度胸である、それから顔を洗って、ゆっくり茶を啜《すす》って河重を出た。日はようやく傾いて、やや冷えてきた風が酔いの残っている肌を快く撫《な》でてゆく、彼はなに事かやってのけた者のような、自信のついたゆたかな気持で悠然と歩いた。……堤町へはまわりになるが、さして遠くはない、その屋敷も見覚えがあるので、捜すまでもなくやがてゆき着いた。五千石の格式だけに土塀を取廻《とりまわ》した屋構え大きく、門をはいった横のところには火見櫓《ひのみやぐら》が建っていた。厩《うまや》があるのだろう、すぐ近くに馬の嘶《いなな》きが聞えた。彼はちょっと考えて、脇玄関へ訪れた。

「さる処でこの品を拾いましたので」家士が出て来ると、彼はこう云いながら紙入を差出した。

「御当家の名札が入っていましたからお届けにまいりました、どうかお受取り下さい」

「それは御迷惑でござりました、暫《しばら》くお控え下さい」

家士は紙入を持って奥へいったが、代って出て来たのは主《あるじ》の中川八郎兵衛だった。読者諸君はもう河重の小座敷で面識がある、老人はあの時より渋くれたふきげんな顔つきで、まずじろりと咎めるように睨《にら》んだ。

「紙入を届けてまいったのは其許《そこもと》か」

「さようでございます」

「戻す……」こう云って老人は紙入を大四郎の手に返した、「これは受取るわけにはまいらぬ」

「然しお名札が入っておりますが」

「名札は入っておる、わしの紙入にも間違いはない、だが中の金が足らぬのだ」

「ははあ……」大四郎は老人の云う意味がよく解《げ》せなかった、「さようでございますか」

「この中には三両二分二朱ある筈だ、それが二両一分二朱しか無い、つまり差引き一両一分不足しておる」

「それはけげんなしだいですな」仕方がないので彼はこう云った、「申すまでもないと思いますが、私は中の金に就いてはなにも存じません、お名札を拝見したのでお届けにまいっただけですから」

「いやそれだけでは済むまい、届けて来た品にうろんがある以上、届けて来た人間に責任のない道理はないだろう、わしとしては、明らかに金の不足している紙入は受取らぬからそう思って貰《もら》いたい」

さすがに暢気《のんき》な大四郎も、これにはむっとした。中の金が幾らあるか知ったことではない、わざわざ届けに来て礼はともかく、逆にうろんをかけられるなんて合わな過ぎる話だ、「宜《よろ》しゅうございます」彼はこう云って紙入をふところへ入れた。

「それでは、持ち帰って元の処へ置いてまいりましょう」

「元の処へどうすると……」

「お受取り下さらぬというのですから、元あった処へ置いてまいります」

「待て、そうはなるまいぞ」

「然し他に致しようがございません」

「ないで済むか」老人は眼を怒らせて叫びだした、「武士たる者が、金に不審のある紙入を持参してなにも知らぬ、元の処へ置いて来るという挨拶《あいさつ》で済む道理はない、またわしとしても済ませはせぬぞ」

これは、たいへんな爺《じい》さんにぶっつかったと思った。そしてこんな頑固爺にはなにを云ってもわかるまいと考え、面倒くさくなって、「ではお待ち下さい」と玄関の外へ出た。遣い残りの金では足らないので、肌付の金一枚をとりだし、それに一分を加えて紙入へ入れた。いかに貧乏しても肌に一両の金を付けているのは、武士のたしなみである、仕方がないからその金を流用したわけだ。

「ではもういちどお検め下さい」こう云って彼は老人に紙入を返した。

「たしかに、こんどは間違いなくある」老人は入念に調べてから頷《うなず》いた、「わざわざ届けて呉れてかたじけなかった、念のため姓名を聞いておこうか」

定番《じょうばん》、柴山又左衛門《しばやままたざえもん》の弟で大四郎と名を告げ、飄《ひょう》ひょうとたち去るうしろ姿を感嘆したように見送っていた八郎兵衛は、やがて振返って、「見たか梶《かじ》」と呼びかけた。

はいと答えながら、対立《ついたて》の蔭《かげ》から婦人がひとり出て来た、老人の妻で梶という。「たいへんな者だろう」八郎兵衛は奥へはいりながら、上機嫌でこう云《い》った、「あの無条理をくって、理屈もこねず怒りもせず、自分の金を加えて出すところなどはたいしたものだ、肚《はら》が寛《ひろ》いとか心が大きいなどという類《たぐい》ではない、性分だ、おれが欲しかったのはあれなんだ」

「お人柄も、ゆったりと品がございました」

「八重《やえ》の婿《むこ》はあれにきめるぞ」

「そう仰《おっ》しゃいましても貴方《あなた》……」

「なに取ってみせる」老人は確信ありげに肩を張った、「おまえだってもし河重のありさまを見ていたらおれより乗り気になるだろう、なにしろ鯉のあらいから始まって……」

七

大四郎は酔いが醒《さ》めてしまった。豪遊まではよかったが、差引をすると三月分の小遣が消えたうえに肌付の金まで欠けてしまった。

「うっかり拾い物もできやしない、届けてやってこっちの金を出すなんていい面《つら》の皮だ」そう呟《つぶや》きながら彼はふと首を傾《かし》げた、「いい面の皮……いい面の皮とはなんだ」こんな場合にはよくそういうことを云う、いい面の皮鯉《こい》の滝登り、などとも云う、今つい知らず彼も口にしたが、考えてみると、どういうところから来た言葉かちょっとわからない、はてどういうわけだろうと、首を捻《ひね》るうちに、暢気の徳で中川邸の事は、さっぱり頭から拭《ぬぐ》い去られてしまった。

家へ帰って自分の部屋へゆこうとすると、嫂《あによめ》に呼止められた。来客だという、兄が客間で相手をしているそうなので客間へいった、見ると平松吉之助といって、藩校で机を並べたことのある友人だった、向うが奥小姓にあがって正経文庫に勤めだしてから、殆《ほと》んど往来が絶えていたのである。……彼にひきついで兄が去り、挨拶が済むとすぐ、吉之助は、「蔵書を見せて貰いたい」と云いだした。

「だいぶ奇覯書《きこうしょ》があるというじゃないか」

「冗談じゃない、蔵書などと云われては恥をかく、好きで集めたがらくたが少しあるだけで、人に見せるようなものはありはしないよ」

「然し臨慶史《りんけいし》を持っていると聞いたがね」

「ああ史類は二三ある」

「とにかく見せて呉れないか、そのために来て一刻も待っていたんだ」

大四郎は苦笑しながら、立って、自分の部屋へ彼を案内した。すでに暗くなりかけていたので、行灯《あんどん》に灯をいれると、吉之助はそれを書棚の側《そば》へ持っていって見はじめた。それから部屋の隅や床間に積んであるもの、まだ表装を直さずにつくねてあるものなど、……幾たびも嘆息をもらしながら、熱心にひとわたり見終るとこっちへ来て坐った。

「これだけ独りで集めたのかね」

「たいてい破損して、紙屑《かみくず》になりかかっていたものが多いからね、むろん保存がよかったら、手は届かなかったろうね」

「それにしてもよく集めた、これほどとは思わなかったよ」こう云ってから吉之助は容《かたち》を改めた、「済まない、これを類別に書いて出して呉れないか」

「……どうするんだ」

「まだ内密だけれど、きょう見に来たのはお上の御命令だったんだ、書肆《しょし》の難波屋《なにわや》が其許のことを申上げたらしい、だいぶ奇覯書があるそうだから見て来いという仰《おお》せで来たんだ」

「すると、献上ということにでもなるわけかね」

「あぶないね」吉之助は笑いながら立った、「私が見ただけでも御文庫に備えたいものがだいぶあるもの、然《しか》しそれもまた御奉公だろう」

今日は悪日に違いない、吉之助を送りだしながら彼はそう思った。冷飯の乏しい小遣でぽつぽつ集め、綴直《とじなお》したり好みの装幀《そうてい》をしたりして、だんだん殖《ふ》えるのを楽しみにしていたのに、ここで召上げられては鳶《とんび》に油揚だ、あの紙入といいこれといいなんと不運な日だったろう、大四郎はすっかりくさってしまった。

明くる日、書名の類別表を書いていると、嫂が来て客を告げた、「堤町の中川さまと仰しゃる方です」という。大四郎はびっくりした、また金が足りないなんて云うんじゃあないか、そんなことさえ思いながら玄関へゆくと、中川八郎兵衛が例の渋くれたような顔で立っていた。邪魔ではないかと云う、なんの用かわからないが客間へ上って貰った。「昨日は済まぬことをした」座へ就くとすぐ老人はこう云って、小さな紙包をそこへ差出した、「一両一分足らぬと申したがあれは思い違いであった、買物をしたことを失念していたので、まことに済まなかった」

「それはどうも……」大四郎はついにやりとなった。なにはともあれ一両一分という金が返ったのだから大きい、中を検めて受取って呉れ、そう云って出された紙包をそこへ置いて、彼は母親のところへ茶を頼みにいった。

「なにか菓子も頼みますよ、御中老の中川八郎兵衛殿ですからね」

「堤町のかえ」椙女《すぎじょ》は眼を瞠《みは》った、「本当かえ大四郎、それならどうしてまあ早くそう云わないんですか」

「なに騒ぐことはないんです、訳はあとで話しますよ」

茶と菓子を持って、母親が挨拶に出た。八郎兵衛は、椙女を暫くひきとめて話した。読者諸君にはおわかりだろう、老人は家庭のようすを見に来たのである、そして半刻ばかりとりとめのない話をして帰った。……諦《あきら》めていた金が戻ったので気を好《よ》くした彼は、その午後、書上げたものを吉之助の家へ届けたあと、たいそうおおような気持で古本あさりに廻った。夜の食膳《しょくぜん》は、母が話しだした紙入の話で賑《にぎ》わった。

「両方とも豪傑だな」兄はこう云って笑った、「然し四郎はそれだけ出して、あとをどうする積りだったのかね」

「どうする積りがあるもんですか、いい面の皮だと思っただけですよ、ああそれで思いだしたけれど、いい面の皮ってどういうところからきたんですかね、兄さん」

八

「いい面の皮鯉《こい》の滝登りか」又左衛門は妻に茶を注がせながら云った、「それはおまえ落ちて来る滝を逆《さかさ》に登るくらいだから、鯉の顔はすばらしく丈夫なんだろう、よっぽどい面の皮だろうというわけじゃないか」

「それじゃあ厚顔《あつか》ましいという意味ですか」

「言葉を解けばそうなるよ」

「すると逆なんだな、拾い物を届けたうえに金を取られて、先方はいい面の皮だ、こう云わなくちゃあいけないんだ、然しこれじゃあ変ですよ」

こんな話になると、柴山の家族はきりがない、母親までが加わって、つまらないことをいつまでも話し興ずるのだった。……それから中三日おいて、平松吉之助が来た、御内意で来たと云って麻裃《あさがみしも》を着けていた、さては書物のお召上げかと訊《き》くと、「そうだ」と云う、然しただお召上げだけではなかった。「奥小姓にあげて正経閣出仕の仰せが下る、分家をするまで十人扶持《ぶち》ということだ」

「だって、なにをするんだ」

「書上をごらんになって驚いていらしった、これだけ集める鑑識を捨てて置くのは惜しい、文庫の購書取調べに使ってみよう、そう仰せになった」吉之助はそこで声を低くした、「この役目は百石以下ではない、分家をすれば屋敷も貰えるぞ」

大四郎はそのときなんの理由もなく、中井の叔父のことを思いだした。飲み代《しろ》に染料用の草や薬草を作っていた、あの叔父のことを。

「献上を申付けられる書物はこれだけだ」吉之助は目録をそこへ披《ひろ》げてみせた、「骨折りとしてお手許《てもと》から三十金下るそうだ、あまり嬉《うれ》しくもないだろうが、まあ辛抱するんだな、書物は明日いっしょにお城へ持ってゆくことになっているから」

間もなく召されて正式の御達しがあるだろう、そう云って吉之助は帰った。……大四郎はとぼんとしてしまった、一生ひやめしと諦めていたのが、正経閣出仕で十人扶持、分家が定《きま》れば百石以上で家も貰えるという、また本には代え難いが三十金という大枚な金もはいる、あんまり思いがけない事ばかりで、すぐには嬉しいという気持さえ感じられなかった。

然し思いがけない事はそれだけではなかった。翌日、吉之助と二人で書物を城へ運び、正経閣の中や御文庫の建物を見て帰ると、非番で家にいた兄が待兼ねたように、「おいたいへんだぞ」と呼び止めた、母も嫂もそこにいて、にこにこ笑いながら彼を見た。

「横目の不破《ふわ》殿が婿縁組のはなしをもってみえた」

「……へえ」彼は眼をぱちぱちさせた。

「向うは誰だと思う、当ててみろ四郎」

「わかりゃしませんよ」

「なんとあの紙入殿だ、堤町の中川老だよ、八重さんという十八の令嬢がいる、それへぜひという懇望《こんもう》だそうだ」

そこまで聞くと大四郎は頭の中で、なにかくるくると廻《まわ》りだすように感じた。すべてが矢継ぎ早で、自然のめぐりあわせとは思えない、なにかしら魔がさしたとでも云いたいくらいである。けれども、頭の中のなにか廻るような感じはそれとは無関係だった。くるくる廻るものの中に、やがてひょいと花が浮び上った、それは桔梗《ききょう》の花のみずみずしい紫である、「縁組」という言葉を聞いて、初めて、記憶の底に沈んでいたものが、甦《よみがえ》ってきたのだ。

「厭《いや》ですよ」彼はこうはっきりと云った、「断わって下さい」

「大四郎さん」母親がまずびっくりした、「あなた、考えなしにそんなことを云って……」

「考えるまでもないんです、私は婿にゆかなくともよくなったんですから。まだ表向きには云えないんですが、もうすぐ奥小姓にあげられて、正経閣へ勤めるようになるんです」

「なんだって」こんどは兄がびっくりした。

「お母さん、様と寝ようか五千石取ろか、というのを知ってますか」彼はそこを立ちながらこう云った、「私もやっぱり嫁を貰いますよ」

翌朝はやく、大四郎は中村の三兄を訪ねた。いつかの話の娘に、改めて求婚する依頼である、その時初めて知ったのだが、相手は郡奉行所《こおりぶぎょうしょ》に勤める深美新蔵という者の妹で、名はぬひ、年は十七ということだった。次兄はすぐに深美へゆき、縁談はすらすらと纏《まと》まった。然しそのひと月は、おそろしく多忙だった。婚約に就いて招いたり招かれたりした。また一方では、召出された挨拶《あいさつ》に必要な家々を廻ったり、出仕するとすぐ正経閣の事務に追われたり、殆んど息をつく暇もないようなありさまだった。

年が明けた四月に三番町に住居を貰《もら》って移り、慎ましくぬひと祝言《しゅうげん》の式をあげた。食禄《しょくろく》は百五十石、端数《はすう》は役料である。……こうして、祝言をして二日めの宵だったが、妻の部屋を覗《のぞ》くと、色いろな物をとりひろげた中で、ぬひが独りでそっとなにかしていた。深美から付いて来た下女は厨《くりや》にいるようだった。——ああ明日は里帰りだったな。

そう思いながら妻の手先を見ると青い色紙で鶴《つる》を折っている、大四郎は中村の三兄の話を思いだして笑いたくなった。「まだそんな物を折ってるのかい」

「ああ」突然なのでびっくりしたのだろう。ぬひは身ぶるいをしながら振向いたが、良人《おっと》が立っているのを見ると赤くなって折鶴を隠した、「まあ少しも存じませんでした。こんなにとり散らかしておりまして申し訳ございません、里へ持ってまいる物をみておりましたので……」

「折鶴もかい」大四郎は笑いながら云った、「なにかそんなしきたりでもあるのか」

「しきたりではございませんの、これは里の近くにある観音堂へ納めるのでございますわ」

「それじゃあ信心というわけだね」

「いいえ」ぬひは低く頭を垂れた。それからまるで祈りのような調子で、静かにこう云いだした、「……願いごとがございますときは、観音様へ鶴を折ってあげますの、一羽《わ》ずつに願いを籠《こ》めまして、……九百九十九まであげましたら、あとはお願い申すだけで待っていなければなりません、そしてもしも願いが協《かな》ったら千羽めを折って納めるのでございますわ」

「おまえ、まるで自分の……」そう云いかけた大四郎は、ふいに打たれでもしたように口を噤《つぐ》み、大きく瞠った眼で妻を見おろした。

「わたくし願いが協いましたの」ぬひは恥ずかしさに耐えぬもののように呟《つぶや》いた、「……これは千羽めでございますわ」

（「講談雑誌」昭和二十二年四月号）

山やま

椿つばき

# 一

梶井《かじい》主馬《しゅめ》と須藤《すどう》きぬ女《じょ》との結婚式は、十一月中旬の凍《い》てのひどい宵に挙げられた。

主馬は二十五歳のとき亡《な》き父の職を継いで作事奉行になった。それには世襲の意味もないではないが、彼にはその才能のあることが認められたのも慥《たし》かだ。作事奉行は建築営繕のいっさいを管掌する、城館《しろやかた》、寺社の修復、表座敷から台所に至る諸什器《じゅうき》調度の修繕、掃除、検査など、事務は複雑多岐にわたっているが、主馬は職を継いで一年と経《た》たぬうちに、その適任であることを証拠だてた。然《しか》しこれは、主馬がとびぬけた俊才だという訳ではない、寧《むし》ろ彼は平凡な事務家であった。現実的できちょうめんで、なにごとでも類別し統計し、対照表に作ってみないと承知しないという風だ。母親が父に一年おくれて亡くなったあと、みちという従妹《いとこ》が主婦の役をしている。彼女は母親の末弟の遺《のこ》した孤児で、十六の年に梶井へひきとられて来た。思わしい縁談もないうちに婚期が過ぎてしまい、自分でも諦《あきら》めたのだろう、古流の生花《いけばな》と二条流の笛をせっせと稽古《けいこ》して、これで身を立てるのだと云《い》っている。……こういう不遇な身の上にも拘《かかわ》らず、みちは陽気でものにこだわらない性質だった。明るい暢《の》びやかな気分をつくることがうまく、家の中に適当な笑い声を絶やさない。だが主馬にはこれが軽薄でうるさく、苦にがしいだけだ。叱《しか》るほど不愉快でもないが、いっしょに笑うようなことはめったにない、却《かえ》って事務のことで出入りする下僚たちが、若い叔母か姉にでも対するように、うちとけたようすで相談をもちかけたり内証《ないしょ》で酒をねだったりする。主馬は別に小言は云わないが、決してそれを宜《よろ》しいと思うことはできなかった。

——須藤家との縁談が始まったのは九月のことだ。それから五十日あまり、細ごましたことで主馬はずいぶん気を労《つか》らせた。儀礼のほうは叔父の大沼兵庫《おおぬまひょうご》に頼み、家うちの事は従妹に任せたが、それで済ましていることのできない性分だから、詰りは自分で指図する結果になった。そのうえ嫁の父親である須藤宗右衛門《そうえもん》が、中老という身分にこだわるので、ともすると派手になりがちなのが、いっそう気持の負担だった。

「一生にいちどですもの、いいじゃあございませんか」

みちはこう云って、なんでも新調しようとした。

「一生にいちどだから、慎ましくしなければならないんだ」

主馬は役所の事務のように費用を削った。従妹は逆らわずに笑いながら、削られた物もたいていは買い調えるという風だった。

結婚式はとどこおりなく終った。祝いの酒宴もなごやかに済み、招待客たちが帰ったあと、両家の親族だけで改めて盃《さかずき》がとり交わされた。それは半刻《はんとき》あまりかかった、そしてこれらの人々がいとまを告げたとき、いつか外は雪になっていた。——主馬はまだひと役ある、花嫁が仲人《なこうど》につれられて奥へゆくのをしおに、彼は別棟になっている隠居所へ顔をだした。そこでは役所の下僚たち十人ばかりが、彼等なりに気楽な祝宴を張っていたのである。

主馬が席に坐《すわ》るとすぐ、みちが銚子《ちょうし》を持って側《そば》へ来た。彼女は接待役をしていたのだが、みると眼のまわりや頬が赤く、息も少し荒いようだった。結婚祝いでもあり、みんな親しい者たちとはいえ、未婚者の多い中で色に出るほど盃を受けるのは不作法だ。主馬はふきげんに眉《まゆ》をひそめ、低い囁《ささや》き声でたしなめた。

「みぐるしいじゃないか、赤くなっている、どうしたんだ」

「脇田《わきた》さまと小倉さまでかかってお強《し》いなさるのですもの、それにわたくしも——」

みちはふと眼をそらした。

「もうみなさまとは、これでお別れでございますから」

主馬はそれを聞きながして挨拶《あいさつ》を述べ始めた、みちはそっと立っていった。言葉を結ぶと主馬はくだけた姿勢になり、微笑《ほほえみ》をみせた。

「むずかしい客は帰ったから悠《ゆっ》くりやって呉《く》れ、ちょうど雪が降ってきた。よかったら雪をさかなに飲み明かしても結構――河上、まずいこう」

　雪と聞いて座の空気が更に浮立った。一人が障子をあけにいった、だがそれだけでは見えない、別の一人が燭台《しょくだい》を縁先に持ちだした。庭には椿《つばき》の老樹が並んでいる、その繁《しげ》った枝葉や樹下の暗がりが燭台の光りを生かすので、こんどは舞い落ちる雪がかなりはっきり眺められた。

「これはお誂《あつら》え向きじゃないか、本当に飲み明かすか」

　脇田信造がそう云うと、笑い声がどっとあがった。

「なにも開き直ることはない、雪でなくったってその積りで来たんだろう」

「脇田が飲むのに誂え向きでないものは絶対にないね」主馬が珍しく口を出した、「いつかひどい風邪で寝ていたときだ、高い熱でまっ赤な顔をして唸《うな》りながら、玉子酒にはお誂えですと云ったからね」

　間もなく主馬はそこを立った。――仲人の秦野《はたの》夫妻を送り出したのは、十二時まぢかのことだ。それから加減をみさせて風呂《ふろ》にはいった。……湯に浸って、軀《からだ》が温たまってくると、宵からの緊張がほぐれ、神経や全身の筋のこころよくのびてゆくのが感じられて、解放された者のようになんども溜息《ためいき》が出た。――彼は悠くり浸っていた、五十日以来の煩《わずら》わしさが終った、これでともかくもひと片ついたと思うあとから、一種のあやされるような、好ましい、新鮮な感情がわいてきた。彼は眼をつむった。

## 二

心ときめくというほど純粋な激しい感動ではない、もう年も二十八になるし、作事奉行としてあしかけ四年、宴席の遊びも知っている。ましてごく平凡な作法どおりの結婚だから、それほど大きな歓《よろこ》びの期待がある訳はない。だが今かれの胸へわきあがってくる素朴な好ましい感情も、決してそれより価値が低くはないだろう、――彼はなごやかに遠火で温ためられるような、その楽しい恵まれた気分から離れるのが惜しくて、ながいことじっと湯に浸っていた。

主馬が寝間へはいってゆくと、花嫁はまだ起きていた。暗くしてある行灯《あんどん》の柔らかい光りで、金屏風《きんびょうぶ》にかこまれた夜具の色が、浄《きよ》らかな嬌《なま》めかしさをみせている。きぬは白無垢《しろむく》の上に打掛を重ね、両手を膝《ひざ》に置き、ふかく俯向《うつむ》いたまま坐っていた。主馬は自分の寝床の中へはいり、彼女のほうへ背を向けて、眼をつむった。

かなり時間が経っても、花嫁の動くけはいがしなかった。振返って見るときぬは同じ姿勢で坐っていた。

「もう寝なければいけない、凍てるから、風邪をひいてしまうよ」

彼女は聞きとりにくいほどの声ではいと答えた、主馬は頭を元へ戻した。隠居所のほうから唄《うた》が聞えてくる、雪のために反響を消されて、現実というよりは記憶から甦《よみがえ》ってくる声のようだ。——主馬はそれからも二ど寝るようにすすめた、然し花嫁は朝まで寝なかった、軀を固くして、俯向いたまま身ゆるぎもせずに、じっと坐っていた。

「どうかなさいまして、たいそうお顔色が勝《すぐ》れませんわ」

みちが疑わしげな眼で従兄《いとこ》を見た、きぬが里帰りから戻った翌朝のことである。——主馬と新嫁のあいだがうまくいっていないのは慥《たし》かだ、新婚の明くる夜から新嫁は自分の居間で寝る。寝所のことは須藤から付いて来た小間使が世話をして、きぬ女は手を出さない、登城や下城の着替えもまだみちに任せたままでいる、然も殆《ほと》んど二人が口をきかないのをみちは知っていた。

「どうもしやあしないが——」

主馬は口籠《くちごも》った。ふと相談してみようかという気になったのだ、然しそれが不可能なことは明白である、彼は憂鬱《ゆううつ》に眉《まゆ》をひそめて、そのまま沈黙した。——自分を拒む妻の態度をどう解釈したらいいだろう、嫌っているのだろうか、羞恥《しゅうち》だろうか、年齢の若いためだろうか。もしそれほど嫌いだったとしたら、嫁には来ない筈《はず》だ。羞恥はなにも彼女ひとりのものではない。あらゆる新嫁がその羞恥心に勝たなければならない瞬間を持つ、年も十八歳なら若すぎるとはいえない、ではいったいなにが原因なのだ。計算や統計の上でものごとを考えたり処理することに慣れている彼の頭は、人の感情とか心理の問題になると手も足も出ない。そこで彼は自分に対しても肚《はら》を立てた。

――どうとも勝手にしろ。

「わたくし明日おいとま致しますわ」

従妹《しき》が或《あ》る夜こう云いに主馬の居間へ来た。彼は役所の事務を机の上にひろげながら、頻りに火桶《ひおけ》の炭火を吹いていた、みちは従兄の髪毛に付いている灰を払い、火桶を自分のほうへ引寄せた。

「家の事もたいていおねえさまにわかって頂きました、でもすっかりではありませんから、あとはお従兄《にい》さまが、わからないところは指図をしておあげにならなければいけませんわ」

主馬は従妹の顔を見た。みちは俯向いて火を直しながら続けた。

「もっと近しくなさらなければね、此《こ》の頃は夕餉《ゆうげ》にもお酒を召上らないし、いつも黙ってむずかしい顔をしていらっしゃるわ、――そんなではおねえさまにも、気ごころの知りようがないじゃございませんか、もっと良人《おっと》らしくしてあげなければお可哀《かわい》そうよ」

「お母さんの箪笥《たんす》と鏡台を持っていっていいよ」主馬は筆を取りながら云った、「暇があったら時どき来て呉れ、――家のことは心配しなくってもいい」

みちは従兄の横顔を見まもった。それから暫《しばら》くして呟《つぶや》くようにこう云った。

「時には不作法が作法になることもありますわ」

結婚したら大沼兵庫がみちをひきとることに定《きま》っていた。従妹が去ると、明け昏《く》れがにわかにひっそりとなった、そのなかで主馬は同じ言葉を繰り返し考え続けた、――不作法が作法になることもある、という言葉を。

祝言《しゅうげん》から十七日めに当る夜、主馬は夕餉に酒を命じた。彼は酒が好きで、朝食まえにも少し飲む、夕餉にはかなり過すことも珍しくはない、それはたいてい下僚の来ているときで、殊《こと》に脇田とか小野平助など賑《にぎ》やかな者が集まると、彼等と従妹のとりとめのない談笑を聴きながら、黙って楽しそうによく飲んだ。結婚してからは殆んど盃を持たなかったが、その夜は酔えるだけ酔う積りでいた。

「独りも手持ちぶさたなものだ、ひとつ受けないか」

少しまわってから主馬は盃を差出した。きぬは俯向いたまま「不調法でございますから」と答えた。主馬はできるだけ砕けた調子で、そして自分には似合わないと思いながら、冗談のようにこう云った。

「そう俯向いて許《ばか》りいないで偶《たま》にはこっちをごらんよ、私はまだ妻の顔さえよく知らない良人だ、――これは少し変則だと思うがね」

きぬはしずかに顔をあげた。

三

蒼白《あおじろ》い仮面のような顔だ、魂のぬけた感情の欠《かけ》らもない顔だった。少し瘦《や》せてはいるが、美しい眼鼻だちである。濃い睫毛《まつげ》にふちどられた眼が、特に美しい、だがそれは石像のように冷たくて硬かった、主馬は慄然《りつぜん》と眼をそらした。

法泉寺の十二時の鐘を聞いてから、主馬は起き上って寝所を出た。そしてかなり躊《ため》らう気持を押し切って、妻の部屋の襖《ふすま》を明けた。きぬはまるで襲われた者のように、非常な速さで起き上り、恐怖に戦《おのの》く眼でこちらを見た。――その眼が主馬の自制心を失わせた、彼はずかずか寄っていった、きぬは夜具からすりぬけ、行灯の掛布を取った。そして明るくなった光りを楯《たて》のように、正座して頭《こうべ》を垂れた。主馬は構わずその側へいって立ち、荒い呼吸の鎮《しず》まるまで暫く待った。するときぬが絶入りそうな声で云った。

「わたくし、母の喪が、まだ明けませんので――」

これは無警告の然も手厳しい足払いに似た言葉だ。一瞬にして火は消え、血は冷めた。主馬は挫《くじ》かれたみじめな気持で、然しその言葉に辛《から》くも救いを感じながら、やや久しく沈黙した。

「もっとお互いにうちとけよう、そんなことまで云いそびれるなんて自然じゃない。――男はどこかぬけているものだ、細かいことや気持の綾《あや》などわかりにくい、黙って許りいないで、不満や希望はどしどし云って呉れなければね、きぬは梶井《かじい》の主婦なんだから、わかるだろう」

きぬはそっと頷《うなず》き、「はい」と答えた。主馬はなお云いたいことがあった、然し言葉にするとちぐはぐなものになりそうだ、彼はできるだけ劬《いたわ》りを籠《こ》めて、こう云いながら立った。

「さあおやすみ、驚かせて済まなかった」

彼は数日してきぬの亡母の喪が二月はじめに明けることを知った。喪の明けるまで良人に許さないという習慣が世間にあるかどうか、彼はまるで知らないし、多少疑問もあった。けれども待つことに異存はなかった。そのあいだに精神的な接近ができると想《おも》ったから、――正月になるとすぐ急に多忙になった。四月に藩主が江戸から帰る、それまでに本丸の東御殿を改築せよという命令が来たのだ。ずいぶん大掛りな設計で、入費や用材の点から相当に無理をしなければならない、彼は城中に幾晩も泊った、資材購入のために数日がかりで旅行した。勘定役所や納戸《なんど》方《かた》などと絶えず折衝し、重役に了解を求め、工匠たちの割り振りに頭を悩ました。そして家へ帰るときには、心から休息と慰安が欲しいと思うようになった。

勿論《もちろん》その望みは協《かな》えられなかった。家の中は、いつも空堂のようにひっそりしていた、妻は食事の給仕に坐る、着替えも手伝う、送り迎えもする。だがそれだけだった。俯向いて、執拗《しつよう》に俯向いたままで、手を膝に置いて、しんとしている。足音もせず空気も動かさずに歩く、口から出るのは、「はい」というひと言に殆んど限られている。——召使たちにもそれが影響した、彼等も囁くように話し、歩くのに足音をぬすむ、みんなが聞き耳を立て、息をころして、なにかをじっと待っているという感じだった。……きぬの亡母の喪がもう明けたということに気づいたのは、こういう状態に耐えきれなくなったときであった。三日ぶりで家に帰った彼は、暴《あら》びた気持で夕餉の酒を飲んでいた、酔いはなかなか起こらず、疲れた神経は棘《とげ》とげしくなる許りだった。彼は眼の前に坐っている妻の、固い非人情な身構えや、陶器のように冷たい衿足《えりあし》を見ながら、ふとそれを従妹《いとこ》のみちと置き替えていた。

――荒神様は罰を当てる神様なんですってね。

突然まじめな顔でそんなことを云《い》いだす。たいてい座には誰かいて、あっけにとられながら、「荒神は台所の神でしょう」とか「専門に罰を当てる神様というのはないでしょう」などと云う。みちは確信のある顔でこう断言する。

――あら、だってそう云いましたわよ。

いちど是《これ》はこうだと聞けば、そのとおり信じて少しも疑わない「だってそう云いましたわよ」というのが彼女の口癖であり唯一《ゆいいつ》の証明である、「そらまた出た」と云ってみんな笑いだす。……当時は苦にがしいと眺めていたその情景が、主馬《しゆめ》にはいま、かなしいほど懐《なつ》かしく思い出された。そういえば、此の頃は誰も来ない、来ても食事刻《どき》はよける、坐って酒を飲むような者はごく稀《まれ》で、用事が済めばさっさと帰ってゆく。あの頃はこんなではなかった、家の中は賑《にぎ》やかで温たかく、話したり笑ったりする声が、絶えなかった、それが今はどうだ、まるでこれは喪中の家のようではないか。

主馬はこう考えたとき、妻が喪に服しているということに気づき、続いてそれが既に明けている筈ではないかと思った。日を繰ってみた、慥かにもう数日前に明けていた。主馬は眼の覚めたような顔で妻を見た。

「今日は十二日だったね、――もう涅槃会《ねはんえ》か、これで寒さもおしまいだね」

尖《とが》った神経が酔わない酒のためにあらぬほうへ歪《ゆが》んでゆく、主馬は努めてそれを鎮めながら、十二時を聞くまで寝床の中で輾転《てんてん》していた。それから思い切ったように起きて妻の部屋へはいっていった。

襖の明く音ではね起きたきぬは、恐怖の眼でこっちを見ながら、夜具をすりぬけ、きぬ行灯の掛布を取ろうとした。主馬は鋭く「きぬ」と云いながら襖際《ぎわ》に立止った、きぬは伸ばした手を下げ、追詰められた獣のように身を縮めた。――あの夜と同じ姿である、微塵《みじん》も変ってはいない、母の喪というのが口実だったことは慥《たし》かだ、主馬は前へ出た。するときぬは身震いをしながら救いを求めるような声で云った。

「どうぞ今夜だけ、――今夜だけお待ちあそばして……」

そしてけんめいな哀願の眼で主馬を見上げた。なんという眼だったろう、とつぜん、主馬は自分が汚《けが》らわしく堕落した人間のように思われ、一種の吐き気に似た胸苦しさに襲われながら、逃げるようにその部屋を出て、うしろ手に襖を閉めた。――屈辱と怒りのために頭が痺《しび》れ、足が震えた、自分を醜い唾棄《だき》すべき者のように思う反面、不当な侮辱に対する怒りが抑えようもなく燃え上った。なにがいけないんだ、どこにこんな扱いを受ける理由があるんだ、いったい、然《しか》し主馬は愕《ぎょっ》として振返った。彼はまだ襖の前に立っていたが、部屋の中でなにか物音がするのを聞いたのである。それはしずかに、箪笥をあける音のようだった、じっと耳を澄ますと異様なけはいが感じられた、彼はすぐ襖をひきあけた。

きぬは夜具の上に坐《すわ》り、懐剣を抜いたところだった。襖のあく音を聞くなり、彼女はそれを逆手に持って胸を刺そうとした、然し主馬はその肱《ひじ》を摑《つか》み、烈《はげ》しく捻《ね》じ上げながら懐剣を奪った。きぬは別に反抗しなかった、寧《むし》ろ冷やかなくらいおちついていた。主馬は摑んだ肱ごとぐいときぬを向き直らせ、「訳を聞こう」と低く叫んだ。

「生きてはいられないのでございます、今お止め下さいましても、明日、明後日《あさって》、――いつかは、どうしてもこの身の始末を致さなければ……」

「それが梶井の家名を汚すと承知のうえでか、私の一生がめちゃめちゃになるのを承知のうえでか、――いや、おまえにはそんな権利はない」主馬は激怒のために震えた、「七十日ちかくも人を惑わし悩めたうえ、そんな勝手なことをする権利はおまえにはない筈だ」

「わたくし御家名を汚しますでしょうか」

「結婚して間もない妻が自殺をする、理由もなにもわからない、これが梶井の家や私の面目に無関係だと思えるのか」

ああときぬは呻《うめ》き声をあげた。慥かに彼女はその点を忘れていた、こうせざるを得なかった原因が余りに大きく重すぎるため、結果のよび起こす影響までは思い及ばなかったのである。きぬは初めて両手で面《おもて》を掩《おお》い、絶入るように泣きだした。

「わたくしどう致しましょう——」

「訳を話すがいい、どうしても死ぬ必要のあるものなら止めはしない、理由に依《よ》っては死後に名の立たぬくふうもある、話してごらん」

きぬはながいこと泣いていた、形容しようもなくいたましい、哀れな泣き方だった。それからやがて嗚咽《おえつ》に声をとぎらせながら、非常な努力で口を切った。

「わたくし想う方がございました、——もう二年まえのことでございますけれど、……」

思いがけない告白だった。然し主馬にはそういう予感があったように思う、彼は努めてなにげなく後を促した。きぬは続けた。——二年まえの四月、そんな季節には稀な火事で、武家町の一画まで焼けたことがある、そのとき須藤《すどう》家の遠縁の者が類焼して、半年ばかり彼女の家へ寄宿していた。榎本良三郎《えのもとりょうざぶろう》といってそのとき二十二になり、納戸方に勤めてまだ独身だった。彼が怠け者で身持がよくないという噂《うわさ》は、まえからきぬは聞いていた、だが家へ来て住むようになると間もなく、そんな噂は信じられなくなった。きぬの眼には彼が孤独で気の弱い人間にしかみえない。誰にも相手にされず、友達もない。寂しげな、当惑したような眼で、よく庭に立って雲を見ている、唇にはいつも諦《あきら》めたような微笑がうかんでいる。きぬは激しい同情を唆《そそ》られた。そこから二人のちかづきが始まった。親しくなるに従ってきぬの確信は強くなった。良三郎は優れた才能を持っている、それを周囲が認めない許りでなく、寧ろそのために、嫉《しっ》妬《と》の余り共同で彼を陥《おとし》れるのだ。だが彼は少しも恨んではいなかった。こういう時代なんです、私は誰をも憎みはしません。罪はこういう時代にあるんですから、彼等は好きなようにやるがいいんです。

俗悪な世間を憐《あわ》れむように、よくこう云って微笑し、当惑げな寂しい眼で、それとなく空を眺めた。——だが暫《しばら》くするときぬに愛を求めた、もしきぬが自分を愛して呉《く》れるなら、俗物どもを凌《しの》いでひとかどの人間になってみせる、きぬのため自分の才能を生かしてみせたい。……きぬはそれをなんの疑いもなく信じた、そして変らない愛を誓った。二人の恋は五十日あまり続いたが、母親に発見されて仲を割かれた。母は誰にも知らせず、口実を設けて彼を家から出した。別れる前に、きぬは結婚を申込んで呉れるようにと繰り返し頼んだ。彼はまだその時期でないことを説いた、今のままでは許される望みがない、自分がひとかどの者になるまで待つように、それも精ぜい一年か二年だからと。

「別れてからはいちども会う折がございませんでした、そして母も亡《な》くなりました、こちらとの縁談が起こりましたとき、もし母が生きていて呉れましたら、――」

四

縁談が定《きま》ったとき自決すべきだった。然しそれにはなにかが欠けていた、良三郎にいちど会いたかったのも慥かだ、どこかに生きる途《みち》があるように思えた、漠然とした、然し烈しい、生への執着もあった。もう少し時を待とう、ぬきさしならぬ場合でもおそくはない、そしてずるずるとここまで来てしまった。

「わたしがみれんで愚かな許りに、貴方《あなた》へもあの方へも申し訳のないことになってしまいました、でも、わたくしも苦しゅうございました、今日こそ、明日こそと思いながら、いざとなると心が臆《おく》れまして、――どうぞ、お赦《ゆる》し下さいまし」

主馬は黙ってきぬの泣くのを聞いていた。それから持っていた懐剣を静かに鞘《さや》へおさめ、大きく溜息《ためいき》をつきながら云った。

「いま話したとおりを、遺言に書くがいい、その人に関するところはなるべく精《くわ》しく、私は向うで待っている」

懐剣を持って主馬はその部屋を出た。――寝所の行灯《あんどん》を居間へ移し、火桶《ひおけ》の埋《うず》み火《び》をおこして炭をついだ。庭の椿《つばき》のあたりで猫の声がする。そうだ、もうとっくに椿が咲いている筈《はず》だ、今年はまだいちども見ていない。主馬は火箸《ひばし》を取って意味もなく灰をかきならした。首を振ったり、低く呻いたりした、「その他に方法はない」そんなことを呟《つぶや》いた、「きぬは自害しなければならない、だが自害とわかってもいけない、病死でなければ、——」主馬はまた呻いた。

きぬが居間へ来たのは、半刻ほど後のことだった。いちどに五つも老《ふ》けたように、憔悴《しょうすい》してみえた、頰が眼立ってこけ、唇は殆《ほと》んど灰色になっていた。彼女はかなり部厚く巻いた書簡を、俯向《うつむ》いたまま主馬のほうへ差出した。

「念のために読ませて貰《もら》う」

彼はこう云ってそれを披《ひら》いた。きぬの膝《ひざ》から肩へかけて、絶えず細かい戦慄《せんりつ》がはしる。浅い急速な呼吸のために、胸がはげしく波をうつ、そして庭の椿のあたりでは、けたたましい猫の叫びが続いていた。

「私はもう止めない」主馬は読み終ったものを巻きながら云った、「そのほかに途はないだろうと思う、身じまいをして白無垢《しろむく》に着替えておいで、仏間へ支度をして置くよ」

夜明け前に医者が呼ばれて来た。太田順庵《おおたじゅんあん》といって、亡くなった父とごく親しかった老医である、主馬は妻の居間へ案内した。二人はかなりながいことそこにいた。そこから出て来たとき、順庵は首を振りながらこう云った。

「亡くなってから一刻も経《た》っている、ふん、この病気には耆婆《ぎば》でも扁鵲《へんじゃく》でも手が出ない、さよう、すぐ納棺するんだな」

老医は耳が遠いので声が高かった。

「この病気で死ぬと、二昼夜は軀《からだ》から毒が出る、納棺したらすぐ蓋《ふた》を閉めなさい、決して蓋をあけてはいけませんぞ、この毒を吸ったらそれで、――」こう云って、白髪の頭を振った、「いいかな、貴方が独りでしなされ、そこは夫婦の情だ、ふん、が、忘れても他人を近寄せてはなりませんぞ、御係りへはわたしから届ける、もう一つ、麝香《じゃこう》を炷《た》きなされ、無ければ持たせてよこす、毒を消すには至極だから」

医者が帰るとすぐ、必要なところへ使者を出し、主馬は独りで、また妻の居間へとはいっていった。

両家の親族が駆けつけたとき、死躰《したい》はもう納棺されてあった。そして順庵老の厳しい戒《いま》しめで、実父の須藤宗右衛門でさえ死顔を見ることが許されなかった。――余り突然であり、夢のようだ。通夜《つや》の席ではそのことが繰り返され、主馬に同情が集まった。彼は石のように黙って、終夜きちんと棺《ひつぎ》の側《そば》に坐っていた。

その翌日の朝、葬礼が行われた。初七日《しょなのか》が済むと主馬は勤めに出はじめた。御殿改築の責任者だから、長く休む訳にはいかなかったのである。大沼から手伝いに来ていた従妹《いとこ》は、相談の結果そのまま留《とど》まることになり、荷物も運び戻された。家の中は少しずつ平常の姿に返っていった、暗い不幸の匂《にお》いは消えないにしても、あるじの多忙な明け昏れにつれて、生活はしぜんとおちつきをとり戻した、――こうして日が経っていった。

三十五日の法要があった翌日、主馬は納戸《なんど》奉行の栗原和助《くりはらわすけ》をその役所に訪ねた。栗原は主馬より三つ年長である、彼は主馬の話を聞いて審《いぶか》しさに眼をすぼめた。

「榎本良三郎というのはいるよ、然しそれはよしたほうがいいね、あれはだめだ、とても使えるような人間じゃないよ」

「いや使ってみたいんだ、大概なところは知っているが、少し考えることがあるんでね」

「私はすすめないな、無能な許り《ばか》でなく猜《ずる》い、人に仕事を押付けておいて自分がしたように拵《こしら》える、むやみに中傷や誹謗《ひぼう》で人を傷つける、不平やごたごたの起こるもとだよ」

「だが人間は使いようがあるからね、とにかく手続きをするから頼むよ」

こういう話があって間もなく、榎本良三郎は作事奉行へ勤め替えになった。二十四という年よりずっと老けてみえる、色の冴《さ》えない、眼の濁った、憂鬱《ゆううつ》にふてたような顔つきだ、華奢《きやしや》な軀にも拘《かかわ》らず、どこかしら脂肪でたるんだような感じがあり、きみの悪いほど白く、長い指をしていた。——主馬は彼を見たとき、憐憫《れんびん》を感ずるほど不快におそわれ、眼をそむけた。

五

主馬はその日、下城するとき良三郎を誘って、京町の「小倉」という料亭へあがった。良三郎は不安そうに手を揉《も》んだり、ふてぶてしい冷笑をうかべたりして、ひどくおちつかない居心地の悪いようすだった。

「今日は二人だけで飲もうと思うんだが、そのまえに少し話がある、——まじめな話だからその積りで聞いて呉れ」

主馬は平静な眼で相手を見た。良三郎は白じらしい微笑をうかべ、人を馬鹿《ばか》にした調子で悠《ゆっ》くり首を振った。

「酒なら御馳走《ごちそう》になりますが説教は勘弁して呉れませんか、私にはなにより苦手ですから」

「なにすぐ済むよ」主馬はさりげなく云《い》った、「それはね、これからまじめに勤めて貰いたいということなんだ、私が栗原に頼んで作事方へ呼んだには、それだけの考えもあるし責任も感じている、できるだけ力になるから、ここでひと奮発してみないか」

「然しちょっと高価《たか》くつきますぜ梶井さん、相当に高価くつくがいいですか」

良三郎は毒どくしく唇を歪《ゆが》めた。主馬はその顔を審しげに見ていたが、その眼はしだいに平静の色をなくしていった。

「高価くつくとはどういう意味なんだ、もっとはっきり」

「云いましょうか」良三郎は主馬の言葉におっかぶせて、ぐっとあぐらをかいたが、すぐまたにやりと笑った、「だがまあこの次にしましょう、墓の中のことなんか別に急ぐ必要もないでしょう、掘り返してみたところで、死んだ者が生き返る訳じゃあないですからね」

「それは私を脅す意味なのか」

「さあどうでしょう、私が残念なのは、或《あ》る人の葬式に立会えなかった、ということなんです、立会っていたら、……さよう、私は棺の蓋を明けましたね」

主馬は額からさっと蒼《あお》くなった。良三郎は濁った眼でそれを眺めながら、もはや疑いのない勝利を楽しむように、悠くりと、然し冷酷にこう続けた。

「蓋を明けると毒にやられる、とんでもない、棺の中はただ匂いがするだけですよ、毒どころか唯《ただ》の匂い、——つまり血の匂いだけですよ」

「ではなぜそうしなかった」主馬《しゅめ》はある限りの力で自制しながら云った、「それだけ確信があるなら、どうして蓋を明けに来なかったんだ」

「今だって間に合いますさ、……なに、墓を掘ってみればわかるこった、やってみますかね」

主馬は右手を大きく振って、良三郎に頰打をくれると、更にとびかかって捻伏《ねじふ》せた。良三郎は首を振りながらもがき、主馬の手へ嚙《か》み付いた、主馬は嚙ませておいて殴った。力いっぱい、頰骨の鳴るほど殴りつけた。彼の眼からぽろぽろ涙がこぼれ、それが良三郎を濡《ぬ》らした。殴るだけ殴ると、彼はそこへ坐って、喘《あえ》ぐ息を抑えながら云った。

「貴様の察しどおりだ、きぬは病死ではない、ではどうして死んだか、……性根まで腐った貴様などにはわかるまいが、見せるだけは見せてやる、きぬの遺書だ、読んでみろ」

主馬はふところから封書を出して、いぎたなく倒れている良三郎の前へ押しやった。

——遺書と聞いたとき良三郎はびくりと足を縮めた、それから起直って衿《えり》を掻寄《かきよ》せ、暫く封書の裏表を眺めたのち、震える手でそれを披《ひら》いた。主馬はそっと眼をつむり、なにかを祈るように頭《こうべ》を垂れた。……良三郎は途中まで読んでまた始めへ戻った。幾たびも眼を拭《ふ》き、幾たびも読んだところを読み直した。それが終ると、遺書を持ったまま手を膝に下ろし、がたがたと、全身を震わせた。

「結婚して七十余日になるが、夫婦の契《ちぎ》りはいちどもなかった、あれは榎本良三郎に操《みさお》を立てとおしたんだ、——どんなに苦しかったろう、良人《おっと》への義理と、榎本良三郎への義理と、板挟みの七十幾日を独りで苦しんだ、……縁談の定ったとき死ねばよかった、けれども死ねなかったと云う、愛する者にみれんが残った、どんなみれんだと思う榎本、——あれは貴様にすぐれた才能があると信じた、あなたが愛して呉れればひとかどの人間になる、貴様のそう云った言葉も信じた、それが、……どうしようもないめぐりあわせで、梶井へ嫁《とつ》がなければならなかった、あれはそのことを詫《わ》びたかったんだ、貴様にひとめ会って、詫びてから死にたかったんだ」

主馬は手を伸ばして遺書を指した。

「それを読んでみろ、もういちど読んでみろ、貴様をどんなに信じていたか、裏切る結果になったことをどんなに詫びているか、——自分は死んでも自分の愛は変らない、あの世から御出世を信じてお護《まも》りします、……そう書いてはないか、榎本、人間は一生にいちどくらい、本気になるもんだぞ」

良三郎は放心したように、重たげな鈍い手つきで遺書を巻き納めた。――主馬は噛まれた手首の血を懐紙で拭きながら、床間にある鈴を取って鳴らした。

「話はこれで終りだ、約束だから酒を飲もう」

良三郎はさりげなく立った、「ちょっと顔を洗って来ます」そう云って廊下へ出た。力のないふらふらした足どりで、廊下の途中まで来たと思うと、右側に障子のあいている小座敷を見て、すばやく中へはいり、坐《すわ》って衿を寛《くつろ》げた。

六

脇差《わきざし》を腹へ突立てようとする瞬間まで、主馬は廊下から見ていた。そしてその瞬間に、とび込んでいって止めた。

「このほかに途《みち》はありません、放して下さい」

「放すよ、だが今じゃあない」主馬は脇差を奪い取った、「あの人は榎本良三郎のゆくのを待っている、然《しか》しこんなみじめな榎本を待ってはいやあしないぜ、榎本、証拠をみせろ、あの人の信じていた人間になれ、それまでは石に嚙《かじ》りついても死ねない筈だ、……そうじゃあないのか」

良三郎は両手を膝に突き、面《おもて》を俯《ふ》せて泣きはじめた、初めて彼は泣きだしたのだ。

「二年やってみろ、その証拠を見たら、おれが墓の前へつれて行ってやる、二年だ、もし今の決心が嘘《うそ》でないなら、もし貴様に幾らかでも人間らしい気持があるなら、――いいか、二年のあいだにその証拠をみせるんだ、生きている者はごまかせるが、死んで魂になったものはごまかせないぞ、……それだけは忘れるな」

御殿改築は藩主の帰国に辛《かろ》うじて間に合った。結果はかなり上首尾で、その係りの者には褒賞《ほうしょう》さえ下った。――然し費用の点がずいぶん無理があったから、そのあと始末に五月いっぱいかかり、ようやく凡《すべ》てが終ると季節はもう夏だった。

梶井《かじい》の家にはまた人が来はじめた。主馬はよく人に隠れて宗泰寺へ墓参にゆくが、日常は快活できげんがよかった、これまでのどの時期より明るい顔で、酒のときなどには、みんなと一緒に笑うことが珍しくなかった。――みちも相変らずである、此《こ》の頃は従兄《いとこ》がむずかしい眉《まゆ》を見せないので、いっそう起《た》ち居《い》が浮き浮きとしている。そして時どき例のふしぎな証明を出して人を笑わせる。……ちょうどみんな集まって飲んでいたとき、星空なのに遠雷が鳴りだした、みちは縁先にいたのを急いで座敷へはいって来た。

「雷獣って割りかた引っ掻くんですってね」

勿論《もちろん》まじめな顔である、わっとみんな笑いだした。脇田信造などは笑いが止らないで、苦しがって涙をこぼしながら転げた。少し鎮《しず》まりかかると側で、「へえ――雷獣は割りかた引っ掻きますかねえ」と云う、それでまた脇田は転げまわる。しまいに仰《あお》反《むけ》になって、どうやらこうやら笑い止《や》んだとたん、みちが例の証明を出した。

「あら、だってそう云いましてよ」

脇田はひーいと両手で耳を塞《ふさ》ぎ、なにか訳のわからないことを叫びながら、驀地《まっしぐら》に廊下へとびだしていった。

主馬はこういう情景を眺めるだけでなく、今はそれを味わうこともできるようになった。以前の彼には苦にがしいだけだった。馬鹿げた、騒々しいものに過ぎなかった。合理的なこと、計算し統計に取れるもの以外は興味がもてなかった、――けれども今はもう違う、彼はどうやら憩《いこ》いの味を知った、疲れた軀《からだ》を休め、仕事でいっぱいになった神経を、理屈なしに柔らかくほぐして呉《く》れるもの、慰安と休息がどんなものかということを、ようやく彼は知り始めたのである。

明くる正月の年賀の登城で、納戸奉行の栗原和助と一緒になった、そのとき栗原は警戒の身ぶりをしながら云った。

「いまにやられるよ、いまにね、気をつけなくちゃあいけない、蛇は冬眠しているだけだよ」

然しその翌年の正月、栗原は主馬を脇のほうへ誘って、つくづくと、顔を眺めながら嘆息した。

「こんなことも、有るんだね、こんなことも、——いったいどうやって敲《たた》き直したんだ」

「信じただけだよ」主馬は微笑した、「信じられるくらい人間を力づけるものはないからね、彼は自分で立ち直ったんだよ」

「ほんものらしいね、冑《かぶと》をぬぐ、人は使いようだということを認めるよ」

主馬の家の椿《つばき》がまた咲いた。二月十日のことだった。早く下城して来た主馬は、

「あとで丸屋が物を届けて来るから受取って置くように」こうみちに云い残して、着替えもそこそこにまた出ていった。——表には榎本良三郎《えのもとりょうざぶろう》が待っていた。彼は二年まえとはだいぶ違ってみえる、軀の肉付が緊《しま》ってきたし、顔は日に灼《や》けて健康な艶《つや》と張がある、眼はどこか沈鬱《ちんうつ》な光りを帯びているが、濁りは殆《ほと》んど消えたようだ。——彼は主馬の少し後ろについて歩いていた、そして武家町を出はずれて、太田川の橋を渡るとすぐ、なにか気づいたという風にはっとそこへ立停った。

「ゆく先は宗泰寺でございますか」

「そうだよ」主馬は振返った、「二年めには三日早い、あれの三回忌は十三日だ、然し法会《ほうえ》の前がいいと思ってね、――それとも」

「いいえまいりましょう」良三郎はすぐに静かな笑いをうかべた、「正直に申しますが、思い違いをしていました、あれは三月だったものですから」

「では三月にしようか、私はそれでもいいんだが」

「いいえ今日にします、今日のほうが却《かえ》って、――」

そして彼は進んで歩きだした。

宗泰寺は春日丘の下にあった。石段を登って山門をはいると、庭を掃いている若い僧が、親しげに挨拶《あいさつ》をした。

「方丈は明いていますか」主馬はそう云いながら、馴《な》れたようすで玄関からあがった。

若い僧の声で走って来た小坊主《こぼうず》が、口の端を手で拭き拭き、客間へ案内した。

七

「ここでやって迷惑はかからないのですか」

坐るとすぐ良三郎が不審げに云った。

「やるというのは、なにを、——」主馬は立とうとした膝《ひざ》を戻した、「まさか腹を切るという意味じゃないだろうな」

「然しそのために来たんじゃあないのですか」

「なんのためかといえば生きるためさ、榎本良三郎は生きるんだ、それだけの証拠をおれはみせて貰《もら》った、だから此処《ここ》へ来たんだよ」

「私にはわかりません、どういう訳なんです」

「宜《よろ》しい、わかるように云おう、だがちょっと待って呉れ」

主馬は足早に出ていった。なにをしにいったものか、やや暫《しばら》く時間をとって、戻って来たときには娘をひとり伴《つ》れていた。

「待たせて済まなかった」

こう云いながら伴れて来た娘を良三郎の左へ、自分は二人の中間へ坐った。

「ひきあわせる者がある榎本、私の遠縁に当る娘で梶井きぬというのだ。見て呉れ」

きぬという名に良三郎は身震いをした。そして怯《おび》えたように振返った。——きぬであった。色を変えてああと云う良三郎を、きぬは涙の溢《あふ》れる眼で見上げた。

「おまえの信じたとおりだったね、きぬ」

主馬は低い声でそう云った。

「榎本は才能のある人間だった、きぬの考えていたよりも、遥《はる》かに高くそれを証拠だてた、恋というものは、ときによると人を堕落させる、だがときによるとこんなに、すばらしく人を生かす、……恋をするなら、こうありたいものだね」

きぬはくくと噎《むせ》びあげた、良三郎も手で面を掩《おお》った。

「おめでとう、きぬ——おめでとう、榎本、とうとう二人の日が来た、勝ったね」

主馬は彼等を残してそこを出た。そして方丈へ寄った、二年間きぬを預かって貰った礼と、もう暫くの世話を頼みに、——それから、たいそう爽《さわ》やかに楽しそうな顔をして寺を出ていった。

夕餉《ゆうげ》の膳《ぜん》に坐ってからも、かなり酒がすすんでからも、従妹《いとこ》はとりとめない話をするだけで、肝心のことはまったく念頭にないようすだった、主馬は仕方なしに、「丸屋から届けて来なかったか」と訊《き》いた。

「ええ届けてまいりました、お居間に置いてございますわ」

「持って来てごらん」

みちは立っていったが、すぐ帖紙《たとう》に包んだ物を両手に抱えて戻った。届いたままあけてみもしなかったのだ、いかにもみちらしい、主馬はふと眼頭が熱くなるのを感じながら、「あけてごらん」と云った。

「なんでしょう、お衣裳《いしょう》ですわね」

帖紙をひらくと花の咲いたように美しい模様が出て来た。まあきれい、みちは子供のような声をあげて眼を瞠《みは》った。

「ちょっとそれを肩へ掛けてみないか」

「わたくしがですか」

みちは華やいだようすで、いそいそと立ち、その衣裳を肩へ掛けた。古代紫のぼかしに、眼もあやな百花の友禅模様が染出してある。みちは続けざまに、「まあ、まあ」と云いながら、身を捻《ひね》ったり、裾《すそ》をひろげたり、酔ったような顔でいつまでも見惚《みと》れていた。

「なんてきれいなんでしょう、初めてですわ、こんな美しい模様を拝見するのは、……ごらんなさいましな、この牡丹《ぼたん》の花、まるで生きている花のようですわ、あら、これ撫子《なでしこ》ですわね」

「無定見なことを云うね、見てごらん、まるで葉が違うじゃないか、それは桔梗《ききょう》だよ」

「でもきれいですわ、どうして染めるのでしょう」

「さあ知らないね」主馬の唇が綻《ほころ》びる、「そいつは染屋に訊くよりしようがない」

「やっぱり人が染めるんですわね」

主馬はとうとう失笑《ふきだ》した。みちは裾を曳《ひ》いて振返ったり、長い袂《たもと》を返してみたりしていたが、従兄に笑われて赤くなりながら、「あら」と云った。主馬はすかさずその先を越した。

「そう云いましたかね」

だが彼は途方にくれた。それがみちの結婚衣裳で、それを着て梶井の嫁になるんだということを、どういう風に話しだしたものかと。――みちはまだ模様に見惚れていた。

（「講談雑誌」昭和二十三年三月号）

# おたふく

一

日本橋はせがわ町に、島崎来助《しまざきらいすけ》という彫金師がいた。鉄の生地《きじ》へ牡丹《ぼたん》を彫るのが得意で、その刀の味と図柄の変っているのとで名が高く、好事家《こうずか》のあいだでは安永宗珉《あんえいそうみん》とさえよばれた。宗珉はいうまでもなく横谷次兵衛《よこやじへえ》をさすので、多くの遺作のなかでも一輪牡丹の目貫《めぬき》は珍重なものとされている。

来助が安永の宗珉といわれたことのひとつは、その牡丹のすぐれたところに由来するものであろうが、もちろんありふれた金工でなかったことは事実にちがいない。——その頃なにがしとやらいう豪商が彼をひいきにしていて、或《あ》るときすあか（赤銅《しやくどう》）の地の前金具を百二十あまりに牡丹を彫らせ、莨入《たばこいれ》を作って知友へ配ったところ、一つとして同じ図柄がないばかりでなく、どれもこれも類の少ない奇巧が凝らしてあるのでたいそうな評判になった。以来にわかに名があがり、大名諸侯からも注文がくるようになったのである。

莨は好きだが酒は殆《ほと》んど口にしない、性質もこういう職の者には珍しく温厚謙遜《けんそん》であった。華、茶、俳諧《はいかい》などが道楽といいえるくらいで、ひまさえあれば仕事場にこもっている。しぜん家計も豊かで、夫婦のあいだに一男二女があり、内弟子を五人つかって平穏な暮しをしていた。

内弟子のなかに貞二郎という者がいた。御家人の二男から来助の弟子になったもので、生れつきの才があったのだろう、二十前後にはもう立派にいちにんまえの仕事をするようになった。ことに図柄の着想が非凡で、その点では師匠の来助が逆に教えられるのだという噂《うわさ》が立ったくらいである。

決して美男ではないけれども、俗にいにがみばしったというひとがらで、武家育ちだけの品もあり、むだ口をきかず、仕事にかかると飯も忘れるという風だった。

——それが二十五六から酒を飲みはじめた、金を手にすると家をぬけだし、三日でも五日でも持っている物を遣いはたすまで帰らない。来助は自分が酒嫌いなので却《かえ》って小言が云《い》いにくかったし、勝負事とちがって酒は飽きればやむだろう、まあ暫《しばら》く好きにさせておけと思った。けれども彼はますます溺《おぼ》れていった。さいしょは外でしかやらなかったが、いつか家でも隠れて飲むようになり、仕事場でも赤い顔をしていることがあった。

来助もとうとう見ぬふりができなくなり、或るとき自分の部屋へ呼んで意見をした。貞二郎は黙ってしまいまで聞いていたが、来助の小言が終るとしずかに顔をあげて云った。

「こんなことを云っては高慢のようで叱《しか》られるかもしれませんが、私は酒を飲みだしてから少しましな仕事が出来るようになったと思うんですが、そうじゃないでしょうか」

来助はそう云われて、ちょっと口をつぐんだ。慥《たし》かに、貞二郎の云うとおりなのである、彼は好んで鷹《たか》を彫るが、その切羽の鋭く深い味は凄《すご》いくらいになった。しかしそれは彼の腕があがったので、酒を始めたからというわけではないだろう。

「それはおまえの云うとおりかもしれない、だが飲まなければもっと良い仕事が出来るとは思わないか、現に仕上げの数なんか以前の半分ぐらいにおちているじゃないか」

「数は減っています、でも今の一つは、まえの三つくらいには当ると思うんですが」

温厚な来助が珍しく怖い眼をした。

「おれは、おまえの身を心配して云ってるんだ。おまえもう二十八だろう、平助も銀造もああして独り立になったのに、おまえだけはそうやってまだごろごろしている、それだけの腕があればとっくに家の一軒も持ち、嫁も貰《もら》ってやってゆける筈《はず》だ、いまだに身が固まらないのは、みんな酒のためじゃないか、おれはそいつを云ってるんだ」

貞二郎は、眼を伏せて暫く黙っていた。それから沈んだような声で、それも独り言でも云うようにこう呟《つぶや》いた。

「私はこうして仕事さえしていられれば、ほかになんにも欲はないんです、済みません、もう少し御厄介《ごやっかい》にならせて下さい」

「それがいいなら、好きにするよりしようがない、だが若い者にしめしがつかないから、飲んでいるときは仕事場へ出ないようにして呉《く》れ、――もしよかったら自分の部屋でやっても差支えないから」

そんなことで、折角の意見もうやむやに終ってしまった。

そのころ貞二郎の彫る物は多く下町の顧客《とくい》にうけていて、銀座のなにがし、京橋のそれがし、日本橋の誰々と名のとおった物持ち商人たちや、道具屋とか袋物屋などの玄人筋《くろうと》から絶えず注文があった。

そのなかでも、小網町の「鶴村《つるむら》」という大きな木綿問屋の主人が、ひじょうな執心のしかたで、これは前後十年以上も続けてひいきにして呉れた。むろんそのあいだに彫った数は、さして多くはない。全部でせいぜい十五六だろう。その主人が亡《な》くなるといっしょに縁が切れたけれど、帯留とか莨入の前金具とか、象眼《ぞうがん》をした平打の釵《かんざし》などの中には、彫った当人にも忘れられない品が少なからずあった。

こうして仕事はいつも断わるほどあるのだが、仕上げる数は少なくなる一方で、ことに自分の部屋へこもるようになってからは、一日じゅう盃《さかずき》を手から離さず、ふとすると夜中に起きて、こつこつたがねの音をさせているという風だった。腕はずばぬけているし性質はよし、いて呉れればこっちが助かるくらいであるが、またそれだけよけいに身を立ててやりたいと思うのも人情であろう。来助と妻のおそのとは、親身になってよくその話をした。

「好きなひとでも出来ればいいんですよ、そうすれば家を持ちたいという気持にもなるでしょうが、そういうひとはないんでしょうか」

「遊ぶことは遊ぶらしいが、どうもそっちのほうは不得手のようだな」

「しかたがなければあたしたちでみつけて、無理にでも押付けてしまうんですね、なにしろもう三十を出たんですもの、私たちが側《そば》にいてあんまり構わないように思われるのもいやですよ」

「いくらすすめたってあのとおり縁談なんか耳にもかけないんだから」

「ですからもう相談ぬきにこっちで定《き》めて、いやおうなしに世帯《しょたい》を持たせてしまうんですよ。そのつもりであたし捜してみますわ」

こんなやりとりが、幾たびもあった。もちろん貞二郎に嫁をもたせようというのは、まえまえからのことで、似つかわしい縁談も二三ならずあったのだが、当人がてんから受付けないので、どれも纏《まと》まらずじまいだった。そこでおそのは無理に押しつけてもと思いだしたのであるが、いざとなるとやっぱりそう簡単にはゆかず、そのうち自分たちの息子に嫁を貰ったり、娘たちをかたづけたりするのにとりまぎれ、つい年を過して貞二郎は三十七歳になってしまった。

その秋ぐちのことであったが、本町の山金という地金屋へ、嫁にいった妹むすめのお市が遊びに来て、貞二郎がまた二三日帰らないということから、それで思いだしたのだがと、お市が坐《すわ》り直すかたちで云った。

「あたしこのあいだふっと思いついたんだけれど、貞さんに火の見横丁のお師匠さんがいいんじゃないかと思うの」

「お師匠さんて、おしずさんのことかえ」

「あんなに縹緻《きりよう》はいいし温和《おとな》しいし、あのひとならきっと気むずかしい貞さんだってうまくゆくと思うわ」

「そうねえ、――でも慥かお師匠さんは」

「ええ年はいってるわ、三十二か三だったわね、でも知らずに見れば、とてもそうは思えやしないでしょ、せいぜい二十五か六だわ、家《うち》へは姉さんのときからお稽古《けいこ》に来ているんですもの、性分からなにからよくわかっているし、どうして今まで気がつかなかったか、ふしぎなくらいよ、ねえおっ母《か》さん、そう思わなくって」

「そうだね、いちどお父さんと相談してみようかね」

そして早速おそのは、良人《おっと》とその話をした。同じはせがわ町の火の見横丁という処《ところ》に、杵屋勘志津《きねやかんしず》という長唄《ながうた》の師匠が住んでいた。十五六年まえ下谷《したや》のほうから移って来たもので、家族は両親と娘二人、姉のおしずが長唄を教え、妹のおたかが賃縫いなどをして暮していた。新七という父親は櫛《くし》をひくらしいが、これはほんの小遣い稼ぎぐらいのもので、家計を立てているのは二人の娘たちだった。

姉はしもぶくれのふっくりとした顔だち、妹はおもながで、どちらも雪ぐに生れのように色が白く、表情も明るく艶《つや》っぽい、ちょっと際立《きわだ》つ縹緻だった。

そういう派手な娘が二人、しかも二十前後のさかりの年なので近所の眼が集まるのは当然のことだろう、とくに姉は長唄の師匠などをしているから、しぜんいろいろな蔭口《かげぐち》が出た。はじめのうちは座敷へ呼ばれて客を取るのだとか、物持の旦那《だんな》がいて世話になっているとか、その旦那というのは、どこそこのなにがしだなどという噂まで立った。

それには、両親も姉妹もつねづね身ぎれいにしていたし、父親などはどこの御隠居さまかという恰好《かっこう》で、よく芝居や寄席《よせ》などへでかけてゆく。買い物などもごくおうようであり、諸払いもきちんとして滞ることなど決してない、つきあいの義理も欠かさないという、かなり裕福な暮しぶりだったからでもあろう。

もうひとつには近所づきあいがひどくあっさりしている、誰とでもあいそよく応対するけれども、どこかにけじめがあって、それ以上はよせつけないし自分のほうからも近づかない、どうかすると世間を憚《はばか》っているようにみえる。詰りこれらのことが重なって、ありもせぬ蔭口が広まったのであった。

移って来て十二年めに母親が亡くなり、その年に妹のおたかが嫁にいった。下谷稲《いな》荷町《りちよう》のかなりな綿屋だそうで、おたかはもう二十六であった。それから四年めに父親も死に、以来おしずはずっと独りで、相変らず長唄を教えているのである。

島崎の家へは、姉娘が八つになった年から出稽古に来はじめ、のちには妹娘も習うようになったので、前後十二三年のあいだ出入りをしていたし、娘たちが嫁にいってからも三日にいちどぐらいは遊びに来る。ときには来助もいっしょに夕餉《ゆうげ》を喰《た》べるようなことがしばしばあった。

「そいつは気がつかなかった。お市の云うとおり、こいつに気がつかなかったというのはふしぎだ」

「あんまり近すぎたからですよきっと」

「おしずさんならいい、と云っても先方でうんというかどうかわからないが、とにかくいちどおまえから話してみて呉れ、早いほうがいいだろう」

二

夫婦のあいだでそんな話があってから中一日おいて、増上寺《ぞうじょうじ》の開山忌でおまいりにゆくのだがと、おしずがさそいに寄った。ちょうどいい折なので、来助に断わっておそのもすぐに支度をし、わざと供は伴《つ》れず、二人だけで家をでかけた。

開山忌というのは、増上寺の開基である酉誉上人《ゆうよしょうにん》の忌日で、一山の塔頭《たっちゅう》はもとより、近在の末寺からも多数の僧が集まり、さかんな法筵《ほうえん》が設けられるのである。なかにもみものは酉誉上人の木像のお渡りで、開山堂に納めてあるのを四方輿《しほうごし》に載せ、天蓋《てんがい》をかざし散花《さんげ》をしながら本堂へ渡る。これには轅《ながえ》に乗った方丈をはじめ衆僧、行者、童子、布衣《ほい》、素袍《すおう》、退紅白張《たいこうしらはり》などの多彩な従者が付き、なかなか美しく荘厳《そうごん》なものであった。

――二人のめあてもそれだったから、お渡りが済んで焼香をすると、本堂での行事は残して山門を出た。おそのとしては初めからそのつもりだったけれど、帰る途中ふと思いついたようにして、芝口の「田川」という料理茶屋へ、おしずとあがった。

「いいわよ、少し飲みましょうよおしずさん」

「あらいやだ、親方に叱られてよそんな、それにあたしすぐまっ赤になっちゃうんですもの」

「いいじゃないの、赤くおなんなさいな」

　まんざら話の必要からばかりでなく、おそのは、妙にうきうきした気持だった。良人がげこだからふだんは口にしないが、おそのはもともと飲めるほうだった。家ではさすがに遠慮だけれど、良人とよそへ喰べにゆくようなときはたいてい一本つけて貰う。おしずも好きではないが、つきあうくらいのことは出来るので、とりとめのないお饒舌《しゃべ》りをしながら、やや暫く盃の遣《や》り取りをした。

――そうやって改めて見ると、おしずの若いのに眼をみはる思いだった。少し脂肪が付きすぎたかもしれない。眼尻《めじり》や額に小皺《こじわ》がよっているけれども、透けるようになめらかな、白い艶つやした膚《はだ》も、青みを沈めたきれいな眼もかたちよく両端のきれ上った唇も、まるで二十二三の娘のようにしかみえない。背丈は五尺そこそこで小さいほうだが、すらっと高くみえるのはからだ恰好がいいからであろう。

おそのは、たびたび一緒に風呂《ふろ》へはいったので知っているが、両の乳房は掌《てのひら》へはいるくらい小さく、それがいかにもかたちよく張っていたし、腰から太腿《ふともも》の豊かな緊《しま》った肉付きなど、女の眼にも嬌《なま》めかしいくらいなのに、ぜんたいの調和がとれているので、立ち居の姿はこころ憎いほどすっきりしてみえた。

そのじぶんはただ子供を産まないし芸事などをしていて、気が若いからだという風に眺めたけれど、今おそのはつくづく見なおして、これはこういう恵まれた生れつきに違いないと思うのであった。

「今日はおしずさんに、頼みがあるのよ」

おそのは、話の区切りをみてこう云った。

「あらいやだ、それを先に聞いとくんだったわね、御馳走《ごちそう》になってからじゃ断わりにくいじゃないの」

「もちろんこっちは、そこがつけめだわ、ねえ、あたしの初めてのお頼み、きいてよ」

「怖いわよそんな、おどかさずに仰《おっ》しゃってよ」

ここまでは、軽い調子であった。いつも明るい派手な気性だし、口もざっくばらんで誰とでも対等にものを云う、変に媚《こ》びたり羞《はに》かんでうじうじするようなことは、決してなかった。しかしおそのが貞二郎のことをもちだしたとたん、おしずは耳まで赤くなり、顔を伏せて黙ってしまった。

そんなことはいちどもなかったし、表情から姿勢までかちんと硬く、困惑というより拒絶という感じがしておそのはそれ以上その話が続けられなくなった。

「こんなこと云って迷惑だったかもしれないけれど、うちのひともあたしもおしずさんならと思ったものでね、――貞さんはあたしたちには、身内も同じような人だから……とにかくいっぺん考えてみて頂戴《ちょうだい》な」

おしずは人の変ったように、小さな声でどうも済みませんとだけ云った。それから食事をして出たのであるが、はせがわ町へ帰るまで殆《ほと》んど口をきかず、なにか話しかけてもええそうとか、いいえ別になどと云って、僅《わず》かに唇で微笑するくらいのものだった。そして町内へはいると逃げるように別れていった。

「この話はだめですよ、まるっきり脈がありませんもの」

おそのはがっかりして、良人にそう云った。おしずの容子《ようす》ではそう思うよりしかたがなかったのである。

するとそれから七日ほど経《た》って、おしずの妹のおたかが訪ねて来た。稲荷町へ嫁にいってからは年にいちどかにど顔をみせるのが精々で、それもつぎつぎと三人の子供が生れてからは遠くなり、こんどは殆んど一年ぶりくらいになるだろう。三人めだという乳呑み児《ちのご》を負って来たが、これも相変らず若くてきれいなのに、おそのは吃驚《びっくり》した。

「貧乏ひまなしで、御無沙汰《ごぶさた》しているもんだから、すっかり敷居が高くなっちゃったわ」

姉よりもさらに明けっ放しな調子で、そんな風に云《い》いながら土産物を出し、すぐさま児《こ》を抱いて乳を含ませた。やや尻下りの眼が、笑うと糸のようになる。そして平気で自分の好きなことを饒舌るのがいつもの癖だが、その日はひと話済むと、改まった表情になり、これははっきりと思いがけないことを云いだした。

「おばさん、うちの姉を貞さんのお嫁に貰って下さるって、本当なんですか」

「あらどうして」おそのは虚をつかれた、「――だって、ええ、でもそれ誰から聞いたの」

「姉がゆうべ来てそう云ったんですよ、でも本気で仰しゃったのか、おからかいになったのか、よくわからないって云うんです」

「まあいやなひと、こんな話でからかうなんてことがありますか、本気も本気あたしは頭を下げて頼んだんじゃないの」

「ああよかった、本当なのね」

うれしいわ、おばさんと云って、おたかはふっと眼をうるませた。そこでよく訊《き》いてみると、おしずはむろん不承知ではない。あんまり意外なので本当とは思えなかったというのである。

年が老《ふ》けすぎているしこんなおたふくで、いまさら縁談などがあろうとは夢にも考えられなかった。これまで二三あった話も五人子供のある後添《のちぞえ》とか、六十すぎの老人とか、こっちの稼ぎをめあてののらくら者とか、聞くだけでもうんざりするようなものばかりだった。なにしろ両親をみなければならなかったので、一生独身ということは覚悟のうえだったから、もうもう縁談などには耳もかすまい、このまま暢気《のんき》に独りでやってゆこうと、まったく諦《あきら》めていたということであった。

「でもふしぎだわねえ」おそのは笑いながらこう云った、「——そりゃあふた親をみるということもあったろうけれど、あんたもおしずさんもあんな縹緻《きりよう》よしでいて、本当なら玉の輿《こし》の二つや三つ、据えられない筈《はず》はないじゃないの、もちろんあったんでしょ、そういうこと」

「あらいやだ、縹緻よしだなんて皮肉を云わないでよ、こんなおたふく玉の輿どころか、辻駕《つじかご》だって据えて呉《く》れる者なんかありゃしないわ、いやだわ、おばさん」

自分はこんなにがらがらだし、姉はのろまで気がきかないし、貰《もら》い手がなかったのは当然である。そう云って平気で笑い、これから姉のところへ寄って喜ばせてやるからと、間もなくおたかは帰っていった。

話がだいたい定《きま》ってから、おそのが貞二郎を呼んでその旨《むね》を伝えた。相談ではなく「旨を伝える」というかたちである。これこれこうして話が出来た。自分たち夫婦が仲人《なこうど》をひきうける。家具のこれこれは親方が祝うそうだ、向うからはどれそれを持って来る。家はおしずの住居をそのまま使ってもよし、自分たちでほかに捜してもいい、祝言《しゅうげん》はお互いの年が年だから簡略にするとして、こっちはこれこれの人、向うでは誰それ、両方でこのくらいは招かなければなるまい、式は九月ちゅうに挙げることにしたいと思う。

ばたばたとたたみこむような調子で、殆んど息もつかずにこれだけのことを云った。貞二郎はかしこまって聞いていた。着くずれた単衣《ひとえ》、頬から顎《あご》へかけてのぶしょう髭《ひげ》、月代《さかやき》も伸びているし、酒疲れで顔色も悪い、なんとも精のない恰好《かっこう》である。しかしおそのが話し終って、これでいいかと訊くと、案外なくらいすなおに頭を下げ、いろいろ心配をかけて相済まない、どうか宜《よろ》しくお願いすると答えた。

おそのは、ちょっと拍子ぬけのしたかたちだったが、やっぱり自分が話してよかったと思い、こんどは笑いながら嫁を貰ってさしさわりのあるようなひとはいないかと念を押した。

「冗談じゃありません。文句を云うとすれば酒くらいなものです」と、苦笑をし、すぐあとできまじめに付け加えた、「――けれども酒はこれまでどおり飲むからと断わっておいて下さい。それから家には私の好みがあります。そいつは私が自分で捜しますから」

「でもおしずさんの今の家だって、静かで悪くはないじゃないの」

「そうかもしれませんが、しかしそれじゃあ婿《むこ》にでもゆくようで、おちつきませんからね」

貞二郎はこう云って、珍しいことににやっと笑った。

こんなにたやすく承知したのも意外であったが、さらに驚いたのは彼がせっせと家を捜しだしたことである。ちょうど仕事の手も空《す》いていたらしい。毎日はやく家を出て夕方ちかくまで歩きまわり、おまけに素面《しらふ》で帰って来る。今日は深川のほうをみてまわったけれども、貸家が払底《ふってい》だそうでなかなか思わしいのがない。そんなことを云いながら、酒なしで晩飯を喰べるというぐあいだった。

「貞さんもしかすると、あのひとが好きだったんじゃないかしら」

「大きにそんなところかもしれねえ」

思いがけない結果なので、夫婦はそんな風に首をかしげたくらいである。——こうして本所横網の裏長屋に住居も借り、双方からの道具も入れてから、九月中旬の吉日を選んで、貞二郎とおしずの祝言が挙げられた。

三

そこは片方が津軽大隅《おおすみ》の下屋敷に接し、片方に下水を隔てて牧野備前《びぜん》のやはり下屋敷がある。どちらもぐるっと黒板塀をとりまわし、塀の上に高くおおいかかって、椎《しい》、やみず楢《なら》などの常緑樹がびっしりと枝を張っている。

長屋はそのために森の中にでも建ったような趣で、どこやら鄙《ひな》びた感じのするところがよかった。大川も近いし深い下水もあるから、水排《みずは》けもよく乾いていると思ったのであるが、事実は両方からおおいかかる森のために日あたりが悪く、年じゅうじめじめ湿けている地面の、ことに庇合《ひあい》などには隙間《すきま》もなくぜにごけ蘚苔《ごけ》が這《は》いひろがって、うっかり歩くとずるずる滑った。

長屋は五つの路地から成り、ぜんたいで十棟五十軒あった。家主は五郎吉といって、すぐ近くの小泉町で猿島屋《さるしまや》という酒屋をしている。もう五十六七になる固肥《かたぶと》りの、頭の禿《は》げた眼のくしゃくしゃした、いかにもぬけめのなさそうな顔つきで、長屋の人たちは因業大家《いんごうおおや》と呼んでいた。この点でも貞二郎は思い違いをしていたのである。というのは初めたいへん腰が低く、毀《こわ》れているところが二三あるのをすぐ直すとか、襖《ふすま》障子《しょうじ》も骨のないようなひどいのがあるので取替えるとか、いろいろ気易《きやす》くうけあっていた。尤《もっと》もこっちは面倒くさいのとちょうど持っていたのを幸いに家賃を半年分さき払いにしたのであるが、そのためにお調子がよかったわけで、約束はなに一つはたさず、引越して来てから催促しても、なんとか口実を設けては延ばすばかりだった。しかたがないからこっちで大工を入れ、襖や障子も買って住めるようにしたのである。

それもいいが、当の家主はまわって来てみて済まない顔もせず、たいそうきれいになった。こう見たところは裏長屋とは思えない、住みごこちもさぞいいであろう。そう云ってどうかすると、家賃でも上げたそうな顔をした。

「こいつはしくじった、場所も悪いし大家もあれじゃあ堪《たま》らねえ、あんまり長くは住めねえぜ」

しかしおしずは、それほどには思っていないらしい。寧《むし》ろ気にいったという風で、干割《ひわ》れと節だらけの柱へ、早くもつや拭《ぶ》きをかけたりし始めた。

「あらそんなことないわよ、すぐ近くに森みたいな眺めがあるし、表には川が流れているし、とても閑静でいいじゃありませんか。大家さんだって好《い》い人だわ、味噌《みそ》でも塩でもよそより安くあげるし、お勘定なんかいつでもいいって、それあ親切に云って呉れたわよ」

「そのくらいのことは云うだろうさ、半年も家賃をさき払いにしたんだ、小金でも持ってると思ってるんだろう」

「そうかしら、あらそうかしら」

あたしにはそうは思えないと云って、十八九の娘でもするように眼をみはった。——いったいが若いうえに、表情が大きいし、よく笑うので吃驚《びっくり》するほどむすめむすめしてみえることがある。

近所とも忽《たちま》ち知合いが殖《ふ》えて、女房、娘や婆《ばあ》さんに限らず、呼ばれたり呼んだりで親しくなったが、その人たちもおしずの年だけは見当がつかないと云った。

「縹緻《きりょう》がよくって色が白くって、からだ恰好がいいんだから若くみえるのはあたりまえだけれど、いったいおしずさんは幾つなの。二十六か七、それとも五ぐらいかしら」

「あらいやだ、こんなおたふくがなによ、あたしこれでも三十六よ」

それでも赤くなりながら、ずけりと云う。誰もすぐには信じかねるが、当人はさばさばしたものであった。

「そうなのよ。自分でもいつこんな年になったかふしぎなのよ、その代りのろまで知恵のほうは人の半分もないから差引はついているわ」

「云うわね、――でもそのおたふくだけはよしてよ、あたしたち耳が痛いから」

「あらやあだ、あんたこそ自分がきれいだから皮肉を云うんじゃないの、あたしだってもう少しみられるように生れてたら、うちのひとにもこんなに気兼ねはしやしなくってよ」

「そらうちのひとが出た。それが出るときりがないんだから帰りましょ」

こういうむだ話がよく交わされ、彼女の「おたふく」と「うちのひと」は、長屋じゅうの者に広まってしまった。

貞二郎は、相変らずよく飲んだ。これまではどっちかというと沈んだ酒で、家では云うまでもなくよそで飲むばあいも、手酌《てじゃく》に限っていた。遊びにいっても飲んでいるうちは、決して妓《おんな》をそばに置かない。肴《さかな》もごく少々でよい、自分で燗《かん》をし自分で注いで、盃《さかずき》を舐《な》めるように悠《ゆっ》くりとやるのである。胃腑《いのふ》へはいった酒がしだいに身内へしみてゆき、温かく酔いがまわってくると、あたまのなかでいろいろな空想が活潑《かっぱつ》にうごきだす。

たいてい仕事のことが中心で、次にはなにをどう彫ろうか、自分の鷹《たか》もそろそろ俗になりかけたが、こいつをどう打開したらいいか、今日みた白峰亭《はくほうてい》のものはよくない、昆寛《こんかん》などといっても、あんな物が遺《のこ》っていては困る。そういうことを思いめぐらすうちに、とつぜん啓示のように新しい着想がうかんで、我知らずああと声をあげることも少なくなかった。

世の中のこと、人の一生、わが身の上のこと、——しずかな、孤独な酔いのなかでは、なにを想《おも》っても身にしみるように味が深い、楽しさも苦しさも、よろこびも、ときには絶望でさえも、かなしいほどしみじみと心をあたためて呉れる。よかれあしかれ自分の性根というものがみえるのもそういうときだ、そのために酒は手酌ときめていたのであるが、家を持ってからはすっかり崩れてしまった。

父親の新七もげこだったし、おんな世帯《じょたい》のことで、酒飲みという者を知らなかったそうであるが、おしずは貞二郎の好みを敏感に覚えて、誂《あつら》えたようにうまく肴を作る。それもありきたりなものでなく、洒落《しゃれ》たくふうをして、なかなか気取ったところをみせる。

貞二郎が褒《ほ》めたりすると顔を染めて「あらいやだ」などと云うが、嬉《うれ》しくって堪らないようすが軀《からだ》ぜんたいにあらわれるのであった。彼女には肴作りがなにより楽しいらしい、酒の始まるまえには必ず髪を直し、白粉《おしろい》をはき口紅をさす。そして付いていて酌をするのである。

「独りでやるから先へ喰《た》べて呉れ、おれの酒は長いんだから」

そう断わってみても、いいえ長くってもようござんす悠くり召上れよ、などと云って離れない。たまに強い調子で断わりでもすると、部屋の隅へいってしょんぼりと涙ぐんでいる。つい気の毒になってそばへ呼ぶということで、手酌の習慣がだんだんに変っていった。——しかし馴《な》れるにしたがって、それはそれなりに悪くはなかった。おしずはよく鏡に向うが、すっかり化粧をした姿は慥《たし》かに美しい。

「あらあたしだめよ、おいしいことはおいしいけれど、すぐ赤くなるんですもの。まるで金時の風邪みまいだわ」

そんなことを云いながら一つ二つ飲むと、白眼の青ずんだ濁りのない眼が、うるみを帯びていきいきと輝き、まぶたから、頬へぼっと上気して、妖《あや》しいほど嬌《なま》めいたいろけが出る。

それは顔ばかりではない、おしずは軀ぜんたいがみずみずと若かった。肌は隅ずみまでなめらかに白く、しっとりと脂肪を包んで飽くまでも軟らかい、抱くと骨まで軟らかいような感じで、しかも柔軟な弾力をもっていた。

それが表情の嬌めいてくるのといっしょに、しなをつくるのである。自分ではまったく気づかないらしいが、つと手を伸ばし身をひねるかたち、なにかを取ろうとして後ろ手に反るかたち、ほんのなにげない身のこなしが云《い》いようもなくいろめいてみえる。

貞二郎はかなり遊んで、妓たちもずいぶん知っているほうだが、おしずにみるような嬌めかしいいろっぽさは初めてだった。ときにはだらしがないと自分に舌打ちをする、こんなにふやけてみっともないぞと思うけれど、じっさいにはだんだんひきつけられ、そういう酒が楽しくさえなっていった。

もともと彼は口の重いほうで、ことに笑うことなどはごく稀《まれ》だったが、おしずの酌で飲むようになってからは、それも変ってきた。というのは、おしずがよくとりとめもないことを饒舌《しゃべ》る、おまけにまるでつかぬようなことを云いだすので、つい相手になってからかうとか、あまりのばかばかしさに笑わされてしまうのである。

「おい、おどかすなよ。金時の風邪みまいたあなんだ」

「あらいやだ、御存じないの、あなた」

「御存じないね、初めて聞くよ」

「男のひとってわりに世間を知らないのね、お酒なんか飲んで赤くなったときよく云うのよ。金時はもともと赤い顔をしているでしょ、それが流行《はや》り風邪かなんかで、もっとまっ赤になって、ふうふう云ってみまいに来る、そんなことをいったんだわ、たぶん」

あっさり云ってのけるから、こっちは笑うより手がないのである。

「いつか三十六だって云っていたようだが、あれは本当かい。島崎ではみんな三十二か三だと思っていたらしいぜ」

「あら本当に三十六よ、こんなおたふくでおまけにこんなお婆さんで、のろまで気が利《き》かないんだから、あなたに済まなくってしょうがないわ。こないだも稲荷町《いなりちょう》へいったら金助町の畳屋のおばさんが来ていて、あんたいいとこへいって仕合せね、江戸じゅうに名を知られたあんな偉い人に貰われるなんて、まるで千両富を当てたようだって云われちゃったわ」

「よして呉れ、年のことからそんなほうへ持ってゆくことはねえや、冷汗が出るぜ」

「あら本当よ、あたしのことを聞いて金助町の人たちみんな羨《うらや》ましがってるんですってよ」

「金助町の人たちってなんだ」

「あらいやだ、あたしの生れたとこじゃありませんか、畳屋のおばさんや熨斗《のし》屋の啓さんの話、いつかしたでしょ」

「聞かないね、そんな話は」

「あら話したわよ、ほら加賀さまのお屋敷へ椎の実を拾いにいったとき、およんちゃんが草履の鼻緒を切ってさ——」そして金助町の人たちの話が綿々と続くのであった。

## 四

貞二郎は、しぜんとおしずの生立《おいたち》を知ることができた。彼女の話はあとさき構わずで、拍子もなく切れたり飛んだりする、あたしが二度めの麻疹《はしか》をしたのは炭屋のおかみさんが家出をしたあとだとか、菓子屋のお祖父《じい》さんはあたしのお祖母《ばあ》さんが好きだったそうで、だからあんなにあたしを可愛《かわい》がったらしい、などというぐあいである。使いにゆく途中で猿廻《さるまわ》しに見とれ、銭を落して泣いて帰ったとか、根津《ねず》権現《ごんげん》へ遊びにいって迷子になり、近所じゅうの騒ぎになったとか、十五の年に熨斗屋の啓ちゃんから恋文をつけられたとか、そのときそれを読んだところ、なにがなにやらさっぱりわからず、母親にみせるとひどく叱《しか》られたので、自分はなにもしないのにと怨《うら》めしかったなどという。

極めて断片的な、ゆき当りばったりな話しぶりであるが、たび重ねて聞くうちに、武家屋敷に挟まれた町のようすや、そこに住んでいる人たちや、おしずの育ってきたありさまがしだいにかたちをととのえて、貞二郎自身そこにいたような、一種のなつかしさをさえ感じるようになっていった。

「あたし生れつき、とんまなのね、おっ母《か》さんやたかちゃんによく云われたわ、あんたってまったくまぬけなことばかりするのねえ、少しは人なみなことをしなさいよって、——だってしようがありゃしない、あたしこんな生れなんですもの、ひとに云われるより自分でいやんなっちゃうわ」

　話すことの大部分が自分のへまなこと、自分のしくじったこと、恥をかいたことなどである。他人のことはきまって褒めるか感心して話した。娘たちも女房も必ず「縹緻よし」であった。みんな人が好《よ》くって情に篤《あつ》い、悪い人間などは一人もいないのである。——その口ぶりがごく自然で本当にそのとおり信じているらしい。そうして自分はいつものろまのおたふくであった。

「おまえは羨ましいような人間だ」

　貞二郎は、ときどき溜息《ためいき》をつくようにして云った。

「人間がみんなおまえのようだったら、さぞ世の中は静かで楽しいだろうな」

「あらいやだ、どうしてそんなことを仰《おっ》しゃるの」

「まあいいよ、おれは仕事を始める」

彼は新しい仕事の誘惑に駆られだした。おしずの話しぶりから受ける豊かな、邪気のないすがすがしさ、なにもかも条件なしにうけ容《い》れる心のひろさ、それが貞二郎の眼を新しい方向へむけて呉れた。これまでついぞ気づかなかった新しい感動、新しいものの見かたを知った。それが従来とは違う仕事へ、はげしく彼を唆《そそ》るのであった。

貞二郎は仕事にかかると、一食や二食ぬくのは常のことである。雷が落ちても動かないと云われたものであるが、おしずは平気で茶を持って来たり食事に呼んだりした。区切りをつけてゆくから先に喰べろと云うと、一刻《いっとき》もかかるわけではないから、喰べてからになさいと云う。

仕事ちゅうは茶はいらないと云えば、少しは休まないと躯に毒だからとすすめる。
——お仕事も大切だけれどあなたは度が過ぎる。そんなに急がなくっても長生きをすればとりかえせるんだから、もっと暢《のん》びり気楽にやったほうがいい、仕事は逃げてゆきゃしません。こう云いながら、まるで拗《す》ねた子をだますように扱うのであった。
「島崎にいたじぶんなら、ぶん撲《なぐ》ってるところだぜ」

こんなことを云いながら、彼もつい立つことになる。おしずはえへへと衒《て》れたように笑い、あらあたしぶたれるのいやよ。などとながし眼をくれて、いそいそと茶を注いだり、箸《はし》を出したりするのであった。

朝起きるから夜寝るまで、家にいさえすればおしず﹅﹅﹅は彼のそばを離れない、顔を洗うと毎朝むりに坐《すわ》らせて髭《ひげ》を剃《そ》る、自分でやるからと断わっても、あなたは剃り残すからだめよと云ってきかない。あなたはこういうことになるとまるでぶきようね、などと云って楽しそうに剃刀《かみそり》を当てる。お手をお出しなさいなと爪《つめ》も切る、髪を結うのはもちろん、着物も自分で着せなくては承知しない。たまに独りで着てしまうと、やって来て必ず着替えさせるのである。

「ほら、背縫いが曲って下前がこんなに出てるじゃないのだめねえあなたは、さあ帯をお解きなさいな——いいわよ人が嗤《わら》ったって、御亭主の世話を女房がするんですもの、羨ましければてんでんがすればいいわ。はい、そっちへ向いて頂戴《ちょうだい》」

坐って話をしているとき、酒を飲んでいるとき、おしず﹅﹅﹅の手は絶えず貞二郎のほうへ動いた。着物に付いている糸屑《いとくず》やごみを取る、衿《えり》を直す、ちょっと肩を撫《な》でる、髪へ櫛《くし》を当てるというぐあいだった。

「うるせえな、少しその手をじっとして置けねえのか」

「あらごめんなさい、わかってるんだけど、——つい手が出ちゃうのよ、だって、男のひとってすぐ着物へごみが付くんですもの」

こう云う口の下からもう手を出すので、これも好きにさせて置くよりしかたがなくなっていった。――初めて子を持った若い母のように、彼をあまやかせたり、だましたりすかしたりしたいらしい、家を持つために用意したのと島崎から貰《もら》ったものとで、十月いっぱいくらいは台所の心配はない筈《はず》だった。

それも少しは締めてのはなしであるが、酒は以前より多く飲むし喰べ物もずいぶん贅《おご》っている。茶も茶菓子も絶やしたことがないので、これはとうてい続くまいと思っていたところ、十一月が過ぎてもけろっとしていた。金はどうだと訊《き》くと、男がお金のことなんぞ気にするものじゃありませんと云って相手にならなかった。

「おれはいま新しい仕事を考えているんで、そいつは今といってすぐに出来そうもないんだ、もし金が無くなってるようなら、出来るものを先にしようと思って訊くんだから」

「ですから大丈夫だと云ってるのよ。そんな心配なさらなくってもいいの、あたしこれでなかなか世帯もちがいいのよ」

あなたは、仕事さえして下さればいいと云って笑っていた。――そんなに安閑としていられるわけはないがと思ったけれど男のわがままでそれならよしと任せていた。

するとその年の暮になった一日《あるひ》、これから稲荷町へいって来たいと云いだした。向うからはおたかが十日にいちどくらいの割で来るが、おしずはまだ二度しか訪ねていなかった。

「ゆくのはいいけれども、なにか歳暮をもっていかなくちゃなるまい」

「またそんなことを気にする。いいのよ、持ってゆくものはちゃんと用意してあるんだから、あなたのお顔にかかわるようなことしやしなくってよ、安心していらっしゃい」

そう云ってさっさと支度をした。着物を替えてちょっと手洗いに立ったとき、そこになにか小さな紙包があるのをみつけ、貞二郎はなにげなく取ってあけてみた。中にはすあかの帯留がはいっていた。さてはこれを歳暮にする積りかと、苦笑しながらそこへ置こうとして、ふと吃驚《びっくり》したように改めて見なおした。

空を切って飛ぶ一羽《わ》の鷹《たか》が彫ってある。まぎれもない彼の彫ったものだ。かなり昔のおそらく十年以上まえのものだろう。しかし自分が彫ったということはひと眼でわかった。どうしてこれを手に入れたろう、慥《たし》か小網町の鶴村《つるむら》に頼まれた筈だが、……こう思って見ていると、おしずが戻って来て、あらと叫んだ。

「あらいやよう、そんなもの見ちゃあ」

顔を赤くしながら取返した。

「そいつはおれが彫ったものだと思うが、どうしておまえが持ってるんだ」

「いいじゃないの、そんなこと」

珍しくおしずは、つんとして云った。

「それあいいけれども、おれは——」

しかしおしずは赤くなった顔をそむけ、ひどくおちつかないようすで箪笥《たんす》をがたぴしさせたりそこらを片付けたりした。おそろしくつんつんした態度である。貞二郎が呆《あき》れていると、こんどはぎごちない笑顔になって、云いわけでもするようにこう云った。

「これひとから貰って、大事にしていたのよ、でもあたしは欲しければ、あなたに彫って頂けるでしょう、たかちゃんにはまえっからせがまれていたので、思いきって遣《や》ることにしたの、いけないかしら」

「いけなかあないさ、しかしそれを歳暮にってのは可笑《おか》しいだろう」

「うそよう、なにを遣るよりたかちゃん悦《よろこ》んでよ、本当はあたし惜しいんだけれど、あんまりせがまれるから思いきったんだわ、——ではなるべく早く帰って来ますから」

食事の支度はこれこれと、なんども念を押しておしずはでかけた。——殆《ほと》んど二た月ぶりで独りになり、今日こそおちついてやれると、彼は些《いささ》か意気ごんで仕事に向った。

午《ひる》の食事までは悠《ゆっ》くりした気持で、頭も心も開放され、のびのびと息をつくように思えた。しかし仕事は出来なかった。とりかかっていたのを前にして坐ってみたが、いつかしらおしずのことを想《おも》っている。

いつもへまなことばかりしていたという、金助町時代の幼い姿が、ありありと眼にうかんでつい微笑する。小さい頃からきれいで可愛かったに違いない、十五で熨斗《のし》屋のなんとかいう者に文を付けられたというが、ほかにもそんなことがずいぶんあったろう、――そのなかにはこっちでも好きな者がいたかもしれない、いやいなかった筈はない。慥かに一人や二人はいた筈である。そんなときにはどうしたろう、そういう好きな相手とも、なんのことなしに別れたのだろうか。……いつかそんなことまで想像しているのに気づき、貞二郎は自分で呆れて苦笑いをした。

「冗談じゃあねえ、こんなばかなことがあるか」

それより仕事だと坐り直すけれども頭はすぐまたおしずのことにひっかかるのであった。彼はついに仕事を断念し、酒のしたくをして飲み始めた。

# 五

かなり飲んだが酔わなかった。酔わないばかりでなく酒が不味《まず》くなり、気持が少しもおちつかず、なにか不安な事でもあるように苛々《いらいら》する。

曇り日のことでいつかあたりは暗くなり、近所の台所では夕餉《ゆうげ》を作る物音がし始めた。すると彼はとつぜん立上り草履をつっかけて外へ出ていった。——路地をぬけると牧野邸の森が黝《くろ》ぐろと暗く黄昏《たそが》れていた。高塀《たかべい》のこっちは道に沿った下水で、錆《さ》びたような冷たい空の色が流れの面《おもて》に仄明《ほのあか》るく条《すじ》を描いていた。

「この泥溝《どぶ》を、川だと云やがった」

下水の前に佇《たたず》んで、彼はそう呟《つぶや》いた。

「あんなでたらめなやつもないもんだ、金時の風邪みまいとくるんだから、——金時が流行《はやり》風邪かなんかで、ふうふういってみまいに歩くってやがる、それがまじめなんだから」

そう呟きながら、貞二郎はふと涙がこみあげてくるのを感じた。でたらめなやつと口にしたが、そのときほどおしずが可愛く、かけがえのない者に思えたことはない。

彼はまざまざと知った。今はおしずが自分にとってどんなに大事な者であるか、今日いちにちの苛々した、不安な、おちつかない気持がなんのためだったかということを。貞二郎は正直にそれを認めた。いままでそんなことはいちどもなかった、なんのなにがしと名も聞え、手くだも巧みな妓《おんな》たちが、向うから熱をあげて来たこともたびたびあった。なかには一年ちかく逢《あ》い続けた者もいたけれど、こんなに胸ぐるしく切ない気持を覚えた例《ためし》はなかった。

　仕事のほかに心を縛られるようなものはなに一つなかったし、一生それでとおす積りでいた。それがこの年になって、……三十七という年にもなって初めて、こんなに深くひとりの人間にひきつけられた。ちょっと留守にされただけで仕事も手につかず、酒にも酔えない、そのうえ家にいたたまらず、子供のようにこうして道へ迎えに出る。他人からみたらばかげたことだろう、しかし貞二郎はすなおに承認するのであった。おれはあいつが可愛い、おれはもうおしずなしにはいられないのだ。

「おじさん」こう呼ぶ声がした。「――貞さんちのおばさんのおじさん」

振返ると八つばかりの子が、酒徳利を持ってこっちを見ていた。同じ長屋の辰次《たつじ》という鋳《い》掛屋《かけや》の子で、長太郎というちびであった。

「どうした長、お使いか」

「ちゃんの酒買って来たんだよ。おじさんそこでなにしてんだい」

「おれか、おれは——此処《ここ》にいるだけよ」

「おばさん魚屋にいたぜ」

貞二郎はからっと胸がひらくように思った。急に軀《からだ》が軽くなり、大きな声をあげるか駆けだしたいような気持になった。彼は長太郎のほうへいってその頭を撫で、

「さあ帰ろう。ちゃんが待ってるぜ」

そしていっしょに、路地をはいった。すっかり明るくなった気持で家へあがり、行灯《あんどん》へ火をいれるとすぐおしずが帰った。

「ただいま、遅くなって済みません」

こう云《い》いながらはいって来ると、頭巾《ずきん》をぬぎぬぎ遅くなったいいわけを云い、あらお酒あがってたんですかとそばへ寄ったが、いきなり貞二郎の手を握りしめて、ほらこんなよ。冷たいでしょと云いながら、うるんだような眼でじっとこちらを見つめた。

「あたしがいなくて、淋《さび》しかったでしょ」

「——なにおう……」

貞二郎は呆れたように見返した。おしずは鼻へ皺《しわ》をよせて顔をしかめ、握っている手を振り放しながら立った。

「留守でのうのうしたなんて云われると癪《しゃく》だから、先手を打ったのよ、ごめんなさいね、遅くなったお詫《わ》びに御馳走《ごちそう》するわ、——あらあら、火が消えちゃってるじゃないの。あなたこの寒いのに火なしでいたんですか。男のひとってしょうのないものね」

おしずは台所でなにか始めながら、小娘のようにふんふんと鼻唄《はなうた》をうたいだした。彼はそれを聞きながらふと微笑した。長太郎の云った「貞さんちのおばさんのおじさん」という言葉を思いだしたのである。そしてそんな呼び方までがいかにもおしずに似合った感じで、安らかな寛《くつろ》ぎとなごやかにおちついた気分に包まれるのであった。

正月には夫婦で島崎へ年礼にいった。そのときおしずが、思いがけない着物を出したので驚いた。渋好みの紬縞《つむぎじま》に米沢織《よねざわおり》の茶格子《ちゃごうし》の重ねである。そんな高価なものをどうして作ったろう。彼は肩へ掛けたままおしずを見た。

「こんな物をどうしたんだ」

「——どうしたって、なにがです」

「だってこんな贅沢《ぜいたく》な物をどうして拵《こしら》えたんだ、出来るわけがないじゃないか」

「——わりといいでしょ」

おしずはさっと赤くなった。そしてあわてて後ろへまわり、裄丈《ゆきたけ》もちょうどいいとか、身幅はどうかしら、ちょっと合わせてみて頂戴などと、話をそらすようすだった。

「へんな無理をするなよ、いつどうしたか知らないが気味が悪いぜ」

「男がそんなことに気をつかうもんじゃないわ、着物なんかあたしに任せて置けばいいじゃないの、細かいこと云うの、あたし嫌いよ」

いつかのように、またつんとした云いぶりである。貞二郎は黙った。しかしなにやら胸に物が閊《つか》えたような、さっぱりしない気持がいつまでも残った。

そのときの気持が嫉妬《しっと》だと気づいたのは、二月になってからのことであった。尤《もっと》もそのまえに稲荷町《いなりちょう》からおたかが来たときなど、二人で楽しそうに話すのを聞いて、そんな感じにおそわれたこともあった。姉妹は茶を啜《すす》りながら実によくお饒舌《しゃべ》りをする。明けっ放しな調子で、げらげら笑いながら同じことを飽きずに話す。

たいていは思い出ばなしで、金助町じぶんのことがしばしば出た。はじめのうちは別に興味もなく聞きながしていたのであるが、いつかだんだん気になりだして若い男の名が出たりすると、わけもなく不愉快な重い気持になった。――どうしてそんな風になるのかそのときはわからなかったが、自分でもおかしいくらい厭《いや》な気持だった。

すると二月十五日のことであるが、まえに稲荷町との約束で、浅草寺《せんそうじ》の涅槃会《ねはんえ》へゆくことになり、今日こそ早く帰るからと云って、おしずは朝飯が済むとそうそうに支度をして出かけた。その支度をしているさいちゅうに、貞二郎はまた腑《ふ》におちない物をみつけたのである。

　緞子らしい細かい菊の絞柄の帯をむすび、その上から帯留をしめるとき、口に銜《くわ》えた帯留の先の金具が彼の眼をひきつけた。鉄の地に鷹《たか》が彫ってある。近くもなしちらと見たばかりであるが、自分の作だということは、物の響くように直感された。

「おしず、それをちょっと見せて呉《く》れ」

「なにをです、――これ」

「いやその帯留の金具だ」

おしずは、さっと身をひいた。取られるのを怖《おそ》れるかのように、そしてにわかに赤くなり、いちいちそう小さなところに注意されては気が疲れる。もっとおうようにして貰えまいかと云って、さっさと帯留をしてしまった。

あれはおれの作だ。貞二郎は自分の勘に疑いはないと思った。地金の鉄の花菱《はなびし》形にも覚えがある。若い鷹が天に向って飛び立とうとするところが彫ってある筈だ。そして、慥《たし》かあれも小網町へおさめたと思う。……そうだ、慥かに鶴村から頼まれたものだ。はっきりして来たので、貞二郎はもういちど訊《き》いた。

「諄《くど》いようだがそいつはおれの彫ったものだと思う。おまえどこかで買いでもしたのか」

「あらそうかしら」おしずは脇《わき》を見たまま云った、「——あなたのだとは知らなかったわ。ごひいきの方から頂いたんだけれど、じゃああたしなんか締めては勿体《もったい》ないわね」

こう云って赤い顔のまま笑ったが、云いつくろうにしては余りにへたなみえ透いたものであった。——なにか隠している。おしずが出ていったあと、貞二郎は腕組みをして考えこんだ。いつか稲荷町へ持っていった帯留も自分の作だった。あれをみつけられたときも、常になく態度が変った。いいじゃないのそんなこと、ぱっと赤くなって顔をそむけた。

そのあとでむりに笑いながら、これはひとから貰《もら》ったと云ったけれども、あとは話をそらせてしまった。こんども同じである。そして、二つとも小網町の鶴村から頼まれたものだということが、なにかの暗示のように彼をはっとさせた。

貞二郎は、暫《しばら》く迷っていた。けれどもやがて我慢がつきたように立上って、おしずの簞笥《たんす》をあけてみ始めた。いっしょになってから半年、まだ触ってみたこともない。気が咎《とが》めた。あさましいとも思った。しかしそれ以上に激しい疑惑が彼をけしかけ、他人ではない自分の女房のものだ。誰に恥じることがあるかと、挑《いど》みかかるような気持になったのである。

小抽斗《こひきだし》を捜すと、桐《きり》の小箱が五つ出た。あけてみると綿に包んだ帯留二つ、平打の釵《かんざし》、女持ちの莨入《たばこいれ》二つ、前金具は四つとも、そして銀象眼《ぎんぞうがん》の釵も、みんな貞二郎の彫ったものばかりだし、並べてみるとはっきりするが、どれもこれも鶴村へおさめた品である。

「――稲荷町へ遣ったのと、今日のと」

間違いはない、十年にあまるあいだ、これが先これが後その次にこれを、小網町へ届けたことまで記憶にある。

「――すると、仁左衛門《にざえもん》といったあの主人」

貞二郎は歪《ゆが》んだ顔でふと天床を見やった。

六

彼はさらに、箪笥をあけてみた。二た棹《さお》あるうち片方の二つの抽斗から、麻の帷子《かたびら》が二枚、紬縞《つむぎじま》や秩父《ちちぶ》織《おり》の袷《あわせ》が四枚、小袖《こそで》が二枚、下着、帯、そしてこくもちではあるが黒羽二重《はぶたえ》のと、ほかに無地のものとで羽折《はおり》が三枚出て来た。みんな男物である。渋い好みの高価なものばかりで、手をとおしたこともないように新しかった。

亡《な》くなった父親のものだろうか、貞二郎はひろげてみた。亡くなった新七は五尺そここの小づくりであったが、それは五寸ある貞二郎の丈に合う。父親のものでないことは明瞭《めいりよう》だ。彼はそこへ坐《すわ》り、絶望した人間のように眼をつむった。

彼ははせがわ町へ来てからの、おしず一家の生活を思い返した。両親をみるために姉妹が婚期におくれたという、憐かに、あれだけの縹緻《きりよう》をもった二人が妹は二十六、姉は三十六になるまで嫁にゆかなかった。

しかし彼等の暮しぶりはどうであったろう、島崎の者もよく云っていたが、親娘《おやこ》の日常は近所の羨《うらや》むほどおうようで、仮にも義理を欠いたり借をつくったりするようなことはなかった。みんないつもきちんと身ぎれいにしていたし、父親などはどこの御隠居かという恰好《かっこう》をして、暢気《のんき》に芝居や寄席《よせ》をみ歩いている。貞二郎も現にそういう新七の姿を幾たびか見かけた。

あれが本当に姉妹の稼ぎで出来た暮しだろうか、はじめのうち旦那《だんな》があるとか、茶屋へ呼ばれて客を取るなどという評判が立った。そうだ今にして思えばそのほうが事実だったのではないか、そしてその旦那というのが小網町の鶴村の主人だとしたらどうだ。

貞二郎は仁左衛門という人を知っている。茶屋へ伴《つ》れてゆかれて馳走になったこともしばしばある。遊び好きで酒に強かった。家族は息子二人に娘で、妻女はすでに亡くなっていた。鶴村といえば木綿問屋では指折りの店だったが、商売のほうは番頭と息子にまかせ、自分は隠居のかたちで気楽に遊んでいた。

「そうだ、そう考えればふしぎはない、おれの彫ったものにはたいそうな御執心で、よく飽きずに長いことひいきにして呉れた。ずいぶん高価《たか》く云っても、厭な顔ひとつしたことがなかった、――もしあのひとがおしずとそういうことだったとすれば、そうだ、あのひとなら自分の好むもので相手の身のまわりを飾らせたに違いない、さもなくてこれだけおれのものが集まる道理がない、……慥かだ」

貞二郎はこう呟くと、泣くような顔になって後ろへ仰《あお》むけに倒れた。そのまま刻《とき》が移った。眼をあいたり閉じたり、なにか口の内で呟いたり、苦しそうに唇を歪めたり嚙《か》んだりした。

そして半刻あまりすると冷たく微笑して起き直り、出した物を元のように片付けた。ながいことかかって、触ったことをみつからないように、丁寧に片付け終ると、長火鉢の抽斗から財布を取って袂《たもと》へ入れ、そのままふらっと外へ出ていった。

貞二郎が帰ったのは、夜の十時を過ぎた頃だった。食膳《しょくぜん》の支度をして待っていたおしずが、足音で聞きわけたのだろう、上り端《はな》の障子をあけて待っていた。

「お帰んなさい、遅かったのね」

こう云いかけたとたん、貞二郎は戸口から狭い土間へ、つまずきでもしたようにどたどたと転げ込んだ。

「まあ危ない、どうしたの」

おしずは跣《はだし》でとびおりた。貞二郎は転げたまま身動きもしない、抱き起こそうとすると鼻をつくような酒臭さで、殆《ほと》んど正躰《しょうたい》もなく酔っているらしい。さあしっかりして頂戴《ちょうだい》、あたしに捉《つか》まって立つのよ。こんなところで寝ちまっては風邪をひくと云いながら、腕を摑《つか》んでひき起こしたり肩を揺すってみたりした。

「うるせえ、うっちゃっといて呉れ」

「だってあんた、ばんずいの長兵衛《ちょうべえ》じゃあるまいし、こんなとこへ寝ると軀に悪いわよ、さあちょっとでいいから立って」

ようやく上へあげてみると、もうどこかで転んで来たのだろう。胸から裾《すそ》から手も足も泥だらけだった。

「いったいどうなすったの、どこで飲んだのあなた、あらあら手を擦剝《すりむ》いてるわ、――あたし明るいうちに帰ったのよ、そしたらあなたがいないし、戸閉りがしてないから近くだと思ってたら、いつまで待っても帰らないんでどんなに心配したかしれないわ、なんどもなんども表まで出て立ってたのよ」

彼はなにも云わなかった。手足の泥を拭《ふ》かれ、着替えをされながら、まったく意識を失《な》くしたかのように黙っていた。

それから貞二郎のようすが変った。朝から酒びたりで、ふと出ていったと思うと夜でなければ帰らない、それも度たび倒れるほど酔っている。以前のように口をきかなくなり、おしずがなにを話しかけても白けた顔でうんとかああとか、なま返辞をするばかりだった。

「なにかあたしに気を悪くしているんじゃないんですか、ねえ、あたしなにか気に障《さわ》るようなことしたんじゃないかしら」

おしずが不安そうにこう訊いても、なんでもありゃあしない、おれはこんな性分なんだ。そんな風に云って眼をそらしてしまう。もちろん仕事などは投げっ放しであるが、ひいき先から借りて来るのだろう。定《きま》ったものはおしずに渡し、あとはきりなしに飲み続けた。

あとで思うとぞっとする、彼はそのとき家を出ようと考えていた。今日こそ、今日こそと自分を唆《そそのか》しかけていたのである。その反面に、自分の身勝手を咎める気持もあった。たとえ鶴村とそんな関わりがあったとしても、それがどうして悪いのだ。女の身で両親と妹をみなければならなかった。男でもなまなかな者には出来ることじゃあない。それをおしずはあの細腕でやって来たのだ。ふた親をみおくり、妹もりっぱに嫁入らせた。

これはみんな、おしずが日蔭《ひかげ》の身になったからである。寧《むし》ろ褒めてもいいことではないか。しかもこういうことはすべて自分とは関係がない。自分にはおしずを咎める権利はないのである。

けれどもこう反省するあとから苦悶《くもん》が彼を追いたてた。理屈は慥かにそのとおりであるが、おしずがかつて誰かに愛されていたと思うと、身もだえをして叫びたいほど胸が苦しくなる。まぎれもない嫉妬だった。男として恥ずかしかった。しかしそれは寝ても起きても彼を放さず、いっときの隙《すき》もなく彼を責めたてた。

——出てゆこう、どこかへいってしまおう、誰も知らない土地へ、山の中へでもはいって、人間の顔を見ずに暮してゆこう。

絶えずそう呟《つぶや》きながら、来る日も来る日も酔いつぶれていた。おしずは途方にくれていた、きげんをとろうとして哀れなほど努めた。なにが原因なのかまったくわからない。自分に対して怒っているようでもあるし、仕事が思うようにいかないためかとも思えた。

どっちにしても、自分に出来ることならきげんの直るようにしてやりたい。こう考えていろいろやってみたけれど、結局どうしていいか見当がつかず、ただそばにいてはらはらするばかりだった。

こうして半月あまり経《た》ち、三月にはいった二日のことである。久しく稲荷町から来ないので心配だし、明日は節句だからちょっと妹を訪ねたいがいいだろうか。おしずがこっちの気を計るようにこう云《い》った。貞二郎は宿酔《ふつかよい》で、朝から蒼《あお》い顔をして飲んでいたが、いいだろういって来い、そう答えて冷やかにそっぽを向いた、おしずはわざと明るく笑い、帰りになにか美味《うま》い土産を買って来る、三時頃にはきっと帰るからなどと云って、支度もそこそこに出ていった。

おしずがでかけて、半刻も経たなかったろう、貞二郎が冷のまま湯呑《ゆのみ》でぐいぐいやっていると、ごめんなさい今日は、姉さんいて、という賑《にぎ》やかな声が戸口でした。おたかの声である。彼は湯呑を持って坐ったなり、おしずは稲荷町へいったぜと答えた。おたかはあらいやだと云いながら、珍しく独りで、小さな包みを持ってあがって来た。

「いやだわ、それじゃあいき違いになったのね、途中で会いそうなもんだのに、――どうも御無沙汰《ごぶさた》しました、今日は」こう云っておたかは膳のそばへ坐った。「置いてきぼりで、兄さん独りじゃうまくないんでしょ」

「独りでなくったって、うまかあねえさ」

「仰《おっ》しゃるわね。それは男のひとの口癖よ、うまくはないが憂《う》さばらしだって、あら冷であがってらっしゃるの。あたしちょっとお燗《かん》をしてあげましょう」

「まあいい、坐ってて呉れ」

彼はそう云ってふと眼を光らせ、改めておたかの顔を見まもった。宿酔の迎え酒でひどく酔っていた。感情がすっかり脆《もろ》くなっていたのである。むらむらとなにもかもぶちまけたくなり、抑えるひまもなく坐り直していた。

「気障《きざ》なことを訊くようだが、おしずはどのくらい鶴村《つるむら》の世話になっていたんだい」

「鶴村さんて、ああ小網町のですか、そうだわねえ」おたかは首をかしげながら指を折った。「――お夏さんが九つの年からお稽古《けいこ》にいき始めて、十八のときお嫁にゆくまでだから、そう、あしかけ十年よ慥か」

「十年ね、ふむ、十年か、――すると二十一二から三十一二までだな、十年」彼はきゅっと唇を歪めた。「――ちょうどさかりな年ごろだったじゃないか、子供なんか出来たことはなかったのかい」

「――子供って、なんの子供」

「鶴村のさ、鶴村とおしずのあいだにさ、子供が出来たことはなかったかと訊いてるんだ」

# 七

おたかはまじまじ貞二郎を眺めた。それから尻下《しりさが》りの眼を糸のようにして笑いだした。ばかねえ兄さん、まじめな顔をして云うから本気で聞いたじゃないの、そんな冗談はあなたに似合わないわ。こう云いながら火鉢へ炭をつぎだした。

「冗談にしたければするがいいさ、しかし隠すこたあないんだ、隠すこたあ」貞二郎は酒を呷《あお》った。「――もし隠したければ、掴まれるような尻尾《しっぽ》の始末ぐらいはしておくものさ」

「いやだわ兄さん、今日はどうかなすってるのね、姉さんとなにかあったんですか」

貞二郎は、よろよろと立上った。そして簞笥《たんす》のほうへゆくと、手荒く抽斗《ひきだし》をあけて、いつかの小箱や男の着物をそこへ投げだし、戻って来てどかっと坐りながら云った。

「――これもみんな冗談かい、おたかちゃん」

おたかは蒼くなった。そこへ投げだされた物を眺め、貞二郎の顔を見つめながら、蒼くなって唇を噛みしめた。彼の云うことの意味がようやくわかったのである。余りに思いがけない、すぐには声も出ないほど思いがけないことだった。

「あなたはこれを、そんな風におとりになったんですか」

やや暫《しばら》くして、おたかはこう口を切った。眼はきらきら光り、唇は震えていた。どう云ったらいいだろう、おたかは身を揉《も》むような姿勢で続けた。

「もういっしょになって半年の余も経つのに、あなたには姉さんがそんなひとにしかみえないんですか、あなたは姉さんが鶴村さんに囲われていた。これはみんな鶴村さんから貰《もら》ったものだって、そう思っていらっしゃるのね、——あんまりだわ、それはあんまりだわ兄さん」

おたかの眼から、ぽろぽろと涙がこぼれた。しかしそれを拭《ふ》こうともせず、貞二郎の顔を刺すようにみつめておたかは云った。

「そこにある物は、姉さんが自分で買ったのよ。帯留や釵《かんざし》は鶴村さんの旦那《だんな》に頼んだけれど、お金は姉さんがちゃんと払っているわ、着物だって姉さんが自分で柄《がら》をみたてて買い、あなたの裄丈《ゆきたけ》に合わせて自分で縫ったものだわ」

「おれの彫る物を、どうして鶴村なんぞにまた頼みをしたんだ」

「恥ずかしかったからよ」

「物を誂《あつら》えるのが恥ずかしいことかい」

「姉さんは恥ずかしかったのよ、姉さんは、——姉さんは、あなたが好きだったからよ」

おたかは、片手で眼を押えた。

「島崎さんへお稽古にゆきだすとまもなくから、姉さんはあなたが好きだった、お父さんもおっ母《か》さんも知らなかった、あたしが聞いたのもずっと後のことだわ、姉さんはひところ病人のようになるくらい、貞さんが好きだったのよ、――初めてあたしにうちあけるとき、姉さんがどんなに泣いたかあなたにはわからないでしょう。どうしても貞さんが忘れられないけれど、貞さんは江戸じゅうに名を知られて、これからどんなにでも偉くなれるひとだし、あたしはこんなのろまのおたふくで、とても望みのかなうあてはないって、それがわかっていてどうしても諦《あきら》めることができないって、……あたしの膝《ひざ》がぐしょぐしょになるほど泣いたわ」

おたかは、こみあげてくるものを抑えようとして、歯をくい緊《し》め、両手の指をひき絞って、肩を震わせながら続けた。

「せめて貞さんの彫った物を身につけていたい、でも自分からじかに頼むのは恥ずかしいし、容易に彫って貰えるものでもない。姉さんはこう思ったのよ。そのじぶん鶴村さんのお夏さんに稽古へいっていて、旦那ならあなたが彫って呉《く》れると聞いたから、自分の名は出さない約束で頼んで貰ったんだわ、――一つ出来てくるたびに、姉さんがどんなによろこんだか、あたしの眼には今でもありありと見えるわ、まるで可哀《かわい》そうなくらい、五六日は肌へつけて離さずによろこんでいたわ、こういう物は魂をこめて彫るというから、これにはあのひとの魂がはいっている、あたしあのひとの魂を抱いているのよって」

とつぜんおたかは袂《たもと》で顔を掩《おお》い、堰《せき》を切ったように泣きだした。そして泣きながら、とぎれとぎれの叫びのように云った。

「着物だってそうだわ、御夫婦になれる当もないのに、これが似合うかしら、あれは袷《あわせ》にどうかしら、自分で柄を選んで、島崎さんのおばさんにあなたの裄丈を訊《き》いて、自分で縫いあげては楽しんでいたのよ、――あたしが稲荷町《いなりちょう》へゆきお父さんが死んだあと、淋《さび》しかろうと思っていくと、その着物を壁の衣紋竹《えもんだけ》へ掛けて、羽折を着せて、下に帯や足袋を揃《そろ》えて、こうやってじっとよく眺めていたわ……こうやって、――あたしの顔をみると赤くなって、虫が付くといけないから風を入れてたのよ、そんなことを云ってうろうろしたわ、そんなところをみて幾たび泣かされたでしょう。兄さんも思ってみて頂戴《ちょうだい》、そうやってたった独りで坐《すわ》って、壁に掛けた想《おも》うひとの着物を見ている姿、――どんなだと思って、なんでもなくって、兄さん」

貞二郎は両手を拳《こぶし》にして膝へ突き、頭《こうべ》を垂れたまま黙っていた。

「だから、島崎さんのおばさんから、貞さんへという話が出たとき、姉さんはとても本当とは思えなかったのよ、からかわれたと思ったのよ、でももしかすると本当かもしれない、ずいぶん迷って稲荷町へ来たのよ、――あなたにもこれだけはわかると思うわ。あたしが島崎さんから帰りに寄って、その話が本当だと云ったとき、姉さんがどんな顔をしたか、どんなことを云ったか、これだけはわかって貰えると思うわ」

それにも拘《かかわ》らず、今になってそんなひどいことを考えるなんてあんまりだ、それではあんまり姉が可哀そうだ。こう云っておたかは声をあげて泣いた。

貞二郎はなお暫《しばら》く頭を垂れていたが、やがて眼をこすり、静かに湯呑へ酒を注いだ。それからもういちど眼を拭《ふ》いて、湯呑を持ちながら云った。

「わかったよ、すっかりわかった。おれが悪かった。勘弁して呉れ、おたかちゃん」

「――本当にわかって呉れて、兄さん」

「おれはあいつが可愛《かわい》いんだ、正直に云っちまおう、初めてだ。こんな気持になったのは初めてだ、あいつがいなければ、おれはもうあがきもつきゃあしない、――この気持がばかげた勘ぐりの元だったんだ、頼む、どうか忘れて呉れ、おしずには内証《ないしょ》にして呉れ、おたかちゃん、頼むよ」

おたかは涙を拭き、まだせきあげながら、小さい声で独りこう囁《ささや》いた。

「――姉さん、聞いて、貞さんのいま云ったこと、聞いたわね、……苦労のしがいがあったわね、姉さん、本望だわね」

そして再び、激しく泣きいった。

貞二郎は新しいことのように気づくのであった。姉妹が決して自分のことを云いたてない。他人のことは感心したり褒めて話すけれども、自分たちのことになるとわれからけなしつけることを。……おしずには云えなかったのだ。なんども機会があったのに云えなかった。つんけんしたのは恥ずかしかったからである。自分がみすかされそうになって、恥ずかしそうにうろたえた結果なのだ。貞二郎にはすべてがわかってきた、そして爽《さわ》やかに晴れてゆく胸のなかで云った、――なんという可愛い、そしていじらしい、きれいなおたふくだろう。

会わないほうがいいと云って、おたかが、散らかした物を片付けていると、おしずが息をせいて「唯今《ただいま》」と帰って来た。

「ただいま、まだたかちゃんいるわね」

こう云いながら上って来た。

「なによ姉さん、なにをそんなに急いでるの」

「駆けたのよ。またいき違いになっちゃいけないと思ってさ――門跡《もんぜき》さまんとこでお店の吉どんに会ったのよ。それであんたがこっちへ来たっていうもんだから」

「待ってればいいのにさ、あたしすぐ帰るつもりだったのよ」

「そうはいかなくってよ、あんた、お節句じゃないの」

「あらいやだ、お節句がどうしたのよ」

「どうしたのってばかねえ、お節句にまごまご遊んでる者はないのよ、ひとがよく云うじゃないのさ、節句ばたらきって」

　ここまで聞いていて、貞二郎はふきだした。おたかも眼を糸にして笑いこけ、あんたこそとんまだわ、節句ばたらきなんて云やあしない、あれは節期ばたらきというのよ、ねえ兄さんと振返った。

「きてれつなことを云うよ、このかみさんは」彼は笑いながら、おしずを見た、「――このあいだもおれが酔っぱらって帰って、土間へ転げこんだら妙なことを云ったぜ、なんだっけ、そうそう、ばんずいの長兵衛じゃあるまいし、そんなところへ寝ちゃあいけねえってさ、……ばんずいんの長兵衛と土間へ寝るのとなんのひっかかりがあるのか、てんでわからねえ」

　おしずの顔は、日がさしたように明るくなった。活《い》き活《い》きと眼をみはり、頬を赤くしながら貞二郎を見た。彼はきげんを直している。もうあの暗いものは少しもない。良人《おっと》はもとのままの良人である。おしずは溢《あふ》れるような嬉《うれ》しさで、少しばかりわくわくしながら膳《ぜん》の前へいって坐った。

「ひとつ絵解きをして貰おう、あれはいったいどういう意味なんだ」

「およしなさいよ兄さんでたらめよ」

「あらやあだ、たかちゃんも知らないの、ばかねえ」おしずは眼のふちを染めながら、まじめくさった顔で云った。

「——なにかの科白《せりふ》にあるじゃないの、水野の屋敷へばんずいがゆくでしょ、そしてさあどこからでも突いて来いって長兵衛《ちょうべえ》がど真中へ大の字に……」

おたかが、ぷっとふきだした。貞二郎もうふふと笑いだした、おしずは不服そうに二人を見ながら云い続けた。

「あらなにが可笑《おか》しいのよ、どまんなかへ大の字なりに寝たんじゃないの、だからあたし云ったんだわ、そんなところへばんずいの長兵衛じゃあるまいし……」


（「講談雑誌」昭和二十四年四月号）

# よじょう

一

肥後のくに隈本城《くまもとじよう》の、大御殿の廊下で、宮本武蔵《みやもとむさし》という剣術の達人が、なにがしとかいう庖丁人《ほうちようにん》を、斬《き》った。さしたることではない。庖丁人は宮本武蔵の腕前をためそうとした。名人上手といえども暗夜の飛礫《つぶて》は避けがたし、そんなことはない。論より証拠ということで、ちょうど宵のことだったが、暗い長廊下を宮本武蔵がさがって来ると、その庖丁人が待伏せていて、襲いかかった。すると宮本武蔵のほうでは、声もあげずに、ただ一刀でこれを斬り倒した。さしたる仔細《しさい》はない、それだけのことであった。

二

同じ日の、その出来ごとより二時間ばかりまえだったが、城下の京町にある、伊吹《いぶき》屋《や》という旅館の女中部屋で、女中おきたと、訪ねて来た岩太という若者が、話をしていた。

料理場のほうから、魚菜を焼いたり煮たりする美味《うま》そうな匂《にお》いがながれて来る。また、膳《ぜん》や皿小鉢の音、忙《せわ》しげな人の足音や呼び声などが、いかにも旅館のじぶんどきらしく、賑《にぎ》やかに聞えて来た。この部屋へもときどき女中たちが出入りした、なにかを取っていったり置いていったりするのだが、こちらの二人には決して眼を向けない。おきたはにらみが利《き》くのである、おきたにはいい客が付いていたし、また伊吹屋の女中がしらであった。

年は岩太より三つ上の二十六歳、眼鼻だちのきりっとした、かなりいい縹緻《きりよう》である。ばかに黒子《ほくろ》が多いし、たっぷりした顎《あご》と鼻の頭が、ちょっとしゃくれているが、却《かえ》って顔つきに愛嬌《あいきよう》を添えていた。

「そんなことまっぴらよ」

おきたが云《い》った。すんなりした白い手を反らせて、結い終った髪のあちらこちらを直す、前髪と鬢《びん》のところが気にいらないらしい、鏡架から鏡を取って、いろいろな角度から写してみる。岩太は濡縁《ぬれえん》に掛けていた。横向きに、片方の膝《ひざ》を曲げて、その膝で貧乏ゆすりをしながら、哀願するようにおきたを見た。

「薄情なことを云うなよ、頼んでるんじゃねえか、おらあ頼むと云ってるんだぜ」

「まっぴらですよ、そんなこと」

「呉《く》れってんじゃねえぜ、儲《もう》けたら返すんだ、今夜は儲かるって勘があるんだ、こんなにはっきり儲かるって、勘のはたらいたこたあねえんだ」

「まっぴらだって云ってるじゃないの」

おきたは鬢を撫《な》でる。

「……儲けたら返すって、儲けたらってのは儲けたことのある人が云うものよ、わる遊びを始めてからあんた一遍でも勝ったためしがあって、いつでもみんなのいい鴨《かも》じゃないの」

「知りもしねえでえらそうなことを云うない」

「いい鴨じゃないの、いつでも」念を押すように云った、「——角さんが云ってるわ、あんたはしんから性に合わないって、勝負事が性に合わないからだめなんだって」

「角さんたあどの角さんだ」

「あんたは好きでもないって云ったわ、勝負をしながら頭はそっぽを向いてるし、夢中になるってこともないって、まるでお金を捨てにいくようなもんだって云ってるわ」

「角さんたあどの角さんだ」

おきたは答えない。岩太は悄気《しょげ》て、それからむっとして、立ちあがる。

「じゃあ、どうしてもだめなんだな」

「淀屋《よどや》へでもゆくつもりなら、よしたほうがいいわよ」

おきたは鏡を覗《のぞ》きこむ。

「――橋本のお米《よね》さんも、花畑のひともよ」

岩太は少なからずぎくりとした。

「なにが、どうしたって」

「あんたいつか笄《こうがい》を買って呉れたわね、それから釵《かんざし》を貸して呉れって持ってったわね、着物を買って呉れた代りに、帯を持ってったこともあるわね」

「そりゃあおめえ遊びの元手に」

「嘘《うそ》おつきな」おきたはふり向いた、「――買って呉れたという笄は淀屋のお半さんのものじゃないの、お半さんのとこから持って来た笄をあたしに呉れて、あたしんとこから持ってった釵をお半さんに遣《や》ったんじゃないの、着物だって帯だって、お半さんでなければ橋本のお米さんか花畑のひとか、四人順繰りにこっちの物をあっちへ遣り、あっちの物をこっちへ遣り、……あまりばかにしないでよ」

「そんなおめえ、こっちはおめえ」

「帰ってちょうだい、すっかり底が知れたんだから、もう来ないでちょうだいよ」

「勝手にしゃあがれ」

脈は切れた。疑う余地はなかった、岩太は肩をすぼめて、木戸から外へ出た。

「——へ、ざまあねえや」

表通りは人の往来が多かった。彼は路地を裏へぬけて、坪井川のほうへ、しょんぼりと歩いていった。めくら縞《じま》の布子に三尺帯、すり切れた藁草履《わらぞうり》をはいて、ふところ手をして、前跼《まえかが》みに歩いている恰好《かっこう》は、羽の抜けた寒鴉《かんがらす》といったふうである。月代《さかやき》も髭《ひげ》も伸びているが、おもながで色が白く、眼や口もとに子供っぽい感じがあって、いかにも年増《としま》に好かれそうな顔だちにみえる。

「——ひでえことになりやがった」泣きそうな表情で呟《つぶや》いた、「——まったくの八方ふさがりだ」

黄昏《たそがれ》のいやな時刻だった。夕やけの色もすっかりさびたし、本妙寺山も霊樹山《れいじゆざん》も暗くなっていた。靄《もや》のたつ畠《はたけ》で、まだ鍬《くわ》を振っている農夫がいるが、それは夕ざれた景色をいっそうもの哀《がな》しくみせるようだ。

「八方ふさがり、ぺしゃんこだ」

彼は坪井川のふちへ来て立停った。川の水は光っていた、流れながら光っていた。もう三月のことで、水はぬるんでいる筈《はず》であった。しかし、ひどく冷たそうにみえた、流れの条《すじ》なりに光る鋼色《はがねいろ》の光りは、身にしみるほど冷たそうであった。……彼はそれ

を眺めていた。しょんぼりと立って、ながいこと眺めていた。足のほうから寒さがし
み上ってきて、しぜんと胴ぶるいが起こった。そこで彼は勇気をつけようと思った、彼は明るい灯火と熱い酒の香を想像した。温かな明るい灯火と、熱くて咽《む》せるような濃い酒の香。咽喉《のど》を下がってゆく時の、やけるような舌ざわりを……効果はてきめんであった。腹の中でくうくうという音がした、彼はにやりと笑った。

「へ、なにょう云やあがる」

せせら笑って、彼は歩きだした。

「こっちの物をあっちへ、あっちの物をこっちへか、四人順繰りにときやがった……どうして知れやがったか」

彼は赤くなった。

「――もう来て呉れるなってやがる、あの黒子づらめ、誰がいってやるもんか、こっちあ岩さんのあにいだ、舐《な》めるなってんだ」

しかし八方ふさがりだということに変りはなかった。岩太はやくざのつもりだった。世間でもそう見ていた。借金だらけ、不義理だらけ、それがどうしたと思うのだが、ふしぎなことには、やくざなかまでも借金や不義理は通用しないのであった。彼は好きでやくざになったのではなかった。今でも好きではなかった。ほかにどうしようも

なく半分はやけくそでぐれたのだが、一年と経《た》たないうちにゆき詰り、借金や不義理が通用しないとなると、やくざもばかげたつまらないようなものであった。

「いっそ乞食《こじき》にでもなってくれようか」

岩太は、こう呟いた。そのとき白川のふちへ出たので、彼は千段畑のほうへ曲った。

三

うす汚ないうどん屋の隅で、岩太は酔っていた。もう九時ごろであった。そこは千段畑の町はずれで、馬子《まご》や駕籠《かご》かきや、行商人などが、ひとくち飲んで弁当を使うくらいの、ごくざっとした店であった。だが夜になると奥の部屋が博奕場《ばくちば》になり、そういうなかまが毎晩のように集まった。

今も奥では勝負が始まっていた。勝負している物音や笑い声が聞えて来る。この店は角さんの息がかかっているので、博奕場としては安全であった。角さんは長岡佐渡《ながおかさど》さまの槍持《やりも》ちだったし、佐渡さまは藩の老臣であった。

奥は賑やかであるが、店はうす暗くひっそりしていた。岩太のうしろの柱に、煤《すす》けた掛行灯《かけあんどん》が一つ、ぼんやりと、うしろから岩太を照らしていた。

「女の三人や五人なんでえ」彼は呻《うめ》く、「――女なんて、へ、掃いて捨てるくれえあらあ、知らねえな、やろう」

彼はすっかり酔っていた。飯台へ頬杖《ほおづえ》をついて、片方の手で酒を注いだり、飲んだりするが、注ぐにも飲むにも、酒をだらしなくこぼした。顔は蒼《あお》くなり、眼がくぼんで、口の端から涎《よだれ》が垂れていた。

「おう、角さんのあにきを呼んで呉れ」

岩太はとつぜん喚《わめ》いた。誰も答えなかったが、閉めた雨戸のくぐりをあけて、六尺棒を持った男が入って来た。見廻《みまわ》りの下役人である。店に続いた釜場《かまば》から、この家の女房がとびだして来た。

「これは旦那《だんな》、御苦労さまでございます」

「なにも変りはないな」

下役人は奥のほうを見た。

「はい、もう、このとおり閉めたところでございます、どうぞちょっとお掛け下さいまし、お茶をひとくち」

「そうしてもおられぬが」

下役人は上《あが》り框《がまち》へ腰を掛けた。女房は釜場へ戻った。下役人は六尺棒を脇《わき》へ置きながら、そこに岩太のいるのをみつけ、渋い顔をしてそっぽを向いたがすぐ吃驚《びっくり》したようにふり返った。

「おまえ鈴木殿の岩太じゃないか」

岩太は眼をあげた。

「こんな処《ところ》でなにをしている」

下役人はせきこんで云った。

「――家《うち》ではおまえを捜しているじゃないか、こんな処でのんだくれているばあいじゃない、すぐ家へ帰れ」

「なにょう云やがる、おめえは誰だ」

「すぐ帰れ」

下役人は云った。

「――作間武平に聞いたと云うんだ、見廻りの作間武平だ、こんな処でのんだくれていて、家はたいへんな騒ぎだというのに、世間の鼻つまみじゃないか、さあ早く帰れ」

女房が大きな湯呑《ゆのみ》を盆にのせて来て、あいそをいいながら差出した。下役人は湯呑だけ取って、ひとくち飲んで、咽《む》せた。

「頼むから角さんのあにきを呼んで呉れ」

岩太がまた喚いた。作間武平はちょっと考えて、ひとくち飲んで、首を捻《ひね》った。

「そうだ、しょびいてゆこうじゃないか」

武平は湯呑のものをすっかりあおった。すると待っていたように女房がもう一つ湯呑を持って来た。春だけれどもこの寒さはどうだとか、さりげなく云って、盆のままそこへ置いていった。武平は横眼で見て、湯呑のほかに小皿ひとつないので、渋い顔をした。

「よしそうしてやろう」

武平は呟いた。

「――ひとつしょびいていってやろう、まんざらむだ骨にもなるまいじゃないか」

部屋のほうで人の声がした。障子をあけて、三十四五になる男が店へ出て来た。

「おう作間さんかい」

下役人はふり返って、ばつの悪いようなあいそ笑いをし、なにか云いそうにしたが、男はもう岩太のほうへ近よっていた。

「どうした岩さん、やってるのか」

「おう、あにき」

岩太は手を伸ばした。

「――来て呉れたか、角さんのあにき、おらあおめえを待ってたんだぜ」

「いま来たところだ」

「おめえを待ってたんだ、おらあもう、済まねえがちょいとつきあって呉んねえ、あにき、おらあもう死んじまいたくなってるんだ」

「まあ待ちねえ、おめえ家へ帰らなくちゃあいけねえんだ。しかしこいつは、ひどく酔ってやがるな」

角さんは独り言を呟き、それから「おかねさん」と釜場のほうへどなった。

「おれの草履が裏にあるからまわして呉れ」

こうどなると、作間武平が脇から云った。

「私もいま云っていたんだが、この男に家へ帰れと云っていたんだが、それは見廻り組へ鈴木殿から人がみえてみつかったら知らせて呉れということだったので」

「こう酔ってちゃあしようがねえ」

角さんは独り言を云った。骨の太そうな逞《たくま》しい軀《からだ》つきである。肩も腰もがっちりしていた。色の黒い、顎の張ったいかつい顔だが、額にかなり大きなかたな傷の痕《あと》があるので、いかついうえ凄《すご》みがあった。槍持ちは下郎にすぎないが、この向う傷のために、彼は主人の長岡佐渡に愛されていたし、またなかまのあいだにも人望があった。

角さんは弱い人間にはやさしかった。作間武平のような下役人は嫌いだったが、岩太のような者には特にやさしかった。こんな若僧のなっていない彼をさん付けで呼ぶのは、今では角さんだけであった。

「さあ立つんだ岩さん」

女房の持って来た草履をはいて、角さんは岩太の側《そば》へいって肩を叩《たた》いた。岩太はぐずって、飯台へかじりついた。角さんは岩太の耳へ口を当てて、なにか囁《ささや》いた。岩太は唸《うな》って、首をぐらぐらさせた。角さんはもういちど囁いた。するとこんどは、岩太はだらんと唇を垂れ、眼をしかめて角さんを見あげた。

「さあ送ってやる、しっかりしねえ」

角さんは腕を出した。岩太は立った。外へ出るとあたりはまっ暗であった。陽気が変って、雨にでもなるのだろう、なまぬるい南風が吹いていた。角さんは片手に提灯《ちょうちん》を持ち、片手で岩太を支えながら歩いた。

「おらあ屋敷の伊能てえ人に聞いたんだ」角さんが云った、「——伊能てえ人はお城で現場を見たというから間違《まちげ》えはねえだろう」

「おれにゃほんとたあ思えねえが」

岩太は首を振った。

「――いったいどうしてそんなことになったろう」

「それがさ、詳しいこたあ知らねえが、千葉ノ城の人をおめえのおやじさんがためそうとしたらしい、千葉ノ城の人の腕前をためそうとして、長廊下に待伏せていて、暗がりからとびだしたんだそうだ」

「冗談じゃねえ、そんなばかなことを」

「相手はおめえ名人だ、ものも云《い》わずに、……わかってらあな、おやじさんは侍とはいいじょう台所の人だ、もともと庖丁《ほうちょう》で扶持《ふち》を貰《もら》ってる人なんだから、まるで金剛力士が赤ん坊を踏み潰《つぶ》すようなものさ」

「ほんとたあ思えねえ、そんなばかなことがあろうたあとても考えられねえ」

「よしゃあよかったんだ、千葉ノ城の人にはちょっかいを出しちゃいけねえんだ」

角さんは云った。

「――あの人が小倉からこっちへ来た当座のことだ、屋敷の旦那(長岡佐渡)の話なんだが、或《あ》るときお城の広間で酒宴があった、殿さまの御前だったかどうか、そのうちに重役の一人が巌流島《がんりゅうじま》の話をもちだした、例の佐々木小次郎との決闘だろう、……自分が聞いたところによると、その重役が云った、あのとき小次郎の太刀が、貴方《あなた》の頭を僅《わず》かに斬《き》ったそうだが、事実であるかどうか、……ほんの座興で訊《き》いたんだろうが、千葉ノ城の人は凄い形相になった、凄い形相になって、側にあった燭台《しょくだい》を持って、その重役の前へいった、そうして、自分は幼少のころ頭に腫物《はれもの》ができて、このとおり今でも総髪にしている、だから頭に腫物の痕はあるが、かたな傷というものは兎《う》の毛ほどの痕もない筈だ、よくしらべて貰いたいと云ってあの総髪を自分の手で掻《か》き分けて、重役の前へつき出した、その形相の凄いのなんの、……重役は蒼くなって、よくわかった、自分の聞いた話は間違いであろう、と云ったが、あの人は承知しない、燭台を取って面《おもて》をつきだして、よく見もせずにわかる筈がない、さあ篤《とく》と見て呉《く》れ、よくよくしらべて呉れ、こう云って詰寄った、そのようすのもの凄さは人間とは思えないくらいで、みんなぞっと震えあがったそうだ」

「ほんとたあ思えねえ」

岩太はまた首を振った。

「――だがほんとかもしれねえ、おやじとくるとすぐむきになりやがるからな、つまらねえことにすぐかっとなりやがるから」

「千葉ノ城の人はそういう人なんだ、あの人にちょっかいを出しちゃいけねえんだ、おめえのおやじさんはよしゃよかったんだ」

角さんはふと空を見た。額へ雨が当ったのである、額のかたな傷のところへ、ぽつっと雨の粒が当ったのだ、雨が降りだしたのであった。

四

部屋の上座に遺骸《いがい》が寝かせてあった。

香の煙がもうもうとして、燭台の火がぼうとかすんでいた。部屋の中はすっかり片づけられて、遺骸の頭の処にある経机のほかには道具らしい物はなにもなかった。経机の上にはひと枝の樒《しきみ》と、煙をあげている香炉が載っていた。香炉は大きすぎるようだし、焚《た》く香も多すぎた。部屋の中は息詰るほどけぶっていた。それは遺骸の血の匂《にお》いを消すためのようであった。

岩太は父の遺骸を見まもっていた。それは新しい蓆《むしろ》の上に寝かせ、紋付の着物が掛けてあった。枕《まくら》がないので頭が反り、尖《とが》った顎《あご》がつき出てみえた。顔は眠っているようで、苦悶《くもん》の色などは少しもなかった。鼻のわきや額に紫斑《しはん》ができ、唇の間から歯が覗《のぞ》いていた。皮膚は乾いていやな色をしているが、苦しんだような色はどこにもなかった。……岩太の右に兄の数馬《かずま》がいた。紋付の小袖《こそで》に袴《はかま》をはいて、その袴をきちんとさばいて、坐《すわ》っていた。

数馬は二十五歳だった。顔だちは父に似て、色が浅黒く顎が尖っていた。眉《まゆ》が寄って、そこに深い皺《しわ》があった。父親と同じように、癇《かん》の強い直情な気性が、その眉間《みけん》の皺とするどい眼つきによく表われていた。

「ひどいことをしゃあがる」岩太が云った、「——なにも斬ることはないだろう、向うは仮にも名人とか上手とかいわれてる人だ、こっちはたかが庖丁人じゃないか」

「剣の道はきびしいものだ」

「あの人は仮にも名人とかなんとかいわれてるんだ、弓や鉄砲で囲んだわけじゃあなし、たかが一人の庖丁人が腕だめしをしようとしただけで、軀を躱《かわ》して済むことだし、投げとばしていったっていい筈《はず》だ、いきなり斬り殺すという法はないだろう」

「宮本殿の気持がおまえなどにわかるか」数馬が冷たく云った、「——剣の道はきびしく、おごそかなものだ、父上はその尊厳を犯した」

「あの人の気持がおれにわからねえって」

「宮本殿は剣聖といわれる方だ」

「おれにあの人の気持がわからねえって」

岩太が云った。

「——冗談いうない、名人だか剣聖だか知らねえがおれに云わせりゃあただの見栄《みえ》っぱりだ、かんかちの見栄っぱりで、見栄で固まったきちげえだ」

岩太は角さんから聞いた話をした。頭にかたな傷があるかないか、しらべてみろといった話である。うわのそらで聞いたから多少は違うかもしれないが、凄い形相で詰寄ったという印象は、鮮明に残っていた。

「この話もそうだ、それは間違いだと云って済むところを、見栄っぱりだから、それじゃ済まねえ、燭台を持って頭をつきつけてしらべろという、そうしなくちゃあ見栄が承知しねえんだ、おやじを斬ったのもその為《ため》よ、尊厳もくそもありゃしねえ、おやじなんぞにとびかかられてかっとなったんだ、かっとなって、名人とかなんとかいわれる見栄が承知しねえから斬ったんだ、あいつは刃物を持った見栄っぱりのきちげえだ」

「下司《げす》の知恵は下司なものだ」数馬は冷笑した、「――父上は粗忽《そこつ》なことをなすったが、さすがに剣の精神は知っておられた、きさまなどにはわかるまい、父上は斬られたとき、駆けつけた人に向って、自分はこれで満足だと云われたそうだ」

「これで満足だって、おやじが」

「父上は同僚の人たちと、宮本殿の技倆《ぎりょう》について論をされた、いかに宮本殿でも不意打ちは避けられまい、避けられるという者が多かった、それで父上がためすために出られた、そうして宮本殿の真の技倆がわかったのだ、それがわかれば、たとえ身は斬られても父上には御満足だったにちがいない」

「ほんとにそう云ったのかい、満足だって」

岩太は父の遺骸に向って、鼻に詰るような声でそう云った。

「ほんとうに満足だったのかい、おやじ、……可哀《かわい》そうな人だなおめえは、たかが剣術の上手下手のことでそんなふうに斬られて口惜《くや》しくもねえ、満足だと云って死ぬなんて、おめえそんな可哀そうなお人好《ひとよ》しだったのか」

「もう立て」数馬が云った、「――きさまの下司な口は父上を汚《けが》す、お別れを申上げて帰れ」

「まだ誰にも逢《あ》ってねえぜ」

「きさまを呼んだのは御遺骸の前で勘当を申し渡すためだ、勘当を申し渡したからにはもう用はない」

「おっ母《か》さんにも逢えねえのか」

「母上はもちろん小藤《こふじ》にも逢わせぬ」

「おっ母さんが逢わせねえというのか、おめえが逢わせねえのか」

「理由はきさま自身に訊け」

数馬はするどい眼で睨《にら》んだ。

「——鈴木の家には、乞食《こじき》にも劣る人間の親やきょうだいはおらん」

「乞食、……乞食にも劣るって」

岩太はけしきばんだ。拳《こぶし》を握ったが、よしと云って、頷《うなず》いて笑った。

「そこまで云われりゃさっぱりする、ちょうど乞食にでもなろうかと思ってたところだ、ほんとだぜ、暮れ方に坪井川のふちを歩いていて、ほんとに乞食にでもなろうかと思ったんだ、ひとつさっぱりと乞食になるか」

「むだ口は外でたたくがいい、帰れ」

「そうだ、ひとつさっぱりと乞食になってやろう」

岩太は立って、もういちど父の遺骸を見た。そして遺骸に向って、云った。

「おやじ、気の毒だがこんどはおめえも、おれの邪魔をするわけにゃいかねえぜ、ここにいる兄貴もよ、縁が切れれば他人だからな、へ、あばよ」

五

「おらあ料理人になりたかったんだ」

「おれんとこへ来るがいい」と角さんが云った、「——おめえ一人くれえどうにでもなるぜ」

「おらあ板前で働くのが好きなんだ」

岩太は割り竹を取る、長さ七尺ばかりの青竹を、八つ割りくらいにしたもので、その一端を地面に突き立て、山形に曲げて、他の一端を地面に突き立て、順々に、五寸ほどの間隔をおいて立ててゆく。

「おやじはおれを侍にしたかった」岩太は割り竹を立てながら云う、「――おやじは庖丁人だ、おらあおやじに似たんだ、魚や鳥を裂いたり、切ったりそいつをうまく焼いたり煮たりするのが好きだ、庖丁を使ったり、煮物の味をみたりすることができれば、ほかになんの欲もねえし、誰にも負けねえ仕事をしてみせる……、ところがおやじは云うんだ、ひとの食う物を拵《こし》れえるなんて下司な仕事だ、そんな仕事は自分一代でたくさんだ、どうでも侍になれってよ」

「おめえそんな話はしなかったぜ」

「どうでも侍になれって云うんだ」岩太は云った、「――ごたごたしたあげく、おらあ家をとびだして、淀屋《よどや》の勝手へ住みこんだ、淀屋へはがきのじぶんからよくいって、料理場で好きなことをしたもんだ、あの家はおやじの顔が利《き》くから、坊ちゃんなどと云って好きなことをさせて呉れた、ずいぶんいろんなことを覚えたし、おやじの二条流の庖丁も、見たり聞いたりして少しは真似《まね》ができる、淀屋でもまんざらじゃなかった、辛抱する気があるなら面倒をみようと云って呉れた」

「家のほうはないしょでか」

「家にはないしょでよ」岩太はまた割り竹を取った、「――けれども半年そこそこでばれちまった、おやじが怒って、淀屋の亭主をさんざんにどなりつけた、知れたこと、おらあ淀屋をとびだして、花畑の島田屋へ住みこんだ、そこで一年もいたろうか、やっぱりおやじがやって来た、細川さまの庖丁人に睨まれちゃ歯が立たねえ、それで花畑もおじゃんさ」

竹の輪形が出来た。高さ四尺、幅三尺、長さ六尺ばかりの、蒲鉾《かまぼこ》なりの骨組である。岩太はまわりをしらべてみる、地面にしっかり突立っているかどうか。高さに不揃《ふぞろ》いがないかどうか、それから蓆を取って、その骨組の上へ掛け、それを端のほうから、縄で割り竹へ縫いつけてゆく、蓆へ指で穴をあけ、縄を通して竹へ絡《から》む。これを繰り返しながら、岩太は云った。

「花畑の次は橋本、それから京町の伊吹屋《いぶきや》、もう諦《あきら》めるだろうと思ったが諦めねえ、やっぱりおやじがどなり込んで来るんだ、伊吹屋がだめになったときは、おれのほうで降参した、勝手にしやあがれ」

「おめえはそんな話はしなかった」角さんが云った、「――おらあおめえがしくじるのは女のためだと思ってた、花畑でも淀屋でも、伊吹屋のおきたもそうだろう、おらあそれでしくじるんだとばかり思ってたぜ」

「今じゃあその女たちのほうもしくじっちまった、庖丁を持たねえおれは人間の屑《くず》だ、なんの能もありゃしねえやくざにもなれやしねえ、そうだろうあにき」と岩太は云った、「――おきたから聞いたが、あにきが云ったんだと思うが、おらあしんから勝負ごとに性が合わねえって、そのとおりなんだ、勝負ごともそうだしほかのどんなことにも夢中になれねえ、板前で庖丁を使うほかにはなにをする精も出ねえんだ」

「そんならこんどはいいだろう、もうどなり込む人もねえんだから」

「それがだめなんだ、当ってみたが亡《な》くなった旦那《だんな》に済まねえというんだ、よしゃあがれ、血肉を分けた兄貴まで、乞食に劣ると云やあがった、女たちにゃあけじめをくわされるし、どこへいっても鼻つまみだ、わかるだろう、角さんのあにい、おれだってこのくれえのやけは起こしたくなるぜ」

「おれんとこへ来るがいい」角さんはまた云った、「――岩さんの一人ぐれえなんとでもならあ」

「折角だが好きにさして呉れ、おらあ世間にも人間にもあいそをつかしたんだ」

岩太はさらに蓆を掛ける。

「――おやじのばか野郎、斬られて死んで満足だってやがる、剣の道がおごそかで、斬ったやつは名人の剣聖だ、誰もふしぎにゃあ思わねえ、侍はえらくって料理人は下司だとよ、なにもかも気にいらねえ、なにもかにもあいそがつきたんだ、おらあ乞食になって、この蒲鉾小屋の中から世間のやつらを笑ってやるんだ」

「そんなことを云《い》っておめえ、続きゃしねえぜ」

「おらあ笑ってやるんだ」蓆に縄を通しながら岩太は云った、「――こんどはおれの笑う番だ」

角さんは頭を振った。すると、額の向う傷が鈍く光ってみえた。蒲鉾小屋はしだいに、それらしい形になっていった。

六

城下町を東に出はずれると、水前寺のほうへと白川を渡る橋があった。水前寺には成趣園《せいしゆえん》という藩侯の別邸があり、そこへゆく途中には、重臣たちの控え家も少なくない。しぜんその道はいつも往来が多かった。

橋を渡って十間ばかりいった右側の、道から三尺ばかり低い草地に、新しく蒲鉾小屋が出来、乞食が住んでいるのを、見廻《みまわ》り組の下役人がみつけた。水前寺道は藩侯も通るし、重臣たちの往来も多い、その道は清潔にしておかなければならなかった。乞食などはもってのほかであった。見廻り組の下役人は怒った。うっかりすると役目の落度になる。下役人は道をとび下りて、蒲鉾小屋の前へいって六尺棒で地面を叩《たた》いた。

「これ、出てまいれ」下役人は喚《わめ》いた、「——かような場所へかような物を作って、不埒《ふらち》なやつだ、出てまいれ不埒者」

中から岩太が出て来た。不精髭《ぶしょうひげ》も伸び月代《さかやき》も伸び、櫛《くし》を入れない髪は蓬々《ほうほう》であった。顔や手足はもう垢《あか》づいていたし、布子も汚れて膏《あぶら》じみて、よれよれになっていた。

「おまえはどこから来た乞食だ」

「私はこの土地の者です」

岩太はふてたように答えた。

「父は死にましたが、庖丁人《ほうちょうにん》の鈴木《すずき》長太夫《ちょうだゆう》、私はその二男で岩太という者です」

「鈴木長太夫……鈴木殿の二男」

下役人は眼をみはった、仰天したような眼で、やや暫《しば》く岩太の顔を見まもった。ついで下唇が垂れて、茶色に汚れた歯がみえた。

「見覚えがある、鈴木殿の御二男だ」

下役人は云った、自分で自分に云ったのであった。急に神妙な顔になり、そして頷いた。

「いかさま、そうであったか」

下役人の眼に感動の色がうかんだ。

「――あの方は国分に控え家を持っておられる、なるほど、なるほど」

岩太はふてた顔つきで、黙っていた。

「いや御無礼をつかまつった」と下役人は目礼をした、「――さようなわけなら構いません、私としても上役に申しひらきができます、そういうことなら堂々たるものです、ひとつどうか、私はこれで引取ります、まことに御無礼」

下役人はおじぎをして、六尺棒を慎《つつま》しく持って、去っていった。

「なんでえ」岩太は唾《つば》を吐いた、「――妙な野郎じゃあねえか、どうしたってんだ、いったいどうしろってんだ」

見ていると、下役人は橋のところで振返って、こちらに向っておじぎをした。岩太もつられておじぎをし、気がついて、癪《しゃく》に障《さわ》ってまた唾をはいた。

――どうなるだろう。

下役人の喚くのを聞いて、岩太は初めて、此処《ここ》が水前寺道だということに気づいた。これは追っ払われるだろうと思った。追っ払われても文句の云えない場所であった。

だが下役人はおかしなことも云った。そういうわけなら構わないとか、堂々たるものだとか、そしてあやまって、おじぎまでしてみせた。

「どういうつもりなんだ」

岩太は頭を掻《か》いた。それから欠伸《あくび》をして、小屋の中へもぐり込んだ。

「――へ、わけがわからねえ」

わけのわからないことが、続いて起こった。明くる日の朝、八時ごろだったが、淀屋という旅館の隠居が、下男に重詰を持たせてやって来た。隠居はもう七十幾つかで腰も曲っているし耳も遠かった。むかし肥えていたために、顎《あご》や頬の皮がたるみ、顎のところでぶらぶらした。足もとも不安定であった。杖《つえ》を突きながら拾うように歩いた。

「やっぱりそうでしたかい」

隠居は岩太を見て云った、しゃがれ声で、かなり舌がもつれた。

「――やっぱり本当でしたかい、人の口はあてにならねえとは思ったがね、そうでねえお侍の子だとも思ってね、いざとなれば血は争えねえと思って、……伝助、それをこっちへよこせ」

隠居は下男にどなった。岩太は黙って見ていた、隠居には人の云うことは聞えなかった、もうずっとまえから人と話すばあいに独りで饒舌《しゃべ》った。岩太とは古い馴染《なじみ》で彼が小さいじぶん、淀屋の勝手へ遊びにいった当時からお互いに気の合う仲であった。岩太の父が淀屋へどなり込むまでは、親しいつきあいが続いていた。

「それを坊ちゃんにあげろ」

隠居は下男に云った、そしてしょぼしょぼした眼で、舐《な》めるように岩太を見た。

「——そうですかい、やっぱりなあ、鈴木さまの旦那の子だ、やっぱり血は争えねえ、お侍てえものはそこへゆくときりっとしたもんだ、おまえさんには小さいときから人と違ったところがあった、なにをまごまごしているんだ、伝助、それを坊ちゃんにあげねえか」

岩太は重詰を受取った。すると隠居はふところから紙に包んだ物を出して、片方では饒舌り続けながら、岩太の手に渡し、なお饒舌り続けながら、杖を突き突き、のろくさと去っていった。道へあがって橋の近くへいっても、そうですかい本当ですかい、と云うのが聞えて来た。

「さあわからねえ、どういう理屈だろう」

紙包の中には小粒で一両あった。お重には焼きむすびと煮しめが、ぎっしり詰っていた。

「血筋は争えねえ、いざとなればきりっとしたもんだ」

岩太は首を捻《ひね》った。

「きりっと、思い切って乞食になったってわけか、本当ですかいと云やあがったからな、……しかし、そんな理屈があるだろうか」

一両という金は当時たいまいであった。さっそく重詰の物を喰《た》べながら、岩太はその金の遣いみちを考えた。楽しく考えまわしているところへ、また人が来た。出てみると、昨日の下役人で、うしろに年配の侍がいた。躯《からだ》の小さな痩《や》せた男で、髭を立てた顔は骨張って陰気そうにみえた。身装《みなり》の立派なのと、どこかに威厳のあるところから察すると、たぶん見廻り組のえらい人だろう、いよいよ追っ払われるのか、岩太はこう思った。

「昨日は御無礼」と下役人が云った、「――見廻り組の御支配、木下主膳《きのしたしゆぜん》殿です」

主膳が前へ出て来た。陰気な顔で、ちょっと目礼し、低い声で云った。

「鈴木長太夫殿の御二男ですな」

岩太は黙って頷いた。すると主膳も頷いて、口髭を片方へ歪《ゆが》めた。なにか云おうとして、云い渋って、それから咳《せき》をした。

「よろしい」と主膳は云った、「――私が責任を負いましょう、もしも、そんなことはあるまいと思うが、もしも誰かやかましいことを云うようだったら、見廻り組の支配が承知であると云って下さい、……うん、そう云って下さい、責任は私が負います」

そこで声をひそめた。

「――どうか心おきなく、存分にひとつ、どうか」

そして、これは自分の寸志であると云って、小さな紙包を渡し、陰気な顔つきで、下役人を伴《つ》れて去っていった。紙包の中には一分あった、岩太は空を見あげた。

「追っ払われやしねえんだ」茫然《ぼうぜん》と彼は呟《つぶや》いた、「――あの人が責任を引受けるんだ、誰がなんと云おうと、……おまけに一分、おらあ化かされてるんじゃねえかしら」

岩太は考えこんだ。借金と不義理だらけで、八方ふさがりで、角さんのほかには誰も相手にして呉《く》れる者がなくなっていた。彼は世間の鼻つまみだった。兄の数馬《かずま》には乞食《こじき》にも劣ると罵《ののし》られた。つい昨日までそんなだった、つい昨日まで――。

七

「それが急に変ってきやがった」

岩太は眉《まゆ》をしかめた。どうして変ったか、まさか乞食になったからではあるまいが、現実にはそうとしか思えない。慥《たし》かに、と岩太は思った、乞食になるということも、簡単ではない、誰にでもおいそれとなれるものではなかった。乞食になるには、それだけの踏ん切りがなければならなかった。勇気がなければならなかった。乞食になるということは、きりっとした勇気のある証拠かもしれなかった。

「そうかもしれねえ、そうでねえかもしれねえ」岩太は頭を掻いた、「――それも腑《ふ》におちねえが、どうもしようがねえ、こっちにとっちゃあ結構なんだ、うっちゃっとけ」

疑問は解けなかった。そこへ橋本という旅館の主人が来た。これも重詰と金を二分、それから敷いて寝るようにと云って、古いけれども毛氈《もうせん》を一枚呉れた。

「いやなにもお云いなさるな、よくわかっております」橋本の主人は云った、「――わかっておりますから、てまえもなにも申上げません、どうか御不自由な物があったら遠慮なくそう仰《おっ》しゃって下さい、てまえではなんですから誰かよこします、毎日よこしますから」

そして声をひそめて云った。

「――どうかしっかりおやんなすって、どうかしっかり」

岩太は呉れるものを黙って受取った。黙っているほうがいいようであった。橋本の主人は独りでのみこんで帰っていった。

それから五日間、次から次と訪問客があった。知っている者もあり、知らない者もあった。知らない者のほうが多かったし、侍のほうが多かった。みんな鄭重《ていちょう》に挨拶《あいさつ》し、なにかかにか置いていった。金とか物とか、なにかしら置いていった。手ぶらの者は済まなそうな顔をし、岩太も損をしたような気持になった。

「こいつはいけねえ、小屋を拡張しなくちゃならねえ」岩太は身のまわりを眺めて云った、「こう貰《もら》い物が多くっちゃはみ出しちまう、これからは雑な物は断わるとしよう」

五日目の夕方、貰った金を数えてみた。すると七両三分と二朱幾らかあった。そんな金を持ったのは、生れて初めてだった。いちどきに八両ちかい金を持とうなどとは、これまでは考えたこともなかった。

「乞食を三日するとやめられねえと云うのはこのことだな」岩太は溜息《ためいき》をついた、「――なるほど昔の人の云うことに嘘《うそ》はねえ、こいつはまったくやめられねえや」

そのとき小屋の外で声がした。

「岩さん」女の声であった、「――いらっしゃって、岩さん」

岩太は金を隠してゆっくりと外へ出た。伊吹屋のおきたが立っていた。風呂敷包《ふろしきづつみ》を抱えて、もじもじしながら。黒子《ほくろ》の多い顔が赤くなっていた。岩太は黙っていた、黙っていることが習慣になって、それが身につき始めていた。おきたは抱えている包の、結び目を指で捻りながら、うわ眼でそっと岩太を見た。

「こないだはごめんなさいね」おきたは眼を伏せた、「――あたし嫉《や》いていたのよ、やきもちで、つい心にもないことを云っちまったのよ、堪忍してちょうだい、岩さん」

岩太はなにも云わなかった。このばあいは特に、黙っているほうがいいようであった。おきたは悄気《しょげ》て、泣きそうになったが、そこへ蹲《しゃが》んで風呂敷包を解いた。髪の毛に白い花びらが付いていた、俯向《うつむ》いた頸筋《くびすじ》が思いのほか長く、しなやかそうに見えた。白粉《おしろい》をつけているのだろうが、黄昏《たそがれ》のさびた光りのなかで、その頸筋が鮮やかにすんなりと白かった。

「着替えの着物と肌の物を持って来たのよ」おきたはあまい声で云った、「――汚れたのを脱いでちょうだい、持っていって洗濯するわ、帯はこんなのでいいかしら」

それから足袋、草履、鼻紙、剃刀《かみそり》、爪《つめ》を切るための鋏《はさみ》、そんなこまごました品を出してみせた。さすがに女であった、みんなすぐに要るものであった。

「さあ着替えてちょうだい」

おきたは持って来た着物を取って、岩太のうしろへまわった。岩太は黙って三尺をほどいた、おきたはうしろから着せかけながら、衝動的に、とつぜん両手で抱きついた。

「あんた大丈夫だわね、岩さん」

抱きついた手は震えた。声はおののき、岩太のぼんのくぼに触れる息は、熱かった。肌の匂《にお》いと香料がむっと岩太を包んだ。

「大丈夫だわね、立派にやれるわね」おきたは云った、「――相手だって鬼でも魔でもありゃしない、人間ですもの、立派に仇《あだ》が討てるわね、岩さん」

「なんだって」岩太は吃驚《びっくり》した、「――仇を討ったあ、なんのこった」

「ごめんなさい、悪かったわ」

「なんのこったそれは」

「堪忍してちょうだい」

おきたは岩太の背中へ頬を押付けた。

「――あたしあがっちゃってるの、ぼうっとしてるのよ、なにを云ったか自分でもわからないの、もう二度といわないし、ひとにも決して話しゃしないわ、ね、ごめんなさいね、そして早く着替えて下さいね」

初めてわかってきた。すぐにではなかったが、おきたが帰ったあと、小屋のうしろの、伸び始めた草の上に腰をおろして、暗くなる荒地の向うを眺めていると、すべてのことが一つところへ集まり、固まって、しだいにはっきりと「事実」がうきあがった。

——仇を討つ。

そのことである。人々は岩太が仇討をするものと信じた。岩太は乞食になった。仇討をするために乞食になった、という話はよくある。話によると乞食になるほうが多い、仇討と乞食は付いたもののようだった。初めに身《み》廻《まわ》り組の下役人がそう思った。

——あの方は国分に控え家がある。

下役人はそう云《い》った。ここから水前寺へゆく途中に国分という処《ところ》があり、そこに宮本武蔵《むさし》の控え家がある。ふだんは市内の本邸に住んでいた。そこは千葉ノ城という処で、だから「千葉ノ城殿」などとも呼ばれるが、控え家のほうで暮すことも珍しくない。それが下役人の誤解をつよめた、彼は信じこんだ。さもなくて乞食などになるわけがなかった。

「これだこれだ、理由はこいつだ」

岩太は可笑《おか》しくなった。五日以来の訪問客、その慇懃《いんぎん》な態度や口ぶり、贈り物や激励。かれらは信じていた、岩太が斬《き》られた父の仇を討つ、宮本武蔵を討つものと信じている。討とうとしていることを信じているのだ。

「こいつあ大笑いだ」岩太は笑いだした、「——ばかなやつらだ、みんな底抜けだ」

彼はげらげら笑った。笑えば笑うほど可笑しくなって、しまいには腹の皮が痛くなった。が、とつぜんその笑いが止った。彼はじっと前方をみつめた。笑いの筋運動はまだあとをひいているが、もう笑いにはならなかった。岩太はとびあがった。

「こいつは大変なこった、笑うどころじゃねえ、とんでもねえこった」岩太は身ぶるいをした、「あの見栄《みえ》っぱりのきちげえがやって来たらどうする、あの凄《すげ》え眼だまをぎらぎらさせて、勝負だなんて来たらどうする、とんでもねえ、まっぴらだ、こいつは逃げだしだ」

岩太は震えながら小屋の中へとび込んだ。なにかを掻《か》き集めながら、ぶつぶつ独り言を云うのが、聞えた。

「こんなこったろうと思った、なにしろあんまりうま過ぎた、うま過ぎて夢みてえだった、ええ畜生、あの見栄っぱりのきちげえめ、折角のところをがっかりさせやがる」

岩太は小屋から出て来た。小さな包を持って、尻端折《しりはしより》をしていた。彼はすっかり暗くなったあたりを眺めまわし、やがてすばやく、水前寺道を東へ向って去っていった。

## 八

「あらましのことは聞いたよ」角さんが云った、「——おらあ旦那《だんな》の供をして、小倉までいって来た、旦那がひきとめられて、半月も逗留《とうりゅう》しちまって、昨日おそく帰って来たんだ」

「なあに、まだ終っちゃいねえ、面白《おもしれ》えのはこれからだよ」

「それでおめえ、逃げなかったんだな」

「逃げなかった」岩太が云った、「——逃げだしたけれども、途中から引返して来た、おらあ考えたんだ、角さんのあにきのめえだが、こんなうめえ夢みてえな暮しはありゃしねえ、こいつを捨ててゆくのはもってえねえ、どうかして逃げずに済むくふうはねえかってよ」

蒲鉾《かまぼこ》小屋のうしろは、若草がすっかり伸びていた。岩太と角さんの腰をおろしている処は、殊《こと》に草がよく伸びていて、坐《すわ》りよかった。

「おらあひょいと気がついた、あいつがおそろしい見栄っぱりだということによ」岩太が云った、「——あいつは来やあしねえ、あの見栄っぱりが自分から押しかけて来るわけはねえ、あいつは待ってる、おれのほうからかかってゆくのを待ってるにちげえねえ」
「慥かに、そりゃあそうだ」
「おまけにいいのは、あいつが名人といわれてることだ、稀代《きたい》の名人だそうだ」岩太はにっと笑った、「ということは、おいそれと討てる相手じゃあねえ、ってことになら、曾我《そが》兄弟の十八年はとにかく、一年や二年は世間でもせっつくめえ、一年や二年は応援して呉れるだろう、そう思わねえかあにき」
「そりゃあそうだ、慥かにそりゃあそうだろう」
「そうなんだ」岩太は首をすくめた、「——おれの考げえたとおりなんだ、第一に、あの爺《じい》さんが控え家へ移って来た」
「千葉ノ城の人がか」
「あの宮本武蔵、見栄っぱりの二天爺さんがよ、おれが逃げ出して戻ったあくる日だったが、たぶん噂《うわさ》を聞いたんだろう、控え家へ移って、それから毎日この道を通るんだ、朝は登城、夕方には帰宅、日に二度ずつこの道を通るんだ」
「それで、どうということもねえのか」
「どうということもねえさ、おらあ小屋の中から見ているんだ、するとおめえ」岩太はくすく笑いだす、「——するとおめえ、爺さんがやって来らあ、朝はこっちから、夕方はあっちから、供は七八人いるんだが、小屋の前へかかると爺さんがずっと先になる、供の侍たちは二三十間も離れさせて、独りでずっと先に立って、やって来たと思うと、小屋の前のところでぴたっと停るんだ、こっちへは向かねえ、前のほうを睨《にら》んでじっと停ってるんだ、ものの十拍子ばかりも、そうやってしゃっちょこばって立ってるんだ」

「かかるならかかれというわけか」

「かかるならかかれというわけさ、面白えのなんの、そうやってる恰好《かっこう》はまるで見栄の固まりよ、わざわざ控え家へ移ったのも、きっかけを呉れてやろうという見栄だろう、へっへ」岩太は手を擦《こす》った、「——間違《まちげ》えはねえ、思ったとおりだ、あいつは自分から手出しはしねえ、どんなことがあったって、そんなまねは決してしやあしねえ、大丈夫ときまった」

「もう一方のほうはどうだ」

「それもお誂《あつら》えむきさ、せいてはなりませんぞって云うんだ、みんな自分がうしろ楯《だて》だってな顔をして、宮本殿は天下の名人、決しておせきなさるな、せいては事を仕損じますぞってわけよ、あにきのめえだが、どうやら思う壺《つぼ》にはまってゆくらしい」岩太は笑って、ふと膝《ひざ》を叩《たた》いた、「——おっと、いい物がある、淀屋《よどや》から鯛《たい》が届いたんだ、酒もあるから一杯やって呉んねえ」

「だっておめえ、まだ日があるぜ」

角さんは渋った。

「やってるうちに昏《く》れらあな、もうすぐ爺さんが通るしよ、あの恰好は見るだけの値打があるし、暗くなれば誰か酌《しゃく》をしにやって来るぜ」

「あんまりおどかすな」

「驚くほどの代物《しろもの》じゃあねえ」岩太は立って小屋の中へ入った、「——みんなあにきの知っている玉だ、おきたにお半に、花畑のに、お米《よね》、いちどあいそづかしをした連中がこの頃はてんでもう奪い合いよ、へ、細川さまがお気の毒って云いてえくれえのもんだ」

角さんは草の葉を摘んだ。いぬ萱《かや》の葉であった。角さんはその葉を嚙《か》みながら、眼をすぼめて空を見た。そして低く呟《つぶや》いた。

「まったく世間なんてものはへんなもんだ、なにがどうなるかわかったもんじゃねえ」それから大きな声で云った、「——まったくのところ、おめえの笑う番らしいな」

## 九

岩太は幸福であった。その幸福は慥《たし》かなものであった。あらゆる条件が彼の幸福を支えていた。

彼は父の仇《あだ》を討つ。相手は天下の名人。並ぶ者なき剣術の達者であった。彼は庖《ほう》丁人《ちょうにん》の倅《せがれ》であり、勘当され、孤立無援だった。相手は藩主越中守《えっちゅうのかみ》の賓師《ひんし》であり、多勢の門下に囲まれていた。にも拘《かかわ》らず彼は仇討をするのである。世間は彼に同情し、尊敬した。世間は「そのとき」を期待し、「そのとき」のために彼の保護者になった。人々は最上の試合を観《み》るためにいつも競技者を保護する。試合のときが来るまで競技者は必ず保護されるものだ、彼は保護される立場にあった。

かの人が控え家に移ってから、岩太のにんきはぐっと昂《たか》まった。「そのとき」は近づいたのであった。覘《ねら》う者と覘われる者とは、毎日二度ずつ顔を合わせる。およそ二十尺の間隔をおいて、毎日二度ずつ、討つ者と討たれる者とが相会うのである。試合はすでに始まったのであった。しかも世間はいそがなかった。試合に対する期待が大きければ大きいほど、人々はその試合が長く続くことを望むものだ。

——せいてはいけませんぞ、せいては。

——ずんとおちついておやりなされ。

世間はそう云った。逃げる相手ではないし、名だたる強剛である。世間がうしろ楯、決してあせることはない、と云うのであった。また、かれらはひそかに物資を運び、いつもすばやく去っていった。相手が藩侯の賓師であるため、公然と保護するわけにはいかなかった。かれらはひそかに来、物や金を置いて、いつもすばやく去っていった。決してなが居《い》はしないし、うるさがらせもしなかった。

朝夕二度の僅《わず》かな時間を除いて、岩太はまったく自由であった。なにをしてもよかった。小言を云う者もなし、看視者もなかった。金も物も余るほどあるし、なお殖えてゆくばかりだった。こてえられねえ、……だが彼は愚か者ではなかった。初めのうちはちょっといい気になったが、角さんという助言者がいたし、角さんの助言を肯《き》くあたまもあった。彼は浪費しなかった、ひき緊《し》めた。金はぜんぶ溜《た》めたし、余る物資があれば売って、その金も溜めた。

——せえぜえ半年と思いねえ。

角さんは云った。それ以上は続かない、危ないとみたら逃げだせ、そのとき役に立つのは金だけだ、というのであった。岩太はその助言にも従った。そうして今、秋の初めにかかって、その金は百両ちかいたかになっていた。

「こてえられねえ」と岩太は手を擦る、「――もういつ逃げだしても大丈夫だ、これだけあればどこへでもゆける、北でも南でも、好きなところへ行って、そうだ、売りに出ている宿屋でもあったらそいつを買って、おれの板前の腕をみせてやる、へ、おれの庖丁の冴《さ》えたところをな、おいらあいつも板前にいて、客のほうはかみさん任せだ、うん、……かみさんとくると、やっぱりおきただろうな」

女たちは辛抱づよく来る。花畑のは諦《あきら》めたが、お半とおきたとお米はやって来る。いちばん熱心に来るのはおきたであった。ほかの誰かが来ていそうなときは、おきたは夜なかにもやって来て、しんけんに嫉妬《しっと》したり泣いたりする。縹緻《きりょう》も三人のなかでは一番だし、客扱いにかけては伊吹屋《いぶきや》の貫禄《かんろく》があった。

「まあおきただろうな」と岩太は呟く、「――あれなら客はのがさねえ、しょうばいのこつものみこんでるし、年も若すぎず老《ふ》けすぎずだ、ひとつ……おっ、おいでなすったぞ」

岩太は小屋から出た。

八月はもう秋であった。日はまだ長く、暑さもきびしいが、朝な夕な、殊に暮れがたは、空の色にも風にも秋のけはいが感じられる、今は暮れがたであった。岩太は小屋の脇《わき》に坐る、いつかそれが習慣になっていた。道に向って小屋の左側、そこに莚《むしろ》が敷いてある。岩太はそこへ坐る、左手で刀を持ち、右手は膝に置く。岩太はかなり肥えてきた。色の白い頰がふっくりして、いつも剃刀《かみそり》を当てるために、人品もずっとあがった。以前の彼とは見違えるようであった。

その人は城下町のほうから来る。もう橋を渡って、日蔭《ひかげ》にはいっていた。道のこっちは低い草原であるが、向う側は高くなって、雑木林がまばらに並び、午後になると道の上は日蔭になる。その人は日蔭をこっちへ来る。

「相変らず肩の凝る歩きっぷりだな」岩太は可笑《おか》しそうに呟く、「——ねんじゅうあんなふうに歩くのかな、人が見ているからかな、あれで疲れねえのかな」

その人はもうそこへ来た。一人であった、供は七人、十五六間もうしろにいた。その人はもう六十幾歳かであった。瘦《や》せているが筋肉質で、骨張った精悍《せいかん》な躰軀《たいく》である、色は黒く、眉《まゆ》と眼が迫って、眉毛が眼へかぶさるようにみえる。眼は切れ長でするどい、その眼は眉毛の下で猛鳥のように光る、いつも正しく正面を見ているが、しかも眼界のいかなるものをも見のがすことはない。唇を堅くむすんでいるため、額に深い皺《しわ》がよっている、その皺はときどきくっとひき緊《しま》る、それは内心の緊張を示すものであった。

総髪の頭には白いものが見える、口髭《くちひげ》は黒かった。艶《つや》はないが黒く、しかしまばらであった。水浅黄に染めた生麻《きあさ》の帷子《かたびら》の着ながしで、裾《すそ》は長く、殆《ほと》んど足の甲を隠すほどだった。歩きぶりはごく静かで、その長い裾が少しも翻《ひるがえ》らなかった、裾はつねに足の甲を撫《な》でていた。それほど静かに、その人は歩いて来た、もう小屋の直前であった。

——そらっぱらかるぞ。

岩太は心のなかで思った。

その人は立停った。脇差だけ差している腰がきまり、柔らかく拳《こぶし》にした手が、軀《からだ》の両側へふんわりと垂れた。眼は正しく前方を見ていた。全身が緊張した神経のかたまりであった、しかも全身は柔軟であった、飽くまでも柔軟で、そしてゆるみなく緊張していた。

——一つ、二つ、……七つ、九つ……。

岩太は心のなかで数を読んだ。

その人は微動もしない。岩太にはそれは楽しいみものであった。その人は危険に備えている、生命の危険の前に立っている。その姿勢には、いかなる襲撃にも応ずる変化の含みがある。それは無双の達人のみごとな構えであった。こちらはなにもしないのである、しようとも思わない、とんでもないことであった。だがその人は危険に備えていた、神秘的な構えで生命の危険と対立していた。

岩太は数を読みながら思った。

——十二、十三、……十九。

——角さんが見たらどう云《い》うだろう。

その人は歩きだした。その人はもう歩きだしてもいい、と思ったのである、静かな歩きぶりで、前方をみつめたまま、その人はゆっくりと歩きだした。その人はその人で、やはり幾らか満足そうであった。

「へ、みせ物になってるとも知らねえで」と岩太は呟いた、「あの恰好《かっこう》を見て呉《く》れ、いい気なもんだ」

十

「鈴木うじ、鈴木うじに御意を得たい」

岩太はとび起きた。とび起きて眼を擦《こす》った、夜があけて、小屋の中も明るくなっていた。

「唯今《ただいま》」と彼は答えた、「——唯今出ます」

岩太は帯を締め直した。軀が震えた、すでに朝は寒い季節だった。が、震えるのは寒さのためばかりではなかった。こんな早朝にこの小屋へ来て、公然と呼び起こすような者は、これまでにかつてないことだった。なにか異常なことが起こった、逃げださなければならないようなことが起こったと思ったのであった。彼は髪を撫でつけ、衿《えり》を念入りに正して、小屋の中から出た。

外には裃《かみしも》を着けた侍がいた。そのうしろに下僕《げぼく》が挟箱《はさみばこ》を置いて控えていた。侍は蒼《あお》ざめた血の気のない顔で、唇も白っぽく乾いていた。

「鈴木うじですな」と侍は云った、「――私は宮本家の者で太田《おおた》蔵人《くらんど》と申す者です」

「いかにも、私が鈴木岩太です」

「御承知でもあろう、主人は病臥《びょうが》ちゅうでございましたが、昨夜半ついに死去いたしました」

岩太は口をあいた。このところ暫《しばら》く、その人の通るのを見なかった、病気かもしれないとは思ったが、まさか死ぬほどの病気とは想像もしなかった。

「ついては、主人からそこもとへ、贈り物があるのです」

侍はふり返って、挟箱をあけ、中から一枚の帷子を取出した。水浅黄に染めた生麻の帷子であった。それはいつもあの人が着ていた、あの裾の長い帷子であった。

「主人が臨終に申しますには」と侍は云った、「――この二天を父の仇《あだ》とつけ覘《ねら》う心底あっぱれであった、討てるものなら討たれてやるつもりだったが、その折もなく自分は病死する、さぞそこもとには無念であろう、しかし今やいかんともなし難い、身につけた着物を遣わすゆえ、晋《しん》の予譲《よじょう》の故事にならって恨みをはらすよう、とのことでございました」

「はあ、それは」

岩太はもじもじした。

「それで御得心もまいるまいが、主人の胸中を察して、お受取り下さるまいか」

「はあ、それはもちろん、もちろん」

岩太は帷子を受取った。わけはわからないが、受取っておじぎをした。太田蔵人という侍もおじぎをした。

「すると」岩太は眩《まぶ》しそうな眼をした、「――つまり、あの人は死んだんですな」

「まことに御胸中、お察し申す」

「病気で亡《な》くなった、というわけですか」

「まことに御胸中お察し申す」

侍はもういちど鄭重《ていちょう》におじぎをし、寸時も早くこの傷心の人を独りにしてやろう、とでもいうように、供を伴《つ》れて去っていった。

「ふん、死んじまったのか」岩太は帷子を眺めまわした、「死んじまって、そりゃまあしようがねえが、なんでえこりゃあ、へんなまねをするじゃねえか、これをどうしろってんだ、形見に呉れるとでもいうのかい」

彼は頭を掻《か》いた。

「――待てよ、いま妙なことを云やあがったぞ、よじょうの故事にならってどうとか、……そうだ、よじょうの故事にならって、恨みをはらせってやがった、慥《たし》かにそう云やあがったが、……よじょうたあなんでえ、よじょうたあ、わけのわからねえいかさまみてえなことを云やあがって、これをどうしろと、……おっ」

岩太は眼をあげた。道からこっちへ、（いつかの）見廻《みまわ》り組支配が下りて来た。木《きの》下主膳《したしゅぜん》というあの支配であった。支配は変事を知っていた。宮本家で変事を聞いて役所へ戻る途中であった。主膳は岩太の側《そば》へ来て、頭を下げた。

「なにも申上げません、ただ御心中をお察し申す」主膳は云った、「――垢付《あかつ》きのことも聞いてまいった。さすがは二天殿、予譲の故事とはゆき届いた志、どうぞそこもとにも、それで恨みをおはらし下さい」

「私はいま頭がいっぱいで」

岩太はすばやく知恵をまわした。

「──その故事を思いだすこともできません、なにを考えることもできないのです」

「そうでしょう、いかにもそうでしょう」主膳は頷《うなず》いた、「──故事とは予譲の斬衣《ざんい》、かの晋の予譲が、知伯という旧主の仇を討つことができず、ついにかたき襄子《じょうし》の着物を斬《き》って、その恨みをはらしたという、かの高名な出来ごとをさすのです」

「ああ」岩太は顔を歪《ゆが》めた、「──ああ、どうか私を独りにして下さい、お願いです、どうかもういって下さいどうか」

主膳は同情のため涙ぐみ、なにか云おうとして、云い渋って、それから黙って目礼し、いそぎ足に去っていった。岩太は小屋の中へとび込んだ。とび込んで、帷子を放りだし、ひっくり返って笑いだした。

「あのじじいめ、あの見栄《みえ》っぱりのじじいめ、死ぬまで見栄を張りやがった、死ぬまで」彼は笑って咳《せ》きこんだ、「──よじょうの故事、死ぬにも唯は死ねねえ、こんな気取った見栄を張りやがって、あのしゃっちょこばった恰好で……こいつあ堪《たま》らねえ、苦しい、助けて呉れ」

岩太は悲鳴をあげた。それでも笑いは止らなかった、彼は小屋の中を転げまわった。

# 十一

隈本《くまもと》城下の京町に「よじょう」という旅館が出来た。その家には宮本武蔵《むさし》の帷子があって、望みの客には展観させた。帷子は水浅黄に染めた生麻で、三ところ刀で裂かれていた。それは旅館の主人が刀で裂いたものであった。旅館の主人は予譲の故事にならって、父の仇を報ゆるために、その帷子を三太刀刺したのであった。旅館の名は「岩北」というのが正しかった、それは主人夫婦の名を重ねたものであったが、その帷子のために、人々は「よじょう」と呼ぶようになった。さしたる仔細《しさい》はない、そのために旅館は繁昌《はんじょう》していった。

（「週刊朝日増刊号」昭和二十七年三月）

# 大炊介《おおいのすけ》始末

一

大炊介高央《おおいのすけたかなか》は相模守高茂《さがみのかみたかもち》の長子に生れた。母は松平氏で、高央の下に弥五郎《やごろう》、亀之助《かめのすけ》という二人の弟が生れたが、その二人の母は側室の石川氏であった。

彼の幼名は法師丸といい、十三歳までその名のままでいた。それは、彼が生れたとき「この和子《わこ》はそだたないかもしれない」と陰陽家《おんようか》が云《い》い、厄《やく》を除《よ》けるために、法師という名をつけたのだそうである。そして、高茂は彼を鍾愛《しょうあい》するあまり、もし改名してまちがいがあってはというおそれから、そんな年まで幼な名で呼んでいたということであった。

陰陽家の予言にもかかわらず、法師丸はきわめて健康にそだった。麻疹《はしか》も軽く、疱瘡《ほうそう》も軽く済んだ。躯《からだ》つきは肥えて骨太で、背丈も高く、動作はきびきびと敏捷《びんしょう》だった、ふっくりと頬の赤い顔は、一文字なりの濃い眉《まゆ》と、切れながのすずしい眼と、線のはっきりした唇《くち》つきとで、いかにも高い気品と、頭のよさをあらわしているようにみえた。

彼は健康で賢い子にそだった。

七歳の春、家臣のなかから選ばれた、同じ年の子供たち十五人が、学友としてあがり、学問と武術との稽古《けいこ》をはじめた。学友たちのほうはたいてい五歳くらいから、素読もやり、袋竹刀《しない》も持たされていたが、法師丸は父の意見で、それまでに稽古ごとはなにもしていなかった。彼はすぐにそのことに気づいた。

――みんなは自分よりよくできる。

法師丸はそう思ったようである。しかし、一年あまり経《た》つうちに、学問も武術もめざましい進境をみせ、やがて学友十五人を抜いて第一位を占めてしまった。自分ではそれが信じられなかったらしい、――彼にはその頃からそんな神経があった、――教官がそのことを学友たちに向って云ったとき、その教官を呼びつけて怒った。

「自分を特別あつかいにしないでくれ」

教官は返辞のしようがなかった。

法師丸は力も強く、相撲が好きで、学友たちとよくやったが、誰もかなう者はなかった。十五人のなかでは柾木《まさき》小《こ》三郎《さぶろう》がいちばん強かったので、誰よりも多く相手をさせられたが、いちども法師丸には勝てなかった。あるときよほどくやしかったとみえ、泣きながらむしゃぶりついたことがある。法師丸は当惑した。

「だって相撲じゃないか、こさぶ」と云ってなだめようとした、「よせよ、相撲じゃないか、よせよ、こさぶ」

だが小三郎はなおとびかかった。法師丸は彼を投げとばして逃げたが、彼は投げられても投げられても追ってゆき、どうしても捉《つか》まらなくなると、泣きながら家《うち》へ帰っていった。法師丸は明くる日、小三郎に自分の短刀をやった。小三郎は赤くなって、昨日の無礼をあやまり、「これからは決してあんなまねはしない」と誓った。

そのときの短刀は伝家の菊一文字だったので、父の高茂から祐定《すけさだ》のを貰《もら》い、「おれの代になったら菊一文字のほうをやる」と約束して小三郎ととり替えた。もちろんその約束は問題ではないが、法師丸にはそのじぶんから、そんなふうな思いやりがあったのである。

父の高茂は法師丸を溺愛《できあい》した。家臣たちも「この君こそ藩家の中興になられるだろう」とたのもしく思っていたが、高茂があまり可愛《かわい》がるので、却《かえ》って法師丸のためにならないのではないかと心配するくらいであった。

法師丸は無事に成長した。十三歳で菊二郎と改名し、学友は五人に減らされた。(小三郎はそのなかに残った）そして学問も武術も、他から一流の師を招いて稽古を始めたが、十七歳になるまで、やはり首位を占めとおした。そして、その年から五人の学友の任を解き、大炊介高央となって、藩主となるための勉強にかかった。

ここまでは無事であった。高茂の溺愛にもかかわらず、彼の明朗率直であり、勤勉で思いやりが深く、いかにも好ましい性質と、健康に恵まれた軀と、明晰《めいせき》な頭脳とは、少しもそこなわれることがなく、ますますその長所を伸ばしてゆくようであった。しかし、それは十八歳の秋までで、それからの彼はすっかり変ってしまった。

大炊介は十八歳の秋、吉岡進之助《よしおかしんのすけ》という侍臣を手打ちにした。

進之助は二百石ばかりの小姓組で、そのとき年は二十一歳。芝浜の中屋敷の庭で、大炊介と二人だけで話していたとき、手打ちにされた。一と太刀で頸《くび》から胸まで斬《き》りさげられ、その場で絶命した。

「無礼なことをしたから成敗した」

大炊介はそう云った。

進之助が手打ちになったと聞くと、その父の五郎左衛門《ごろうざえもん》夫妻は「申し訳なし」という遺書をのこして自殺した。わが子が若殿に無礼をしたので、謝罪のために死んだのであろう。高茂は大炊介を呼びつけて、初めて強く叱《しか》った。大炊介はただ「無礼なことをした」というだけで、具体的になにをしたかも説明しなかったし、悪かったと思うようすもなかった。

「逆意でもない限り、自分で手にかけることはならぬ」と高茂は云った、「罪があればその由《よし》を老職に申し、掟《おきて》にしたがって罰しなければならぬ、そのくらいのことがわからぬおまえではあるまい」

「彼の無礼はゆるせないものだったのです」

「それならどうゆるせなかったかを申してみろ」

「いや申しますまい」と大炊介は云った、「人の気持はそれぞれ違うものです、私にはゆるせないことでも、父上には笑って済ませるかもしれません、私にはゆるせなかった、というほかに申上げることはございません」

高茂は黙って太息《といき》をつくばかりだった。

大炊介は麻布《あざぶ》二ノ橋の下屋敷で三十日の謹慎を命じられた。藩主の世子《せいし》が「三十日の謹慎」に服するなどということは、おそらく他に例がないといってもいいだろう。大炊介のひととなりを知っている家臣たちは、連署して相模守に宥恕《ゆうじょ》を訴えた。しかし、当の大炊介はそれを承知せず、自分からすすんで、約半年のあいだ下屋敷にこもっていた。

芝桜川町の本邸へ帰ったとき、大炊介の性質はすっかり変っていた。顔色も悪く、躯も瘦《や》せ、ひどくむら気で、神経質で、つまらないことにすぐ嚇《かっ》となった。酒も飲みはじめたが、飲むと乱酔し、喚《わめ》き叫んだり、乱暴をしたり、器物を毀《こわ》したりするのであった。

——これは病気にちがいない。

みんながそう思い、医者にみせようとしたが、大炊介はどうしても承知しなかった。むりに診察させようとすると、刀を抜いて、危うく医者を斬ろうとさえした。

——いったいどうしたことなのか。

なぜ、そんなことになったのか、誰にも理由がわからず、家中《かちゆう》ぜんたいが途方にくれた。

高茂の落胆と嘆きの深さは、周囲の者の眼をそむけさせるほどであった。ひそかに加持祈禱《かじきとう》などもこころみたが、もちろん効果はないし、高央の狂態は増悪するばかりのようにみえた。そこで、静閑な国もとで保養させよう、ということになり、幕府へは「相模守に代って国入りをさせる」と届けたうえ、十人の侍臣を付けて国もとへ送った。

国もとでの大炊介は、一年ちかいあいだおちついていたが、出府するまぎわになってまた暴れだし、そのため「病気」という届けを出して、出府を延ばさなければならなくなった。

それから乱行が始まった。

その年に城を出て椿《つばき》ケ岡《おか》の山荘へ移り、江戸から付いて来た十人の侍臣と、気ままな生活をはじめたのであるが、遠乗りに出ると、農家の娘を掠《かす》めてゆき、五日も七日もとめておいて酒宴をしたり、また城下の遊女や芸妓《げいぎ》を集めて、松屋川で船遊びをしたりした。

酔うとすぐに逆上し、刀を抜いて暴れるのはいつものことで、そうなるともう周囲の者は遠く逃げて、鎮《しず》まるのを待つより手段がなかった。

こうして二年経つあいだに、江戸から老臣が諫《いさ》めにいったが、諫言《かんげん》など受けつけもしないし、また「江戸へ帰れ」という高茂の命令もきかなかった。しかも行状はますます悪くなるばかりで、ついには和泉屋《いずみや》仁助という、藩の金御用を勤める商人を斬ったり、遠乗りの途上、城西大井郷の豪農、瀬木《せぎ》久兵衛《きゅうべえ》を斬るなどという、狂暴なことをするようになった。二人とも死にはしなかったが、仁助は左の腕を斬りおとされ、久兵衛は太腿《ふともも》を斬られて、右の脚を失ってしまった。

――もう狂気にまちがいはない。

江戸で老臣の密議が繰り返された。座《ざ》敷牢《しきろう》を造って監禁するか、さもなければ命をちぢめるよりしかたがない。このままでは藩家の大事になるという意見に一致した。

相模守高茂は病弱だったので、国もとにおける大炊介の行状は、ある程度まで内密にしてあったのだが、こうなっては隠しておけないので、老臣列座のうえすべてを報告し、命をちぢめるという点は云わず、「監禁」のゆるしを願った。高茂はひどくまいったようにみえたが、監禁の説には首を振り、命をちぢめるようにと云った、「あれが「狂気にまちがいがないなら、監禁するのは可哀《かわい》そうだ」と高茂は云った、「あれが檻《おり》の中で、けもののように生きていることは、おれにはとうてい耐えられそうもない、むしろ命をちぢめるほうが、あれのためにも慈悲だと思う」

老臣たちは黙って頭《こうべ》を垂れた。

「おれが命ずる」と高茂は云った、「大炊介の命をちぢめるがいい」

二

寛保《かんぽう》二年九月、柾木《まさき》兵衛《ひょうえ》は松村の城下町へ着き、二の丸下の広岡主殿《ひろおかとのも》の屋敷を訪ねた。広岡は八百七十石の筆頭家老であるが、江戸からの知らせで、兵衛の来ることはもうわかっていたから、すぐにとおして、鄭重《ていちょう》にもてなした。

兵衛は風呂《ふろ》を浴び、着替えをしてから、主殿と会った。主殿は五十四五の、痩せた小柄な軀つきで、髪にも眉《まゆ》にも白毛が混っていた。挨拶《あいさつ》が済むと、主殿が「酒を飲むか」と訊《き》いた。

「飲みます」と兵衛は答えた。

「平十郎どのは下戸《げこ》だったが」

「父は死ぬまで飲みませんでした」と兵衛が云った、「父を御存じなのですか」

「知っている、そこもとには祖父に当る、兵衛どのも知っている」と主殿が云った、「兵衛どのは酒豪で、酒では家中に敵のない人だった、そこもとは名といっしょに、兵衛どのの酒を受け継がれたのであろう」

「私はそれほど飲みません」

「どうだかな」

「本当にそれほどは飲まないのです」

「まあいい」と主殿は云った、「あとでみせてもらうとしよう」

夕餉《ゆうげ》まで休むようにと云われて、兵衛はいちど（自分に与えられた）部屋へ戻った。そこには供をして来た内田十右衛門が、兵衛のぬいだ物を片づけていた。十右衛門は五十七歳になり、祖父の代からの家僕《かぼく》なので、亡《な》き父と主殿との関係を訊いてみた。

十右衛門はよく知っていた。

兵衛の亡くなった父、平十郎はもと国詰めで、五百石ばかりの中老を勤めていた。

酒も煙草ものまず、謹直を型にしたような、くそまじめな性格だったが、あまりまじめでありすぎたため、同席の人たちとも折合いが悪く、或《あ》るとき些細《ささい》なことで老職と喧嘩《けんか》をした結果、病気と称して隠居を願い出た。――仲のいい知友でもあればとりなしたのだろうが、ふだん周囲からけむたがられていたので、誰一人それをとめる者がなかった。隠居願いは藩主の手に届き、その事情もわかった。当時、相模守高茂は若かったし、ちょうど病気ちゅうで、気も立っていたのだろう。不届きだから食禄《しょくろく》を召上げて追放しろと怒った。――そこで老臣たちが初めてとりなしに出、ようやく、食禄半減のうえ江戸詰、ということにおちついたのだという。

「そうか、そんなことがあったのか」

「貴方《あなた》はまだお小そうございました」と十右衛門は云った、「たしかお四つの春だったと思います」

「すると、――」と兵衛は声をひそめた、「そのとき父が喧嘩した相手の老職というのは、もしかするとここの」

「いや、私は存じません」十右衛門は話をそらした、「それよりも、貴方のお祖父《じい》さまは豪酒家で、酒の気の絶えたことのない方でしたが、百五十石の番頭から、五百石の中老に御出世をなさいました」

「それを謹直一方の父が半分に減らしたというわけか」

「世の中には皮肉なことがあるものです」

「しかし、――」と兵衛は云った、「主殿どのはなぜあんな話をもちだしたのだろう、祖父が酒豪だったとか、私も酒のみだろうとか」

十右衛門は咳《せき》をした。兵衛は彼を見た。

「おまえにはわかるのか」

「いや、なにも存じません」と十右衛門が云った、「ただいまさきほど、ちょっとおみかけしたのですが、こちらにはお美しいお嬢さまが、いらっしゃるようでございます」

「よしてくれ」と兵衛は云った、「母上とおまえはそんなことばかり考えている、たくさんだ」

いま自分がどんな立場にいるか、話したらさぞ吃驚《びっくり》するだろう。そう思ったがもちろん口には出さなかった。十右衛門はまた咳をした。しかし兵衛は気づかないふりをしていた。夕餉の席で、広岡家の人たちにあった。

長男の又十郎夫妻、主殿の夫人と、みぎわという娘である。長男夫妻は邸内の別棟に住んでいるという、みぎわは十九歳、――十右衛門が話していた娘だろう、小柄な躯《からだ》つきで、瘦せがたの、とんがったような（少しも美しくない）顔だちをしていた。

夕餉は早く済んだ。

食膳《しょくぜん》には酒が付いたし、主殿夫人と又十郎の妻女が給仕に坐《すわ》り、しきりに取持ってくれたが、主殿も又十郎も殆《ほと》んど飲まないので自分ばかり飲むわけにはいかなかった。「遠慮なしにお重ねなさい」と主殿は幾たびもすすめた、「その飲みぶりなら大丈夫だ、さっきのは冗談だからもっとお重ねなさい」

兵衛は赤面して盃《さかずき》を伏せた。

その夜、寝間へはいろうとしていたときのことであるが、廊下に忍び足で、人の来るけはいがした。兵衛は主殿だろうと思った。

——あのことを話しに来たのだな。

そう思って坐り直したが、障子の向うから聞えたのは、若い女の声であった。彼は不審に思いながら「どうぞ」と云《い》った。すると、障子をあけてはいって来たのは、娘のみぎわであった。兵衛は驚いて、必要もないのにまた坐り直した。

「ひと言お断りにまいりました」

みぎわはこう云って、障子際《しょうじぎわ》に坐った。なにか怒ってでもいるらしく、とんがったような顔が硬《こわ》ばり、眼はこちらを刺すような、きつい光りを帯びていた。

「なんでしょうか」と兵衛は云った。

「わたくしあなたと結婚は致しません」とみぎわは云った、「あなたに限らず、どなたとも結婚はしないつもりですから」

「ちょっと待って下さい」

兵衛はあっけにとられた。

「失礼ですが」と彼は吃《ども》った、「私には仰《おっ》しゃることがよくわからないんですが」

「ですからお断りにまいったんですわ」

「いやそうではなく」彼は唇を舐《な》めた、「つまり私は、いや貴女《あなた》は、いまその」と彼は娘を見た、「いまその、結婚をなさるとかなさらないとか云われたようですが」

「そんなことは申しません」とみぎわは云った、「わたくしあなたと結婚は致しません、と申したんですわ」

「はあ、そうですか」

「ええそうですわ」とみぎわは云った、「おわかりになりまして」

兵衛は「わかりました」と頷《うなず》いた。

「しかし、——」と兵衛は云った、「どうして貴女は、そんなことをわざわざ断りにいらしったんですか」

みぎわは兵衛の眼をみつめた。じっとみつめて、そして云った。

「申してもようございますの」

「ええ、うかがいたいですね」

「では申しましょう」とみぎわは云った、「それはあなたが、ここへいらしったからですわ」

そして彼女はしとやかに出ていった。

兵衛は閉った障子を眺め、遠ざかってゆく忍び足の音を聞いていた。その足音が聞えなくなってからも、やや暫《しばら》く茫然《ぼうぜん》と坐っていたが、やがて静かに首を振った。

「へんな娘だ」と彼は呟《つぶや》いた、「あたまがどうかしているんじゃないか」

兵衛はその夜よく眠った。

明くる朝、食事のあとで、兵衛は初めて主殿と要談をした。手紙で頼んだことは、すべて箇条書にしてあったし、注意すべきことは主殿が話してくれた。兵衛は椿ケ岡山荘の図面と箇条書に、ひととおり眼をとおして、それをしまった。

「一つ聞きたいのだが」主殿が云った、「そこもとはこの役を申しつけられたのか、それとも自分から望んだのか」

「私から願って出たのです」

「むつかしい役目だということを知っているか」

「知っているつもりです」

「非常にむつかしい役だ」と主殿は云った、「現在はやむを得ないということがわかっている、一藩の安危にかかわる事だし、こうするほかに手段のないということは、いまはみんなが知っている。しかし、年月が経《た》つと人の気持も変るし、いまのこの事情をよく知らぬ者も出てくる、そのときでも若殿のお命をちぢめたという事実と、誰がおちぢめ申したかということは忘れられはしない、そして、どんな批評が起るかということはわかるだろう」

「私の気持を申しましょう」と兵衛は云った、「私がこの役を願い出たのは、若殿がおいたわしいからです、どうしてもそうしなければならないのなら自分がやろう、ほかの者にはやらせたくない、と思ったのです」

「のちの批判などは構わぬというのか」

「そのときはそのときのことだと思います」

主殿は「うん」といった。それから、ふと訝《いぶか》しげに兵衛を見た。

「だが、――」と主殿は云った、「なぜそこもとが自分でやらなければならないのだ」

「むかし若殿の学友にあがっていたからです」

「それだけの理由か」

兵衛はなにか云おうとしたが、唾《つば》をのんで、頷きながら「そうです」と答えた。

それから四五日、彼は、城下の町々やその近郊を歩き、椿ケ岡へもいってみた。九月下旬の気候のいいときで、山や丘の多いその土地は、眼を向けるところに美しい眺めがあり、どんなに歩きまわっても飽きることがなかった。

或る日、雨が降った。

兵衛は合羽《かっぱ》をはおり、傘をさして、巽新田《たつみしんでん》という村へでかけていった。訪ねたのは五郎兵衛という百姓の家で――、箇条書によるとそこにはうめといって、大炊介《おおいのすけ》がいちばん初めに掠《さら》った娘がいる筈《はず》であった。

その家にその娘はいた。うめは二十歳だという、日にやけているが、まるっこい、健康そうな、眼の可愛《かわい》い娘であった。兵衛は隠居所を借りて、うめと二人だけで話した。

三

話は半刻《はんとき》ばかりで終ったが、うめの云うことは兵衛をおどろかした。彼女はまず「自分は掠われたのではない」と云った。

「掠われたのではないって」

「はい」とうめはこっくりをした、「あたしは自分から御殿へあがったんです」

兵衛はそこで説明した。これは彼女自身のために訊くので、どんなことを云っても咎《とが》められはしないし、ばあいによっては藩から償《つぐな》いが出るかもしれない。だからぜひ「正直」なことを話してもらいたい、と念を押して云った。

「でもあたし、嘘《うそ》は云いません」とうめははっきり答えた、「お父《とっ》つぁんやおっ母《か》さんに聞いてもわかります、あたし本当に、自分で御殿へあがったんですから」

「どうしてだ」

「それは、――」うめは眼を伏せた。

「なにかわけがあるんだな」

「はい」とうめはこっくりをした。

「ではそのわけを話してごらん」

「それは、――」とうめは云った、「それは、あの、若さまが、お可哀《かわい》そうにみえたからです」

兵衛は口をつぐんだ。それから云った、「若殿が可哀そうにみえたって」

「はい」とうめはこっくりをした、「御家来がたと遠乗りにいらしってこの家《うち》へ御休息にお寄りになったとき、あたしがお茶をさしあげました、そのまえにも二度ばかり、馬で駆けていらっしゃるのを、遠くから拝見したことがあります、でも、お側《そば》へよったのはそれが初めてでした」

兵衛は頷いた。

「そのときお顔やごようすを見て、あたし胸のここがしぼられるようになりました、……こんなこと申しあげていいでしょうか」

兵衛はまた頷いた。

「でも云えませんわ」うめは首を振った、「口ではよく云えません、若さまは淋《さび》しそうな、悲しそうな、ちょうど捨てられた子供が、母親を捜しているような、いいえ、もっと独りぼっちなお顔をしていらっしゃいました、あたしは胸が痛いような、苦しいような気持になって、どうしてもなにかしてさしあげずにはいられなくなったんです」

「なにかしてさしあげたのか」

「はい」とうめは云った、「山女魚《やまめ》の煮たのがありましたから、親たちはよせと云いましたけれど、どうぞお口よごしにとさしあげました」

大炊介はそれを喰《た》べて「うまい」と云った。なんという魚だ。山女魚でございます。おまえの料理か。あたしが焼いて、干して、そして煮ました。もうないか。まだございます。では屋敷へ持ってまいれ。そんな問答をして、大炊介は帰っていった。「そして椿《つばき》ケ岡《おか》へ届けたのか」

「あたしがゆきました」とうめは云った、「若さまはお庭まであたしをお呼びになり、お手ずからお菓子を下さいました、あたしはまた胸のここが切なくなって、夢中で、――御殿のお端《はした》にお使い下さいましって、そう云って泣いてしまいました」

大炊介はうめのようすを眺め、それから「よし」と云った。家へは使いを遣《や》るから、よかったらいまから此処《ここ》にいるがいい。有難うございます。おれは癇癪《かんしゃく》もちだぞ。はい。酒を飲むと暴れるぞ。はい。よければいたいだけいろ、いやになったら帰してやる。いやになんかなりません。おれを知らないからだ。いやになんか決してなりません。よし、いてみろ、だがおれに触ってはならんぞ。大炊介はそう云った。

うめは半月ほどいて、むりに家へ帰された。理由は大炊介に触れようとしたからである、うめは「触ってはならん」という言葉が、それほど大事だとは思っていなかったし、かきいだいて慰めたいという気持が、どうしても抑えきれなくなった。

「お側にあがってから、若さまがどんなに独りぼっちだかということがよくわかりました」とうめは云った、「お酒に酔って乱暴をなさるときでさえ、こちらの胸がしぼられるほどお淋しそうなんです、悲しい、苦しい、辛《つら》いことがお胸にいっぱいあって、それをじっと噛《か》みころしていらっしゃるような、……本当に堪《たま》らなくなるほど、お淋しそうなんです」

うめは見ていられなくなった。じっとしていられない、どうにかしてあげなければ、自分のほうが耐えられなくなった。うめは大炊介の寝所へいった。大炊介はうめを突きとばし、衿《えり》がみをつかんで曳摺《ひきず》ってゆき、広縁から庭へ投げとばした。

――二度と顔をみせるな。

と大炊介は叫んだ。うめは泣いて詫《わ》びたが、大炊介はきかなかった。うめは家へ帰され、百日ばかりは病人のようになっていた。

「いまでも」とうめは云った、「これからさきも、あたしはきっと若さまのことが忘れられないでしょう、いっそ死んでしまおうかと思ったこともありました、けれど、――若さまが生きていらっしゃるうちは死ねない、若さまが生きていらっしゃるうちは生きていよう、そう気がついて思いとまりました」

うめは泣きだした。泣きながら大炊介を哀れがり、もういちど側仕えができたら死んでもいい、などと云った。

雨の中を帰りながら、兵衛《ひょうえ》は自分が深く感動しているのに気づいた。

「吉岡進之助《よしおかしんのすけ》を斬《き》ったことが原因か」と彼は呟いた、「それが心の傷になって、いまなお自分を苦しめていらっしゃるのだろうか」

そうかもしれない、おそらくそうだろう。と兵衛は心のなかで思った。兵衛は大炊介を法師丸のじぶんから知っている、十五人の学友のなかでも、学友が五人に減らされてからも、彼は誰より大炊介に好かれていた。たしかに「好かれていた」と思うし、彼のほうでも、自分がいちばん大炊介を理解していると信じていた。

「やはりそうだ、原因はそれだ」と兵衛は呟いた、「あの御気性で人を手にかけて、そのまま忘れることのできるような方ではない、やはりおれが来てよかった、ことによるとうまくゆくかもしれないぞ」

兵衛はにわかに勇気が出たようであった。

彼は「掠われた」娘たちを、箇条書に従って訪ねた。一年ばかりのうちに、ぜんぶで十七人いた。彼はその娘たちに会い、口書を取って拇印《ぼいん》を捺《お》させた。彼女たちの話は、巽新田のうめのものとよく似ていた。うめ以外の者は自分から望んだのでなく、初めは強要されて山荘へいった。なかには、殆《ほと》んど「掠われ」たといっていい手段で、伴《つ》れてゆかれた者もある。しかし椿ケ岡で数日くらすと、みないちように大炊介に惹《ひ》きつけられ、大炊介からはなれられなくなるのであった。

――若さまはお可哀そうな方です。

娘たちは（おのおの）そう云《い》った。

――なにかずいぶん不仕合せなことがあるのでしょう、誰かが付いていてお慰めしなければ、もっと御不幸になるにちがいありません。

そして「誰か」とは、娘たちそれぞれがみな自分だと信じていた。

大炊介はどの一人とも親しまなかった。ながくて十日、たいていは五六日で帰してしまい、「帰れ」と云いだしたが最後、どんなに懇願してもゆるされなかった。

娘たちの（うめのも）口書が揃《そろ》った夜、兵衛の部屋へ十右衛門がやって来た。十右衛門は家士長屋のほうにいるので殆んど話をする機会がなかったのである。

「今夜は申上げなければならぬことがございます」と十右衛門が云った。

「あとにしてくれ」

「いや申上げなければなりません」

「おれは多忙だ」

「なんで御多忙ですか」と十右衛門が云った、「もう半月ちかいあいだ、貴方《あなた》は少しもおちつかず出てばかりいらっしゃる、いったいなんのためにそう外出ばかりなさるのですか」

「おれは国もとへ見学に来たのだ」と兵衛は云った、「うちに籠《こも》っていて見学ができるとでもいうのかね」

「御見学はわかっております、しかし外出ばかりなさるのは、そのためだけではありますまい」

「なんだって」兵衛はびくっとした。

「十右衛はめくらではございません」

「そうらしいな」

「貴方はみぎわさまがお気にいらぬのでございましょう」

兵衛はじろじろと十右衛門を見た。

「あのとんがったような娘か」と兵衛は云った、「――おまえはお美しいなどと云ったが、なんだあのとんがったような顔は」

「失礼なことを仰《おお》せられる」

「おまけにあの娘は頭もおかしい」

「お口が過ぎますぞ」

「おまえが云いだしたんだ」と兵衛は云った、「おれはまだ覚書を書かなければならない、済まないが用を云ってくれないか」

「貴方がそのおつもりなら、もう申上げることはございません」

「怒ったのか」

「どうぞ覚書をお書き下さい、私はこれでさがります」

そして十右衛門は出ていった。

「なんだ」と兵衛は呟いた、「おかしなやつだな」

明くる日、兵衛は和泉屋《いずみや》を訪ねた。

和泉屋の店は城下町の中央で、青柳《あおやぎ》通りという処《ところ》にあり、大きな呉服商を営んでいた。先代から藩の金御用を勤めているそうで、五棟の土蔵があり、やはり土蔵造りの店の奥に、庭を構えた別棟の住居がある。敷地は三百坪ほどらしいが、住居の造りなどは、筆頭家老の広岡《ひろおか》家よりも立派にみえた。

仁助は在宅で、すぐに兵衛と会った。

四

仁助の話は兵衛を失望させた。

大炊介は彼を酒の相手に呼び、乱酔のうえとつぜん斬りつけた。侍臣が抱きとめたから腕一本で済んだが、危うく一命を失うところだった。もちろん狂気というほかはない、と仁助は云った。

なにか機嫌に障《さわ》るようなことでも云ったのではないか。どう致しまして乱酔のお癖のあることは聞いていましたから、それこそ腫《は》れ物へ触るように注意していたのです。その席にいた侍臣は誰と誰だったか。私はそれまでに前後三度、御機嫌うかがいにあがりましたが、お側にいるのはいつも松原、井上、岡本のお三人でした。わかった。江戸からおしらべに来られたのですか。正直に云ってしまおう、――兵衛はうちあけて話した。仁助はもう五十六七になるし、藩とは深い関係があるので、大炊介の助命に協力してくれるかもしれないと思った。

仁助は首を振った。彼は大炊介を憎悪《ぞうお》していた、藩家が大事なら眼をつむるべきだ、などと云った。

事情を話したのは失敗だった。

正直にうちあけたことを悔みながら、兵衛は大井郷へまわった。そこは城下町から西へ一里あまりいった処で、瀬木《せぎ》の家は遠くから見てもすぐわかった。

その屋敷は松原川を前にし、うしろを丘にかこまれていた。領内でも指折りの地主で、苗字《みようじ》帯刀をゆるされ、庄屋《しようや》のほかに「郷預り」という役を兼ね、あるじ久兵衛《きゆうべえ》は城中にも席があった。――屋敷は築地塀《ついじべい》をまわし、黒い冠木門《かぶきもん》で、前栽《せんざい》から玄関の構えなど、まるで堂々たる武家屋敷のようであった。

久兵衛は寝ていた。太腿《ふともも》から切断した傷痕《きずあと》が、ちかごろまた化膿《かのう》して、治療し直さなければならないということであった。久兵衛は三十六七歳の、肥えた逞《たくま》しい軀《からだ》つきであり、肉の厚い顔も、眉《まゆ》が太く唇が厚く、いかにも「精悍《せいかん》」という感じであった。

——これも望みはないな。

兵衛はそう直感した。

望みがないどころではなく、久兵衛は逆に大炊介の罪を数えたてた。大炊介は遠乗りに来てたちより、酒を要求したので、酒肴《しゅこう》をととのえて接待した。久兵衛はもう和泉屋の出来事を知っていたから、自分は挨拶《あいさつ》をしただけでさがり、妻と女たちだけで給仕をさせた。大炊介は機嫌よく飲み、帰るというので、久兵衛が挨拶に出た。すると「無礼者」と叫んで、抜き打ちに斬りつけた。

——あるじが接待に出ず、下女に給仕させた。

というのである。侍臣が五人いて、三人が大炊介を抱きとめ、他の二人が久兵衛をたすけて逃げた。そのときのひと太刀で太腿の骨まで斬られ、医師はすぐ外科を呼んで切断した、ということであった。

「和泉屋と私だけではありません」と久兵衛は云った、「江戸では御存じないかもしれないが、ほかにも三人、若殿に斬られて怪我《けが》をした者がおります」

そして久兵衛はその三人の名をあげた。

「監禁するか、もっと思いきった方法をとるか」と久兵衛は云った、「とにかく一日も早く処置をしないと、取返しのつかぬことになりますぞ」

藩家のために必要とあれば、若殿ひとりの命をちぢめるくらい、稀《まれ》なことではない時代だった。幕府歴代の将軍のなかにさえ、「暗殺された」と伝えられる例がある。

——兵衛はがっかりして瀬木家を出た。

久兵衛のあげた三人、——やはり大炊介に傷つけられたという三人のことは、もう当ってみるまでもないと思った。

「もうじかに会うよりほかにない」兵衛は自分に云った、「会って話してみよう、昔の学友の気持になって話せば、あの方もわかってくれるかもしれない」

彼はそう決心した。

その日、下城して来た広岡主殿《とのも》は、兵衛を呼んで「江戸の殿が病臥《びょうが》されて、かなり悪いらしい」と云った。その朝、江戸から急使の知らせが来て、「早く大炊介の始末をするように」という上意があった、とも告げた。

「そこもとのしていることはよくわかる」と主殿は云った、「しかしここに至っては、多少の好条件を集めたくらいでは、事を挽回《ばんかい》するわけにはいかない、現に、椿ケ岡にはいまでも娘が一人、掠《さら》われたまま帰されずにいるのだ」

「明日、山荘へゆくつもりです」

「助《す》け太刀《だち》を出そう」と主殿が云った、「腕のたつ者が二人いる、それを伴れてゆくがいい」

「いや、一人でまいります」

「侍臣が十人いるぞ」

「知っています」

「しかも葉山丈右衛門という者は槍《やり》、定正市之助《さだずみいちのすけ》と新井久馬は、刀法の達者だと聞いている」

「それも知っています」と兵衛は云った、「新井とは手合せをしたことはありませんが、葉山や定正とはたびたびやりました」

主殿は兵衛の顔を見まもった。

「ではいいように、――」と主殿が云った、「私はそこもとが、めでたく役目をはたして、江戸へ復命に帰るものと、信じているぞ」

兵衛は答えなかった。

夕餉《ゆうげ》の膳《ぜん》には、あれ以来はじめて、酒が付いた。兵衛は盃《さかずき》に三つ飲んでやめた。——その夜十時ころのことであるが、兵衛は江戸の母に手紙を書いていた、「国もと見学という名目で来たが、じつはしかじかの役を仰せつけられ、明日は山荘へゆくつもりである。誠心を尽して御改心を願ってみる。まだ御改心の望みはあると思うが、もしだめなら仰せつけられたとおりにする、おいたわしいが御家万代のためであり、相模守《さがみのかみ》さまの御意志であるからやむを得ない。また役目をはたしたら、自分もその場で切腹し、黄泉《よみ》のお供をする覚悟でいる、先立つ不孝は詫《わ》びようがないけれども、御馬前に討死をしたと思ってゆるして頂きたい、——」そこまで書いてきて、兵衛はふと振返った。障子をあけて、みぎわが静かにはいって来た。

兵衛は書きかけの手紙を隠した。

「声をおかけしたのですけれど」とみぎわは云った、「お返辞がないものですから」

「なにか用ですか」

「お詫びにまいりました」

兵衛は娘を見た。娘は美しかった。化粧をしているためだろうか、いや、このまえも化粧はしていた。変っているのは着物や帯だけだろう、しかし顔つきは見違えるように美しい。ふっくらとした頬や、うるみを帯びた眼や、恥ずかしそうにすぼめた唇《くち》もとなど、むしろ﨟《ろう》たけたといいたいくらい、優雅にみえた。

――これがあの晩のとんがったような娘か。

兵衛は化かされたような気持になった。

「柾木《まさき》さまがなぜこちらへいらしったかという、本当のことを、わたくし今夜はじめてうかがいました」

「そんなことを誰が、――」

「父が母に話しておりましたの」とみぎわは云った、「わたくし知らなかったものですから、あんなはしたないことを申上げてしまって、お詫びを申すよりも、わたくしあんまり恥ずかしくって死にたいような気持ですわ」

そして彼女は身をもむようにした。その言葉のとおり、耳まで赤くして、まさに羞《はじ》らいのために消えもいりたそうなようすだった。

「勘違いは誰にだってあるものです」と兵衛は云った、「しかし、いったいあの晩は、どうしてあんなことを云いに来られたんですか」

「それは御存じの筈《はず》ですわ」

「いやわかりませんね、私には見当もつきませんね」

「だって、――そんな筈はないと思いますわ」

みぎわは兵衛《ひょうえ》の顔を見あげ、彼の云うことが事実らしいのに気づいて、こんどはもっと恥ずかしくなったとみえ、片方の袂《たもと》で自分の顔を掩《おお》った。

「わたくしどうしましょう」

「いったいなにごとです」と兵衛は云った、「わけを云って下さい、なにがどうしたというんですか」

「どうぞ堪忍して下さいまし、わたくしからは申上げられません」

そして「ごめんあそばせ」と云いながら、顔を掩ったまま廊下へ出ていった。

「――どういうことだ」

あけたままの障子を眺めながら、兵衛は（また）化かされでもしたような気持になった。

「しかし、きれいじゃないか」と彼は呟《つぶや》いた、「あの晩はあんなにとんがったような娘だったのに、……わけがわからない」

彼は母への手紙を書き続けた。

明くる朝、主殿は兵衛に三献の式をしてくれた。兵衛はすなおに祝儀《しゅうぎ》を受けた。新しい肌着に、白の下衣《したぎ》、父のかたみの小袖《こそで》を重ねたが、これはいつでも両袖をぬげるように（少しくつろげて）着た。十右衛門は着替えの世話をしながら、低く囁《ささや》くように云った。

「みぎわさまのことを、御存じなかったのですか」

「なにを、――」兵衛はうわのそらだった。

「御縁談のことです」

「縁談だって」兵衛は振返った。

「こちらさまから御母堂にはなしがあり、それで、御見学という名目で、いらしったのではございませんか」

兵衛は疑わしげに十右衛門を見た。

「御存じなかったのですか」

「知らなかった」と兵衛は云った、「母上はなにも仰《おっ》しゃらなかったし、広岡さんからもべつに、――」

云いかけて彼は口をつぐんだ。

「べつに、――どうだったのです」

「扇子をくれ」と兵衛は云った、「それから、刀だ」

「私はお嬢さまから、話をうかがいました」

「あの人はきれいだ」と兵衛は云った、「おまえの云ったとおりきれいだ、おれの眼はどうかしていたらしいな」

「貴方《あなた》のお役目のこともうかがいました」

「机の上に手紙がある」と兵衛は云《い》った、「おれに万一のことがあったら、母上に届けてくれ」

五

十右衛門は供をすると云い張ったが、兵衛はゆるさなかった。泣いて頼む十右衛門を残して、彼は一人で椿《つばき》ケ岡《おか》へいった。

山荘ではまず松原忠太夫《ちゆうだゆう》と会った。忠太夫は大炊介《おおいのすけ》の用人で、三十六歳になり、江戸邸にいたころからずっと高央《たかなか》の側《そば》に仕えていた。彼は兵衛の来た目的を、すぐに察したようで、顔色を変えたまま、しばらくものを云わなかった。

「殿の御意《ぎよい》ですか」

「そうです」

「御赦免《ごしやめん》を願う余地はないでしょうか」

「わかりません」と兵衛は云った、「もし若殿に御行跡を改めて下さるお気持があれば、まったく望みがないわけはないと思います、しかし私にはいまなんと申しようもありません」

「私はお供をするつもりです」

もちろん殉死するという意味だろう、それは考えていなかったので、兵衛はちょっと狼狽《ろうばい》し、「断じてゆるされない」と強く注意した。忠太夫は自分ひとりではなく、小姓頭の井上五左衛門、葉山丈右衛門の二人も、お供をする覚悟であると云った。それは御上意で禁じられている、と兵衛は云った。もしも違反すれば、その親族まで罰するという上意である、自分はそれを殿からじきじきに仰《おお》せつかって来た、と兵衛は云った。

「貴方がたは付人として責任をお感じになるでしょうが」と兵衛は云った、「若殿の御乱行は江戸からのことで、貴方がただけの責任ではないでしょう」

「むろん責任もあるが、単にそれだけではない」

「というのは、――」

「はっきり理由は云えない、口では云いあらわしにくいが」と忠太夫は云った、「しいて云うとすれば、いや、――申すまい」

「若殿が御不憫《ごふびん》だということですか」

忠太夫は不審そうな眼をした。

「ちがいますか」と兵衛が云った。

「そこもとにどうしてわかるのです」

「よそでたびたび聞いたのです」

兵衛は娘たちのことを語った。すると、忠太夫の眼が動いた。

娘たちに会った兵衛の意図を察したらしい、そこで兵衛は、和泉屋や瀬木久兵衛にも会い、かれらの主張を聞いたことも話した。いったいこれはどういう意味であるか、誘拐された娘たちが、口を合わせたように云うことと、瀬木や和泉屋の云うこととはまったく相反している。片方が無条件な愛とあわれみであるのに、片方は激しい憎悪《ぞうお》だけであった。むろんその責は大炊介にあるだろうし、娘たちが「なにか大きな御不幸があったようだ」と云うとおり、吉岡進之助を斬《き》った後悔が、いまも心を苦しめているのだろうが、それなら和泉屋や瀬木や、瀬木のいった他の三人、――に対してはなぜあのように狂暴になったのか。それについて思い当ることがあるかどうかと兵衛は訊《き》いた。

忠太夫は「わからない」と答えた。

「久兵衛のいう他の三人の一人は」と忠太夫は云った、「じつは、御菩提寺《ぼだいじ》の住職だったのです」

兵衛は「あ」と眼をみはった。

「これは江戸へはもちろん、当地でも厳秘にしてきたのですが、――」忠太夫は頭《こうべ》を垂れ、太息《といき》をついた、「そのときわれわれは、今日のあることを覚悟しました」

住職は名を智円《ちえん》といい、年は六十三歳であった。大炊介は徒歩で野がけに出、その帰りに慈眼寺へたち寄った。寺では客殿に席を設けて接待し、高央の求めで酒を出した。ここでも酒癖のことは知っていたから、住職が相伴《しょうばん》でよくよく接待に気をくばった。すると、それほど酔ったともみえないのに、高央は智円に盃を投げつけ、それをよけると、「余のつかわした盃を投げたな、無礼者」といって、斬りつけた。侍臣たちが抱きとめたので、右の太腿を斬っただけで済んだが、その傷のために智円は跛になった。

兵衛は一種のだるさを感じた。軀《からだ》じゅうの力がぬけてしまったような、「もうだめだ」という感じだった。

「しかも私どもには、若殿が苦しんでいらっしゃる、ということがわかるのです」と忠太夫は続けた。吉岡進之助を成敗したことが、苦悩の原因かもしれない。そのことは決して口に出さないし、ほかに思い当ることもない。だが、いかにも深く苦しんでいる、大炊介自身は隠そうと努めているが、側の者にはその苦悩がよくわかるし、殆《ほと》んど見るに耐えないくらいである、と忠太夫は云った。

兵衛はやがて顔をあげた。

「ではお目どおりを願いましょう」

忠太夫はうかがうように兵衛を見た。

「どうぞ」と兵衛は云った、「むかし御学友にあがった柾木兵衛と、お取次ぎを願います」

忠太夫は立っていった。

大炊介は居間で酒を飲んでいた。側には若い女が一人、ほかに三人の侍臣がいた。二人は葉山丈右衛門と定正市之助《さだずみいちのすけ》、もう一人は知らない顔であるが、小姓頭の井上五左衛門であった。——女は年のころ十八九で、眉《まゆ》や眼鼻だちのはっきりした、縹緻《きりよう》はいいが、気の強そうな顔つきをしていた。

「なんだ、こさぶではないか」

高央は盃を持ったまま云った。

「兵衛などというからわからなかった」と高央は続けた、「きさま、まだ生きていたのか、こさぶと知ったら会うんではなかったが、まあいい、盃をやるから寄れ」

兵衛は久濶《きゆうかつ》を述べながら見た。高央は痩《や》せていた。骨太だから逞《たくま》しくみえるが、昔のふっくらと固く肥えた、血色のいい、健康な明るい俤《おもかげ》はまったくない。額には深く竪皺《たてじわ》が刻まれ、眼はぎらぎらしていた。その眼は不安定で、暗く憂鬱《ゆううつ》な色に掩《おお》われるかとおもうと、すぐにまたぎらぎらと光った。頬骨があらわれ、（痩せたためだろう）唇が薄く、大きくなったようにみえた。

「こいつは小三郎という名だった」高央はそこにいる者たちに云った、「弱いくせに口惜《くや》しがりの泣きむしで、おれが相撲で投げとばすと、泣いて追っかけて来たものだ。寄れ、こさぶ、盃をやる」

兵衛は膝行《しっこう》した。高央は「もっと進め」と云い、自分の手から兵衛に盃を渡した。手から手へ、盃が渡ったとき、高央はじっと兵衛の眼を見、口の中で「こさぶが来るとは」と呟いた。葉山丈右衛門が給仕をした。

「こいつは泣きながら追っかけて来た」と大炊介は云った、「もうよせと云ってもきかない、おれは三度か四度も投げとばし、相撲で負けて怒るやつがあるか、もうよせと宥《なだ》めた、だがこいつは蜂《はち》に刺されでもした赤ん坊のように、わあわあ泣きながらどこまでも追っかけて来た、そうだろう、こさぶ、——もっと重ねてやれ丈右衛門、そいつは飲めるんだ」

丈右衛門が給仕をした。兵衛は三つ重ねて飲み、懐紙を出して盃を包もうとした。

「まだならん」と高央が云った、「きさまの用事はわかってる、もっと飲め」

高央は大きな盃を取って、酒を注がせた。兵衛はくるんだ盃をふところに入れ、

「おそれながら」と手をついた。

「御意にそむくようですが、申上げたいことがございます」と兵衛は云った、「どうぞお人ばらいを願います」

「おちつけ、用はわかってるぞ」

「どうぞお人ばらいを願います」

兵衛は高央を見あげた。高央は盃を女に渡し、「みんな暫《しばら》くさがれ」と云った。すると井上五左衛門が否《いな》といい、葉山丈右衛門も拒んだ。いや、さがりますまい、たとえ御意であろうともこの座はさがりません。二人はこもごもそう云った。高央は脇息《きようそく》を打った。

「おれに恥をかかせる気か」と高央は叫んだ、「江戸から来た使者の前で、大炊介に恥をかかせたいのか、さがれと申したらさがれ」そして女に向って云った、「なお、おまえもさがれ、そむく者は勘当だ」

かれらは去っていった。

兵衛は侍臣たちの足音を聞いていた。そして、かれらがお次でなく、焼火の間あた

りまで遠ざかるのを慥《たし》かめた。高央はそれに気がついたらしい、冷やかな声で、「気にするな」と云った。かねてから申しつけてある、焼火の間にいるから安心しろ、と云った。

「もう邪魔はない、やれ」

と高央は坐《すわ》り直した。兵衛の使命を知って、待っていたという態度であった。

「御学友に召されましたよしみを以《もつ》てお願い申します」と兵衛は云った、「いかなる仔《し》細《さい》がございますのか、御心うちをお聞かせ願いとう存じます」

「きさまはおれの命をちぢめに来た、そうだろう」と高央は云った、「それならその役目をはたせ、おれには云うことはない」

「いや、ぜひともお聞かせを願います」

「きさま臆《おく》したな」と高央が云った、「きさまが手を出さぬならおれは自決するぞ」

「御側近の者をお供にですか」

「なに」と高央が云った、「——側の者をどうすると」

「お供にあそばすかと申上げたのです」

「それは、どういうことだ」

「御用人の松原どのはじめ、井上、葉山らはあの世へお供をする覚悟です」と兵衛は云った、「三人がお供をすれば、ほかの者も手をつかねてはおりますまい、それは大殿の御上意で禁じられている、違反する者はその親族まで罰せられる、そう申しましたが、かれらの決心は変りません」

「ばか者」高央は吐きだすように云った、「あのばか者ども」

兵衛は高央の顔をじっと見あげた。

六

かれらが殉死するということは、大炊介《おおいのすけ》にとってまったく予想外であり、ひじょうな苦痛と負担であることが、兵衛には明らかにわかった。

「念のために申上げます」と兵衛は云った、「もちろんおわかりではございましょうが、役目をはたしましたうえは、私もその場を去らずお供をつかまつります」

「黙れ、きさままでがそんな」と高央《たかなか》は叫んだ、「そんなたわけたことを申して、このうえなおおれを苦しめるつもりか」

「では仔細をお聞かせ下さい」

「ばか者、――」

「私どもはみな若殿を」

「ばか者」と高央は叫んだ、「このばか者」

　高央は上段からとびおり、兵衛の衿《えり》がみをつかんでねじ伏せようとした。兵衛は「お手向い致します」と云い、高央の腰に手をかけると、巧みに足をはらって投げた。高央はすぐにはね起きた、二人はがっしと組んだが、兵衛は押すとみせて軀をひらき、ひきおとして、仰向《あおむ》けになった高央をすばやく押えこんだ。

「いまだ、兵衛」と高央は云った、「役目をはたせ」

　兵衛は息をきらしていた。高央はもっと大きく喘《あえ》いでいた。兵衛は押えこんだまま、涙のあふれてくる眼で、高央を見た。

「昔は、十五人の、御学友のなかで」と兵衛は息をきりながら云った、「ちからわざでも、武術でも、学問でも、若殿に及ぶ者は一人もなかった、温たかく、なさけ深い、思い遣《や》りのある御性質に、家中《かちゅう》ぜんたいが希望をよせ、やがては御家の中興になられるものと、お信じ申上げていましたのに、いかなる理由か、にわかに御行跡が乱れ、ついには、かようななさけないことになられてしまった、いまでは、この私にさえ組みしかれるほど、御躰力《たいりょく》も衰えておしまいなされた」

「きさま、それで勝ったつもりか」

「若殿」と兵衛が云った、「私どもはみな若殿のお味方です、御乱行には仔細があるにちがいない、それを聞かせて下さい若殿、しだいによって私どもの命を賭《か》けて、大殿に御赦免のお願いをします、どうかその仔細をお聞かせ下さい」

「聞きたかったら腕で聞け」と大炊介は云った、「勝負はまだこれからだ」

兵衛《ひょうえ》は「若殿」と叫んだ。高央は下から、兵衛の顎《あご》を突きあげ、軀を一転させてとび起きた。しかし兵衛は隙《すき》を与えず、おどりかかって組むと、激しく投げをうち、転倒する高央の上へ、馬乗りになった。

高央は仰向けに、しっかりと押えつけられたが、ふいに「あ」と眼をみはり、「なお、やめろ」と絶叫した。

「よせ、ならんぞ」

兵衛には高央の絶叫する意味がわからなかった。ただ本能的に振向こうとしたが、それより早く、右の肩へ火を突刺されたような打撃を感じ、同時に（うしろから）躰当りをくらって前へのめった。

——あの女だ。

兵衛はそう気づいた。お側《そば》にいたあの女だ、そう気づいたのは、一瞬間のことであるが、そのときは右の下腹へ、またしても火を当てられたように感じ、われ知らず手を振って、そこにあった腕をつかんだ。

「こゝさぶ動くな」と高央が叫んだ、「その短刀を動かすな、短刀を抜いてはならんぞ、じっとしていろ」

兵衛はつかんでいた腕を放し、手さぐりで、脇腹《わきばら》に刺さっている短刀に触れた。高央の喚《わめ》く声がし、人の倒れる音と、女の悲鳴に似た泣き声が聞えた。忠太夫、これを伴《つ》れてゆけ、と高央が云《い》った。医者を早く、誰も来るな、医者を早く呼べ、ほかの者は来るな、と高央の喚くのが聞えた。

――たいして深くはないな。

兵衛は眼をつむっていた。短刀の柄と、着物との間に指がはいる、そう深くはない。肩の傷は骨へ当ったらしいが、これも浅手だろう。兵衛はそう思った。左向きに横臥《おうが》し、足をちぢめたまま、じっと左手で短刀を押えていると、それはまるで血がかよってでもいるように、搏動《はくどう》のたびごとに微《かす》かに動いた。そして、突刺さっている刃の部分では、筋肉がひきつるように緊縮するのが感じられた。

傷はまだ痛まなかった。どちらも痺《しび》れたような感じだった。短刀を抜かないのは出血を防ぐためで、医者が来るまで、兵衛は息をひそめたまま動かずにいた。

医者は二人来た。手当にかかると痛みが始まった。医者は「躯を楽にして」と云ったが、兵衛は苦痛のあまりつい躯に力をいれる。すると劈《つんざ》くような痛みが起こった。

大炊介は側にいた。ほかの者は誰も近よせなかった。

「傷は腸まで届いてるか」「いやそうではなさそうです」「よほど深いか」「腸は大丈夫のようです」高央と医者がそんな問答をしていた。兵衛はそれを、苦痛のために痺れた頭で、とぎれとぎれに聞いていた。

「明朝までこのまま寝かせておいて下さるように」と医者が云った、「動かすことも、話すこともいけません、食物はもちろん、渇いた舌を濡《ぬ》らすだけでございます」

「わかった」と高央が云った、「おれが自分でみとっている」

「私はあちらに控えております」

「そうしてくれ」

「重ねて申上げますが、口をきくことは固くお禁じ下さるよう」もう一人の医者が念を押した、「血の管がふさがるまえに口をきくと、ひどい出血を起こすことがありますから」

大炊介は「わかった」と云った。

肩はそれほどでもないが、腹部の傷は、縫い合せたあとのほうが痛みが激しく、兵衛はともすると（激痛のために）気が遠くなりそうであった。

「口をきくな」

「誰もおりませんか」

「兵衛、――」と高央は云った、「おまえの傷はいま縫ったばかりで、口をきくとひどい出血を起こしかねない、おれが命ずるから口をきくな」

「しかし私は、いずれお供をする軀です、若殿」

「おれは聞かぬ、供もゆるさぬ」

「こさぶを、このまま死なせるおつもりですか」と兵衛は云った、「――ゆるさぬと仰《おっ》しゃっても、いまひと動きすれば、あの世への御先途ができます、ひと動き致しましょうか」

　大炊介は眼をつむった。

「お願いです」と兵衛は云った、「若殿の苦しみをお分け下さい、こさぶがその荷の半分を背負いましょう」

「それはできない」

「私にできませんか」

「誰にもできない」と高央は云った、「誰にも、――これはおれ一人が背負わなければならないものだ、話してやるから黙って聞け、黙って聞くと約束するか」

　兵衛は眼で答えた、大炊介は頷《うなず》いた。

「おれは密夫の子だ」

兵衛はけげんそうに眼をすぼめた。

「おれは相模守高茂《さがみのかみたかもち》の子ではない」と高央は云った、「おれは父上の子ではない、母と密夫のあいだにできた子だ」

高央の頬が突然げっそりとこけたようにみえた。兵衛は口をあいた。その刹那《せつな》に起こった高央の相貌《そうぼう》の変化は形容しがたいものであった。見るまに骸骨《がいこつ》に化するのではないかと思われるほど、げっそりと肉がこけ、どす黒い影に隈《くま》どられた。兵衛は口をあけ、大きく眼をみひらいたまま、ひたと大炊介を見あげていた。

「それを知らせたのは吉岡進之助《よしおかしんのすけ》だ」

「――若殿」

「なにも云うな」と高央は云った、「まことの父、密夫が、重い病気で恢復《かいふく》の望みはない、息のあるうちにひとめ会いたい、――吉岡がおれにそう云った、おれは眼が眩《くら》んだ。そして気がついたら、そこに吉岡の死躰があり、おれは血刀を持って立っていた」

兵衛は痛みを感じて低く喘いだ。それは傷が痛んだのか、べつの痛みか判別しがたかったが、心臓の凍るような痛みであった。

「おれは母上に訊《き》いてみた」

高央は声をひそめた。それは喚き叫ぶよりも、却《かえ》って痛切なひびきをもっていた。

「母上は答えなかった」と高央は云った、「そうだともそうでないとも仰しゃらず、おれの眼からお顔をそむけられた、だがそのとき、母上のお軀《からだ》がふるえ、お顔が蒼《あお》くなるのを、おれは見た、おれはいまでも、そのときの母上の姿を、ありありと眼に描くことができる」

吉岡進之助が成敗されたと聞いて、進之助の父はその妻とともに自殺した。おそらく伜《せがれ》が成敗された理由を知っていたのだろう、ことによると、父親が進之助に伝言を命じたのかもしれない。したがって、母と密夫との詳しい事情は知ることができなくなった。ただ、それが結婚まえのことであったという以外には、その人の名を知るてだてもなくなった。もちろん大炊介は知りたいとは思わない、むしろ（もしできるなら）そんなことはなにもかも忘れてしまいたかった。

「おれの苦しいのは、自分が密夫の子だということだけではない、このおれという者が、そのままで父上を裏切っていることだ」

大炊介は呻《うめ》き声を抑えるために、暫《しばら》く口をつぐんだ。

「父上はおれを愛してくれた、おれにとっても、父上はなにものにも代えがたい人だ、父上とおれとは、他のどんな父子にも似ないほど、お互いを愛し大事にしあった、おまえはそれを知っているだろう、兵衛、――老臣たちは、父上があまりおれを寵愛《ちょうあい》するので、おれをなまくらにするのではないかと心配したくらいだった、それもおまえは知っている筈《はず》だ、家中《かちゅう》ぜんたいの者が知っている筈だ」

七

「しかもおれは父の子ではない、父の子だと偽られた密夫の子だ」と高央は云った、「おれはそのときから、べつの人間に変った。おれは大炊介高央ではない、おれはそうではない、大炊介高央ではないんだ」

彼は母のことは云わなかった。しかし女ぜんたいに不信と厭悪《えんお》をもった。彼は父に対する愛情に苦しみ、自分に対する相模守の愛情に苦しんだ。じつに苦しい、他のいかなることよりも、相模守の無条件な愛ほど苦しく、耐えがたいものはない。大炊介は酒を飲むことを覚えた。乱酔と狂暴、そのなかにだけ、僅《わず》かに苦悶《くもん》を忘れることができた。ごく僅かな時間だけ、――父の愛から解放されたい、もしも父から憎まれることができたら、いくらか償罪感が得られるかもしれない。大炊介はすすんで、乱酔と狂暴へ自分を追いやった。

相模守は絶望し、悲しみ、嘆いた。大炊介を憎もうとはしないで、彼がそんなになったことを、怒るよりも悲しみ、落胆した。

「これは二重の罪だ」と高央は呻吟《しんぎん》するように云った。「父上から憎み疎《うと》まれようとして、却って父に失望と悲嘆を与えている、どうしたらいいか、――母上にとっても、おれが生きていることは、御自分の罪が生きていることだ、おまえならどうする、兵衛」

「御方《おかた》さまは」と兵衛が云った。「若殿お一人をもうけられただけで、あとには一人の和子《わこ》さまもお産みあそばしません」

「それがどうした」

「弟ぎみお二人は、お部屋さまのお子でございます」と兵衛は云った、「とすれば、御方さまは、若殿の実の父ぎみを、しんじつ愛しておられ、御結婚ののちも、その方に操《みさお》を立てておられた、のではないでしょうか」

「だからどうだというのだ」

「諸侯のあいだの御縁組には、昔からずいぶん、非情なことが、あったようです、これは、もちろん私の、想像でございますが、――御方さまがその後、和子さまをお産みあそばさぬのは、大殿さまがその事情をお察しになって」

「ああよしてくれ」と高央は遮った、「もしそうだからといって、おれの立場が少しでも変ると思うのか」

「少なくとも、御自分から死をお選びに、なるようなことは、ないと思います」

「兵衛は密夫の子という経験があるか」

「お待ち下さい」

「おまえは経験したか」と高央は云った、「意見を云うなら、自分で経験し自分でたしかめたことを云え、そうでなかったらわかったようなことを云うな」

「若殿、――」

「眠れ」と高央が云った、「おまえが立てるようになるまで待っている、もう口をきくな」

兵衛は眼をつむった。

――若殿は待っておられたのだな。

と彼は心のなかで思った。自分の命をちぢめるための使者が、江戸から来るのを待っていたのだ。乱酔狂暴は、自分を罰してもらうためであった。相模守の「意志」によって自分を「始末してもらう」ことが、大炊介には唯一《ゆいいつ》の償罪だと思えたのだ。

「――だがおれにはできない」と兵衛は心のなかで呟《つぶや》いた、「おれにはこの役目をはたすことはできない」

　兵衛はまもなく眠った。眼がさめると、ひどく喉《のど》が渇いていた。唾《つば》をのもうとしたが、口の中はすっかり乾いて、舌が貼《は》りついたようになっていた。

「お口をしめしましょうか」

という声がした。そちらを見ると、なおと呼ばれるあの女がいた。兵衛は頷いた。なおは箸《はし》で綿をはさみ、水に浸して兵衛の口へもって来た。飲んではいけません、喉をしめすだけにして下さい、となおは云った。兵衛は頷いた。彼は舌で綿を吸い、僅かな水で喉をうるおした。

「いまなん刻《どき》ですか」と兵衛が訊いた。

「お話をなさらないで下さい」となおが云った、「――もうまもなく明ける時刻ですわ」

　兵衛は頷いた。

　なおは自分のしたことを詫《わ》びた。夢中でやったのである、若さまが二度も組みしかれ、これはもう刺されるのだと思った。すると眼が眩んだようになって、夢中でとびかかったのだ、と云った。兵衛は頷いて、「わかるよ」と云った。

「いいえおわかりにはなりませんわ」となおは云った。「わたくしがなぜあんなに逆上したか、あなたにわかる筈がございませんわ」

「私にはわかるんだ」と兵衛は云《い》った。「私はみんなに会った、この御殿へ来た娘たちぜんぶに会って、みんなから話を聞いているんだ」

「それでもなお、若さまのお命をちぢめようとなさるんですか」

「知っていたのか」

「若さまが仰しゃるのを聞きました、若さまは『やれ』と仰しゃいました」

「聞いたのはそれだけか」

兵衛はなおの眼を見た。なおは「はい」といった。兵衛は頷いた。そうだ、あの話はそのあとだ、自分が刺され、医者に手当てをされたあと、二人だけになってからのことだ、と兵衛は思った。

なおは云った。自分は城下町の「木曾文」という材木問屋の娘である、やはり半ばむりやりに山荘へ伴れて来られたが、五日めに「帰れ」といわれた。自分は帰らないと答えた。それから五日め十日というふうに「帰れ」といわれたけれども、自分は一生お側にいる決心で、今日までずっと我をとおして来た。しかし、他の娘たちと同じように、自分も若さまに指ひとつ触れられたことはない、あなたはこれをどう思うか、となおは云った。

——母ぎみのためだ。

と兵衛は心のなかで思った。自分の出生の秘密をとおして、女性というものが信じられなくなった。ことによると憎悪《ぞうお》さえ感じているかもしれない。そうだ、おそらく憎悪だろう、と兵衛は思った。それが娘たちを掠《さら》って来させ、また手も触れずに追い帰させたに違いない、兵衛はそう思った。

「それは若さまは、お酒もずいぶんめしあがります」となおは云った。「わる酔いをすれば乱暴をなさることもあります、でも、あなたがみんなの話をお聞きになったのならわかるでしょう、若さまは酔って乱暴はなすっても、非道なことは決してあそばしませんわ」

「しかし、——」と兵衛が云った、「娘たちはそうだとしても、和泉屋《いずみや》や瀬木《せぎ》久兵衛《きゅうべえ》、また菩提寺《ぼだいじ》の住職などを斬《き》ったのは」

「ああ」となおは遮った、「それを御存じないんですか」

「わけがあるんだな」

「ふしだらだからです」となおは云った、「誰がということは申せませんけれど、みな自分の家の召使や、他人の妻や娘などに手をつけたり、幾人もの後家に子を産ませたりしたからですわ」

「――菩提寺の住職もか」

「五人ともです」となおは云った、「おんなぐせが悪いのではみんな評判の人ばかりですわ」

兵衛は胸に（するどい）痛みを感じた。

「少し眠ろう」と彼は云った、「私はもう大丈夫だから、貴女《あなた》もいって休んで下さい」

なおは、「はい」といったが、立ってゆくようすはなかった。兵衛は眼をつむった。

――これでもお命をちぢめなければならないだろうか。

兵衛はそう叫びたかった。

――若殿にはなんの罪もないし、どんな罪をもつぐなうほど苦しんでこられた、もう充分だ、若殿は生きなければならない。

若殿を生かすのだ、と兵衛は繰り返し思った。どんなことをしても生かしてあげなければならない、――どんなことをしても。そして、兵衛はまた眠った。

彼は人の声で眼をさました。

もう日が高くなっていて、あけてある襖《ふすま》から、入側《いりがわ》を越して向うの広縁に、冬の午前の暖たかそうな日光があふれているのが見えた。

ひと声は表の間のほうで聞えた。なにやらただならぬけはいで、「若殿、若殿、

――」という声がし、ばたばたと足音がした。兵衛は蒼くなり、起きようとしたが、傷の痛みで身動きができなかった。

「騒ぐな」と高央の声がして、「みぐるしい、騒ぐな、おれはなにもしない」

休息の間へ続く襖があき、大炊介がこちらへはいって来た。兵衛はぞっとした、大炊介は白の小袖《こそで》に白の袴《はかま》をはき、右手に短刀を持っていた。

――自殺するつもりだ。

と兵衛は直感した。白の衣装と右手の短刀とが、そのまま「死」を示すように思えたのである。大炊介《おおいのすけ》はうしろを振返って、誰も来てはならぬと云った。

「若殿、――」という声がした。

「よし、はいれ」と大炊介が云った、「主殿《とのも》ははいれ、他の者は一人もならんぞ」

すると広岡主殿が、腰を踞《かが》めたままはいって来、ずっとさがって坐《すわ》った。大炊介は兵衛に向って上座に坐り、短刀を左の手に持ち替えて膝《ひざ》の上に置いた。

「若殿、――」と兵衛が喉声で云った、「あなたはお約束をなさいました、私が立てるようになるまで待つと」

「待つ必要はなくなった」

大炊介はそう云って、主殿を見た。

「主殿、もういちど急使の口上を申せ」

「は、――」と主殿は平伏して云った、「おそれながら大殿、相模守さまには、かねて御病臥《ごびょうが》ちゅうのところ、にわかに御容態変じ、十一月七日亥《い》ノ下刻、御他界とのおんことにございます」

兵衛は大きく喘《あえ》いだ。

「なお、――」と主殿は顔をあげて続けた、「御臨終にさきだって、御家督には弥五郎《やごろう》ぎみを直すようにと、御遺言あそばされたとの使者の口上にございます」

「兵衛、きいたか」と高央《たかなか》が云った。

兵衛は裂けるほど眼をみはり、大炊介を見あげながら喘いだ。

「主殿、さがってくれ」と高央は云った、「おれは父上のお使者としての兵衛に話がある、誰も近よせないでくれ」

兵衛が「御家老」と云った。救いを求めるような声であった。大炊介は強い調子で、

「さがってくれ」と主殿に云った。

「お願いです、若殿」と兵衛が云った。

主殿は入側から退出した。

「兵衛、そのほうは父上のお使者だ」と高央は云って、短刀の柄《つか》を握った、「よく見

ていてくれ」

兵衛は「あ」といって、片手を伸ばした。大炊介は短刀を抜いた。そして左右の手を頭のうしろへまわし、髻《もとどり》を切った。そして手を放すと、髪毛はばらっと背と肩へ垂れた。

伸ばした兵衛の手が、力をなくして畳へ落ちた。兵衛は口をあいて喘いだ。

大炊介は懐紙を出して短刀をぬぐい、鞘《さや》におさめて脇《わき》へ置くと懐紙で顔を押えながら、声をひそめて泣いた。兵衛の喉へも嗚咽《おえつ》がこみあげてきた。投げだした手をちぢめ、両手で顔を掩《おお》いながら、兵衛も泣いた。

「父上、――もういちど、父上と呼ぶことをおゆるし下さい」と高央は囁《ささや》いた、「父上は御霊《みたま》になられたから、もはやなにもかもおみとおしでございましょう、私はお供を致しとうございます」高央の囁きは嗚咽のためにとぎれた、「それでなくとも、――」と彼は続けた、

「御勘気を蒙《こうむ》って死を賜《たま》わったのですから、できることならお供をしたいのですが、私が死ねば、私の供をすると申してきかぬ者がおります、かれらはどうしても決心を変えようと致しません、それで、――私は断念いたしました、私は今日から出家となり、一生、父上のお墓守《も》りを勤めたいと思います、おゆるし下さいますか、父上」

兵衛が「若殿」といった。

「若殿、かたじけのうございます」と彼は云った、「かたじけのうございます」

大炊介は暫《しばら》くして顔をぬぐい、短刀を取って、兵衛のほうへ押しやった。

「約束の菊一文字だ、取っておけ」

兵衛は涙を拭《ふ》き、濡《ぬ》れた眼で、訝《いぶか》しそうに大炊介を見あげた。

「忘れたのか」と高央が云った、「法師丸のころそのほうを泣かせて、詫びのしるしにいちど遣った、伝家の品とわかってとり換えたが、おれの代になったら遣わすと約束してあった」兵衛は思いだした。

「しかし、勿体《もったい》のうございます」

「取っておけ」と高央が云った、「それはあのときから兵衛のものだったのだ」

そして大炊介は立ちあがり、黙って兵衛を見おろした。兵衛も（まだ濡れたままの）眼をあげてじっとみつめた。大炊介の眼が「こさぶ」と呼びかけるようであった。

「みとりの者が来ている」と高央が云った、「ゆっくり眠るがいい」

大炊介は休息ノ間のほうへ去った。

「——わかぎみ」と兵衛は囁いた。幼いころの呼び名を口の中で囁きながら、彼は、大炊介の去ったほうをじっと見まもっていた。

白い袴の裾《すそ》をけりながら、静かに去っていったうしろ姿が、いつまでも眼に残るようであった。

やがて、入側から一人の娘がはいって来た。広岡家のみぎわであった。大炊介が「みとりの者」といったのは、彼女のことをさすのだろう、――兵衛はまだ気がつかなかった。みぎわは敷居を隔てて坐り、手をついて兵衛のほうを見た。

「おゆるしを願って御介抱にあがりました」と彼女は云った、「――みぎわでございます」

（「オール読物」昭和三十年二月号）

# こんち午《うま》の日

一

おすぎは塚次《つかじ》と祝言《しゅうげん》して、三日めに家を出奔した。祝言したのが十月八日で、出奔したのは十一日の午《ひる》すぎ、——塚次が売子の伊之吉《いのきち》と、午後のしょうばいに出たあとのことであった。

娘が「出奔」したことに気づいたのは、母親のおげんであった。夜になってもおすぎが帰らないので、田原町二丁目の伊能屋へいってみた。伊能屋は仏具師で、おもんという娘がおり、おすぎと仲よしで、よく泊りにいったり来たりしていた。婿《むこ》を取って三日めに、まさか泊って来はしまいが、娘の性分ではやりかねないとも思ったのである。だが伊能屋では知らなかった。

「御婚礼の晩に会ったきりよ」とおもんは云《い》った、「おすぎちゃんどうかしたんですか」

「お午すぎに出たっきりなんだけれど」とおげんは途方にくれて云った、「——こんなじぶんまでどこにひっかかっているのか、おもんちゃんに心当りはないかしら」

おもんは知らないと云った。なんとなく当惑したような顔つきで、自分はこの夏あたりからあまり会っていないし、ほかに仲の好《い》い友達があるとも聞かない、と答え、「もういまごろ家《うち》へ帰ってるんじゃありませんか」と云った。なにか云いたいことを隠している、という感じだったが、それ以上は訊《き》けずに、西仲町の家へ帰った。おすぎはまだ戻らず、婿の塚次が独りで、明日の仕込みをしていた。――おげんは、彼の眼を避けるようにして、部屋へはいった。そして初めて、金や品物がなくなっているのを発見した。

かくべつ疑ったわけではなく、ひょっと調べてみる気になったのであるが、おすぎの箪笥《たんす》が殆《ほと》んど空になっているし、髪飾りや小道具類もなかった。そればかりではない、用箪笥の中の金も、重平やおげんの物まで、衣類や小道具などで金目な品は、選《え》りぬいたように、きれいになくなっていた。――おげんは足が竦《すく》みそうになり、ががたと震えた。これだけ思いきったことをする以上、ただごとではない。単に帰りがおそくなったとか、どこかで泊って来るなどということではない。おそらく帰っては来ないだろう、「家出したに違いない」とおげんは思った。

「どうしよう」とおげんはのぼせあがって呟《つぶや》いた、「どうしたらいいだろう」

良人《おっと》の重平は寝ていた。

重平は秋ぐちに軽い卒中で倒れ、それから大事をとって寝たままであった。塚次との婿縁組も、そのために繰りあげたくらいで、いまこんな出来事を話していけないことは、(医者にも禁じられたが)よくわかっていた。——おげんは思い惑った。これまでおげんは、なにもかも良人まかせでやって来た。しょうばいの事はもとより、三度の食事の菜《さい》から、季節の移り変りには、着物や夜具のことまで、すべて良人に云われてからする習慣であった。

「どうしよう」とおげんは自分に呟いた、「他人に相談できることではないし、うちの人に話せば病気に障《さわ》るだろうし、それに、婿になったばかりの塚次という者がいるし」

塚次には隠せない、同じ家にいることだし、三年もいっしょに暮して、内情もよくわかっているから、塚次を騙《だま》すことはできない。——それならいっそあれに話してしまおう、とおげんは思った。塚次は気のやさしい男である。おすぎは蔭《かげ》で「うちのぐず次」などと云っていたが、田舎そだちの朴訥《ぼくとつ》さと、どんな事でも、黙って先に立ってやるまじめさと、そして疲れることを知らない働き者であった。彼は重平と同郷の生れで、三年まえ奉公に来るまでは、田舎でずっと百姓をしていたが、きまじめで口べたなわりに客受けもよく、またしょうばい物の豆腐や油揚なども、自分でくふうして、いろいろ変った味の物を作るというふうであった。

「塚次に話すとしよう」とおげんは自分を励ますように呟いた、「あれなら肚《はら》を立てるようなこともないだろうし、きっと相談に乗ってくれるに違いない」

明日の仕込みを終って、塚次があがって来ると、おげんはその話をした。

塚次はええと口をあいたが、それほど吃驚《びっくり》したようすはなく、「どこかで泊って来るのではないか」と云った。そこでおげんは金や品物のなくなったことを話した。それらはみな昨日まであった物である。衣類や小道具は祝言に使ったし、金も祝言の入費を払ったばかりで、残高もわかっている。いつのまに、どうして運び出したかわからないが、殆んどあらいざらい持出しているし、僅《わず》かな時間に、それだけのことが独りでできる筈《はず》もない。誰か手を貸したものがいるに相違ないと思う、とおげんは話した。塚次は暫《しばら》く考えていたが、「おとっさんに知らせましたか」と訊き、まだだと聞くと、「ちょっと心当りがあるから、おとっさんには知らせないで待っていてくれ」と云い、着替えもせずに出ていった。

——なにかあるのかしら。

おげんは重平の薬を煎《せん》じながら思った。

重平夫婦は娘をあまやかして育てた。おすぎは縹緻《きりよう》よしで、小さいじぶんから人に可愛《かわい》がられたし、可愛がられることに慣れていた。人にあいそを云われたり、構われたりすることを嬉《うれ》しがり、そうされないときには、侮辱されたような不満をもった。友達と集まったり、芝居を見たりするのが好きで、娘にしては金使いも荒かった。……小さいうちはそれでもよかったが、十四五になると事情が変ってくる。若者たちが付きまとうようになり、いろいろな噂《うわさ》が立ちはじめた。

——おすぎちゃんは凄腕《すごうで》だ。

などというたぐいの蔭口が、しばしば夫婦の耳にはいった。

重平もおげんも信じなかった。おすぎは「みんなやきもちよ」とすましていたし、夫婦もそうだろうと思った。下町もこの浅草界隈《かいわい》の横町などは口のうるさい人たちが多く、金まわりのいい家とか、縹緻のいい娘や若妻など、根もないことを好んで噂のたねにされる。自分たちの娘もその例だと思い、夫婦はべつに疑ってみる気もなかった。

「でも塚次はいま、心当りがあると云った」とおげんは呟いた、「そしてすぐに出ていったところをみると、なにかあって、塚次はそれを知っていたのに違いない」

おげんは頭が痛くなり、首を振りながら両のこめかみを強く揉《も》んだ。

——いったいなにがあったんだろう、塚次はなにを知っているんだろう。

同じことを、ただうろうろ思い惑っていると、隣りの部屋で重平の呼ぶ声がした。

おげんはとびあがりそうになり、「いま薬を持ってゆきますよ」と云いながら、湯気の出はじめた土瓶を火の上からおろした。

二

塚次は寒かった。まだ十月の中旬にはいったばかりで、その夜は風もなく、むしろ例年より暖かいくらいだったが、塚次はしんまでこごえるほど寒かった。肩をちぢめ、腕組みをして、前踞《まえかが》みに歩きながら、彼は力なく頭を振ったり溜息《ためいき》をついたりした。

「こういうことなのか」と塚次は口の中で呟いた、「いつもこういうことになるのか、これじゃあ、あんまり可哀《かわい》そうじゃないか」

彼は中村喜久寿を訪ねていった。

猿若町《さるわかちょう》の芝居で住居を訊き、それから山谷へまわっていった。喜久寿は中村座の役者で、年は三十二歳、古くから女形《おやま》を勤めているが、いまだに役らしい役は付かず、番付などでは名もはっきり読めないくらいだった。彼は八月ごろまで三軒町の裏店《うらだな》にいたが、女出入りのため絶えずごたごたするので、店だてをくって山谷のほうへ移ったのであった。

喜久寿の住居はすぐにわかった。どこからか下肥《しもごえ》の匂《にお》って来る、暗くてじめじめした長屋の、端のほうにあるその住居には、年のいった女たちが五六人集まって、酒を飲みながら陽気に騒いでいた。喜久寿のほかにもう一人、これも芝居者らしい男がいて、なにかの狂言の濡場《ぬれば》と思われるのを、みだらに誇張した身振りと声色とで、汗をかきながら演じてみせていた。——塚次は黙ってはいり、ちょっと声をかけて、すぐに障子をあけた。おすぎを隠されるかと思ったので、さっと障子をあけ、そこにいる女たちを眺めまわした。

「どなた」と喜久寿がこっちを見て云った、「だあれ、……山城屋さんかえ」

そして立って、こっちへ来た。もう一人の男も、女たちもこっちを見た。部屋の中にこもっている安酒の匂いと、膏《あぶら》ぎったような、重たく濁った温気とが、むっと塚次の顔を包んだ。

「知りませんよ」と喜久寿は云った、「おすぎちゃんなんて、このところ半年以上も逢《あ》ったことはないわ」

四十くらいにもみえる渋紙色の、乾いた皺《しわ》だらけの顔や、しなしなした身振りや、つぶれたような作り声など、塚次には胸がむかつくほどきみ悪く、いやらしく思えた。

「隠さないで下さい、知ってるんです」と塚次は云った、「おまえさんとの、一年まえからのことを知ってるんですから」

「それはそんなこともあったけれど、あたしは半年以上も逢っちゃいないわ、ほんとよ」と喜久寿は女言葉で云った、「嘘《うそ》だと思うんなら、あがって家捜しをしてちょうだい」

向うから女たちが囃《はや》したて、喜久寿はおすぎの悪口を並べたてた。おすぎが吝嗇《りんしょく》でやきもちやきで、自分勝手な我儘者《わがままもの》であること、彼はおすぎに髪の毛を挘《むし》られたり、ひっ掻《か》かれたり嚙《か》みつかれたりして、いつも生傷の絶えたことがなかったし、そのために大事な贔屓筋《ひいきすじ》を幾人もしくじったこと、しかもたまに南鐐《なんりょう》の一枚も呉《く》れれば、小百日も恩に被《き》せられることなど、——恥じるようすもなくべらべらと饒舌《しゃべ》った。すると向うから女の一人が、「嚙みつかれたのはあのときのことだろう」とからかい、さらにみんなが徹底した露骨さで、塚次にはよくわからないような、卑猥《ひわい》なことを喚《わめ》きあい、ひっくり返るように笑った。だが喜久寿はそこで初めて気がついたように、「ちょいと」と塚次に手を振った。

「ちょいとあんた」と喜久寿は云った、「おすぎちゃんがどうかしたの、なにか間違いでもあったの」

塚次はあいまいに首を振り、「帰りがおそいので親たちが案じている、どこにいるか心当りはないいだろうか」と訊いた。喜久寿は極めて単純に「そうね」と首を傾《かし》げた。

「なにしろあの人は達者だから、そうだわね」と喜久寿は顎《あご》を撫《な》で、それからふいとまた手を振った、「そうだわ、ことによると長二郎かもしれませんよ、それは」

「やっぱり芝居の人ですか」

「まえには芝居の中売りをしていたの」と喜久寿は云った、「今年の夏までは中売りをしていたけれど、義理の悪いことが溜《た》まって逃げだしたっきり、いまどうしているか知らないわ、でもおすぎちゃんはまえっから長二郎におぼしめしがあったようだし、相手のほうでもへんなそぶりをしていたから、なにかあったとすればきっと長二郎ですよ」

住居がどこか自分は知らないが、森田座に伝造という楽屋番がいる。その爺《じい》さんに訊けばわかるかもしれない、と喜久寿は云った。そして、塚次が礼を述べて去ろうとすると、彼はうしろから「にいさん」と作り声で呼びかけた、「どうぞ御贔屓に」それからしゃがれた声であいそ笑いをした。

塚次は歩きながら唾《つば》を吐いた。あばずれた女たちの笑いや、喜久寿の媚《こ》びた身振りや言葉などが、べったりと軀《からだ》じゅうにねばり付いているようで、いつまでも胸がむかむかし、彼は顔をしかめながら、幾たびも唾を吐いた。

「もうおそすぎる」と塚次は呟いた、「森田座は明日にしよう」

彼は疲れていた。もう寝る時刻を過ぎていた。朝の三時に起きて、明日の朝も三時に起きなければならない。午後に一時間ほど横になるほかは、躯を休ませる暇がないので、この時刻になると、抵抗できないほど寝たくなるのであった。

「田舎へ帰るんだな」彼は立停って、脇《わき》にいる（もう一人の）自分に云った、「こういうことになって、まさか居坐《いすわ》ってるわけにもいくまいし、田舎へ帰るほかはないじゃないか、そうだろう、——帰れば帰ったで、また、なんとか……」

だが塚次は（もう一人の）自分が首を振るのを感じた。彼は田舎の家と、そこにある生活を思いうかべ、帰っていっても、そこには自分の割込む席のないことを認めた。——彼の家は中仙道《なかせんどう》の高崎から、東北へ三里ほどいった処《ところ》で、重平の故郷の隣り村に当っていた。そこには塚次の母と、継父と、継父の母と、九人の弟妹《きょうだい》たちがいる。塚次の実父は早く病死して、そのあとへ継父がはいり、八人の弟妹が生れた。去年の春、また妹が生れた、という知らせがあったが、これだけの人数が僅か六七反歩の田畑に、しがみつくようにして生きているのである。それは「生きている」というほかに云いようのない生活であった。——塚次は三年まえ、二十一歳のとき江戸へ出て来た。隣り村に住んでいる重平の兄の世話であったが、江戸へ出たのは、父親の違う弟妹たちとの折合が悪かったためだけではなく、そこにいては、満足に食ってゆけなくなることが、わかってきたからであった。

「洗い場の胡桃《くるみ》、——」と塚次は呟いた、「あれは今年もよく生《な》ったろうな、あの胡桃はよく実がついた、おれが出て来る年には一斗五升も採れたからな」

三

田舎の家の前に小川があり、農具や野菜などを洗う、小さな堰《せき》が作ってある。その傍らに大きな胡桃の木が枝を張っていて、夏には洗い場を日蔭にし、秋になるとびっしり実をつけた。その実が小川へ落ちて流れるのを、塚次はよく親たちに隠れて拾って喰《た》べたものである。胡桃は値がよく売れるから、隠れてでも喰べなければ、彼などの口には入らないのであった。

「胡桃、——」と塚次は首を傾げた、「そうか、あれは胡桃だな、あの蒲鉾《かまぼこ》豆腐は、そうだ、あの味と香りは慥《たし》かに胡桃だ、ふん、それであの胡桃の木のことなんか思いだしたんだな」

暗い刈田を渡って来る風が、塚次の着物にしみとおり、その膚《はだ》を粟立《あわだ》たせた。彼は身ぶるいをし、もっと肩をちぢめて歩きだした。

西仲町の家へ戻ったが、おすぎはやはり帰っていなかった。塚次はおげんに、「明日もういちど捜しにゆく」と云《い》った。おげんはなにか訊きたそうだったが、「おとっさんには伊能屋に泊ったと云っておいたから」と囁《ささや》いただけであった。

翌日、――朝のしょうばいに出た戻りに、金剛院の台所へ道具を預けておいて、塚次は森田座の楽屋を訪ねた。伝造という老人はいた。老人はいま寝床から起きたというようすで、眼脂《めやに》の溜まった充血した眼をしょぼしょぼさせ、小さな瘦《や》せた軀からは、鼻をつくほど酒が匂った。

「あいつはずらかったよ」と老人は首筋を搔《か》きながら云った、「不義理の仕放題をしやあがって、ひでえ畜生だ、もうちっとまごまごしていたら、誰かにぶち殺されたところだろう、おめえ長二郎のなかまかい」

塚次は「そうじゃない」と首を振った。

「すると騙《だま》されたくちか」と老人はまた首筋を搔いた、「もしあいつにひっかけられたのなら諦《あきら》めるこった、あいつはもう二度と江戸へ帰りゃしねえから」

「なにか女のことは聞きませんでしたか」

「女だって、――おめえの女でもどうかされたのかい」

塚次はまた首を振り、「自分の知っている家の娘が昨日から帰らないが、長二郎という人といっしょではないか、という噂があるので訊きに来たのだ」と云った。

「ふん、――」と老人は鼻を鳴らした、「あいつの女出入りは算盤《そろばん》を置かなくちゃわからねえが、そうさな、そういえば夏じぶんから、あいつにのぼせあがってる娘がいる、っていうようなことを聞いた覚えがあるぜ」

だが詳しいことは知らない、と老人は云った。誰に訊《き》いても長二郎のことはよくわからないだろう、中村座を逃げだしてからは、寝場所も定まっていなかった。博奕打《ばくちう》ちのなかまにでもはいっていたらしいが、自分のことは決して話さない人間だし、親しい友達というものもなかった。したがって、その女のことも、どこへずらかったかということも、知っている者はおそらく一人もないだろう、と老人は云った。

――おかみさんにどう話したらいいか。

楽屋口で老人に別れてから、塚次《つかじ》は思い惑って溜息をついた。伝造の話によると、長二郎という男はよほどせっぱ詰っていたようだ。そうすると、おすぎが金や品物を（殆《ほと》んど）あらいざらい持出したことと符が合っている。おそらく長二郎と逃げたのであろうが、はっきりそうと定めることもできなかった。

――いずれにしても、まもなく帰って来るだろう。

塚次はそう思った。彼の気持の奥には「まもなく戻るに相違ない」という、漠然とした予感があった。おすぎはそういう娘であった。おそらく平気で帰って来て、きまりの悪い顔もせずに、ずけずけと自分に用でも頼むだろう、と塚次は思った。

「そうなったとき、おれはどうするだろう」と歩きながら彼は呟《つぶや》いた、「黙って云うなりになってるだろうか、それとも、……いや、たぶんなにも云えないだろう、云えやしないさ、あの女の顔をまともに見ることさえできやしないさ、――どう転んだっておれはおれだ、たいしたことはないや」

塚次はぼんやりと溜息をついた。

預けておいた道具を取りに、金剛院へ寄ると、老方丈が庫裡《くり》の縁側から呼びとめた。塚次は鉢巻を外しながらそっちへいった。もう七十三歳にもなるのに、老方丈の小さな軀は固太りに肥え、顔などは少年のような色艶《いろつや》をしていた。

「どうだ塚公」と老方丈が云った、「このあいだの物はわかったか」

「へえ、まあだいたい見当がつきました」

「いや口で云わなくともいい、見当がついたら作ってみろ」と老方丈は云った、「上《かみ》方《がた》の物で、こっちではまだ作らないようだ、うまくゆけば売り物になるぞ」

「へえ」と塚次は云った、「やってみます、二三日うちに作って、持ってあがります」

「どうした」と老方丈が云った、「ばかに元気がないようだが、どうかしたのか」

塚次は「へえ」と苦笑し、ふと眼をあげて老方丈を見た。彼は方丈さんに話してみようか、と思ったのであるが、しかし、すぐに首を振って、「いいえべつに」と口を濁し、二三日うちに持ってあがります、と云ってそこを去った。

西仲町ではおげんが待ちかねていた。塚次は「だめでした」と囁いた。喜久寿や長二郎のことに触れずに、心当りの処にはいなかったし、ほかにもう捜す当もない。とにかく、暫く放っておいて、ようすをみるほかはないだろう、と云った。店では売子の伊之吉《いのきち》が、せっせと焼豆腐を作っていた。彼はもう、おすぎになにかあった、ということを勘づいたらしく、こっちへ向けた背中に、聞き耳を立てていることが、明らかにうかがわれた。おげんは塚次を眼で招き、臼台《うすだい》の蔭《かげ》へまわって、「うちの人にどう云おうか」と囁いた。一と晩はごまかせたが、今日はもうだめだろう。病気に障《さわ》るのが心配だが、知らせないわけにはいかない。どういうふうに話したらいいだろうか、というのである。塚次は当惑して、自分にはわからない、と答えた。もう二三日待ってみて、勘づかれてから話してもよくはないか、それとも、「伊能屋の娘たちと身延《みのぶ》か成田山へでもでかけた」と云ってみてはどうだろう。急のはなしで、重平が眠っているうちにでかけたと云えば、信じるかもしれない、と塚次は云った。

「とてもだめだと思うよ」とおげんは溜息をついた、「あたしうちの人には嘘がつけないんでね、うちの人にはすぐみやぶられてしまうんだから、——でもやってみようかね、みやぶられたらみやぶられたときのことにして、とにかくそう云ってみることにするよ」

そして、もういちどやるせなげに溜息をついた。

その夜、塚次が仕込みを終ったとき、おげんが来て「うちの人に話したよ」と云った。塚次の教えたとおり、身延山へいったと云うと、重平はそっぽを向いたままで、「そうか」と頷《うなず》いたきり、なにも云わなかったということであった。

「すぐに話を変えたけれどね」とおげんは云った、「いまにもどなられやしないかと思ってあたしはびっしょり汗をかいちゃったよ」

## 四

中二日おいて、冷たい雨の降る午後（横になる時刻）に、塚次は金剛院の方丈を訪ねた。前の晩に作った蒲鉾豆腐を、方丈のところへ持っていったのであるが、老方丈は一と口喰べてみて頷いた。

「よくわかった」と老方丈は云った、「少し脂《あぶら》っこいようだが、どういう按配《あんばい》で作った」

「豆腐一丁に剝《む》き胡桃を十の割です」と塚次は答えた、「豆腐の水切りをしまして、煎《い》った胡桃をよく磨《す》ったのへ、塩を加えて、もういちど豆腐と混ぜて磨りあげ、この杉のへぎ板へ塗って形を付けてから、蒸しました」

「胡桃の割が多いようだな」と老方丈は頷いて、もう一と口喰べてみた、「塩のせいかもしれないが、ともかく少し脂気が強いようだな」

塚次がふいに「あ」という眼つきをした。そして、思いついたことがあるから、明日もういちど味をみてもらいに来ると云い、すぐにそこを立とうとした。すると老方丈は呼びとめて、「まあ坐《すわ》れ」と云い、不審そうに坐り直す塚次を、じっとみつめた。

「話してみろ」と老方丈は云った、「家付きの嫁が逃げたそうだが、どうしたんだ」

「誰が」と塚次は吃《ども》った、「誰が、そんなことを」

「伊之吉という売子が、昨日来て権助《ごんすけ》にそう云ったそうだ、どういうわけだ」

塚次は「へえ」と俯向《うつむ》き、暫《しばら》く黙っていたが、やがて、こぼした粟粒《あわつぶ》でも拾うような調子で、これまでの出来事をゆっくり話した。老方丈は塚次の顔を見ながら、しまいまで黙って聞いていた。重平がおげんの作り話を聞いたとき、なにも云わなかった、という点が気になったものか、いちど聞き直してから、「ふん」と妙な顔をした。

「知っていたんだな」と老方丈は云った、「寝たっきりの人間には、家の中で起こることはよくわかるものだ、家は広いのか」

「いいえ、奥は六帖《じょう》が二た間に、長四帖の納戸《なんど》だけです」と塚次が云った、「納戸は、田舎の人ですから、あとから造り足したんですが」

人の数も少ない、夏のあいだは売子も三人になるが、寒いうちは伊之吉だけで、彼も住込みではなく、裏の長屋に母親と住んでおり、夕方の仕事が終ると帰ってしまう。――それに、おげんや塚次はそれぞれ分担の仕事があって、塚次は売りにも出るし、おげんは店にいるほうが多いから、おすぎがそれだけの金や品物を運び出すのを、気づかなかったというのも（迂闊《うかつ》ではあるが）頷けないことはない、しかし、寝たっきりの病人が、まったく知らなかったとすれば却《かえ》って不自然である。

「塚公だって」と老方丈は云った、「その役者のことを知っていたんだろう」

塚次は「へえ、まあ――」とあいまいに口ごもった。老方丈はじれったそうに、知っていてどうして婿《むこ》になる気になったんだ、と訊いた。それはまあ、そんな人間とながが続きがするわけはないと思ったし、自分が眼をつぶって結婚すれば、それでおちつくかもしれないと思った、と塚次は答えた。

「娘に惚《ほ》れてたというわけか」

「私がですか」と塚次は吃驚《びっくり》したような眼つきをし、それから、苦笑しながら首を振った。「私はあの人に、うちのぐず次、って云われていました」

老方丈はつくづくと塚次の顔を見た。そして、なにやらどなりたそうな表情をしたが、艶のいい顔を手で撫《な》でながら、「ふん」といい、えへんと大きな咳《せき》をした。

「すると、なにか」と老方丈が云った、「塚公はこのままあの家にいるつもりか」

「出るにしても、当はなし」と塚次は俯向いて云った、「いられるだけは、まあいてみるつもりです」

「出るんなら相談に乗るぞ、よその店へ替りたいんなら、世話もしようし請人《うけにん》にもなる、また自分で店を持つという気があれば」

「いいえ、それは」と塚次は遮った、「それは有難うございますが、いまの主人には恩がありますし、いったん婿入りの盃《さかずき》をして、親子にもなったことですし、またそうでなくとも、寝たっきりの主人をみすてて出るということは、……」

「うん、それは理屈だ」と老方丈は頷いたが、さらにだめ押しをするように云った、「それは正しく理屈だがな、塚公、――もしもその娘が戻って来たらどうする」

塚次は「へえ」と俯向いた。

「おまえの話を聞いてると、そいつは桁外《けたはず》れのわがまま娘のようだ、いまにきっと戻って来ると思うが、そのときおまえはどうする」

「それは、――」と塚次は低い声で云った、「それは、そのときのことにしようと思います」

老方丈は庭のほうへ眼をやり、かなり長いこと黙って、なにか考えているふうだったが、やがて、塚次のほうは見ずに、「それはそうだ」と頷き、ではそのときのぐあいで、また相談しよう、と云った。

「へえ、済みません」と塚次が云った、「——ではこの蒲鉾《かまぼこ》豆腐を、もういちどやり直して伺いますから」

「うん、やってみてくれ」と老方丈は頷いた、「二十一日に檀家《だんか》が三十人ばかり集まる、よければそのとき注文することにしよう」

塚次は礼を述べて立ちあがった。彼は広縁から庫裡《くり》のほうへゆきながら、ごつごつした指で、すばやく眼を拭《ふ》いた。

その夜、——塚次は蒲鉾豆腐をやり直した。豆腐一丁に剝き胡桃《くるみ》五個の割で、蒸しあげるまでは同じだったが、最後に火で炙《あぶ》って、外側に焦目《こげめ》を付けた。もう夜の十一時ころで、奥は寝しずまっていたが、出来あがったのを一ときれ切り、味をみようとしたとき、上《あが》り框《がまち》の障子のあく音がした。——塚次が振返って見ると、そこに重平が立っていた。

「——おとっさん」と塚次は口をあいた。

重平は「黙って」というふうに、ゆっくりと手を振った。彼は四十八になる、瘦《や》せた小柄な軀《からだ》つきだが、膚《はだ》はたるんで、蒼白《あおじろ》くむくんだような、いやな色をしていた。緊《し》まりのない唇や、瞳孔《どうこう》のひらいた眼や、寝乱れて顔へ垂れかかる髪毛など、暗がりの中で見ると、いかにも頼りなげに、弱よわしく見えた。

「塚次、――」と重平は云った。わなわなふるえる、力のない、低くしゃがれた声でもういちど「塚次」と云い、焦点の狂ったような眼で、じっと塚次を見つめた。塚次はそっちへゆき、ふらふらしている重平の軀へ、手を伸ばして支えようとした。重平は片手で障子につかまっていたが、塚次が伸ばした手を（首を振って）拒み、それからおそろしく重たそうに、両手をゆっくりとあげて、合掌した。

「たのむ」と重平は合掌した手を塚次に向けながら云った、「たのむよ、な、――」

塚次は「おとっさん」と云った。

重平の眼からしまりなく涙がこぼれ、合掌した手をだらっと垂らしながら、よろめいた。塚次はとびあがって、重平の軀を両手で支えながら、「おとっさん」ともういちど云った。重平の軀は婿の腕の中へ凭《もた》れかかり、う、う、と呻《うめ》き声をあげた。

# 五

「大丈夫です、おとっさん」と塚次は重平の耳もとで云《い》った、「私がちゃんとやってゆきます、おすぎさんもすぐに帰って来ます、大丈夫だから心配しないで下さい」

「おすぎとは、親子の縁を、切った」と重平はもつれる舌で喘《あえ》ぐように云った、「おまえだけが、頼りだ、塚次、よく聞いてくれ、おまえだけが、頼りだぞ」

「わかってます、わかってますから寝にゆきましょう」

「たのむ」と重平は云った、「――たのむぞ」

塚次は舅《しゅうと》を寝床へ伴《つ》れていった。暗くしてある行灯《あんどん》の光りにそむいて、おげんが鼾《いびき》をかきながら眠っていた。

――方丈さんの云ったとおりだった。

店へ戻りながら、塚次はそう思った。

「だがあの夫婦は、娘と縁は切らない」と彼は呟《つぶや》いた、「あんなに底なしに可愛《かわい》がっていた娘だ、口ではああ云っても、いざとなれば親子の縁を切ることなどできやしない、わかりきったことだ、できるものか」

そして塚次は力ない溜息《ためいき》をついた。

おすぎからなんの消息もなく、行方も知れないままで二年経《た》った。このあいだに、重平は妻と相談して故郷の家から姪《めい》のお芳《よし》を呼んだ。兄の重助の三女で、重助が弟のみまいを兼ねて、自分で娘を伴れて来た。重助は一と晩だけ泊って帰ったが、弟夫婦となにか話があったらしく、帰りがけに塚次を呼んで、「よろしく頼む」と云った。「おまえの田舎の家も相変らずだが」と重助は付け加えた、「まあ田舎は田舎でやってるからな、おまえはここの婿になったことだし、ひとつ腰を据えてやってくれ」

塚次は黙って、眼を伏せながら、おじぎをした。

お芳は縹緻《きりよう》はあまりいいとはいえなかったが、軀の丈夫な、はきはきとよく働く娘で、十七という年にしては、仕事ののみこみも早かった。お芳が役に立つようになると、おげんは掛りきりで良人《おっと》の看病をした。けれども重平の容態にはさして変りがなく、むしろ、手足の痺《しび》れなどは、まえよりひどくなるようであった。

「寝たっきりでいるからだ」と重平はもどかしがった、「これからは少しずつ起きて、歩く稽古《けいこ》をしてみよう」

だが医者は厳重に禁じたし、重平がむりに試みようとすると、おげんは泣いて止めるのであった。二人のあいだでは、おすぎのことは決して話されなかった。「身延《みのぶ》へいった」という嘘《うそ》も、嘘のまま忘れられたようで、重平がそのことに触れないのを幸い、おげんも黙って、なりゆきに任せていた。

塚次はよく働いた。焦目を付けた蒲鉾豆腐が好評で、顧客《とくい》さきにもよく売れたし、寄合とか、祝儀《しゅうぎ》や不祝儀に、しばしば大量の注文があった。このほかにも「胡麻揚《ごまあげ》」とか、「がんもどき」などにも、よその店とは違ったくふうをし、「絹漉《きぬご》し豆腐」なども作った。――こういうものは、たいがい金剛院の老方丈に教えられるか、意見を聞くかしてやったものである。塚次はこれらの品を、客にはっきり覚えてもらうため、軒の吊《つ》り看板に「上州屋」という屋号を入れた。豆腐屋の看板は単に「豆腐」と書くのが一般で、屋号を付けるのはごく稀《まれ》だったが、彼は売子たちにも「上州屋でござい」と云わせ、自分もそう呼んでまわった。

――へい、上州屋でござい、自慢の蒲鉾豆腐にがんもどき、胡麻揚に絹漉し豆腐。

という呼び声であった。

おすぎの出奔がわかってから、塚次はしょうばいに出たさきでよくからかわれた。よその店の売子たちにも、意地の悪い皮肉を云われたし、顧客さきでもたびたび笑い者にされた。田原町二丁目の裏店《うらだな》に、亀造《かめぞう》という馬方がいたが、これは真正面から嘲《ちょう》笑《しょう》した。

「おめえが嫁に逃げられたってえ豆腐屋か」と初めに亀造は云った、「嫁が男をこしらえて逃げたのに、おめえ平気な面《つら》で居坐《いすわ》ってるのか、へ、野郎のねうちも下ったもんだな」

「おっ、おめえまだいたのか」と二度めに亀造は云った、「へえ、そりゃあたいした度胸だ、おめえんとこのがんもどきはよそのより厚いってえが、おめえの面の皮もよっぽど厚いとみえるな」

「よう色男」と三度めに亀造は云った、「どうだ、もう嫁さんは帰ったか」

「よさないかね、この人は」と亀造の女房がそのとき奥からどなった、「人の世話をやくより、自分でかみさんに逃げられない用心でもおしよ」

「笑あしゃあがる、かみさんたあ誰のこった」

「自分で自分のかみさんもわからないのかい」と亀造の女房がまたどなった、「わからなければ見ているがいい、そのうちに逃げだしてやるから、いなくなれば誰がかみさんだったかわかるだろうよ」

そして亀造がなにかやり返すより先に、平気な顔で勝手へ出て来て「賽《さい》の目にして一丁」と云い、「うちのはとんだ兵六玉《ひょうろくだま》だから勘弁しておくれよ」と詫《わ》びた。塚次は涙がこぼれそうになり、「へえ、なに、――」と口ごもりながら豆腐を切った。

亀造の女房はおみつといい、千住《せんじゅ》の遊女あがりだそうだが、思いきった毒口をきくわりには、さっぱりした、飾りけのない性分で、その後はまえよりも塚次を贔屓《ひいき》にしてくれた。

おすぎが出ていってから、まる二年に近い秋のことだったが、塚次が午後のしょうばいに出ると、田原町のところで、妙な男に呼びとめられた。古びた桟留縞《さんとめじま》の素袷《すあわせ》に平ぐけをしめ、草履ばきで、肩に手拭《てぬぐい》をひっ掛けていた。年は二十七八だろう、博奕《ばくち》打《う》ちかやくざと、一と眼で見当のつく、いやな人相の男であった。道のまん中だが、塚次は「なにをあげます」と答えて荷をおろした。

「買おうってんじゃねえ」と男は云った、「眼障《めざわ》りだからこの辺へ来るなってんだ」

塚次は男の顔を見た。酒に酔っているらしい、赤い顔をして、口に妻楊枝《つまようじ》を銜《くわ》えていた。塚次はあいそ笑いをし、「御機嫌《ごきげん》ですね、親方」と云いながら、おろした荷を担《かつ》ごうとした。すると男は、塚次の浮いた腰を力まかせに蹴《け》った。冗談とは思えない、力いっぱいの蹴りかたで、塚次は担ぎあげた荷といっしょに転倒した。荷は散らばって、水は飛び、豆腐や油揚など、しょうばい物が道の上へすっかりうちまけられた。

「なにをするんです」と塚次はあっけにとられ、怒るよりも茫然《ぼうぜん》として、起きあがりながら男に云った、「私がお気に障ることでもしたんですか」

「この辺をうろつくなってんだ」と男は銜えていた楊枝を吐きだした、「よく覚えておけ、こんど来やあがったら足腰の立たねえようにしてやるぞ」

忘れるなよ、と男は喚《わめ》いた。

場所がらのことで、すぐまわりに人立ちがした。しかし誰も口をきく者はない、男はみんなを凄《すご》んだ眼で見まわしてから、本願寺のほうへと、鼻唄《はなうた》をうたいながら去っていった。

六

塚次は口惜《くや》しさで、涙がこぼれそうになり、集まって来た人たちは、——なかには顧客もいたのだろう、彼に同情したり、暴漢を罵《のの》しったりした。塚次はうわのそらでそれに答えながら、拾える物は拾おうとして、「いや、それではしょうばいに障るぞ」と気がついた。がんもどきや蒲鉾豆腐などは、土を払えば汚なくはない。しかしそこに集まっている人たちは、道の上から拾うのを見るし、「上州屋ではこういう物を売る」と云うかもしれない。

——こういうときが大事なんだな。

塚次はそう思った。そこで、向うの筆屋の店で草箒《くさぼうき》を借り、ちらばっている物を掃き集めて捨て、空になった荷を担いで、出直すために西仲町へ帰った。そのときは口惜しかったが、酒癖の悪い酔っぱらいに会って、災難のようなものだと諦《あきら》めた。けれどもそうではなく、明くる日の朝も、田原町の二丁目で、べつの男から同じように威《おど》かされた。

「やい豆腐屋、眼障りだぞ」とその男も喚きたてた、「これからこの辺をうろつくな、まごまごすると腰っ骨を踏折っちまうぞ」

その男は三十がらみで、めくら縞の長半纏《ながばんてん》に鉢巻をしめ、ふところ手をしたまま、塚次の前に立塞《たちふさ》がった。塚次は黙ってあとへ戻り、そのまま伝法院のほうへ廻《まわ》った。

——午後には雷門のところで、翌日は正智院のところで、そのときによって場所も相手も違うが、同じような文句で威しつけ、抗弁でもすれば、すぐにも殴りかねないようすだった。

——しょうばい敵《がたき》のいやがらせだな。

塚次はそう思った。それというのが、その少しまえから、特に裏店の方面で顧客《とくい》が減りはじめ、一日おきに買ってくれた家が、三日おき五日おきになるし、ときたまの家では呼ばなくなるという例が、(売子のほうはそれほどでもないらしいが)しだいに眼立って来たのである。——おそらく他の豆腐屋が邪魔をするのだろう、えたいの知れない男たちの乱暴も、しょうばい敵に頼まれたものだろう、と塚次は推察し、「それならこっちにも覚悟がある」と思った。

九月下旬の或《あ》る日、——午後のしょうばいに出た塚次は、花川戸の裏でまた威かされた。相手は初めに田原町で会った男で、よれよれになった双子唐桟《とうざん》の袷を着、月代《さかやき》も鬚《ひげ》も伸び放題の、ひどくよごれた恰好《かっこう》をしていた。相手があのときの男だと知ると、塚次はすばやく荷をおろし、「なんです」と云って天秤棒《てんびんぼう》を手に持った。

「私はちゃんと組合にはいってしょうばいをしているんです」と塚次は云った、「人に文句をつけられる覚えはありません、おまえさんはいったいどなたですか」

「天秤棒を持ったな」と男は云った、「野郎、やる気か」

男は腕捲《うでまく》りをした。塚次は恐怖におそわれ、救いを求めるように左右を見た。道の上や家並の軒先に、もう七八人立っていたが、誰も出て来るようすはなかった。

「そっちが先に天秤棒を持ったんだぞ」と男は喚いた、「片輪になっても罪はてめえが背負うんだ、野郎やってみろ」

塚次は「待って下さい」と云った。

「やってみろ」と男は喚いた、「やれねえのか、このいくじなし」

男は塚次にとびかかった。殴りあいなどはもちろん、塚次はこれまで口争いをしたこともないが、相手は喧嘩《けんか》に馴《な》れているようすで、とびかかるなり天秤棒を奪い取った。塚次は逃げようとしたが、男はそれよりすばやく、天秤棒で塚次を撲《なぐ》りつけた。肩、腰、足、背中と、容赦なく撲りつけ、塚次が倒れたまま、身をちぢめて動かなくなると、おろしてあった荷を、両方とも蹴返《けかえ》し、道の上にちらばった油揚やがんもどきなどを、草履ばきの足で踏みにじった。

「これで懲《こ》りたろう」と男は云った、「てめえで招いたこった、恨むんならてめえを恨め」

「なぜだ」と塚次は倒れたままで、苦痛のために喘《あえ》ぎながら訊《き》いた、「わけを云ってくれ、なんの恨みがあってこんなことをするんだ」

「眼障りだと云ったろう、てめえは眼障りなんだ」と男が云った、「いいか、命が惜しかったら消えてなくなれ、田舎へいったって豆腐屋ぐらいはできるんだ、早く逃げだすのが身のためだぜ」

塚次は「あ」と声をあげた。男は「こんどこそ忘れるな」と云い、塚次の前へ天秤棒を放りだした。塚次は苦しげに呻《うめ》いて、また地面に突伏し、男は、遠巻きに立っている人たちに、冷笑を投げながら、去っていった。

――違う、しょうばい敵ではない。

と塚次は思った。しょうばい敵のいやがらせにしては度が過ぎる、あまりに度が過ぎるといってもいい。これは違う、これはそんなことではない、もっとほかにわけがある筈《はず》だぞ、と塚次はもう一人の自分に云い聞かせた。――男が去るのを待っていたように、二人の辻番《つじばん》と、顔見知りの者が三人ばかり近よって来た。かれらは塚次を助け起こし、道具や天秤棒を拾い集め、そうして、辻番の老人のほうが道具を持って、西仲町まで送ってくれた。

塚次は跛をひきひき、ようやくのことで帰ったが、帰り着くまでに、顔の左半分が眼もふさがるほど腫《は》れあがった。

「あの男に構いなさんな」と送って来た辻番が云った、「あいつはかゝ、まいゝ、いたちの長といって、博奕で二度も伝馬町の飯を食ってるし、喧嘩で人を斬《き》ったことも三度や五たびじゃあきかない、いま人殺しの疑いで、駒形《こまがた》の小六親分が洗っているというはなしだから」

「かゝ、まいゝ、いたちの……長ですって」

辻番の老人は耳が遠いらしく、「ああ」と頷《うなず》いて、小六という目明しが腕っこきであること、あの親分ににらまれたら、どんな、兇状《きょうじょう》持ちでも遁《のが》れっこはないこと、などを、自分で合槌《あいづち》をうちながら、饒舌《しゃべ》るだけ饒舌って帰っていった。塚次の顔を見ると、お芳はいきなり笑いだした。眼もふさがるほど腫れあがった顔が、よほど可笑《おか》しく見えたに違いない、塚次は、「かぼちゃの化物かね」と顔をそむけながら、敷居を跨《また》ぐとたんに、あっといって、店の土間へ転げこんだ。丸太を倒すように転げこんで、そのまま苦痛の呻き声をあげた。

「塚次さん」とお芳が駆けよった、「どうしたの、塚次さん」

「騒がないで」と塚次が制止した、「足を挫《くじ》いただけだから、大きな声をださないで下さい」

「またやられたの」とお芳は覗《のぞ》きこんだ、「また田原町のときのように乱暴されたのね」

塚次は顔をするどく歪《ゆが》め、痛む足を庇《かば》いながら、ようやくのことで立ちあがった。お芳が背中へ手をやると、彼は「痛い」といって身をよじった。肩も背中も腰も、ちょっと触られるだけで、刺すように痛んだ。お芳は初めて唯事《ただごと》でないと感じたらしい、

「医者を呼んで来る」と云って駆けだそうとしたが、塚次は激しく遮った。

そんな大げさなものではない、膏薬《こうやく》を出して来てくれれば自分で手当をする、決して騒ぐほどのことではないから、と云って塚次はお芳をなだめた。

## 七

塚次はそれから七日ほど寝ていた。

医者が重平のみまいに来たので、お芳がおげんに告げ、むりに診察させた結果、

「打身だからそう心配することもないが、十日くらいは休むがよかろう」と云《い》われたのである。実際のところ、片方の足と肩の痛みだけでも、すぐには動きがとれなかったし、二日ばかりは相当に高い熱が出た。

そのあいだ、仕込みはお芳が手伝って、伊之吉《いのきち》にやってもらった。外廻りもべつに売子は雇わず、仕込みを減らして、伊之吉ひとりだけに廻らせた。

膏薬は日に一度、夜の仕込みを終ってから、お芳の手を借りて取替えた。うしろ腰と背中は、手が届かなかったからであるが、お芳は全部を自分でやってくれた。――或る夜、お芳は膏薬を替えながら、「かんにんしてね」と塚次に囁《ささや》いた。塚次はお芳を見た。

「あのときいきなり笑ったりなんかして」とお芳は囁き声で云った、「でもあたし、可笑しかったんじゃないのよ」

「あの面《つら》を見れば誰だって笑いますよ」

「あたし可笑しかったんじゃないの」とお芳は云った、「あんまり吃驚《びっくり》して息が止りそうになったの、そうしたら知らないうちに笑いだしていたのよ、自分でも知らないうちに、……でも本当は笑ったんじゃないわ、可笑しいなんてこれっぽっちだって思やしなかったわ」

「もうたくさんですよ」と塚次が云った、「私はべつになんとも思っちゃいないんですから」

お芳《よし》は「ごめんなさい」と云い、塚次の背中から寝衣《ねまき》を着せかけると、そこへ坐って嗚咽《おえつ》しはじめた。塚次は三尺をしめながら、「どうしたんです」と振返った。お芳は袖《そで》で口を押えているが、襖《ふすま》の向うには重平夫婦が寝ているので、もし聞えたら、と思うとはらはらした。

「ねえ塚次さん」とお芳は嗚咽を抑えながら囁いた、「あんたもう、この家《うち》を出るほうがいいんじゃないの」

「この家を、出るって――」

「あたし金剛院の方丈さまに聞いたわ」とお芳は続けた、「この家を出るなら、どんな面倒でもみてやるって、小さい店くらい持たせてやってもいいって、方丈さまはあたしにそう云ったわ」

「そんなことを、どうしてまた」

「いつか田楽を届けにいったとき、方丈さまに相談することがあったの、そうしたら方丈さまは、まえにこういう話をしたことがある、って仰《おっ》しゃったのよ」

塚次は首を振った。そういう話はあったが、重平があのとおりだし、自分は夫婦に恩があるから、いまさら出るなどということはできない、と塚次は云った。

「恩とはどんな恩、――」とお芳が訊いた。

「あんたこの家にどんな恩があるの」

「お芳さんにはわからないでしょう」

「五年のあいだ世話になったっていうんでしょ、それがどれほどの恩なの、あんたは遊んでたんじゃない、働いてたじゃないの」とお芳は云った、「あたしお父《と》っさんに聞いて知ってるわ、きまった給銀もなく、叔父さんのお古ばかり着せられて、芝居ひとつ見もしずに人の倍も働くって、それはあたしが自分の眼で、二年もちゃんと見て来たわ」

「お芳さんにはわからない、私が田舎でどんな暮しをしていたか、お芳さんにはわからないんだ」

「あたしだって同じ田舎で育ったのよ」

「違うんだ」と塚次は首を振った、「お芳さんには、私の家がどんな暮しをしているか、わかりゃあしない、決してわかりっこはないんだ、私はこの家へ来て、初めて、人間らしい暮しというものを味わった、初めて、――私のこの気持は、お芳さんばかりじゃない、誰にもわかりゃしないんだ」

「ほんとのことを云ってちょうだい」とお芳は彼の眼を見つめた、「あんたおすぎちゃんが好きなんでしょ」

塚次はぼんやりとお芳を見た。

「そうなんでしょ」お芳はたたみかけた、「おすぎちゃんが忘れられなくって、いつかおすぎちゃんが帰って来るだろうと思って、それで辛抱しているんでしょ」

塚次は首を振った。それから暫《しば》らく黙っていて、やがて「そうじゃない」と悲しげに首を振った。そのとき襖の向うで、重平のなにか寝言を云うのが聞えたが、あとはすぐにまたしんとなった。

「そうじゃないんだ」と塚次は云った、「あの人は私のことを、ぐず次といって嗤《わら》い者にしていたし、私もあの人が好きじゃなかった、そのうえ私は、あの人にいろいろ不行跡のあることも知っていた、男も一人や二人じゃあなかったし、どの男もまともな人間じゃあなかった、あの人はそういう人だったんだ、――いくら私がいくじなしでも、そういうことを知っていて、よろこんで嫁にもらうほど腑《ふぬ》抜けじゃあない、それほど腑抜けじゃあないよ」

お芳は袖で眼を拭《ふ》いた。塚次はなおひそめた声で、「私は考えた」と続けた。婿縁《むこ》組のはなしがあったとき、よく考えてみた。重平は倒れて、再起のほどもおぼつかない、もしおすぎが男でも伴れ込《つ》んだらどうなる。相手はまともに稼ぐような人間ではない、たちまち二人でこの家を潰《つぶ》してしまうだろう。もしも自分が婿に(たとえ名だけにしろ)入れば、そうはさせない、ことによるとそれでおすぎがおちつくかもしれないし、そうでなくともこの家を潰すようなことはさせない、それだけは防ぐことができる、と塚次は思った。

「それで、おすぎさんが承知なら、——と答えた」と彼は続けた、「おすぎさんは承知だった、というのは、そのときもう男と駆落ちをする手筈ができていたんだろう、盃《さかずき》をして三日めに逃げだしてしまった」

「わかったわ、よくわかったわ」

「私はこの家を守る」と塚次は云った、「金剛院の方丈さんにも云われたが、私はやっぱりこの家を守りとおすよ」

お芳はまた嗚咽しはじめたが、袖で口を押えたまま「もしおすぎちゃんが帰ったらどうするの」と訊《き》いた。持出した金や品物がなくなり、暮しに困れば帰って来るだろう。叔父や叔母は「親子の縁を切った」と云っているけれども、帰って来れば家へ入れるに違いない。自分にはそれがはっきりわかっている、その証拠がある、とお芳は云った。

「塚次さんはまだ聞かされていないでしょ」とお芳は俯《うつむ》向いて続けた、「あたしが二年まえにこの家へ来たとき、あたしのお父っさんとここの叔父さん叔母さんとで、塚次さんとあたしをいっしょにして、この家の跡取りにする、っていう約束をしたのよ」

塚次は口をあいて、吃驚したような眼でお芳を見た。

「こんなこと女のあたしが云うのは恥ずかしいけれど」とお芳は顔をあげた、「あたしはそこにいて聞いたの、この耳でちゃんと聞いたことなのよ」

八

それから二年も経《た》つのに、夫婦はまだ塚次にその話をしない、「あんたまだ聞かないでしょ」とお芳は彼を見た。そして、いつ結婚させるというようすもない。つまり重平夫婦はおすぎを待っているのだ、おすぎが帰って来れば、この家へ入れるつもりなのだ。塚次さんはそう思わないか、とお芳は云った。

「いや、——」と塚次は静かに答えた、「私もそう思う、おすぎさんはいつか帰って来るだろう、あの人はそういう人だし、帰って来れば家へ入れるに違いないと思う」

「じゃあそのとき、塚次さんはどうするの」

「それは、そのときになってみなければ、いまここではどう云いようもありません」

「よければ婿でおちつくのね」

「私は婿じゃあない」と塚次は云った、「まだあの人とは夫婦になっていなかったし、これからだってそうなりっこはありません、だから、もしも、――」

「もしも、なに」とお芳が訊いた。

「もうおそすぎる」と塚次が云った、「朝が早いんだからもう寝て下さい」

お芳は「塚次さん」と云った。塚次は横になり、夜具を眼の上までかぶった。隣りの六帖《じょう》で、また重平が寝言を云うのが聞えた。

塚次は七日めに起きて、まだ荷は担《かつ》げなかったが、顧客《とくい》さきをずっとひと廻《まわ》りまわった。休んだ詫《わ》びを兼ねて、ちかごろ買ってくれないわけを（できることなら）聞きだしたいと思ったのである。あの暴漢が他の豆腐屋のいやがらせかどうか、――花川戸のとき、彼はそうではないと直感したが、――どちらであるかわかるかもしれない、そうしたら今後の考えようもある、と思ったのであるが、いざ当ってみると、「どうしてこのごろ買ってくれないのか」と訊くわけにもいかず、休んでいて済まなかったことと、「これまでどおり贔屓《ひいき》にしてもらいたい」と頼むよりほかはなかった。

田原町二丁目の裏店《うらだな》へまわっていったとき、馬方の亀造《かめぞう》の女房に呼びとめられた。

おみつというその女房は、勝手で洗いものをしていたが、塚次の挨拶《あいさつ》を聞き終ると、洗いものをやめて振返り、「よけえなことを云っていいかい」と呼びとめた。

「おまえさんとこは勉強するし豆腐もいいけれど、いつも贅沢《ぜいたく》な物を持ってるのがいけないよ」とおみつは云った、「よけえなことだけれど、あたしにはそれがしょうばいの邪魔になると思うんだがね、わかるかい」

塚次は「へえ」と頭へ手をやった。

「いつも蒲鉾《かまぼこ》豆腐とか、がんもどきとか胡麻揚《ごまあげ》なんぞを持って来る」とおみつは云った、「貧乏人には貧乏人のみえがあるから、持って来られれば三度に一度は買わなければならない、その日ぐらしの世帯で、とんでもない、そんな贅沢ができるものかね、どうしたってみえを張らずに済むほうを呼ぶよ」

塚次は「あ」という眼をした。

「ふだんは豆腐だけにして」とおみつは活溌《かっぱつ》に続けた、「値の高い物は月になん度と、日を定《き》めて売るほうがいいじゃないか、表通りは知らないけれどね、さもなければ裏店なんぞ当にしないほうがいいよ」

「わかりました、おかみさん」と塚次はおじぎをした、「うっかりして、ついうっかりしていたもんで、ええ、仰《おっ》しゃるとおりです、おかげでよくわかりました」

おみつは「礼なんかよしとくれよ」と手を振った。塚次はなん度もおじぎをし、繰り返し礼を述べてその路地を出た。

「そうだ、そうだろう」と歩きながら、塚次はもう一人の（脇《わき》にいる）自分に云った、「てめえが食うや食わずで育っていながら、そこに気がつかなかったという法があるか、あるもんか、迂闊《うかつ》だ、とんでもねえしくじりだ、しかし有難え、有難え人がいてくれた、あのかみさんはいつもおれのことを庇《かば》ってくれたっけ、おれを庇って、亭主をやりこめてくれたっけな」

彼は節くれた指で眼を拭いた。

まあいい、これでわかった、と歩きながら塚次は思った。云われたとおり日を定めて売ろう、ふだんは店だけで売る、そして定まった日だけ外廻りに持って出る。「今日は冬至だから」とか「今日は甲子《きのえね》だから」とか、そうだ、もの日に当てて売ることにしよう。そうか、もの日がいいか、と彼は首を捻《ひね》った。

「待てよ、まあ待て」塚次は立停って、もう一人の自分に云った、「――お稲荷《いなり》さまにはよく油揚があがってるが、お稲荷さまの縁日はどうだ、お稲荷さま、……あれはなんの日だ、田舎では初午《はつうま》のお祭が賑《にぎ》やかだったが」

初午とはその年初めての午の日であろう、午の日、「初午は年に一度だが、午の日は月のうち二度はある、三度ある月もある」と塚次は呟《つぶや》いた。「そうだ、お稲荷さまと油揚、午の日」と彼は声に出して云った。「これがいい、午の日にしよう、こんち午の日、油揚に、――」

塚次ははっとわれに返った。そこは伝法院の脇で、眼の前に老人が立っており、「おまえさんいつかの若え衆《わけしゅ》じゃないか」と呼びかけていた。古びた布子で着ぶくれ、毫碌頭巾《もうろくずきん》をかぶって、寒そうに腕組みをしていた。

「おれだよ、森田座にいたじじいだ」と老人は云った、「道のまん中に立ってぶつぶつ独り言を云ってるから、へんな男だと思ってみたらおめえだった、忘れたかい」

塚次は「ああ」とおじぎをしながら、相手が森田座の楽屋番で、伝造という老人だということを思いだし、慌《あわ》ててそのときの礼を述べた。老人は森田座を去年やめて、いま娘の婚家へ引取られていると云った。娘の亭主は人間はやくざだが自分を本当の親のように大事にしてくれる。寝酒も欠かさず飲ませてくれるし、小遣も呉《く》れる。自分のような者にこんなごしょうらくが廻って来ようとは思わなかった。家は元鳥越の天文台のそばだから、「よかったら遊びに来てくれ」と云った。いかにもうれしそうな話しぶりであったが、別れようとしたとき、ふと思いだしたように、「おめえ長二郎を捜していたっけな」と云った。

「慥《たし》かあいつを捜してたと思うが、もう会ったかい」

「いいえ」と塚次は首を振った、「こっちにいるんですか」

「秋ぐちに帰って来たそうだ」と伝造は云った、「なんでも上方《かみがた》へずらかったが、そっちにもいられねえで帰って来たんだろう、よくわからねえが人をあやめたって噂《うわさ》もある。よっぽど悪くなってるようだから、会ったら気をつけるほうがいいぜ」

塚次は膝《ひざ》がふるえだした。老人は「いちど遊びに来てくれ」と云ってたち去った。

——あれだ、やっぱりあの男だ。

塚次は西仲町のほうへ帰りながら思った。花川戸でやられたとき、辻番《つじばん》が「なんとかの長という男だ」あの男には手を出すな、と云った。それではっきりとした、と塚次は思った。

## 九

そうとすればわかる、男は「てめえは眼障《めざわ》りだ」とか、「田舎でも豆腐屋はできる」とか、「早く逃げだすほうが身のためだ」などと云った。つまるところ、塚次を逐《お》い出したかったのだ。たぶんおすぎもいっしょだろう、塚次を上州屋から逐い出して、そのあとへおすぎと二人で入るつもりなのだ。

「そうだ」と塚次は頷《うなず》いた、「それでわかった、あれは長二郎だ」

彼は激しい怒りと、それより大きい恐怖におそわれた。田原町と花川戸で、現に自分がやられているし、辻番の老人や伝造の話では、どんな無法なことをするかわからない。辻番の老人は「人殺し兇状《きょうじょう》の疑いで、駒形《こまがた》の小六親分が洗っている」とさえ云《い》っていた。

「やれるか、あいつを相手に、やれるか」と塚次は（もう一人の）自分に云った、「あのならず者と、やりあえるか」

塚次はもう一人の自分が首を振るのを感じた。とてもだめだ、できっこはない。あっというまに天秤棒《てんびんぼう》を奪い取られたときの、相手のすばしこさと腕力とが、ありありと思いだされる。かなうものか、と塚次は思った。こんどこそ片輪にされるか、へたをすると殺されるだろう、とても、だめだ、と彼は首を振った。

塚次は西仲町へ戻った。

店先にお芳がいて、二人の客の相手をしており、売子の伊之吉《いのきち》は焼豆腐を作っていた。塚次がはいってゆくと、客を帰したお芳が手招きをし、「おすぎちゃんよ」と囁《ささや》いた。

塚次はそこへ棒立ちになり、大きくみひらいた眼で、もの問いたげにお芳を見た。

「いましがた来たの」とお芳は囁いた、「叔母さんは泣いてよろこんでたわ」

「一人か」と塚次は吃《ども》りながら訊《き》いた。

「一人よ」とお芳は頷いた、「いま叔母さんと話してるわ」

塚次は上へあがった。のめるようなかたちで、お芳が「塚次さん」と呼んだが、振向きもせずに奥へとびこんだ。

おすぎはこっちの六帖で、火鉢を挟んでおげんと話していた。そこには茶と菓子が出してあり、おすぎは煙草《たばこ》をふかしていた。――古くなった鼠色《ねずみいろ》の江戸小紋に、くたびれた黒繻子《しゅす》の腹合せをしめている。軀《からだ》は肥えてみえるし、顔も肉づいて、そのくせとげとげしく面変《おもがわ》りがしていた。

「あら塚次さん」とおすぎはしゃがれた声で云った、「暫《しばら》くね。あんたまだいてくれたんだってね」

塚次はふるえながら坐《すわ》った。

「よく辛抱していてくれたわね」とおすぎは云った、「あたしまた、とっくに出ていかれちゃったかと思ってたの、いまおっ母《か》さんと話してたんだけれど」

「出てって下さい」と塚次が遮った、軀もふるえているし、声もふるえていた、「この家《うち》から出てって下さい。たったいま」と彼はひどく吃った、「たったいま出てって下さい」
「どうしたの、なにをそんなに怒ってるの」とおすぎは煙管《きせる》を火鉢ではたき、女持の（糸のほぐれた）莨入《たばこいれ》を取って粉になった葉を詰めながらおちついて云った、「それはあたし親不孝なことをしたわ、それは悪かったと思うことよ、でもあたしはこの家の娘だし、いまもおっ母さんとよく話して」
「いや、だめだ、そんなことは、できない」と塚次はぶきように遮った、「そんな、いまになってそんなことは云えない筈《はず》だ」
「あら、なにが云えないの」
「お父《と》っさんが」と彼は吃った、「病気で、お父っさんが倒れているのに、それをみすてて、家の物をあらいざらい持って、ならず者なぞと駆落ちをしておきながら、いまになって」
「いいじゃないの」とおすぎが云った、「あたしはこの家の娘だもの、よそさまの物を持出したわけじゃなし、親の物を子が使うのにふしぎはないでしょ、それでも悪かったと思えばこそ、こうしてあやまりに来たんだもの、他人のあんたに文句をつけられる筋なんかないと思うわ」
「他人の、……私が他人だって」

「他人でなければ、なによ」とおすぎは煙草をふかした、「あたし親に責められて、あんたと盃《さかずき》のまねごとはしたわ、でも一度だっていっしょに寝たわけじゃないんだから、あんたまさかあたしの婿《むこ》だなんて云うつもりじゃないでしょうね」

塚次はおげんを見た。おげんは肩をちぢめ、小さくなって、ふるえながら顔をそむけていた。それは、怯《おび》えあがった、無抵抗な、小さな兎《うさぎ》といった感じだった。その頼りなげな、弱よわしい姿を見たとき、塚次は急に、自分のなかに力のわきあがるのを感じた。

「私は、おまえさんの、亭主じゃない」と塚次は云った、「慥かに、おまえさんとは夫婦じゃあない、けれども、私はこの家の婿だ、それはちゃんと人別に付いてる」

「そんなら人別を直せばいいわ」

「また、――おまえさんは、この家の娘だって云うが、そうじゃあない、おまえさんはこの家の娘じゃあない」と塚次は云った、「お父っさんがはっきり云った、おまえさんとは親子の縁を切るって、それは田舎の伯父さんも、お芳《よし》さんも知ってることだ」

「あらいやだ」とおすぎは笑った、「そんならおっ母さんがそう云う筈じゃないの、あたしさっきから話してるけど、おっ母さんは一と言だってそんな薄情なこと云やあしなかったわ、そうでしょ、おっ母さん」

おげんは塚次を見た。悲しげな、救いを求めるような眼で、――塚次は頭がくらくらした。二年まえ、同じような眼で見られたことがある。重平が手を合わせて、同じような眼で塚次を見ながら、「たのむ」と云った。舌のもつれるたどたどしい口ぶりで、おまえだけが頼りだ、たのむよ、と云った。

――そうだ、おれは頼みにされてるんだ。

塚次はこう思った。重平もおげんも、現におすぎが帰ってみれば強いことは云えない。隣りの六帖に寝ているのに、重平がひと言も声をかけないのは（おげんと同様に）すっかり気が挫《くじ》けて、娘をどう扱っていいかわからなくなっているのだ。ここでおれが投げれば、夫婦は娘を家へ入れるだろう、おすぎには長二郎という者が付いている。おれが投げだせば、二人でこの家を潰《つぶ》してしまうに違いない。それはできない、重平夫婦のために、それを見逃すことはできない、「おれはこの家を守る」と塚次は肚《はら》をきめた。

「おふくろさんに構わないでくれ」と塚次は云った、「おふくろさんは女のことだし、お父っさんは病人だ、いまこの家の世帯主《しょたいぬし》は私だから、家内の事は、私がきめる、それが不服なら町役へでもなんでも訴えるがいい、はっきり云うがおまえさんはこの家と縁が切れた、おまえさんはもうこの家の人間じゃあないんだ」

おすぎは煙管をはたき、「そうかい」と云いながら蒀入へしまった。

十

「わかったよ」とおすぎは云った、「そっちがそうひらき直るなら、あたしのほうでもそのつもりでやるよ、但《ただ》し断わってておくけれど、あたしも昔のおすぎじゃあないからね」

そして立ちあがって、「おっ母さん出直して来ますよ」とやさしく云った。彼女は素足で、その爪《つめ》が伸びて垢《あか》の溜《た》まっているのを、塚次は見た。おすぎが出てゆくと、おげんは泣きだした。そして、泣きながら「ねえ塚次」とおろおろ云った。塚次はそれに答えようとしたが、ひょいとなにか気がついたふうで、店へとびだしてゆき、伊之吉を呼んで耳うちをした。駒形に目明しで「小六」という親分がいる、そこへいってこれこれと頼んで来てくれ、と囁いた。そうして、伊之吉が駆けだしてゆくと、すぐに六帖《じょう》へ引返して、おげんの前に坐った。

「お願いだよ塚次」とおげんは泣きながら云った、「あれも悪かったとあやまって来たことだし、おまえはさぞ憎いだろうけれどね」

「そうじゃない、そうじゃないんです、おっ母さん」と塚次は手を振った、「おすぎさんが本当にあやまって来たのならべつです、本当に悪かったと思いまじめになって帰ったんなら、私だってあんな無情なまねはしません、けれどそうじゃあない。あの人には長二郎という悪い人間が付いてる、人殺し兇状の疑いさえある人間が付いてるんです」

おげんは眼をすぼめて塚次を見た。

塚次は吃り吃り話した。長二郎が自分を逐《お》い出そうとしたこと、田原町の乱暴から始まって、その後も人を使っては自分を威《おど》し、花川戸ではあのとおり兇暴なまねをしたこと、そして、長二郎は博奕《ばくち》で牢《ろう》にいってるし、喧嘩《けんか》で人も斬《き》った、上方を食い詰めて江戸へ戻って来たが、そのあいだに人をあやめた疑いがあり、いま駒形の目明しが洗っている、ということなど、吃りながらではあるが、塚次には珍しくはっきりと云った。

「そういうわけですから、もう少しがまんして下さい」と塚次は云った、「おすぎさんがその男と手を切り、まじめになって帰るなら、私はこの家をおすぎさんに返します、この家をおすぎさんに返して私は出てゆきます」

「出てゆくなんて」とおげんが云った、「あたしはそんなこと云やしないよ、あたしはただおすぎが」

そのとき店のほうで「塚次さん」というお芳の声がした。異様な声なので、塚次が振向くと、おすぎとあの男があがって来た。

——かまいたちの長。

塚次はその異名を思いだし、恐怖のためにちぢみあがった。男は花川戸のときと同じようなしけた恰好《かっこう》で、ただもっとうす汚なかったし、尖《とが》った顔には冷酷な、むしろ狂暴な表情がうかんでいた。——彼はふところ手をしたまま、六帖の敷居のところに立って、「おふくろさんですか」とおげんに呼びかけた。

「私はおすぎの亭主で、長二郎という者です」と男は云った、「これがお初ですが、今後はよろしくお頼み申します」

塚次は店のほうを覗《のぞ》いた。伊之吉がいるかと思ったのだが、そこにお芳がいて、まっ蒼《さお》な顔で「いません」というふうに首を振った。おすぎは長二郎の脇に立って、

「そいつだよ」と塚次に顎《あご》をしゃくった。

「この家を横領しようとして、おまえのことをならず者だなんて、おっ母さんに告げ口をしたのはその男だよ」

「おや、てめえ、——」と長二郎はわざとらしく塚次を見た、「てめえまだいたのか」

塚次は反射的に腰を浮かせた。

「おらあ消えてなくなれと云った筈だ」と長二郎は云った、「てめえは眼障りだから、命が惜しかったら出てうせろと云った筈だ、野郎、なめるな」

長二郎は右手をふところから出した。その手に九寸五分がぎらっと光った。すると——、唐紙《からかみ》がそろそろとあいて、次の六帖から重平が顔を出した。寝衣《ねまき》の裾《すそ》をひきずり、あけた唐紙の片方へつかまって、やっと身を支えながら、「おまえさん誰だ」ともつれる舌で云った。おげんはとびついてゆき、「お父っさんだめですよ」と抱きとめた。おすぎはあいそ笑いをしながら、「あたしですよお父っさん」と重平のほうへ寄っていった。

「さっき来たんだけれど、お父っさんはちょうど眠っていたもんで」

「触るな」と重平はふらっと手を振った、「おまえのような女は、おれは知らない、出ていってくれ」重平の眼から涙がこぼれ落ち、口の端から涎《よだれ》が垂れた、「おまえとはもう、親でも子でもない、顔も見たくない、たったいま出てゆけ」

「なんだい父っさん、おめえ病人だぜ」と長二郎が云った、「病人はでしゃばるもんじゃあねえ、そっちへ引込んで寝ているがいい、おれがいまこの家をきれいに掃除して、これからはおすぎと二人で孝行してやるから」

「出ていけ」と重平がどなった、「この悪党、この」と重平は手をあげた、「この、人でなし、出ていけ」

塚次が店へとびだしてゆき、天秤棒《てんびんぼう》を持って戻った。その僅《わず》かなまに、長二郎は重平のところへいって、おげんを突きとばし、重平の寝衣の衿《えり》をつかんでいたが、おすぎが戻って来た塚次を見て、「おまえさん」といって知らせると、振返って、重平の衿をつかんだまま、右手の九寸五分を持ち直した。店からお芳が「塚次さん」と叫び、塚次は天秤棒を槍《やり》のように構えながら「放せ」とどなった。

「またそんな物を持出しやがって」と長二郎が云った、「てめえまだ懲《こ》りねえのか」

「その手を放せ」と塚次がどなった、「放さないと殺すぞ」

「殺す、――」と長二郎が云った。彼の唇が捲《まく》れて、歯が見えた、「笑あせるな、そりゃあおれの云うせりふだ、このどすはな、伊達《だて》でひけらかしてるんじゃあねえ、もうたっぷり人間の血を吸ってるんだ」

「手を放せ」と塚次が叫んだ。

「このどすは人間をばらしたこともあるんだぜ」と云って長二郎は重平を突き放した、「――野郎、生かしちゃあおかねえぞ」

重平は棒倒しに転倒し、おげんが悲鳴をあげながら抱きついた。塚次は逆上した、もう恐怖はなかった。彼は眼が眩《くら》んだようになり、天秤棒を斜に構えて相手に襲いかかった。——おすぎが憎悪《ぞうお》の叫びをあげ、長二郎が脇《わき》のほうへとびのいた。塚次は「殺してやる、殺してやる」と思いながら、夢中で天秤棒を振りまわした。すると店のほうから三人ばかり、見知らぬ男たちがとびあがって来、塚次はうしろから頭を撲《なぐ》られて昏倒《こんとう》した。おすぎがのし棒で撲ったのである、——昏倒する瞬間に、塚次は「ああ殺される」と思ったが、そのままなにもわからなくなった。

十一

家の中のざわざわするけはいで、塚次はわれに返った。すぐそばにお芳《よし》がいて、仰《あお》向《む》きに寝た彼の頭へ、濡《ぬ》れ手拭《てぬぐい》を当てていた。お芳は彼が眼をあいたのを見ると、硬《こわ》ばった微笑をうかべながら、頷《うなず》いた。

「大丈夫よ」とお芳は云った、「もう大丈夫、すっかり済んだわ」

塚次は左右を見ようとして、頭が破れるほど痛んでいるのに、初めて気づいた。

「お父っさんは」と塚次が訊《き》いた。

「まだ口をきいちゃあだめ」お芳はそっと眼をそらした、「あの男とおすぎちゃんは捉《つか》まったわ、伊之《いの》さんが呼んで来た、駒形のなんとかいう親分に捉まったの、二人とも縄をかけて伴《つ》れてゆかれたわ」

塚次は眼をつぶった。撲られて昏倒するまえに、店から、男が三人ばかり、とびあがって来るのを塚次は見た。

——そうか、あれが小六親分だったんだな。

と塚次は思った。

その目明しは二人の子分と来て、裏からはいり、店の隅に隠れていた。塚次が助けを求めて店を見たとき、お芳が首を振ったのは、それを知らせたかったためだという。隠れて待っているうちに、長二郎が「人間をばらした」と云《い》った。それで小六は「泥を吐いたな」と叫びながら踏み込んだということだが、塚次にはそれは聞えなかった。

「自分でいばって啖呵《たんか》を切ったのが、人を殺した証拠になったんですって」とお芳が云った、「いまのせりふを忘れるな、もう遁《のが》れられないぞって、親分が十手で、縛られたあの男の肩を打ったのよ」

「私は誰に撲られたんだ、長二郎か」

「おすぎちゃんよ、おすぎちゃんがうしろからのし棒で撲ったの」とお芳が云った、「あの人すごかったわ、駒形の人たちにも、引っ掻《か》いたりむしゃぶりついたり、縛られるまでに大暴れに暴れたわ」

「線香の匂《にお》いがするな」と塚次が云った、「お父っさんやおふくろさんは無事でしたか」

お芳は「ええ」と口を濁した。

塚次は、ふと耳をすませた。ざわざわしていると思ったのは店のほうで、おげんと伊之吉が、誰かよその人と話しているらしい。塚次は「あの長二郎」と思った。いちどこの手で殴ってやりたかった、いちどだけでいい、あいつの頭をいやっというほど、——しかし、塚次は（もう一人の）自分が首を振るのを感じた。だめだ、できるものか。できやしないし、殴ることもない。あいつは捉まった、あいつだって可哀《かわい》そうなやつなんだ、そうだ、可哀そうなやつなんだ、と塚次は思った。

店先ではおげんが泣き腫《は》らした眼をして、みまいに来た近所の人に挨拶《あいさつ》していた。

「ええ、その男に突きとばされて、倒れたときにもうだめだったんです、お医者の話では、倒れるのといっしょだったろうということでした」とおげんは云っていた、「——でもそのほうが仕合せでしたよ、娘のいやな姿を見ずに済んだんですからね、これからだってお調べやなんか、いやな事があるでしょうしね、ええ、死んだほうがよっぽど仕合せですよ」

みまいの人たちがなにか云い、おげんは涙を拭《ふ》きながら首を振った。

「いいえ折角ですけれど」とおげんはその人に云っていた、「縄付きを出したばかりですから、みなさんに御遠慮を願ってるんです、お騒がせして済みませんけれど、どうかなんにも構わないで下さい、有難うございました」

こちらの六帖では、塚次がお芳に話していた。——彼にはおげんの挨拶は聞えなかったし、重平の死んだこともまだ知らない。彼はお芳に向って、亀造《かめぞう》の女房の云ったことを話していた。しょうばいのむつかしいこと、良い品を作るばかりでなく、売りかたにも按配《あんばい》のあること、「貧乏人には貧乏人のみえがある」というおみつの言葉で、自分の迂闊《うかつ》さに気がついたことなど、頭の痛みに、ときどき眉《まゆ》をしかめながら、訥々《とつとつ》と語っていた。

「ああ、よかった」と彼は太息《といき》をついた、「しょうばいのこつも一つ覚えたし、いやな事もひとまず片がついた、お芳さん」

「あんまり話しすぎるわ」とお芳が濡れ手拭を替えた、「あたし行灯《あんどん》をつけなくちゃならないの、少し眠っててちょうだい」

「お芳さん」と塚次は眼をあげた、「私はいま、聞いてもらいたいことがあるんだ」

そして、つと右手をさし出した。お芳はそれを両手で握った。お芳の手が、ひきつるようにふるえるのを塚次は感じた。お芳は息を詰め、彼はぶきように口ごもった。

「云ってちょうだい」とお芳がふるえ声で囁《ささや》いた、「──こんち午《うま》の日、蒲鉾《かまぼこ》豆腐に油揚がんもどき……」

「お芳さん」と塚次は吃《ども》り、それから突然、妙な声でうたうように云った、「──こ

お芳はあっけにとられた。

「なあに」と塚次は、「午の日だけね、いいかい、──これからこういう呼び声で廻《まわ》るんだよ」

「──こんち午の日、蒲鉾豆腐に油揚……」

お芳はぎゅっと塚次の手を握りしめた。

（「オール読物」昭和三十一年三月号）

# なんの花か薫る

一

お新は初めてのとき、江口房之助《えぐちふさのすけ》が馴染《なじみ》になるとは思わなかった。馴染になる客はたいてい勘でわかる、顔だちとか軀《からだ》つきでなく、はいって来たときの感じで、なにかしらふっと通じるように思う。そんなときは相手のほうでも同じように感じるとみえ、たいていのばあい、お新の客になるのであった。

房之助が来たとき、お新は戸口に立って、彼が呼びかけるまで、ぼんやりしていた。十月中旬の、夜の十時すぎ、――とっつきの三帖《じょう》で、菊次が曾我《そが》物語を読んでいた。みどりと吉野《よしの》には泊り客がついて、それぞれの部屋へはいってしまったし、寒がりの千弥《せんや》は、菊次のそばで火鉢にかじりついたまま居眠りをしていた。お新もそろそろ店を閉めようと思いながら、戸口の柱にもたれて、菊次の読む声をぼんやり聞いていた。物語は九月十三夜の、――まことに名ある月ながら、というくだりになっていた。五人いる女たちのなかで、菊次はいちばん年嵩《としかさ》の二十八だし、読み書きのできるのも彼女ひとりだったが、曾我物語はたびたび読んでもらうので、お新も（特に十三夜のくだりは）殆《ほと》んど、そらで覚えていた。

――まことに名ある月ながら、くまなきかげに兄弟は、庭にいでて遊びけるが、五つ連れたる雁《かりがね》の、いづくをさして飛びゆくらん、一とつらもはなれぬ中のうらやましさよ、……そして「五つある一つは父、一つは母、三つは子どもにてぞあるらん。わどのは弟、われは兄、母はまことの母なれど」というところなど、お新は口ずさむたびに、自分の身にひき比べて、そっと涙をのむような気持になるのであった。

菊次が読み進んで、「――兄が聞きて、袖《そで》にて弟の口をおさへ、かしがまし、人や聞くらん、こゑ高し、隠すことぞ」というところまできたとき、その客がこっちへ近よって来て、お新の前で立停った。

「もし、そこのお武家さん」と向うの家のおそめという女が呼びかけた、「あたし、あんたを知ってるわ、寄ってちょうだい、知らん顔するなんて薄情ですよ」

すると、その客は、もっとお新のそばへ来た。強い酒の匂《にお》いと、激しい息づかいが感じられ、お新はちょっと身を反らせた。

「あがれないのか」と、その客が云《い》った、「泊らせてもらいたいんだが」

「お向うのお馴染じゃあないんですか」

「初めてなんだ」とその客はおちつかないようすで、うしろの暗がりをすかし見たりした、「いま喧嘩《けんか》をして追われているんだ」

まだ若い侍で、ひとがらも尋常だし、口のききようも、うぶらしかった。お新は「どうぞ」とその客を入れ、三帖へ「姐《ねえ》さんお願いします」と声をかけてから、客の履物を持って、自分の部屋へ案内した。——それが江口房之助であった。

あとで聞くと、年は二十二だったが、軀つきも細く、背丈もあまり高くないので、まるでまだ少年のようにみえた。おも長の、眉《まゆ》のはっきりした顔は、蒼《あお》ざめて硬《こわ》ばり、ひどく昂奮《こうふん》しているようすで、刀をお新に渡すとき、その手がぶるぶると震えていた。

「おぶうを持って来ますわ」とお新が刀をしまいながらいった、「済みませんが、おつとめを頂かしてね」

房之助は「おつとめ」の意味を知らなかった。お新が説明すると、慌《あわ》てて、いわれた倍額を出し、懐紙に包んで渡した。

——本当に初心《うぶ》なんだな。

とお新は思った。内所へゆくと、主婦のおみのは寝ようとするところだった。お新は定《きま》りだけ渡し、茶を淹《い》れて戻った。房之助は腕組みをして壁によりかかり、かたく眼をつむっていた。お新はお茶をすすめ、「埃《ほこり》が立ちますけれど、ごめんなさい」といって、夜具を出してそこへのべた。

「済まないが、水を呉《く》れないか」と房之助がいった、「それから、誰か捜しに来るかもしれないけれど、そのときは匿《かく》まってもらえるだろうかね」

「ようござんすとも」とお新は寝衣《ねまき》と帯を出してやった、「これに着替えて、さきに寝ていて下さい、いまお冷を持って来ますから」

房之助は水差しいっぱいの水を、続けざまに、すっかり飲みほしてしまった。お新はすぐにくみ直して来て、客の脱いだ物を片づけながら、どこで誰と喧嘩などしたのか、と訊《き》いた。房之助は「よくわからないんだ」と、枕《まくら》の上で頭を振った。——湯島の天神前にある料理茶屋で、同じ家中《かちゅう》の若侍たちが宴会をした。人数は十五人、彼はそんな席へは初めてなので、みんなに面白がって飲まされ、なにもわからないほど泥《でい》酔《すい》してしまった。どうして喧嘩などになったのか、はっきりした記憶はない。覚えているのは、二、三の友達に抱きとめられたこと。手から刀をもぎ取られたこと。その茶屋から逃げだしたこと。友達が「刀は拭《ふ》いておいたが、すぐ研ぎに出せ」とか、「今夜は屋敷へ帰るな」とか、「みんなべつべつになって逃げろ」などといった、断片的なことばかりであった。

「では人をお斬《き》りなすったんですか」

「よくわからないが、そうらしい」と房之助は頼りなげにいった、「——死にはしなかったようだけれど」

「相手は御家中の方ですか」

「隣り座敷の客だそうだ、侍か、町人かも、聞かなかったけれどね、隣り座敷にも宴会があって、その内の一人とやったんだそうだよ」

「それなら、このままではいけないわ」

そういって、お新は立ちあがった。

袋戸棚《ふくろとだな》へしまった大小を、箪笥《たんす》の中へしまい直して鍵《かぎ》を掛けた。それから、太織縞《ふとおりじま》の袷《あわせ》を出して、衣紋竹《えもんだけ》で壁へ吊《つ》り、房之助の髪を解いて、ざっと束ねた。

「お侍さんは髪でわかりますからね、これでいいわ」とお新がいった、「いま、菊次姐さんにいって来るけれど、あんたはあたしの馴染で、指物職の泰次という人のつもりよ」

「泰次、――どう書くんだ」

「知らないわ、あたし」とお新はいった、「職人ですもの、どう書くんでもないでしょ」

房之助は微笑した。

お新は菊次のところへくちを合わせにゆき、戻って来ると、寝衣になって、房之助の脇《わき》へはいった。房之助は必要以上に夜具の端へ躯をよけ、そうして、固くなって震えた。

「それじゃあ、風がはいって寒いことよ」とお新は手を伸ばした、「喰《た》べやしませんから、もっとこっちへお寄りなさいな」

二

お新が横になると、まもなく、表に、ざわざわと、人ごえが聞えだした。北のほうから軒並みに、もうたいがい店を閉めているらしいが、寝てしまった家は叩《たた》き起こして、相当ものものしくしらべながら、しだいにこちらへ近づいて来た。

「あら、梅さんがいるわ」お新は頭をもたげていった、「あれは行徳の梅さんの声だわ」

「梅さんて、——役人か」

「ここの地廻《じまわ》りよ」とお新がいった、「あの人がいれば、よその者は入れないんだけど、付いて廻ってるとすると、用心するほうがいいかもしれないわ」

お新は説明した。地廻りというのはやくざで、こういう娼家《しょうか》にこびりついて食っているが、その代り土地にもめごとが起こったりすると、軀を張って捌《さば》きをつけ、娼家に迷惑のかからないようにする。だが、兇状《きょうじょう》持ちなどが紛れ込んだばあいには、岡《おか》っ引《びき》といっしょに付いて廻るし、そんなときは土地の事情に通じているから、よほど用心しなければならないのだ。お新はそう話して、帯を解いて下さいといい、自分もしごきを解いた。

「どうするんだ」と房之助はどもった。

「いまにわかるわ」とお新はいった、「さあ、帯を解いて、――それから、いよいよとなっても怖がらないでね、あたしが、うまくやるから、あたしのいうとおりになさるのよ」

房之助はおずおずと帯を解いた。

お新は夜具の中で、巧みに寝衣を脱ぎ、それをまるめて、畳の上へ放った。房之助は慌てて、眩《まぶ》しそうに眼をそらし、身じろぎをしながら、軀へ寝衣をかたく巻きつけた。

「そんなにしなくても大丈夫よ」とお新は笑った、「馴染だっていう恰好《かっこう》をつけるだけなんだもの、もっとあなたも楽にしなければだめよ」

房之助は「楽にしているよ」といった

やがて店の戸が叩かれ、菊次の応対する声が聞えた。お新はぎょっとした、向うの家でおそめという女が話したのだろうか、「ここへ侍がはいるのを見た者がある」と、行徳の梅のいう声が聞えた。房之助にも聞えたか、きっと軀を固くした。

お新は身をすり寄せ、男の寝衣の前をむりにひろげると、殆んど力ずくで、肌と肌をぴったり合わせた。——菊次はみどりの部屋へ声をかけ、次に吉野を呼び起こした。

お新は片腕を枕の隙《すき》からさし入れ、片手を男の肩へまわして、「眠ったふりをするのよ」とささやきながら、抱きしめた。房之助は身をちぢめて、がたがたとおかしいほど震えた。

「しっかりなさいな」とお新はささやいた、「まさか女と初めて寝るわけじゃないでしょ」

「うん」と房之助は震えながらいった、「初めてじゃない」

お新が「それなら」といいかけたとき、菊次が部屋の外から呼んで、唐紙《からかみ》をあけた。

お新はねぼけ声をだして、男のふところから顔だけ振向いた。行徳の梅と、ほかに二人、見知らない若者がはいって来た。若者たちは提灯《ちょうちん》を持っていたが、それには「五番組」という印がはいってい、その提灯ですばやく部屋の中を照らして見た。壁に吊ってある着物、夜具の外に投げてある女の寝衣、そして房之助の束ね髪など、——お新は「なによ、梅さん」といいながら、起きあがって、そこにある寝衣を取った。きめのこまかな、白い裸の上半身があらわになり、手を伸ばすと、豊かにひき緊《し》まった双の乳房が、唆《そそ》るように揺れた。お新はわざと両腕を高くあげ、腋《わき》をみせつけるようにして、ゆっくりと寝衣をひっかけた。

二人の若者は眼尻《めじり》で見たが、お新が予期したほど疑われたようすはなかった。梅という男は「さっき天神前で侍が暴れたんだ」とお新の問いに答えた。天満宮《てんまんぐう》門前の茶屋で、酔った侍が刀を抜いて暴れ、五番組の若い者二人に傷を負わせた。その侍がこっちへ逃げ込んだという、たしかに見た者があるので、捜しているのだ、と梅がいった。

「その客は――」と若者の一人が顎《あご》をしゃくった、「おめえの馴染だそうだな」

「ええ、指物職で泰さんていう人です」とお新が答えた、「うちじゃあ、みんなよく知ってますよ」

「ちょっと起きてもらえるか」

「いいでしょ」とお新がいった、「でも断わっておきますよ、今夜はわる酔いをしているし、この人はたいへんな癇癪《かんしゃく》持ちだから、ここでまた喧嘩にでもならないように頼みますよ」

そしてお新は「ちょっとあんた」と、夜具の上から房之助に抱きつき、頬ずりをしながら、「ねえちょっと起きてちょうだい」とあまえた声を出し、起きないと擽《くすぐ》るよなどといって、夜具の中へ片手をすべりこませた。房之助は「よせ、うるさい」となって、壁のほうへ寝返りをうち、鳶《とび》の若者はその伴《つ》れの顔を見た。

「へっ、――」と伴れの若者がいった、「いい面《つら》の皮だ、いこうぜ」

「なにがいい面の皮よ」とお新がとがめた、「起こせっていうから起こしてるんじゃないの、すぐだから待ってて下さいな」

「それには及ばねえ」とその若者が、出てゆきながらいった、「ひでえめにあうもんだ」

三人は部屋を出て、唐紙を閉めた。

お新はまた寝衣を脱ぎすて、夜具の中へはいって男にからみついた。ことによると、戻って来るかもしれない、念のためだから、もう少しこうしていましょう、お新はそうささやいて、震えている男の軀をぴったりと抱き緊めた。さぐってみると、房之助の背や腋は、冷たく汗に濡《ぬ》れていた。

「もう大丈夫、きっともう大丈夫よ」とお新は男の背を撫《な》でてやった、「ね、あたしがこうしてあげるから、安心してお眠りなさいな」

房之助は「有難う」と頷《うなず》いた。お新はまるで母親にでもなったような、おおらかな温かい気分で、長いこと男の背を、撫でたり、やさしく叩いたりしてやった。

明くる朝、早く、お新の名も訊かずに、房之助は帰っていった。戸口でお新をじっとみつめて、「有難う」と二度礼をいったが、こちらの名もきかず、もちろん自分の名も告げなかった。お新は習慣で「また来てくれるように」といおうとしたが、来る人ではないと諦《あきら》め、頬笑み返したまま、なにもいわなかった。――彼を送り出してから、もういちど寝るつもりで、ふと気がつき、菊次の部屋へ声をかけた。

「おはいりな」と菊次が答えた、「いまおでばなを淹れたところよ」

お新は「もう起きたの」と唐紙をあけた。菊次の部屋だけには長火鉢がある、彼女は浴衣《ゆかた》の上に半纏《はんてん》をひっかけ、長火鉢の前に坐《すわ》って、茶をすすっていた。お新は「もうひと眠りするから」といって茶を断わり、ゆうべの礼をいった。

「うぶらしくって、いい子じゃないの」と菊次はいった、「さっき手洗いのところで会ったのよ、でも惚《ほ》れちゃあだめよ、お新ちゃん、惚れる相手じゃあなくってよ」

## 三

菊次の口ぐせは「客に惚れるな」ということであった。

お新は十八、みどりは十九、吉野と千弥は同じ二十歳で、菊次だけが二十八と年がはなれている。主婦のおみのとまえからの友達で、――新吉原の小《こ》格子《ごうし》でいっしょだったらしいが、その縁でこの家《うち》へ来て、もう二年とちょっとになる。年が年だから、定った客のほかにあまり稼ぎはないが、「自分の葬式の金だけ溜《たま》ればいいのだ」といって、少しもあくせくするふうがなかった。

――女は男から好かれ、男から惚れられるものよ。

菊次はそういう。女のほうから惚れると必ず苦労する、相手のよしあしにかかわらず、男には決して惚れるものではない、というのである。主婦のおみのの話によると、菊次は十四で身を売られてから、ずっと男のために苦労して来たという。甲斐性《かいしょう》のある、しっかりした性分で、小格子などで働きながら、読み書きも覚えたし、芸ごとも、縫針もできる。しぜん、いい客もついたが、ためになる客は振って、つまらないような男にひっかかり、そして裸になるまで貢《みつ》いでしまう。懲《こ》りたかと思うと、またひっかかるというぐあいで、幾たびもくら替えをし、ついには岡場所へ落ちるという結果になった。

――だから菊ちゃんのいうことに嘘《うそ》はないけれどね。

とおみのは溜息《ためいき》をつき、「もう五、六年まえに自分で気がついてくれたらと思うよ」と、身にしみたようにいうのであった。

吉野や千弥はまじめに聞き、まじめに頷いた。吉野には里にやってある子供がいるし、千弥は母親とぐれた兄を背負っていた。どちらも、他人《ひと》ごとではない、と思うらしいが、みどりだけはべつで、そんな話には耳を貸そうともしなかった。彼女は「あたし男が好きだから、このしょうばいにはいったのよ」といばっていた。惚れた男のためなら、骨までしゃぶられてもいいとか、「死ぬほど惚れる男に会ってみたい」などともいう。――これはむろん菊次の警告する意味とは違うので、みどりのはいろ好みに類するのだろう。客の付かない日が二日も続くと、もう気がいらいらして眠ることができない。それで、ほかの者にあがった客を、自分にもらいたいといいだす、「つとめはあんたが取っていいのよ、だからお客はあたしに代らせてよ」とせがむのである。あのことにも人とは違った癖があって、ある種の客のあいだには、かなり評判になっているらしい。また、家じゅうの者が恥ずかしくなるような、無遠慮な騒ぎをすることも少なくないが、しかもふしぎに、長く続く客はなかった。

――こういうしょうばいをしているからこそ、あたりまえなら、手も出せないような客とさえ遊べるんじゃないの。おまけに金までもらってさ。

と、みどりはお新をたきつける、「同じことじゃないのさ、たのしみなさいよ、お新ちゃん、たのしまなくちゃ損よ」と、はっきりいうのである。しかしお新にはわからない。まわりで話すのを聞いているし、自分でも極めて稀《まれ》に、それらしいものを感じるときもあるが、ひとの客を代るほど「たのしむ」などということはわからなかった。

江口房之助《えぐちふさのすけ》が泊っていってから、二日、三日と経《た》つあいだ、お新はその一夜の記憶を、ひそかに自分であたためていた。

――あの人はふるえていたわ。

お新の腕の中で、男は身を固くちぢめ、おびえた子供のようにふるえていた。それが、追われている恐怖だけでないことを、ぴったり合わせた素肌から、お新は感じることができた。酔った客の息ほどいやなものはないが、彼の息はいやではなかったし、軀《からだ》の匂《にお》いもこころよかった。可愛《かわい》かった、――とお新は思う。あの夜、お新は殆《ほと》んど眠らなかった。母親に抱かれた子供のように、安心して眠っている彼の顔を、うっとりするような気持で眺めたり、そっと頬ずりをしたりした。

そのときの感じが、お新の肌にまざまざと残っていた。肌に残っているそのときの感じを、いつまでも残しておきたいために、暫《しばら》くのあいだ風呂《ふろ》へはいっても、その部分は洗わないようにしたくらいである。――もちろん、日の経つにしたがって、しぜんとその記憶もうすれていった。それでも思いがけないときに、(たとえば、初めての客の相手をしているときなどに) とつぜん、そのときの感じがよみがえってきて、びっくりするようなこともあったが、それも二、三十日のあいだで、十二月にはいると、もう思いだすことさえないようになった。

正月ちかくなってから、千弥《せんや》がくら替えをし、代りにおせきという女がはいった。年は二十二で、きりょうも悪くないが、底ぬけに人の好《い》いところがあり、みどりと似て「このしょうばいが性に合う」のだといっていた。親たちは下町のほうで、さして困らない生活をしているらしい。稼げば稼ぐだけ使ってしまうし、朋輩《ほうばい》にもきまえよく奢《おご》った。

菊次は相変らずで、客の付かない日のほうが多く、主婦のおみのに旦那《だんな》の来ないときは、たいてい内所に入り浸っているか、店がひまで、みんなにせがまれると、飽きずに本を読んでやる、というふうであった。

正月の中旬を過ぎたある日、灯をいれたばかりの時刻に、江口房之助が来た。

そのときも、菊次が曾我《そが》物語を読んでいて、ちょうど千草の花のくだりになり、――さればわれらが身のありさま、有れば有るがあひだなり、夢の浮世に、なにをか現《うつつ》と定むべき、というところへきて、おせきが「そこのところはどんな意味なのか」と訊《き》き、菊次がわけを話しだした。お新は上りがまちに腰を掛け、菊次の説明を聞くともなく聞いていたが、編笠《あみがさ》をかぶった客が、店の前で立停り、戸口を覗《のぞ》くようにしたので、すぐ声をかけながら、立っていった。

「やっぱり、ここだったな」とその客は笠の中からいった、「あがってもいいか」

お新は「どうぞ」といった。

客は着ながしに羽折で、脇差《わきざし》だけ差していた。侍だということはすぐにわかったが、部屋へはいって、編笠をとるまでは、誰であるか見当もつかなかった。

「まあうれしい」お新は客の顔を見て、われ知らず声をあげた、「来て下すったのね、よく忘れずに来て下すったのね、うれしいわ」

「もっと早く来たかったけれど、いろいろな事があって、――」彼はお新に紙に包んだものを渡した、「このあいだは有難う」

「済みません、いまおぶうを持って来ますわね、ゆっくりしていらしっていいんでしょ」

「いや、そうはできないんだ」

お新は「だめ」と首を振り、あたし帰しませんよ、といいながら部屋を出ていった。

四

彼は半刻《はんとき》ばかりいて帰ったが、お新は初めて彼の名も聞いたし、藤堂和泉守《とうどういずみのかみ》の家中で、父親はなに役とかいう、かなり重い役を勤めている、ということも聞いた。

あの日、屋敷へ帰ると、無断で外泊したことをひどく咎《とが》められたが、そんなことは初めてだし、彼は一人息子だったから、「池《いけ》の端《はた》の叔父のところで泊った」とあやまって、それで済むかと思えた。ところが喧嘩《けんか》騒ぎと、鳶《とび》の者を二人も傷つけたことがわかり、十五人ぜんぶが謹慎を命ぜられた。そうなると、彼には刃傷《にんじょう》の責任があるので、改めて「勘当」ということになり、叔父の家へ預けられた。

叔父は板倉摂津守の家中で、名を中原平学といい、江口から婿《むこ》にいったのであるが、酒もよく飲むし、隠れ遊びもさかんにするというぐあいで、房之助は「これなら一生勘当されているほうがいい」などと、のんきなことをいっていた。

「これからときどき来るよ」と帰るときに房之助はいった、「九十日の余も謹慎していたからね、もうすっかり信用がついたんだ、今日は叔父に、少し風に当って来いといわれたくらいなんだよ」

そして帰りがけに「また来る」といった。

あんまりあっさりしているので、もう来はしないと思っていたが、五日ほど経った午後に、彼は手土産を持ってまた来た。お新は他の三人と風呂へいった留守で、菊次が彼の話し相手をしていたらしい。その日も半刻足らずで帰ったが、彼の帰ったあとで、菊次がお新の部屋へ来た。

「お新ちゃん」と菊次は改まった口ぶりでいった。

「あんた、あの人となにか約束でもしたの」

「いいえ」とお新は首を振った、「また来るとはいってたけれど、べつに約束なんてしやしないわ」

「あの人あんたに夢中よ」

「あらいやだ、知らないのね、姐《ねえ》さん」

「あの人は夢中よ」

「姐さん知らないのよ」とお新は笑った、「夢中どころか、あの人はお茶を飲んで話をするだけ、手を握ろうともしやしないわ」

「あんたはどうなの」と菊次はきまじめにいった、「お新ちゃんの気持はなんでもないの」

「わからないわ」お新は眼をそらした、「嫌いじゃあないけれど、だからって、べつに、――わからないわ、あたし」それからふと菊次を振返って見た、「どうしてそんなこと訊くの、姐さん、あの人なにかいったの」

菊次は黙って、両手の指の、爪《つめ》と爪をこすり合せた。それから低い声で、「客に惚れてはいけない」という、いつもの忠告を繰り返した。そうして、（特に）彼は世間知らずのお坊ちゃんだし、こういう遊びも初めてのようだから、どんなにのぼせあがるかわからない。しかし、相手が御大身の一人息子だということを忘れないで、あんたまでがのぼせあがらないように気をつけなければいけない。さもないと、いまに必ず泣くようなことになるだろう、と菊次はいった。——お新は聞いていながら、菊次がなぜそんなにも諄《くど》くいうのかと、不審に耐えなかったし、それにはきっと、わけがあるのだろうと思った。

「わかったわ」とお新はいった、「でも、どうしてそんなに念を押すの、どうしてなの、姐さん、あの人が姐さんになにかいったんですか」

菊次はお新を見た。お新はもういちど訊き返した。菊次は立ちあがって、窓の障子をあけ、暫く外を眺めていた。障子をあけたので、冷たい風が吹きこんで来、お新は衿《えり》をかき合せた。

「あの人はね」と菊次は外を見たままでいった、「あの人はあんたを、お嫁さんにもらうんですって」

「姐さんてば——」

「どんなことがあっても、きっと、あんたをお嫁さんにするんですってよ」と菊次はゆっくりいった、「それを本気でいってるんだってことが、あたしにはよくわかったの、あの人は本気よ、お新ちゃん」

「閉めて下さいな」とお新がいった、「風がはいって寒いわ、姐さん」

菊次は窓を閉めて、お新を見た。

「だいじょぶよ、姐さん」お新は微笑した、「あたし、そんな夢のような話で、のぼせやしないし、あの人とあたしでは、合わない鉋《かんな》と砥石《といし》だってことくらい知ってるわ」

菊次はうなずいて「くどいようだけれど、それを忘れないでね」といった。

房之助はその翌日、また来た。宵のくちで、お新には馴染《なじみ》の客があり、知らせに来たみどりに「断わってちょうだい」と頼んだ。彼はすなおに帰ったそうだが、「可哀《かわい》そうにべそをかいてたわよ」とみどりはいった。そのときはさほどにも思わず、聞きとがめた客に「いろが来たのなら、帰ってやるぜ」などといわれると、こちらも、「いろは此処《ここ》にいるさ」と定《きま》り文句をいって、客にかじりついたりした。――その晩はみんないそがしかったが、誰にも泊りは付かなかった。十時まえに来た吉野《よしの》の客も、四《し》半刻《はんとき》ばかりして帰ったが、そのときおせきが「みんなに蕎麦《そば》を奢る」といいだし、吉野が「客を送りかたがた、注文して来よう」といって出ていった。

お新は湯と薬を使ったあと、菊次の部屋へいって縫いかけの肌襦袢《はだじゅばん》をひろげた。火のあるのは内所とそこだけだし、主婦よりも菊次のほうが気がおけないのである。お新が針を持つとまもなく、みどりとおせきも、はいって来て、長火鉢のそばで話しだした。この二人の話題はいつも定っていて、客たちの癖や好みや、そのことの手くだや綾《あや》などを、極めてあけすけに、しかも熱中して語るのである。——こういうところの女たちほど、一般にそういった話には無関心なのだが、この二人はいくら話しても飽きるということがないようであった。

「いいかげんにしなさいな」と菊次が銅壺《どうこ》へ水を注ぎながらいった、「あんたたちときたら、まったくどうかしているよ」

「いいわよ、好きなんだもの」とみどりは平気でやり返した、「好きなものを嫌いなような顔したって、誰が褒めてくれるわけじゃなし、あの本にだって、人間は有れば有るが、あいだなり、って書いてあったじゃないの」

「ええそうよ」とおせきがいった、「夢の浮世に、なにをか現と定むべき——生きているうちにたのしまなければ損だってことでしょ」

お新は笑いかけて、ふいに胸がどきんとなった。なにが連想のきっかけになったものか、可哀そうにべそをかいていた、という、みどりの言葉を思いだしたのである。

――べそをかいていたわよ。

可哀そうにという言葉が、痛いほど鮮やかに思いだされた。お新は縫っている手を、ばたっと膝《ひざ》へ落した。そこへ「おお寒い、ちらちらしてきたわよ」といいながら、吉野が帰って来、みどりが「ここよ」と呼んだ。

「雪が降ってきたわ」と吉野が肩をちぢめながら、はいって来た、「おお、さぶい、ちょっとあたらして」

「あんたお店は」と菊次がいった、「お店を閉めてくればいいじゃないの」

「ああ、そうだ」と吉野はお新にいった、「お新ちゃん、あの江口さんて人が、道の上へ酔いつぶれているわよ」

五

菊次がぎょっとしたように、お新を見た。お新はぼんやりと吉野を眺め、「どうしたんですって」とどもりながら訊き返した。

「あの江口さんて人よ」と吉野はいった、「門跡さまのお下屋敷の、こっち角のところに倒れてるの、あの権八蕎麦《ごんぱちそば》で飲んでたんですってよ」

お新はひょいと立ちあがった。菊次が「お新ちゃん」と呼びかけたが、お新には聞えもしなかったらしい、まっ蒼《さお》な顔になって唐紙をあけ、それにぶっつかってよろめき、廊下で躓《つまず》き、そしてばたばたと駆けだしていった。菊次は溜息をついて、長火鉢の猫板へもたれかかり、おせきが面白そうに、「雪も降りだしたっていうし、きつい新内節じゃないの」といった。

お新は夢中で走った。

俗に「大根畑」と呼ばれる、この岡場所の一画をぬけると、日光御門跡の下屋敷がある。こちら側は小役人の組屋敷で、その四つ角のところに毎晩、夜鷹《よたか》蕎麦屋が三ところに屋台を出していた。客は「大根畑」の女たちや、そこへ出入りする者が大部分であるが、岡場所の中は、火を禁じられているため、そこまで喰《た》べにゆくか、出前で取るかするのであった。

お新が駆けつけると、「権八そば」と掛け行灯《あんどん》をした屋台のこちらに、仲間《ちゅうげん》ふうの男が二人、道ばたの暗がりをのぞいて、こわ高になにかいっていた。二人とも酔って、ふらふらしていたが、お新が走り寄ってみると、かれらは地面に倒れている男を、呼び起こそうとしているのであった。お新は二人を押しわけて、「ごめんなさい。あたしの知ってる人なんです」といい、倒れている男をのぞいた。それは紛れもなく房之助で、お新はわれ知らず叫びながら、彼にとびついて抱き起こした。

「ごめんなさい、堪忍して」とお新は悲鳴をあげるようにいった、「堪忍して、ふうさん、堪忍して」

仲間らしい二人が、なにか悪おちをいったようだ、屋台からも人が出て来たらしいが、お新は見もせず聞きもしなかった。ほとんど逆上したように、房之助を抱き起こし、ぐらぐらするのをようやく立たせた。

「お新」と房之助がいった、「お新だね」

お新はふうさんといった。

「逢《あ》いたかったよ、お新」と彼がいった、「逢いたくって、またあとでゆくつもりで、飲んでいたんだよ」

「歩いてちょうだい」とお新がいった、「うちへゆきましょう」

「いってもいいのか、悪くはないのかい」

「ごめんなさい」お新は彼を抱いた、「もういいのよ、さあゆきましょう」

お新は脇差を直してやった。

足もとのきまらない彼を、抱きかかえるようにして、お新はゆっくり店へ戻った。風のない静かな夜空に、こまかい雪が舞っていて、道もうっすらと白くなったし、店へ着いたときは、二人も頭から雪にまみれていた。——お新は黙ってあがり、履物を持つのも忘れて、そのまま彼を自分の部屋へ伴《つ》れていった。

そこは行灯も消えているし、むろん火のけもなかった。よろけこんだ房之助《ふさのすけ》は、お新が敷き直しておいた夜具の上へ、だらしなくぶっ倒れ、そして苦しそうに呻《うめ》いた。

「どうするの、ふうさん」と、お新は彼に抱きつきながらいった、「あたしなんかのために、こんなことをして、どうするのよ」お新は泣きだした、「あんたは立派なお侍の一人息子じゃありませんか、こんな岡場所のあたしなんかに迷って、こんなやけみたようなことをなさるなんて、だめじゃありませんか」

房之助は喉《のど》を詰らせ、ぐらぐらと頭を振った。

「だめなんだ」と彼はいった、「だめなんだよ、お新、苦しくって、どうにもならないんだ」

「だって、どうするの」と、お新は泣きながら、彼をゆすぶった、「どうすることが、できるの、ふうさん、どうにもならないってことはわかってるじゃありませんか」

「お新はおれが嫌いなのか」

「いや、いや、そんなこと訊かないで」

「嫌いでなければ、そんなふうにはいわない筈《はず》だ」と房之助はいった、「おれは自分の気持をあの菊次という人に話した、おれは本気なんだ、本気なんだよ、お新」

「お願いよ、だめだっていってるじゃありませんか」お新は泣きながら、男の胸の上で激しく首を振った、「身分が違うばかりじゃない、あたしはこんなに軀《からだ》もよごれちゃって」

「それはおまえの罪じゃない」と彼は強く遮った、「決してお新の罪じゃない、めぐりあわせが悪かっただけだ、おれだって運悪く生れついていたら、土方人足になっていたかもしれないし、泥棒になっていたかもわからない」

「そうだからって、よごれた軀が元に返りゃしないわ」

「返るさ、返るとも」と彼はいった、「人間の軀はね、よくお聞き、人間の軀ってものは、いつも変ってるんだ、たとえば髪や歯や爪をごらん、生えて伸び、抜けてはまた生える、肌は垢《あか》になって落ちて、新しくなるし、肥えたり、痩《や》せたりもする。生きているものは、一日だって同じじゃあない、いつも新しく伸びるし、育っているんだ、お新の軀だってこのしょうばいをやめて、三つきか、半年もすれば、よごれたものは落ちてきれいになるんだよ」

お新は泣きじゃくりながら、「そんなこと初めて聞くわ」といった。すると、唐紙の外で、お新を呼ぶ声がし、「あかりを持ってきたわ」といって、みどりが唐紙をあけ、灯のはいった行灯をそこへ置いた。お新は男の上に重なったまま、「有難う」といった。

「ねえ、——ちょっとお邪魔したいんだけど」とみどりがいった、「おせきちゃんと二人で、悪いけど、いまの話聞いちゃったの、それで相談があるんだけど、……」

お新は断わろうとしたが、それより先に房之助が「いいよ」と答えた。はいってもいいよ、なんでもいいたいことをいってくれ、なにをいわれたって驚きゃあしないんだ、と房之助はいった。みどりは「そうじゃないんです」と首を振り、おせきと二人ではいって、唐紙を閉め、そこへ並んで神妙に坐《すわ》った。

「このあいだはお土産を有難うございました」とみどりが尋常なあいさつをした、「それから、さっきは失礼してごめんなさい」

お新に頼まれて断わったことを、わびるらしい。お新は身を起こしながら、襦袢の袖口《そでぐち》で涙をふいた。房之助はあおむけに寝たまま、「早くいってくれ、なにがいいたいんだ」と促した。おせきがみどりを見た。みどりは「あたしがいうわ」とおせきにうなずき、房之助に向ってもういちど「そうじゃないんですよ」と首を振った。

「いま若旦那《わかだんな》のおっしゃっているのを聞いて、あたしたち、お新ちゃんの味方になろうって相談したんです」とみどりはいった、「——いま、三つきか半年、このしょうばいをやめていれば、よごれた軀もきれいになるっておっしゃったでしょう、もしそれが本当なら」

房之助は起きあがった。

六

二月になり、三月になっても、お新は店へも出ず、むろん客も取らなかった。ほかの四人、――特に、みどりとおせきが（これはすすんで）お新の分までかせいだし、足りないところは、江口房之助が補った。

馴染の客には、「あの人は病気でひいている」と断わった。お新を外で見かけて「話だけでも」とか、「酒の酌《しゃく》だけでいいから」などと、しつこくねだる客があると、病気が悪質なので、組合の医者から、客の前に出ることを禁じられているのだ、というふうにいった。よそと違ってこの店は、きちんとしている、病気持ちの女を客に出すようなことは決してない、「それはきちんとしたものよ」などと、いばっていうのであった。

菊次はお新に読み書きを教えはじめた。お新が頼んだのではなく、菊次のほうで、「どっちにしろ、覚えておいて損はないから」とすすめたのである。お新はよろこんで、熱心に稽古《けいこ》をした。反対されると思った菊次が、向うからすすんでそういってくれたこともうれしかったし、それが房之助と自分との、幸運の兆《きざ》しであるようにも思えた。――危ながっているのは主婦のおみので、自分には信じられない、そんな夢のような話が本当になろうとは思えない、「あとでばかをみないように、用心するほうがいいよ」といった。

「かあさんは知らないのよ、江口さんの若旦那は本気だわ」と、みどりはいい返した、「若旦那がまじめで本気だってことは、あたしたちにはわかるわ、千人の男が信じられなくっても、若旦那だけは信じられる人だわ」

「あたしたち、こんなしょうばいをしているけれど」とおせきはいった、「それでも、同じ朋輩《ほうばい》の中から、お侍の奥さまが出るっていうぐらいの夢は、持ちたいと思うわ、あたしたちだって、そのくらいの夢は持ってもいいと思うわ」

「いいわよ、やる事をやるのが先よ」とみどりは受合うようにいった、「あたしたちにできる事をすればいいのよ、文句はあとのこと、話は庚申《こうしん》の晩にしなさいだわ」

「あら、庚申の晩がどうしたの」

「あんたばかねえ」とみどりが笑った、「そんなことくらい知らないと、お嫁にいって恥をかくわよ」

これらのことを、お新はみんな房之助に話した。

「みんないい人たちだ」と彼は身にしみたようにいう、「珍しく、みんないい人たちばかりだ、いっしょになったら忘れずに礼をしよう」

「こんなことってないのよ」とお新は念を押すようにいう、「ふつうなら、みんな羨《うらや》んだり、やきもちをやいたりで、いやがらせや邪魔をされたりするくらいがおちなのよ」

「そうだろうな、私もそうだろうと思うよ」

房之助は三日にいちどずつ、きちんと訪ねてきた。午《ひる》まえに来ることもあり、夕方のこともあるが、店のひまなときには、お新の部屋へみんなを呼んで、茶菓子を買ったり、てんや物を取ったりして、誰ともわけへだてなく話した。みんなはむろんよろこんだが、長く話しこむようなことはなく、できるだけ二人で置くように気を配った。

——三日にいちど来る習慣は変らなかったが、彼は決して泊らないし、お新の軀にも触れなかった。

「長いことじゃないから、辛抱するよ」と彼はいう、「お新だって、辛抱できるだろう」

お新は笑って、「あたしは平気よ」と答える。そのことで男が辛抱しようというのは、男の気持がしんじつだからであろう。お新にはそれはうれしかったが、同時に

（そんなしょうばいをして来たためだろうか）そのしんじつを軀でたしかめられないことが不安でもあった。

三月中旬のある午後、――お新は自分の身の上を彼に話していた。

房之助は寝ころんでいた。あけてある窓から、ときおり吹きこんで来る風に、なんの花か、わからないが甘酸《あまず》っぱいような花の香がそそるように匂《にお》った。

お新はやくざな父と、おとなしいだけの母と、病身の妹のことを話した。父は菓子屋のいい職人だったが、博奕《ばくち》が好きで、稼いだ金はみな博奕ではたいてしまい、家族の着物や、夜具までも剝《は》ぐというふうであった。

母親はいくじなく泣くばかりで、父には不平らしいこともいえない。もっともなにかいえば、父は狂気のように暴力をふるう、お新も幾たびか殴られたり、蹴《け》られたりして、軀に痣《あざ》や打身の絶えないようなときがあった。妹が脊髄《せきずい》の病いで寝たきりだし、生活も詰るだけ詰って、お新は十六の秋に身を売った。

新吉原《なか》というはなしもあったのだが、いちどに多額な身《み》の代金《しろきん》を取っても、父がつかってしまうことは、わかりきっていたので、手取りの金は少なくとも、月づき家へ仕送りのできるほうがいい。お新はそう考えて、自分でこの土地を選んだのであった。

「十六の知恵でね」と房之助はいった、「――十六という年で、身を売るのにも、うっかりはできなかったんだな」

お新ははにかむように微笑した。

「あたしもいまになって、自分がよくやったと思うの」とお新はいった、「もしも廓《くるわ》へいってたとしたら、借金で縛られて、身動きができなかったでしょう、この土地へ来たおかげで、いまはいつここを出たって勝手なんですもの」

「厄介《やっかい》なのは父親だけというわけか」

「お父《と》っさんって――あらいやだ」とお新は大きな眼をした、「このまえ話したでしょ、お父っさんは丑《うし》の年の火事で、死んだじゃありませんか、おっ母《か》さんや妹といっしょに」

「聞かないね、家《うち》の話が出たのは今日が初めてだよ」

「あらそうかしら、あたし、いつか話したと思うんだけれど」

「丑の年っていうと去年だな」

「去年の三月、ちょうどいまじぶんですね」とお新はいった、「家は八丁堀《はっちょうぼり》だったんですけれど、四方から火に囲まれて……」

お新はふと口をつぐんだ。右隣りの部屋で、みどりの無遠慮な騒ぎが始まったのである。房之助もいぶかしそうに、寝ころんだままお新を見た。

「どうしたんだ」と彼はささやいた、「喧嘩《けんか》しているようじゃないか」

「そうじゃありません」といってお新は赤くなった、「喧嘩じゃないんです、いいんですよ」

「いいったって、ほら、――あれは殴っている音だろう、泣いてるのはみどりの声じゃないか、ほら、聞えるだろう、お新」

お新は当惑して、なお赤くなり、「そうとすれば痴話喧嘩でしょう」といった。

## 七

客はみどりの情人だから、きっと痴話喧嘩を始めたのだろう。好いた同志にはよくあることだし、もうすぐ仲直りをするに違いない、とお新はいった。房之助もそうかと思ったようすで、しかし、痴話喧嘩にしてはひどい、「あれではみどりが可哀《かわい》そうだ」などとつぶやいた。

――この人、初めてかしら。

これまでみどりの癖を知らなかったのかしら、とお新は思い、早くその騒ぎが終ってくれればいい、と願いながら、いつかしら、自分の気持がたかぶってくるのを感じた。……みどりの癖にはすっかり馴《な》れていて、どんなにひどく騒がれても、せいぜいうるさいと思うくらいだったのに、お新はいま、自分がそんな気持を感じることにびっくりし、すぐにもその部屋から、逃げだしたくなった。

——この人が悪いのよ。

まるふた月も、うっちゃり放しなんだもの、ふうさんが悪いんだわ、とお新は思った。三年もそういう稼ぎをして来て、正月の下旬からぴったりやめ、もう六十日くらいのんきにしている。そのためもあるだろうが、一つには、男のしんじつを躯でたしかめたいという、単純で素朴な欲求が、そんなきっかけに衝動となってあらわれたともみえる。お新は逃げだしはしないで、とつぜん膝《ひざ》の上の縫物を押しやると、「ねえ」といいながら、彼のほうへすり寄った。

「なんだ」と彼がいった、「こっちでも、痴話喧嘩か」

お新は黙って、彼の上へかぶさった。

躯のしんが燃えるように熱く、頭がくらくらし、息苦しいほど烈《はげ》しく動悸《どうき》が打った。そんなことは初めてである。お新は低い呻きごえをあげ、身もだえをしながら、彼のふところへ手をさし入れた。房之助はお新を抱き緊《し》め、寝返りながら顔をよせた。お新のぼうっとなった耳に、隣りの部屋からみどりの悲鳴が聞え、お新は喘《あえ》ぎながら「窓を閉めるわ」とささやいた。

お新が手を伸ばそうとすると、房之助はそれを押え、「だめだ」と頭を振った。お新はいやといって、手に力をいれたが、彼は押えつけたまま動かさなかった。

「もう少しの辛抱だ」と房之助はいった、「もう、叔父に話そうと思っているんだ」

お新は喘ぎながら、軀をゆすった。

「叔父は道楽者だから、わけを話せば、きっとわかってくれる、もう感づいているかもしれない」と彼はいった、「感づいているようなことを、ときどきいうし、小遣も叔母にないしょで、余分に呉《く》れるんだよ」

「だって」とお新は喘いだ、「どうして、それまで待たなければいけないの、どうして」

「それは初めに約束した筈じゃないか」

「約束は約束、あたしだってなま身よ」とお新はいった、「それにあんただって、ふうさんだって、初めてじゃないでしょ」

「なにが」と房之助はいって、しかしすぐに意味がわかったらしく、眩《まぶ》しそうに眼をそむけた、「いや、——私はまだ初めてだ」

「うそよ、さいしょの晩に、もう知ってるっていったじゃないの」

「恥ずかしかったんだ」

「女のひとと寝たことがあるっていったわ」

「恥ずかしかったんだ」と彼はいった、「初めてだなんていうと笑われるような気がしたんだ」

お新の軀《からだ》から力がぬけた、緊張した軀から力のぬけてゆくのが、房之助にもわかった。お新は男の胸に頭をのせたまま、「ごめんなさい」とささやいた。房之助は女の背中を撫《な》で、その手でそっと頰を撫でた。

「花の匂いがするね」と彼はいった、「――よく匂うじゃないか、なんの花だろう」

お新は首を振った。彼がまだ女を知らないとわかったとたんから、にわかに彼が遠くなるように、お新には感じられた。自分からぐんぐん遠く、はるかに遠くなるように、――お新は強く首を振り「抱いてちょうだい」とささやいた。もっと強く、もっと。いいよ、重いから起きてくれ、喉《のど》が渇いてきた、茶をいれてくれないか、と房之助がいった。

次に来た日、――房之助は帰りがけになって、顔をひきしめながら「明日だ」といった。お新は彼を見あげた。

「叔父の屋敷で明日、祝いの酒宴があるんだ」と房之助はいった、「それが終ったあとで話をしようと思う」

お新は「そう」と力なくうなずいた。うれしいという気持も起こらず、むしろ「だめだった」とでもいわれたような、暗い不安な感じにおそわれた。

「もしも、父が、頑固に勘当をゆるさなかったら、私は刀を棄《す》てるつもりだ」と彼はひそめた声でいった、「侍ばかりが人間じゃない、寺子屋をやったって、食ってゆけるんだから」

「お父さん、まだ怒ってらっしゃるんですか」

「おれは平気さ」と彼は笑ったが、力のない笑いだった、「――おれは覚悟をきめているんだ、どうなったって驚くものか」と彼はいさましくいった、「――じゃあ、帰る、こんど来るときは、いい話ができると思うよ」

「ええ」とお新はうなずいた、「待っています」

房之助《ふさのすけ》が帰ったあとで、お新はみんなにその話をした。気がわくわくして、不安で、どうしても話さずにはいられなかったし、話してしまうと、どうやら少しおちついた。

「若旦那はやるわよ、きっとやるわ」とみどりがはずんだ調子でいった、「あの人しんがきつそうだもの、ああいう温和《おとな》しい人ほど、いざとなると、梃子《てこ》でも動かないものよ」

「ようやっとね」とおせきがいった、「あたしたちの中からも、いよいよ玉のお輿《こし》が出るんだわ」

「たまのこしよ」とみどりがいった、「そんなところへ、おを付けるもんじゃないわ、お菓子みたいに聞えるじゃないさ」

菊次がふきだし、みんなが賑《にぎ》やかに笑った。

房之助はなかなか来なかった。三日にいちどの定《きま》りが、初めて跡切《とぎ》れ、お新はまたおちつかなくなった。みんなは心配しなかった。きっと話をもちだしたのであろう、さもなければ、いつもどおり来る筈《はず》だし、話をもちだして、もし不首尾なら、それも知らせに来るに違いない、なぜなら、いけなければ、刀を棄てて寺子屋をやるつもりなんだから。そうでしょ、とみどりは主張した。来ないのは勘当がゆるされて、親許《おやもと》へ帰ったのだと思う、それでおいそれと出るわけにいかないのだ。そうよ、「きっと、そうだわ」とおせきもいった。

――ひらきたるはとどまり、蕾《つぼ》みたるは散りたるとや。

お新の頭にふとそんな句がうかんだ。聞き覚えた曾我《そが》物語の「千草の花」のくだりで、そのあとに忘草《わすれぐさ》のことが続き、――おん帰りをとどめ奉《たてまつ》らんとて、この花を植ゑて、わすれ草と名づけたまひけるなり、というのである。お新はみどりたちの慰めを聞きながら、どうしてとつぜんそんな句が頭にうかんだのか、われながらいぶかしく思いながら、「つぼみたるは散りたるとや」と、もういちど頭のなかで繰り返した。

灌仏会《かんぶつえ》の日の午後に彼は来た。

主婦のおみのと菊次とが、浅草寺《せんそうじ》へ参詣《さんけい》にゆき、花かごをもらって帰って来た。お新は店の表に卯《う》の花を挿したが、挿すときに「ああ」と独りでうなずいた。蕾みたるが散る、――というのは、卯の花の枝のことで、裏にある垣根の卯の花が頭にあったから、あんな句を思いだしたのだろう。ふしぎはないじゃないの、そう思って、お新が店へはいろうとすると、江口房之助が近づいて来て「お釈迦《しゃか》さまの日だね」といった。

お新は振向いて「あ」と声をあげた。

八

はいって来た房之助を見ると、みんなが（殆《ほと》んど一斉《いっせい》に）歓声をあげた。折目のきちんとした彼の身なりや、髭《ひげ》をきれいに剃《そ》った、明朗な、少しのかげもなく微笑している顔が、一と眼でみんなを昂奮《こうふん》させたようである。菊次までが珍しくあいそ笑いをして、「いらっしゃい、ようこそ」と挨拶《あいさつ》した。

「いそがしくって手紙も書けなかったんだ」と彼はあがりながらいった、「今日もすぐ、帰らなければならないんだが、とにかく、みんなに祝ってもらおうと思ったんでね」

みどりが「わあ」と手を叩《たた》いた。

「集まってくれ」と彼はいった、「お新のところへみんなで来てくれ」

菊次が「いいえ」と手を振った。あたしたちはあとでようございます、お二人で先にどうぞ。そうよ、お二人でどうぞ、「あたしたちはあとでゆっくりうかがいますわ」とおせきもいった。だが、房之助は頭を振った。

「いやそうじゃない、いい話なんだから、みんなに聞いてもらいたいんだ、みんなに聞いてもらって、みんなに祝ってもらいたいんだ、さあ来てくれ」と房之助はいった。

そのとき、ようやく、お新が「いいじゃないの、みんないらっしゃいよ」といった。みどりは大きくこっくりをし、「それほどおっしゃるんなら、いってつかわそう」といばった。

お新は部屋へはいると、「散らかっててごめんなさい」といいながら、窓の障子をあけ放した。房之助が窓を背にして坐《すわ》り、女たちもどことなくかしこまって、互いにてれたように眼くばせをしたり、肱《ひじ》で小突きあったりしながら坐った。

「まず礼をいおう」と彼は辞儀をした、「縁もゆかりもない、紛れこんだ猫のような私を、長いことみんなでよく面倒をみてくれた、うれしかった、有難う」

女たちは当惑したように、ぎごちなくお辞儀をした。房之助はふところから袱紗包《ふくさづつみ》を出し、中にあった紙に包んだものを取って、お新の前へさしだした。

「これは些少《さしょう》だが、礼ではない、——あとでみんなに、これで祝ってもらいたいんだ、些少で恥ずかしいが、取っておいてくれ」

「じゃあ」とみどりがいった、「やっぱり御勘当が解けて、お屋敷へお帰りになったんですね」

「うん」彼は微笑した、「勘当もゆるされたし、万事うまくゆくようだ」

「まあ」とおせきが息をひいていった、「まあ、よかった、ほんとなんですね、若旦《わかだん》那《な》」

吉野は菊次を見た。そして、みんながお新のほうを振返った。

「本当だ」と彼はうなずいた、「じつをいうと私はもう九分どおり諦《あきら》めていたんだ、なにしろ頑固なことでは一族でもぬきんでたおやじなんだから、いっそ、もう寺子屋でも始めようかと思ったくらいなんだ、ところが、——このあいだ叔父の屋敷で祝宴があるといったろう、お新」と彼はお新をかえり見た、「なんの祝宴だか知らなかったんだが、それが驚いたことに、この私の勘当が解かれる祝いだったんだよ」

女たちは「まあ」といった。お新はこくっと唾《つば》をのんだ。

「おまけに、――おまけというのもへんだが」と彼はにこっと微笑した、「そこには許婚《いいなずけ》の娘がいて、勘当の解けた祝いといっしょに、内祝言《ないしゆうげん》の盃《さかずき》もしたんだ」

そのときさっと、なにかが空をはしったように、みんな口をあけて、ぽかんと房之助の顔を見た。

「そうなんだ」と彼は明朗にいった、「二年まえからの許婚で、年は、――十七だったかな、勘当だのなんだので、暫《しばら》く会わなかったが、ほんの半年ばかりだったろうがね、暫くぶりで会ってみると、すっかり娘らしくなって、私の前へ来ても、おめでとうございますといえないんだ、こっちもさすがにてれたよ」

「若旦那」とみどりがどもりながらいった、「それで、そのお嬢さんはどうするんですか」

「どうするって」

「いま許婚だって仰《おつ》しゃったでしょ」とみどりはたたみかけた、「二年まえからの許婚でそのとき内祝言もしたとすると、いったいどういうことになるんですか」

房之助は戸惑ったような眼で、女たちの顔を順に眺め、お新の顔を見た。お新はまっ蒼《さお》になり、うつむいてふるえていた。

「どうするって」と彼は口ごもった、「それは勘当が解けたし、内祝言をした以上は」

「その人と御夫婦になるんですか」とみどりが遮った、「勘当もゆるされたし、その人とも御夫婦になるので、それであたしたちに祝ってくれって仰しゃるんですか」

「みどりさん」と菊次がいった。

「あんた」とみどりは叫んだ、「あんたは、おまえさんは、それでも人間かい」

「みどりさんたら」と菊次が立ちあがった、「およしなさい、なにをいうの」

みどりも立ちあがり、「あたし云《い》うわ、云うわよ、云ってやるわ」と叫んだ。菊次はみどりを抱きとめた。吉野もおせきも立った。

お新は菊次に「お願いよ」といった。「済みません、みんな向うへいって下さいな、あとで話すからちょっと向うへいっていて下さいな」とお新はいった。

みどりはなお叫びたてたが、怒りのために、当人でもなにをいっているかわからなかったに違いない。おせきが彼女をなだめ、吉野と菊次とが左右から押えつけるようにして、ようやく部屋から伴《つ》れだしていった。

「おどろいたな」と房之助がいった、「どうしたんだ、みどりはなにを怒ってるんだ」

お新は唇で笑い、「なにか、いやなことでもあったんでしょ、気にしないで下さいな」とほそい声でいった。房之助はふところ紙を出して、額を拭《ふ》きながら、ふとお新を見た。

「まさか――」と彼はいった、「あれを本気にしていたんじゃないだろうな」

お新は眼を伏せた。

「私とお新がいっしょになるっていう、あの話を」と彼はまじめにいった、「――あれをまさか、本気にしていたんじゃあないだろうな」

「ええ、まさかねえ」とお新は笑った、「いくらなんだって、そんなことはないでしょ」

「それにしては」といいかけて、彼は首を振りながら笑った、「――まあいい、私にはああいう子のいうことはわからない、もし、私に悪いところがあったら、あとでお新からあやまっておいてくれ」

「大丈夫よ」とお新はいった、「そんな心配はいりません、あの人どうかしているんですよ」

「それならいいがね」と彼はもじもじしながらいった、「どうも、妙なぐあいになってしまって、――私はもう帰らなくちゃならないんだが、叔父の家に用があるんで」

「どうぞ」とお新がいった、「せっかくいらしったのに、済みませんでした」

房之助は救われたように、刀を取って立ちあがり、「済まないことなんかないさ」

と明るい顔でいった、「私はなんとも思やしない、ただ気持よく別れたかっただけだ」

「ええわかってます」とお新も立ちあがった、「なんでもないんですから、お気を悪くなさらないで下さいな」

「ああ、いいとも、それじゃあ、帰るからね」と房之助はいって、刀を腰に差した。

お新が彼を送って出る途中、菊次の部屋でみどりが（まだ）喚《わめ》いていた。房之助はお新に「やっているね」というふうに笑いかけ、そして下へおりた。——戸口を出た彼は、表に挿してある花を見、それが別れの挨拶であるかのように、「これはなんという花だ」と訊《き》いた。

「卯の花よ」とお新が答えた、「卯の花っていうんです」

「この花は知ってたんだね」

房之助は笑って、そのまま静かに去っていった。お新は「ええ」と口の中で呟《つぶや》いた、「この花の名は知ってましたわ」そして、遠ざかってゆく彼のうしろ姿を、乾いた、ぼうっとした眼で見送った。

「畜生」と奥でみどりの叫ぶのが聞えた、「あの人でなし、殺してやる、放して、放して」

（「週刊朝日増刊号」昭和三十一年二月）

# 牛

一

私は大和ノくに添上《そえかみ》ノ郡《こおり》の小領、池《いけ》ノ上惟高《うえこれたか》の秘書官であり、名を在原《ありわら》ノ仲道《のぶみち》という、そして恋にとらわれたいまいましい男である。今日はこの郡の大領物注満柄《もつぎまつか》が京から帰館するので、小領はそのむすめとともに郡境まで出で迎《い》えにゆき、私はこうして郡館《ぐうかん》の前へ待ち迎えに出たわけである。ええ、まもなくかれら一行はここへ帰って来るでしょう。

私はいま自分を在原ノ仲道といったが、本姓は尾足《おたり》であり、事情があって在原をなのっているのである。その事情というのは、私をとらえている恋とともに、このように私をいまいましい男にしているのであって、いや、これは恋などというにおやかなものではなく、ある女にとらわれているといったほうが正しいかもしれない。それは私の直属上官である小領のむすめで、名はこむろという。まもなくここへあらわれるだろうが、いろ白うあえかにやせほそりて、といった容姿のもちぬしであり、年は十四歳から二十八歳のあいだというほかはない。さよう、彼女は一刻《いっとき》として同じ年齢であったことはない、あるときは二十あまりのしたたるばかりに嬌《なま》めかしいむすめであり、べつのときは十四歳のあどけなき少女であり、またのときは二十八歳のしたたかな手だれものになる。こう申上げるだけでおよそ推察されるであろうが、まことに変転自在、こちらはいつも妻戸をまちがえて叩《たた》いては、鼻柱を叩き返されるような思いをするばかりなのである。——私がいまこのようにおちつかないのは、京から帰って来る一行の中に秦《はた》ノ安秋《やすあき》がいるからです。安秋は大領の秘書官であり、この郡でゆびおりの富豪の二男であり、おしゃれで軽薄で新しがりやで、きざで、さよう、胸のわるくなるほどきざな男で、そうしてこむろに懸想《けそう》している。もちろん、あんな男に興味をもつようなこむろではないが、安秋が富豪の二男という条件をもっている以上、私としても安閑としているわけにはまいらないのです。ええ、——まだ大領の一行はみえないようですな。

大領の物注満柄は「やもめの羆《ひぐま》」というあだ名がある。骨ぶとに肥えたあから顔の五十男で、頭のごく単純なかんしゃくもちで、むやみに怒って喚《わめ》きちらす癖があり、怒るたびに物を毀《こわ》す癖がある。しかし、決して自分の物を毀さないだけのふんべつと、単純であるために隠すことを知らない狡猾《こうかつ》さだけはもっており、その点、小領とは、いい対照をなしているようだ。——私の直属上官である小領は、この郡館に住んでいるのであるが、温厚で思慮が深く、けいけんな仏教徒で、そこつに喜怒の情をあらわさない人である。たとえば、こんど大領が京へいったのは、藤原道長公《ふじわらのみちなが》の法成寺落慶《ほうじようじ》供養《くよう》に招かれたのであって、大領はその名誉を郡の内外に誇りまわっていたが、大領は決して招かれたのではない、ということを小領はみぬいており、しかもみぬいていることを誰にももらそうとはしないのだ。池ノ上惟高という人にはこのようなおくゆかしい思慮のある反面、その家常茶飯における極端な倹約と、仏教に対するぜんぜん無抵抗な畏服《いふく》とで、人間らしい差引をつけているようである。ごらんのとおり、秘書官である私などがこのようにいまいましく痩《や》せているのに、ひとたび仏の供養となると仰天するほどの金穀《きんこく》を布施《ふせ》して惜しまない、もっともこれはこの時代の一般的な風潮でもあるが。――

いまはひとくちに藤原時代といわれるくらいで、藤氏一門が栄えと幸とをきわめ、国史はじまって以来のけんらんたる文華を誇っている。しかも現世における歓楽の飽満から、来世のことが不安になるのだろう、このたび道長公の法成寺建立《こんりゆう》を以《もつ》てその頂点に達した如《ごと》く、むやみに仏堂伽藍《がらん》を建てて後生を祈願することが流行した。云《い》うまでもなくこれは重税と課役によるもので、そのため最大多数の勤労者農民たちは二重に搾取《さくしゆ》される結果となり、絶望のあまり底ぬけの楽天主義におちいっているのである。人間はのがれがたい圧政に苦しめられると、自殺をするか革命を起こすか楽天主義者になるかのいずれかを選ぶようである。だが私はそのいずれをも選ばない、私は出世をしたいのであり、富と恋と、やがては権力をにぎりたいのであり、それについては、私が大学の受験に際してなめた屈辱と失意を語らなければならない。いまから三年まえ。ええ、――ああなるほど、大領の一行がやって来ましたな。ごらんなさい、先頭に立って喚きたてているのが大領の物注満柄です、どうか「やもめの羆」というあだ名をお忘れにならないで下さい。

二

その一行は舞いたった土埃《つちぼこり》につつまれていた。

大領は土埃の中で話していた。すずしの下がさねに杜若色《かきつばたいろ》のこまかい模様を染めた狩衣《かりぎぬ》を着、風折り烏帽子《えぼし》をかぶり、腰に太刀《たち》を佩《は》いているが、彼は腕まくりをし、拳《こぶし》をふり廻《まわ》し、ちから足をふみ、汗まみれになったあから顔をあちらへ向けこちらへ向け、そして精いっぱいめりはりをつけた声で語りつ喚きつ歩いているため、埃だらけの狩衣も烏帽子もひん曲り、腰に佩いている太刀も、絶えず前へきたりうしろへずれたりしていた。――大領の右に小領の池ノ上惟高が並び、左に小領のむすめのこむろと、大領の秘書官である秦ノ安秋が並び、うしろには出迎えの役人たちと、肩荷や行《こう》厨《ちゅう》をかついだ供たち、また途中から話を聞くためについて来た老若《ろうにゃく》の雑人《ぞうにん》たちなどが一団になっており、乾いた道から舞いあがる土埃がこれらの人たちをつつんで、これらの人たちといっしょにゆっくりと移動していた。

こむろは秦ノ安秋にめくばせをし、そして大領に呼びかけた。

「お話の途中ですけれど」と彼女はあどけなく遮った、「賀茂《かも》の葵《あおい》祭りなどには、桟《さ》敷《じき》をかけて見物するようですけれど、落慶供養のような仏事に、桟敷をかけて見物させるなどということがあるのでしょうか」

大領はあから顔の汗を拳で横なぐりに拭《ふ》き、なだめるように微笑してみせた。

「わしは桟敷へ招かれたのだよ、嬢や」と大領は云った、「なにしろ天皇の行幸《みゆき》があることだし、それにあれだ、京はここらとちがって祭りだからとか仏事だからとか、そんな田舎くさい差別はせないのだよ、京ではな、——嬢や」

「京ではね」とこむろは頰笑みながら頷《うなず》いた、「わかりましたわ、物注のおじさま」

「さていよいよ行列だ」と大領は歩きだしながらもみ手をした、「まだ行幸ではない、まず女御《にょうご》たちから、いや、はじめは宮たちだ、まずさいしょは大宮、皇太后の宮、枇《び》杷《わ》殿、むろん枇杷殿というのは皇太后の宮をさすのだが、つづいて中宮、かんの殿、なかでも中宮のごしょうぞくは権《ごん》ノ大夫《たゆう》どのが選ばれたそうで」

「あのう」とこむろがまた遮った、「権ノ大夫とはどういう方でございますの」

「権ノ大夫どのが選ばれたのだそうで」と大領は声をはりあげた、「そのおんぞの優美華麗なことは眼も、——嬢や、権ノ大夫とは能信《よしのぶ》どののことでな、その日は物忌《ものいみ》のため御自分は来られなかったのだよ、嬢や」

「能信とはどの能信さまでしょうか」

「そのおんぞの華麗なこと」と大領は声をはりあげた、「まことに眼を眩《くら》まし魂《たま》をうばわぬばかり、またもっとおどろいたのはおぐしのことだ、おぐし、髪、頭の毛だ」

大領は曲った烏帽子を乱暴に直し、舌なめずりをしながら手をもみ合せた、「なにしろおまえ皇太后の宮、つまり枇杷殿の頭の毛、そのおぐしときたらおん身の丈に一尺七寸もあまるくらい、大宮、つまり上東門院はおん丈にあまること一尺八寸、かんの殿は二尺、いやそうではないまちがった、枇杷殿のおぐしは二尺九寸もあまって、そのすそは扇のようにひらいたまま、地べたをこんなふうにひきずっていた、こんなふうに」

大領は両手をひらひらとなびかせ、うしろざまに身をひねって、そんなふうに髪の毛が長くひきずっているありさまをまねてみせた。すると、うしろから覗《のぞ》きこんでいた小さな童《わらわ》の一人が眼をまるくし、振返ってその母親らしい女に訊《き》いた。

「あのじいさまなにしてるだえ、田楽舞いだしただかえ」
「まだだ」と母親らしい女が答えた、「もうちっと経《た》たなければ田楽は始まらないだ、まだ語ってござるだからな、もうちっと待つだ」
「宮たちのあとには」と大領は話しつづけていた、「関白頼通《よりみち》の殿が横川《よがわ》の僧正と話しながら来られた、お二人とも徒《かち》だ、人間もあのくらいの位地になると徒でも威風あたりをはらうようで、関白殿はむぞうさなお人だから尻《しり》っ端折《ぱしより》をなされ、しまいには沓《くつ》もぬいではだしになられたが、いよいよ御威光が増すばかりであった、横川の僧正も負けてはいない、はじめは片肌ぬぎだったがしまいには双肌《もろはだ》ぬぎになり、楼門にかかるころにはねじり鉢巻をしてしまわれた」
「なるほど」と小領が温厚に云った、「それはいかにもむぞうさなことですな」
「だものだからあとに続く殿ばら殿上人《てんじょうびと》、上達部《かんだちめ》の人びとも気取ってはいられない」と大領はつづけた、「みんなもう装束なんかぬいでは投げぬいでは投げするので、道《みち》傍《ばた》はいたるところ薄物の単衣《ひとえぎぬ》や唐衣《からぎぬ》や袍《ほう》や直衣《のうし》で山をなす、見物の下人どもはそれを拾おうとしてわれ勝ちにとびだすし、殿ばらの雑色《ぞうしき》たちはそうさせまいと喚きたてるし、その騒ぎでわしまで押しこくられ、市女笠《いちめがさ》をかぶったどこかの青女房と折りかさなって転ばされたくらいだ」

「お話の途中ですけれど」とこむろが静かに遮った、「おじさまは桟敷の上でごらんになっていたのではないのですか」

「嬢や、――」と大領はにこやかに云った、「たのむから話の腰を折らないでおくれ、いいか、わしはさきの太政大臣《だいじょうだいじん》藤原道長公から招かれたのだ、そのわしが道傍に立って下人どもといっしょに埃をあびながら見物したとでも思うのか、もちろん桟敷の上だよ、嬢や」

「わたくしもそうだと思いますわ、物注のおじさま」とこむろが云った、「どうぞこだわらずにあとをお続け下さいまし」

「そこでだ」と大領は曲った烏帽子を直し、うしろへずれた太刀を直し、拳で顔いちめんの汗を拭き、腕まくりをしてつづけた、「そこで、――その、三日つづいた試楽のことは話したかな」

「うかがいました」と小領が答えた。

「ではいよいよ行幸のくだりだ」と大領は舌にしめりをくれた、「沿道に堵列《とれつ》する群衆のはるかかなたから、うおーうおーというどよめきの声が聞えて来た、それっ国王の臨幸である、みゆきであるぞという制止の声」大領は両手をあげて大きく左右に振って、堵列した群衆のゆれ返るさまをまねてみせた、「まるで潮のよせて返すようなありさまだ、わしとしてもじっとしてはいられない、人垣をかきわけ押しのけ前へ出た、するとまっ先に行列の先頭に立ってくるのが、弘法《こうぼう》大師だった」

「え、――」と小領が訊いた、「どなたですって」

「行列の先頭に立って来たのが弘法大師なのだ」

「その、失礼ですが」と小領が吃《ども》った、「その、――大師はたしか、入滅されてから百年ちかく経つと思いますが」

「そんなことがなんだ」と大領は腕をまくりあげ、ちから足をふんだ、「京はこんな田舎とはちがって万乗のみかどのおわしますところだ、京へゆけばなんでもある、貴《き》賤《せん》賢愚いかなる人物にも会えるのだ」

「なるほど」と小領は頷いた、「なるほど」

脇《わき》のほうでは、大領秘書官の秦ノ安秋が、しきりにこむろの注意をひこうとしていた。

「むろぎみ、ちょっと見て下さい」と安秋は囁《ささや》きかけた、「こういう珍しい物を御存じですか、これです」彼は持っている器物を見せようとし、こむろが眼もくれないので、深い溜息《ためいき》をついて云った、「ああ、むろぎみ、あなたはじつにお美しい」

「ひときわ高く楽の音がひびきわたった」と大領はつづけていた、「まさに鳳輿《ほうよ》は近づいたのである、群衆の下人どもは手を振り声をかぎりにおらび叫ぶ、雑色たちの制止などきくものではない、わしの胸もはちきれそうに高鳴った、まさに、法成寺落慶供養は絶頂を迎えたのだ、すると、にわか雨だ」

大領は両手を高くあげ、あげた手をひろげながらだらっと下へおろし、それを繰返してにわか雨のふりだすまねをしてみせた。

「にわか雨だ」と大領はつづけた、「鳳輿はそこへ近づいているが、もはや行幸もへちまもあったものではない、群衆は総崩れとなり、ちりぢりばらばら先をあらそって逃げだした、わしとしてもあまんじて濡《ぬ》れている場合ではない、逃げ惑う下人ばらを右に左に突きのけはねのけ」彼はそんなような身振りをした、「――いや駆けた駆けた、那須《なす》の篠原《しのはら》を蹴《け》ちらして疾駆する駿馬《しゅんめ》のように、ぱかあっぱかあっと一条筋を西へゆき東ノ洞院《とういん》を南へまっすぐに、ぱかあっぱかあっと駆けて六条まで息もつかなかった、ところがどこにも雨やどりをする場所がない、そこで西ノ洞院を駆けもどって三条を東へ向ってゆくと、わしを呼びとめる者がある、振返ってみるとそこは六角堂で、堂の庇下《ひさしした》にいる二人の男がわしを呼んでおる、三位《さんみ》の殿ここで雨やどりをなされ、と云うのだ、ええい」

大領はちから足をふみ、大きな眼をむいて周囲を見まわし、向うに土器《かわらけ》売りが立っているのをみつけると、すばやく走りよってその荷を押えた。土器売りは荷を担《かつ》いだまま、大領の話に聞き惚《ほ》れていたので、まさかそんな災厄《さいやく》が自分の身にふりかかろうとは思わず、なにが始まるのかと好奇のまなこで眺めていた。大領は眼にもとまらぬ早さで、押えた荷から土器をつかみ取ると、「えい、えい」と叫びながら、一つ一つ地面へ叩きつけて毀し始め、こむろは片方でぎゅっと自分の胸を抱きしめた。その刺《し》戟《げき》的なみものの好ましさに、軀《からだ》のふるえが止らないといったふうである。

「おっ母《か》あ」と小さな童がその母親に訊いていた、「あのじいさま田楽舞ってるだかえ」

「まだだ」とその母親が云った、「あれはただ土器をぶち割ってござるだけだ」

「なんで土器をぶち割るだえ」

「ぶち割りてえからだわ、土器をぶち割りてえから土器をぶち割ってござるだけだえ」

小領が「まああ」と大領をなだめた。

「いったいどうなすったのですか」

「しび八」と大領は供の者を呼んだ、「きさまばか面《づら》をして立っていないで、ここへ来てこいつを押えていろ、いいか、こいつを逃げないように捉《つか》まえているんだぞ」

しび八は土器売りを捉まえ、土器売りはまだ好奇心からさめぬようすで、捉まえられたままじっと大領のすることを眺めていた。

「それで、いったいなにごとが」と小領が云いかけた。

「かたりにかかったのだ」と大領は呼吸を荒くしながら云った、「そいつら、六角堂にいたそいつら二人がわしをかたりにかけたのだ、一人の名は早竹《さちく》、一人の名は勝魚《かちお》といった、早竹は瘦《や》せたのっぽであり、勝魚はずんぐりと肥えていた、そうして二人とも顔半分がまっ黒な髭《ひげ》で掩《おお》われていた、こんなふうに」

大領は両手で自分の顔の下半分を隠し、そんなふうに髭だらけだったというまねをしてみせた。

「そいつらはわしを三位の殿と云った」と大領はつづけた、「わしがそうではないと云うと、そいつらもいやそうではないと云う、わしが大和ノくに添上ノ郡の大領にすぎないと云うと、そいつらはどうみても三位の殿だと云う、三位以上かもしれないが三位以下の人とはみえない、そういえば土御門《つちみかど》あたりの第《だい》から牛車《ぎっしゃ》でおでかけのところを拝見したようだ、それに相違ない、いくら隠しても貴人の風格はあらそえぬものだと云う、それで話がはずみだし、わしとしても大いに語った」

一行はすでに郡館の前に来ていた。

「ねえむろぎみ」と安秋はこむろに呼びかけていた、「京ではいまこれが流行なんですよ、ちょっと見て下さい、どうかちょっと」

「それで、物注《もつぎ》のおじさま」とこむろは大領をせきたてた、「それからどうなりましたの」

郡館《ぐうかん》の前には、小領の秘書官である在原《ありわら》ノ仲道《のぶみち》と、下役人たちが出迎えており、仲道は激しい嫉妬《しっと》の眼で、こむろと秦ノ安秋とを交互ににらんでいた。

「どうなったかって」と云って、大領は大きく両手をひろげ、それをばたっと落してみせた、「どうなるものか、半刻《はんとき》ばかり経つと、わしはそいつら二人に頼んでいた、どうかこれを受取ってもらいたい、このとおり頼むからと云って、砂金の二十両はいっている金嚢《かねぶくろ》をむりやりかれらに渡していたのだ」

「盗まれたのではなくですの」とこむろが念を押した。

「わしから頼んでだ」と大領が答えた。

「どういうわけですの」

「どういうわけかって、どういう、――」大領は両手で胸をつかんだ、「そいつはわしの訊きたいことだ、わし自身が訊きたいことだ、ええい」

大領は敏速に土器売りのところへゆき、「えい、えい」と絶叫しながら、土器を取って一つ一つ地面へ叩《たた》きつけて毀し、毀してはまた叩きつけて、ついにすっかり叩き毀《こわ》してしまった。

「これだけか」と大領は土器売りに向って歯をむきだした、「これっきりか、湿瘡《しっ》かきのかったいぼう」

土器売りは怯《おび》えあがった。

「うせろ」と大領は手を振って喚《わめ》いた、「消えてなくなれ」

土器売りは消えてなくなった。

「わけもなにもない、かたりだ」と大領は話に戻った、「わしが砂金二十両を受取ってくれと、泣かんばかりにそいつらに頼んだこと、そいつらがしぶしぶ受取りわしが礼を述べたこと、はっきりしているのはこれだけだ、そうして雨があがって宿所へ帰ってから、初めてわしはかたりだということに気がついた、もう二刻の余も経ってからだ」

「なるほど」と小領が云《い》った、「京ではいろいろな人物に会えるものですな」

「みつけてやる」と大領はちから足をふんで云った、「わしは厄神にかけてもそいつらをみつけてやる、早竹と勝魚、あの髭だらけの面はちゃんとおぼえている、ちゃんと、おれはあの二人の螻蛄《けら》食いの蛭《ひる》ったかりをみつけて、みつけたが最後、ええい」

大領は眼をむいて周囲を見まわしたが、すでに土器売りは消えてしまい、ほかにこれと思わしい物も見あたらないので、「えい、えい」と力まかせに地面をふみつけた。

「こう、こう、こう」と大領は云った、「やつらが自分を産んだ親や祖先まで恨みたくなるほど、えい、えい、こう、こう、こんなふうに思い知らせてくれる、悪霊《あくりょう》に誓ってだ」

「これはもう」と小領が云った、「いつのまにか郡館の前でございました」

「郡館の前だ、わかれよう」と大領は云って汗を拭《ふ》いた、「わしはくたびれた、館《やかた》へ帰って休むとしよう、わしはしんそこくたびれたようだ」

「おじさま」とこむろが云った、「わたくしお館までお送りいたしますわ」

「嬢や、——」と大領は疲れた声で云った、「送るには及ばないよ、嬢や、土産はちゃんと買ってある、明日わしが届けに来るよ」

「まあ物注のおじさま、こむろが土産なんか欲しがっているとお思いですの」と云って彼女は大領にもたれかかった、「さあまいりましょう、お館まで送ってさしあげますわ」

大領はこむろの肩を抱き、疲れと満足さのために、そのあから顔の紐《ひも》を解いた。

「出迎えてくれて大儀だった」と大領はみんなをぐるっと順に見まわして、一人ひとりに頷《うなず》いた、「——大儀だった」

そして大領は威儀をつくろい、小領たちの敬礼を受けながら、こむろの肩を抱え供の者たちを従えて、自分の館のほうへと去っていった。

「おっ母あ」と小さな童がその母親に訊いた、「あのじいさま田楽舞わねえだかえ」

「らしいな」とその母親が答えた、「今日は舞わねえらしい、帰ろうわえ」

## 三

私はいま大和ノくに添上《そえかみ》ノ郡《こおり》の小領秘書官としてではなく、在原ノ伸道その者としてここに残った。はっは、私は声をあげて笑うとともに、かの早竹と勝魚なる者に拍手を送りたいと思う。かれらがなに者であろうと、たとえ強盗《がんどう》であろうとぺてん師であろうと、あの狡猾《こうかつ》な大領を一杯ひっかけたというのは有難い。これこそ庶民の勝ちであり、返報の赤い笑いである。権力も富もなく、政治にも、道義にさえもみはなされた最大多数の勤労者農民たちは、無力で愚鈍でみじめで、そうしてただもう底ぬけの楽天家だと軽蔑《けいべつ》されているが、かれらは決して骨まで抜かれたわけではない、腑抜《ふぬ》けではなく腰抜けではないのだ。いま私は、三年まえの屈辱と失意が二割がたはらされたように感じられるのである。さよう、三年まえに私は大学寮の試験を受けた。だが入学はできなかった。学科のほうはあえて云うが、紀、経、法、算ともすでに私は秀才の実力があったと信ずる。しかし大学寮に入学できるのは、貴族の子弟であるかまたは広大な墾田や多額な黄金を寄付することのできる豪族の子に限られており、才能などはまったく問題外だということがわかった。そこで私は奨学院へもぐりこもうとした。御承知のとおり奨学院は源氏と在原氏の学問所で、勧学院や弘文院その他よりいくらか融通がきくからである。私はある種の屈辱をしのんで在原姓を買い、——そのとき本姓を捨てたのです。またしかるべき向きへのしかるべき手も打った。にもかかわらず寄付の点で資格に欠けたのでしょう、これまた落第ということになったわけである。権力と富。人間によって作られ、人間にしか通用しないのに人間を支配するこの権力と富、私がいかなる手段を弄《ろう》してもこの手でつかみたいと願っているところの権力と富がこのように逆に私をうちのめし、このように私をいまいましい男にしてしまったのです。だが、いま私は眼がさめたようである。開眼《かいげん》されたといってもいいような心持である。早竹と勝魚の知恵。われわれはあの知恵をもたなければならない。権力なく富もない庶民であるわれわれは、そういう知恵でかれらに返報し、搾取《さくしゅ》されたものを奪い返さなければならない。私はいま心から早竹と勝魚に拍手を送り、声をあげて笑う、はっはっはあ、かれらこそ特権の小股《こまた》をすくい驕慢《きょうまん》に足がらをかけ、そうして新しい世代をきりひらく、――ええ、帰って来たようですな、私をとらえているところのこむろが。いや、秦《はた》ノ安秋《やすあき》がついて来る、あの軽薄できざなおしゃれが。お聞きになったでしょう、「ああむろぎみ、――」あの身ぶりとあの胸のわるくなるような声。ぺっ、いやもうたくさんです、どうか私を止めないで下さい、あの身ぶりと黄色い声を聞くくらいなら、むしろ私は、――いや、どうかお願いですから私を止めないで下さい。

## 四

こむろといっしょに戻って来ながら、秦ノ安秋は手に持った器物の説明をしていた。

「このここに墨があり、ここに筆を入れるのです、そら、筆が出て来るでしょう」と彼は云った、「墨は綿に含ませてあるからながもちがしますし、いつどこでも使うことができる、帯に差してもよし、ふところへ入れておいてもよろしい、外を歩いていて急に証文でも書くというときなどは」

「そう、あなたには便利ね」とこむろが云った、「いつも遊女などにたわむれたあとでは借銀の証文をお書きになるのでしょうから」

「矢立《やたて》というんです」と安秋は聞きながしてつづけた、「この形が矢立に似ているからでしょう、おそらく工匠の使う墨斗《すみつぼ》から思いついたんでしょうな、やはり田舎ではだめです、京には文明がありますからね、京ではすべてが日々これ新たなりです、文明は一刻として休んでいないのですから、ああむろぎみ、——ああむろぎみ、あなたはなんということを仰《おつ》しゃるんです、私が遊女などにたわむれるんですって、この私がですか」
「あら、ちがいましたの」
「断じて」と彼は額をそらした、「氏の神に誓ってもよろしい、私は断じて遊女などというまわしい女に近づいたことはありません、断じてです」
「あらそう」とこむろは云った、「そのお年になってまだ遊女あそびの御経験もないんですの、ああ、それでわかりましたわ」
安秋が不安そうに訊《き》いた、「なにがおわかりになったのですか」
「どうしてあなたには女の心をときめかせることもできないかということがですわ」
「できないんですって、私にですか」と安秋は矢立をふりたてて云った、「ああむろぎみ、あなたほど残酷な人はない、これほどの私の想《おも》いをくみとろうともせず」
こむろが安秋の調子を巧みにまね、彼と同音にあとをつけて云った、「あなたは私に死ねとでも仰しゃるのですか、ああ」とこむろは胸を抱き、安秋の声で声をふるわせた、「あゝむ、ろ、ぎ、み、よ、——ああ」

「それは侮辱です」

「こちらは退屈よ」とこむろがやり返した、「もうたくさん、うんざりだわ、いつもいつも同じ文句と同じ身ぶりで、ああむろぎみ、ああむろぎみ、まるで喘息病《ぜんそくや》みのくつわ虫よ」

「あなたは、そんなふうに仰しゃるんですか、あなたはこの私をそんなふうに」

「その簡便硯《すずり》をしまいなさい」とこむろが叫んだ。

「しまいます」彼は矢立を腰に差そうとし、思い直してふところへ入れようとし、そしてそれをまたこむろに見せて云った、「失礼ですがこれは簡便硯などとは云いません、これは」

「しまいなさい」とこむろが云った。

「ええしまいます、もちろんしまいます」彼はうろたえて矢立をとり落し、それからようやくふところへしまった、「これでいいですか、よければお許しを得て申上げますが、私に対するあなたの軽侮は見当ちがいですよ」

「あらそうかしら」

「あなたは御存じないでしょうが、私だってこうみえても遊女あそびくらい知っています」

「まさか」とこむろが云った、「わたくしそんなこと信じませんわ」

「私だって男ですからね、なに遊女あそびくらい知らないものですか、馴染《なじみ》の女だって三人や五人はいますよ」

「まさか」とこむろが云った、「そんなからいばりを仰しゃってもだめ、わたくし信じられません」

「いや、事実を申上げているんです、こんどだって京ではずいぶんばかなまねをしました、物注さんは知らなかったでしょうが、白拍子を一人、宿の別間へずっと囲っておいたんですからね」

「つくりごとでしょう」

「氏の神に誓ってもよろしい、その白拍子の名は浮藻《うきも》といって年は十六でしたが、あのことにかけてはよもやと思われるほど手くだが巧みで、おまけに」と彼は手をこすり合せ、思いだし笑いをした、「いや」と彼は首を振った、「そこまでは云えません、とても口には出せない、とても、——」

こむろが彼を押しやるような手まねをし、声を出さずに冷酷な嘲笑《ちょうしょう》をあびせた。

「わたくしの思ったとおりね」と彼女は云った、「あなたは卑《いや》しいうえに穢《けが》らわしいならず者よ、そばへ寄らないでちょうだい」

「なんですって、私がどうして」と安秋はまごまごした、「なにが私がならず者なんですか、なにかお気に障《さわ》るようなことでも」

「あなたは売女《ばいた》とあそぶくらいが相当よ、さ、いってちょうだい」と彼女は手を振った、「その売女のところへいってよもやと思うようなことを楽しんでいらっしゃい、そして、おまけに、――というほうもね、この穢らわしいやくざな＊＊＊＊」

終りの一句は聞きとれなかった。おそらく痛烈な罵詈《ばり》だったのだろう、秦ノ安秋はまだ事態がのみこめないらしく、しかし、おそるおそる、彼女の顔色をうかがいながら云った。

「あなた嫉妬《しっと》していらっしゃるんですね」

こむろは前へ出た、「なんですって」

「だって、その」と彼はうしろへさがった、「あなたは私に遊女あそびくらいしなければって云って、そしてそんなに怒るというのは」

「あたしがなんですって、もういちど云ってごらんなさい、あたしが誰に嫉妬したっていうんですか、この卑劣な＊＊＊＊」

安秋はたじたじとうしろへさがり、肱《ひじ》で顔を防禦《ぼうぎょ》しながら、それでも窮鼠《きゅうそ》の勇をふ

る い起こして云った。

「そんなふうに仰しゃるなら私にも云うことがあります、あなたがどうして急につれなくなったか、私はちゃんと知っているんですよ」

「わたくしがつれなくなったんですって」

「あなたは私に三度もつまどいを許した、三度も」と彼は指を三本立ててみせた、「ところが珍しさがさめるとあなたはすぐに飽きてしまう、私は自分があなたにとって何番めかということも知っているし、いまあなたが誰を誘惑しようとしているかも知ってるんですからね」

「面白そうなお話じゃないの、うかがいたいわね、誰なの」

「大領の物注満柄、あのやもめの羆《ひぐま》ですよ」

いこむろはにっこりと微笑した、「あらふしぎだ、あなたってそれほどのばかでもないのね、そのとおり、当ってることよ」

「恥ずかしくないんですか」と安秋は顎《あご》を突き出して云った、「あんな老いぼれで肥え太ったあかっ面《つら》のやもめの羆なんぞに、あなたともある人がそんな気を起こして恥ずかしくないんですか」

「少なくともあなたの退屈さよりはましよ」と彼女はやり返した、「あの方は臆病《おくびょう》じゃあないし、気取りもみせかけもないし、艶書《えんぞ》に盗んだ歌を書くようなこともしないわ」
「盗んだ歌、――それは」と彼は吃《ども》った、「それは誰のことを仰しゃるんです」
「秦ノ安秋」と云って彼女は彼の鼻先をまっすぐに指さした、「つまりあなたよ」
「それは侮辱だ、いったい私がいつ歌を盗みましたか」
「番たびよ、たとえばこういうのを覚えてるわ」とこむろが云った、「こうよ、――窓ごしに月おし照りてあしびきの嵐《あらし》吹く夜は
きみをしぞ思ふ」と安秋がつづけた、「それがどうしたんです」
「これは万葉集の巻の十一にある歌よ」
「しかしですね」
「そうでしょ、万葉集から盗んだのでしょ」
「しかしですね、まあ待って下さい」と安秋は遮った、「それは慥《たし》かに万葉集にあったものです、それはそれにちがいないが、しかしですね、あの歌はよみ人知らずですよ」
「よみ人知らず、――だからどうだっていうんです」
「作者不明ということは誰の歌だかわからない、つまり所有者がないということでし

よう、所有者のないものを使ったのに盗んだなんて云《い》えるでしょうか」

「いまの箇便硯を貸しなさい」

「どうなさるんです」

「その持ち歩き硯を貸しなさい、殴りつけてあげるから、貸しなさい」

「よくしらべて下さい」と安秋はうしろさがりに逃げながら云った、「私が書いてさしあげた歌はみんなよみ人知らずです、盗んだなんて云われるような歌は一首もありませんよ」

　彼は来かかった二人の旅僧とぶっつかった。僧たちは深い網代笠《あじろがさ》をかぶり、手に錫杖《しゃくじょう》を持っていた。安秋はうしろさがりだったし、僧たちは網代笠で前がよく見えず、それで両者は激しく衝突し、錫杖が絡《から》みあって転倒し、まわりに土埃《つちぼこり》がまきあがり、僧の一人が「人狼《ひとおおかみ》だ」と悲鳴をあげた。

「たぶん人狼だ、おれは嚙《か》みつかれてる」とその旅僧はかなきり声で喚《わめ》いた、「おれの指はどうやらくい千切られるらしい、もうまもなくくい千切られるようだ、助けてくれ」

「その男を捉《つか》まえて」とこむろは足ぶみをしながら叫んだ、「押えつけて、押えつけて、それじゃないその男よ、そいつを捉まえて」

土埃の中から安秋がとび起き、はねあがり、そうして鼬《いたち》のようにすばやく逃げ去ってゆき、郡館《ぐうかん》の中から下僕《げぼく》や雑仕たちや、それから在原《ありわら》ノ仲道《のぶみち》が出て来た。いまの騒ぎを聞きつけたのであろう、下僕たちは棒や大鎌《おおがま》などを持っており、仲道はこむろのそばへ走りよった。

「どうなさいました、姫、おけがはありませんか」

「わたくしは大丈夫よ」とこむろが云った、「この人たちを起こしてあげてちょうだい」

二人の旅僧は仲道に助けられて起きあがり、肥えたほうの一人が錫杖を振り放した。錫杖の鐶《わ》が指に絡まっていたので、その僧は指を揉《も》みながら口の中で悪態をついた。旅僧たちは衣の土埃をはたき、錫杖を拾い、網代笠の埃をはらって頭にかぶった。

「お指は御無事ですか、お坊さま」とこむろが訊いた。

「へ、はい、はい」と肥えた僧はその手をうしろへ隠した、「あぶなくあれでしたが、どうやらみほとけのごかごがありましたようで、はい、どうぞもうそのごしゃくしんには及びませんですから」

もう一人の僧。痩《や》せたのっぽの僧は、笠を右手に持って立ったまま反りかえり、石のように固くなっていた。どうやらこむろの美しい姿に気づき、気づいたとたんにそうなってしまったらしい。もちろんこむろにはすぐそれとわかったので、満足と好奇心のために、あふれるばかりの媚《こ》びた頰笑みを投げかけ、「ではどうぞ御平安なお旅を、——」と云い、みやびやかなながし眼をくれて去ろうとした。すると肥えた僧は慌《あわ》てて呼びとめ、いまかぶった網代笠を慌ててぬぎ、伴《つ》れの僧を肱で小突きながら、こむろに向って云った。

「せっそうどもは高野のひじりで、この添上《そえかみ》ノ郡《こおり》の小領、池《いけ》ノ上惟高《うえこれたか》どのを訪《たず》ねてまいったのだが、お館《やかた》を御存じならお教え下さるまいか」

「それはわたくしの父でございますわ」

「なんと」とその僧は伴れに振返った、「聞いたか竹念坊、訪ねるお館がわかったぞ」

「わたくしどもはこの郡館におりますの」とこむろが云った、「どういう御用かは存じませんが、ちょうど父もおりますからどうぞおはいり下さいまし、——在原さん御案内を」

そしてこむろは去り、下僕や雑仕たちも去った。伸道は反りかえっている僧を見て、不審そうに肥えた僧に訊いた。

「この御坊はどうなすったのですか」

「やめえ、はい、このごぼうにはこういうやめえという持病がありますので、はい」

と肥えた僧は云った、「いますぐに、手当をしてまいりますから、どうかこなたさまは先へおいでらしって下さるように」

「なにかお役に立つことはありませんか」

「いや、せっそう一人のほうがよろしいので、どうかそのごしゃくしんは」

そう云って肥えた僧は一揖《いちゆう》した。

在原ノ伸道が去ると、肥えた僧は笠と錫杖を下におき、伴れの前へまわって、その鼻先で手を叩《たた》いた。拍手《かしわで》を打つように高く三度、ぱしぱしと叩いたが痩せた僧はびくっとも動かない。そこで肥えた僧は相手の脇《わき》へゆき、耳に口をよせて、「やい竹念坊」と叫び、すぐまた前へまわって、ぱしっと手を叩いた。すると竹念坊の上躰《じようたい》がしゃっくりをするように動き、全身の硬直がほぐれていった。

「やい、眼をさませ、おれがわかるか」

「勝念坊《かちねんぼう》か」と竹念坊がごくゆっくりと云った、「おれはいま天女を見た」

「やい眼をさませ、こっちをよく見ろ」

「おれはいま活《い》き身《み》の女菩薩《によぼさつ》をおがんだ」

「よせ、あれは悪魔だ」と云って勝念坊は彼をゆすぶった、「よく聞け竹念坊、おまえの見たのは天人でも女菩薩でもない、とんでもない、あれは悪魔だぞ」

「いや、おれはこの眼で見た」

「悪魔を見たんだ」と勝念坊が云った、「ま、よく聞け、おれたちはいま小領の館へ着いた、いいか、そしてこれから仕事にかかるんだ、それ、そこの黒門が館で、池ノ上惟高があの中にいて、おれたちはこれから小領に会うんだ、いいか」

竹念坊は頷《うなず》いた。

「そこで仕事にかかるんだが、断わっておくのはいまのむすめだ、おまえはちょっときれいな女を見るとすぐに突っ張らかるが、中でもあのむすめはいけない」と勝念坊が云った、「あれは小領のむすめだというけれども、じつは悪魔の化身《けしん》だとおれはにらんだ、おれのにらんだ眼にまちがいはない、あれは悪魔の化身だ、わかったか、あれは悪魔だぞ」

竹念坊はゆっくりと頷いた。

「では云ってみろ」と勝念坊が云った、「いまおまえの見たのはなんだ」

「ええ、――」と竹念坊は自分の意志に抵抗しながら答えた、「悪魔だ」

「決してあの娘を見るんじゃないぞ」

「決してあの娘は見ない」

「むすめが来たら眼をつぶるんだ」

「むすめが来たら眼をつぶろう」

「見るとまた突っ張らかるぞ」

「見るとまた、――わかった」

「よし忘れるなよ」と勝念坊が云った、「では案内《あない》を乞《こ》おう」

かれらは錫杖を突きながら、郡館の中へはいっていった。

五

小領の惟高は館の持仏の間で旅僧たちに会った。かの二人は高野山の塔頭《たっちゅう》「拈華《ねんげ》院《いん》」の僧で、肥えたほうが勝念坊、痩せたほうが竹念坊であるとなのり、まず仏壇に向って誦経供養《ずきょうくよう》をした。小領の秘書官である私は、むろんその場に立会っていたのであるが、かれらは供養が済むと同時に人ばらいを求めた。

「これはしょうごんふしぎなことであるから」

というのである。小領は私に退席を命じ、私はおとなしく持仏の間を出た。しかし御承知のとおり秘書官という役目は「さがっておれ」と云われて「はい」とひきさがるようでは勤まらない。それで済むなら秘書官などの必要はないのであって、私は廂《ひさし》の間からひそかに覗《のぞ》き見《み》をし、かれらの話すことを聞いた。そうしていま、私は仏の世界の荘厳《しょうごん》不思議さと、ぬすみ聞きなどをした自分の罪のためにおののいているのである。見て下さい、こんなありさまです。

話はおもに勝念坊がした。竹念坊のほうは殆《ほと》んど黙っており、ときどき思いだしたように合掌し、口の中で念仏をとなえ、また稀《まれ》には勝念坊に合槌《あいづち》を打つ、といったふうであった。荘厳不思議とはなんであるか、かの二人の僧は高野の拈華院の宿坊で、同じ夢を七十七回もみたのです、二人ともぜんぜん同じ夢であり、七十七回も続けてですぞ。

「小領の殿は」と勝念坊がまず訊《き》いた、「池ノ上惟康《これやす》という方を御存じですか」

「私の父です」と小領が答えた。

「いまから五年まえに亡《な》くなられましたか」

「ちょうど五年まえの三月に死去しました」

「お年は六十五歳」

「年は六十五でした」

「ぴったりだ」と勝念坊が竹念坊を見た。

竹念坊は合掌して頷いた。

「その方が夢枕《ゆめまくら》に立ったのです」と勝念坊も合掌して云った、「ありがたや」

「ありがたや」と竹念坊が云った。

かれらの夢枕に立った小領の亡父は、「成仏《じようぶつ》することができずに迷っている」と云うのだそうである。なぜ成仏ができないか。それは生前に稲を五百把《ぱ》くすねた罪である。五百把の稲をくすねて白拍子なにがしに貢《みつ》いだ。すでに息子の——つまり惟高の身代になっていたから、それは盗みの罪に当り、とくべつの供養をしなければ成仏できない、宙に迷って苦しんでいるから、「とくべつの供養をしてくれるようにと息子に告げてもらいたい」と云うのだそうで、それを七十七回も続けて、勝念坊と竹念坊に頼んだということであった。小領はしんこくに感動し、自分を責めた。

「なんということだ」と小領は呻《うめ》いた、「僅《わず》か五百把ばかりの稲のために、あの世で父が迷っておられるのを、その子である私が今日まで知らずにいたとは」

ええと小領は呻き声をあげた。純粋なというより熱狂的な仏教徒である小領は、自分の怠慢を怒ると同時に、「どうして私の夢枕に立ってくれなかったのか」と恨みを述べた。

「それはむつかしいのです」と勝念坊が云った、「在家《ざいけ》の人の夢枕に立つということは、よほどその道につうたつしていないとできにくいのです、なあ竹念坊」

竹念坊は合掌した。

「しかし来ることは来られたのです」と勝念坊はつづけた、「惟康の殿はてんしょうの法でもって、初めは蛇に化してあなたに近づこうとなされた」

小領は眼をみはった、「蛇ですって」

「すると庭子の一人がみつけて殺してしまった」と勝念坊が云った、「そういう覚えはございませんかな」

「あったかもしれません」と小領は思いだそうとしながら云った、「夏になれば蛇の三匹や五匹殺すのは毎年のことですから」

「その一匹が惟康の殿だったのです、――なんと竹念坊、ぴったりだ」

「ありがたや」と竹念坊が合掌した。

「次には鶏にごてんしょうなされた」と勝念坊がつづけた、「ところがおりもおり祝いごとにぶっつかって、絞めて食われてしまったそうですが、御記憶がございましょうか」

「さよう」と小領は口ごもった、「私は信仰のためつねに精進《しょうじん》もの以外はたしなみませんが、客を致すときなどにはやむを得ず鶏をりょうることもございます」

「それですな、それです」と勝念坊はいたましげに頷いた。

鶏のあとでさらに鼠《ねずみ》となり、兎《うさぎ》にもなり、鳥にもなった。だが鼠は猫に食われ、兎は犬に嚙《か》み殺され、鳥は鷹《たか》に食われてしまったというのです。そこで二人の夢枕に立ったのであるが、二人としても証拠がなければ伝言にはゆけない、これこれであるしかじかであると云っても、小領たる人がそのまま信じるわけがない。なにか慥《たし》かな証拠が欲しいと云ったところ、惟康は夢枕のなかで、「もういちどだけ転生《てんしょう》をする」と答えた。

「お父上は仔牛《こうし》になってまいると申されました」と勝念坊は云った、「赤毛まだらの仔牛になり、旅の牛飼に伴れられて郡館へゆき、八月十七日に小領の手に買取られる、こう申されたのです」

小領の下唇がゆっくりと下った。

「慥《たし》かに夢ではそう申されたのですが」と勝念坊が訊いた、「こちらでそのようなことがございましたか」

「赤、毛、斑《ぶち》、――」と小領が云った、「たしかに、その仔牛を、買いました」

「それは八月十七日でしたか」

「八月の、さよう、――たしかそのころのことでした」

「旅の牛飼からお買いですね」

「旅の牛飼から買いました」

竹念坊が云った、「ぴったりだ」

「ぴったりだ、符を合わせたようだ」と勝念坊が合掌した、「まさにみほとけの慈悲だ」

「ありがたや」と竹念坊が合掌した。

私のように小領の秘書官をしていても、こんなにあらたかで荘厳不思議な出来事に接することは稀である。二人のひじりは念のため、明日その実否をたしかめることになった。その仔牛と対面して、それが亡き惟康の殿の転生したものであるかどうか、成仏するためにはいかなる供養をすればいいか、諸人の面前でたしかめるというのです。ええ明日です、「諸人の面前で」というのは公明でありたいという聖《ひじり》たちの希望で、おそらくは仏法弘布《ぐぶ》の手段でもあるでしょう。いよいよ因果の相をこのわれわれの眼でおがむことができるのである。では明日、また明日――。

六

郡館《ぐうかん》の広庭はまばゆいほど明るく陽が照っており、老若《ろうにゃく》男女の群衆がひしめいていた。庭には縄が張りまわしてあり、群衆はその縄張りの中にいて、郡館の下役人たちに押しやられたりどなられたりしていた。

「やかましい、騒ぐな」と下役人たちは叱《しか》りつけていた、「押すな、席争いをやめろ、つまみ出すぞ」

「早くやれ」と群衆は喚《わめ》きだしていた、「もったいぶるな、さっさと見せる物を見せろ」

「おれは蓆編《むしろあ》みをはんぱにして来ているんだ、こんなことで暇をつぶしている場合ではないんだ」と云《い》う者もあった、「おれはゆっくらしてはいられないんだ」

「おっ母《か》あ」と小さな童《わらわ》がその母親らしい女に訊いていた、「今日はどの人が田楽舞うだかえ、あの人かえ」

「まだだ」と母親らしい女が答えていた、「田楽はまだだ、もうちっと待つだえ」

群衆の端のほうから一種のざわめきが起こり、人びとは次つぎ伸びあがって向うを見、いっそうざわめきあい、すると在原ノ仲道と下役人たちとで、白木の壇や仏具や、あら蓆などを運んで来、それらを庭の中央にしかるべく据えた。群衆は沈黙し、中には白木の壇や仏具を見ただけで、そのありがたさに早くも合掌唱名《しようみよう》し、涙をこぼす者さえあった。ほどなく裏のほうから、庭子たちが一頭の仔牛を曳《ひ》いて来、群衆はまたざわめき立った。その二歳そこそことみえる仔牛は赤毛の斑《ぶち》で、たぶん老人の転生したものであるためだろうか、そんな仔牛にもかかわらずたいそう品よくおちついており、おびただしい群衆を眺めても、しりごみをするとか臆《おく》するなどというふうは少しもなかった。彼はゆうゆうと曳かれて来て、そうして、そこに設けてある蓆をみると、まるで初めからなにもかも知っていたかのように、白木の壇に向って泰然と腹這《はらば》った。

「あれを見ろ、自分でかしこまったぞ」と群衆の中で云う者があった、「自分の蓆にちゃんとよ、誰も教えもぶん殴りもしねえによ」

「そうだ、おらが証人だ」とべつの男が云った、「お牛さまは御自分でかしこまったぞ」

そのときまた群衆の端からざわめきが起こり、ざわめきとともに次つぎと伸びあがり、警護の下役人たちが「しずまれ」と制止し、まもなく二人の旅僧がこちらへ出て来た。――その飾らない僧たちは墨染の法衣に袈裟《けさ》をかけただけで、頭と髭《ひげ》だけは剃《そ》っているが、高野のひじりなどというこけ威《おど》しなようすはどこにもなかった。二人は池ノ上惟高の先導で庭へはいって来、白木の壇の前に設けた蓆に坐《すわ》ったが、坐るまえに、ゆっくりと群衆に向って捧《ささ》げ珠数《じゅず》の礼をした。珠数を持った右手をけいけんに上へ三度あげ、それを額に当てる動作であり、群衆は見馴《みな》れないその動作のおごそかさに打たれて、いっせいに唱名念仏をした。

僧たちは壇上に安置された厨子《ずし》の扉をひらき、香を炷《た》いて礼拝し、静かに坐って誦《ず》経《きょう》した。珠数をすり合せる音が高いのと、かれらが極めて老練なひじりであるからだろう、なんの経を読んでいるのか誰にも理解ができなかった。ただその中に、左のような畳句《じょうく》があり、その繰り返しだけは聞きわけることができた。

「なんとかがどうとかして、ひょうひょうぎょうへんじょうへんやい」

というのである。このあいだに小領たちも席についた。その席は腹這っている仔牛と僧たちの横にあって、小領とむすめのこむろが前に坐り、うしろには在原《ありわら》ノ仲道《のぶみち》や役人たち、そして大領の館《やかた》から来た秦《はた》ノ安秋《やすあき》などが坐った。——二人の僧は誦経しながらうしろへさがり、小領に向って頷いてみせた。小領は立ちあがって壇の前に進み、礼拝し香をあげてむすめを見た。こむろが立ってくると、勝念坊は誦経しながら、

「えへん」と咳《せき》をし、竹念坊を肱《ひじ》で小突き、竹念坊はかたく眼をつぶった。

「これからが大事だぞ」と勝念坊は口の隅ですばやく囁《ささや》いた、「あのむすめを見るなよ」

竹念坊は頷きながら囁いた、「大丈夫、おれは見ない」

小領とこむろが席に戻った。二人の僧は立って、仔牛に向って坐り直した。二人は並ばず、勝念坊が前、竹念坊がそのうしろに坐ったのである。——二人は声調を変え

て経を読み、仔牛に向って三鞠《さんきく》の礼をした。

「大領は来られるか」と小領が囁いた。

「もうみえるでしょう」と秦ノ安秋が囁き返した、「たぶんもうみえるだろうと思います」

「あのぶしんじん者が」と小領は呟《つぶや》いた。

勝念坊は経を読み終り、仔牛に向って大きく九字《くじ》を切った。

いっさいの物音が止り、郡館の広庭はまぶしいほどの日光の下で沈黙した。勝念坊はもういちど九字を切り、「喝《かつ》」と叫んだ。その声におどろいたのだろう、群衆の中で赤子が泣きだし、警護の下役人が制止した。

「仔牛どのにもの申す」と勝念坊が高い声で云いはじめた、「仔牛どのにもの申す、これよりせっそうの申すことをよく聞かれて、実か否《いな》かお答え下されい、うかがい申すことが実なら二度、否なら三度、そのお口でもうとなき、お首をお振り下されい」

このとき竹念坊は、法衣の袖《そで》から長さ五寸ばかりの棒を二本とり出し、それを左右の手に握って身構えた。左の棒は白く、右の棒は赤く塗ってあり、竹念坊は勝念坊の言葉につれて、それを交互に、すばやく動かすのであった。

「もういちど申す」と勝念坊は仔牛に向って云っていた、「実のときはお首で頷いて二度なき、否のときは同じことを三度なさる、わかりましたか、おわかりなら返事をして下されい」

仔牛はじっとしていた。死のような沈黙が緊張のためにふくれあがり、人びとは息を止めた。そして、ふくれあがった緊張が、沈黙の壁を突きやぶるとみえたとき、仔牛が「もう」と長くないた。長くゆっくりと二度なき、首を上下に二度振った。

「ありがたや」と勝念坊《かちねんぼう》が珠数を揉《も》んだ。

群衆のあいだにどよめきが起こり、警護の下役人たちが制止した。竹念坊はひそかに周囲を見まわしたが、その眼がこむろの笑顔を認めると、びっくりしたように慌《あわ》てて眼をつむり、しかし敵しがたい好きごころのためにすぐ薄眼をあけた。美しく着飾り、化粧をしたこむろの姿は輝くばかりで、しかもこちらへ投げかける媚《こび》に満ちた微笑は、この世のものとは思われず、竹念坊はたましいも消えそうに深い太息《といき》をした。

「では仔牛どのにお訊《たず》ね申す」と勝念坊がつづけた、「高野の拈華院《ねんげいん》の宿坊で、せっそうどもの夢枕《ゆめまくら》に立たれたのはこなたさまであられたか」

勝念坊が咳ばらいをし、竹念坊がはっとわれに返った。仔牛は二度なき、首を上下に二度振った。群衆の中に感動の声があがり、それを制するように勝念坊が右手をあげた。

「この手を見て下さい」と彼は仔牛に向って云った、「これは左手ですか」

仔牛はゆっくりと三度なき、首を左右に三度振って、「否」という意志を示した。勝念坊は次に、あなたの御子息を教えて下さい、と云って、下役人の一人を指さし、群衆の一人ひとりを指さし、秦ノ安秋、在原ノ伸道と指さしたが、仔牛は少しのためらいもなく、これらぜんぶに否定の意志をあらわした。

「よろしい、では、――」と勝念坊は小領を指さして云った、「この方はどうですか」

仔牛はゆっくりと肯定の意を示した。

「この方が御子息の惟高どのですか」

仔牛はまた肯定の意志表示をし、なお「たしかですか」と念を押すと、ひときわ高く同じ表示を繰り返したうえ、腹這ったまま右の前肢《まえあし》で頭を抱えた。なにか失敗があったらしい。勝念坊がふり向くと、こ、む、ろ、がこちらへ頰笑みかけており、竹念坊がうっとりと彼女にみとれていた。勝念坊は狼狽《ろうばい》して大きな咳ばらいをし、竹念坊はどきりとし、「ありがたや」と云ってわれに返った。そのときにはすでに小領がこっちへ駆けて来、二人はちょっと逃げ腰になった。ところが小領は仔牛の前へ走りより、地面へ坐って手をついた。

「おいたわしや、おいたわしや」と小領は涙をこぼしながら云った、「とるにもたらぬあやまちのために、かかるあさましきお姿となられ、成仏《じょうぶつ》もされず宙に迷っておわすとは、ああ、この惟高こんにち唯今《ただいま》まで知りませんでした、おゆるし下さい父上、私はつゆ知らずにいたのです」

小領は泣いた。勝念坊は汗を拭きながら竹念坊をにらみつけ、群衆の中からは感極まった嗚咽《おえつ》の声が聞え、そして、仔牛《ふ》は前肢をおろして長くゆっくりと二度なき、首を上下に二度振った。それはさも父子対面をよろこぶかのようにみえ、群衆の感動とざわめきはさらに高まった。

「どうか私の怠慢をおゆるし下さい」と小領はつづけていた、「私はすぐに怠慢の罪をつぐない、できる限りの供養《くよう》をして、御成仏のかなうように致します」

小領は二人の僧に向って手をついた。

「御坊、――」と小領は涙を拭きながら云った、「ひじりどのかたじけない、おかげでみほとけの慈悲をまのあたりおがみました、かたじけない、かたじけない」

「得心がゆかれましたか」

「まさしく、私の父に相違ありません」

「ありがたや」と勝念坊が合掌した。

「このうえは一刻も早く成仏のできるように致したいが、いかなる供養をしたらよいかお教え下さい」

「あの世のことはせっそうにもわかりません、御尊父の霊にうかがってみましょう」と云って勝念坊はふり向いた、「――なあ竹念坊」

「ありがたや」と竹念坊が云った。

　勝念坊が手を振り、小領は立って自分の席に戻り、こむろは竹念坊に微笑した。

「惟康《これやす》の殿のみたまに、おうかがい申す」と勝念坊は珠数をすり合せながら、仔牛に向って訊《き》いた、「御成仏のため、三宝にいかなる供養をしたらいいかお答え下さい」

　そして彼は口の中で誦経《ずきょう》した。

「ではうかがいます」と勝念坊は云った、「かかる供養は御身分によるものですが、だいはんにゃを修し、千巻の写経を致しますが、それで御成仏なさいますか」

　仔牛はゆっくりと否定の表示をした。

「それでは不足でございますか」

　仔牛は肯定の表示をした。

「では高野《こうや》の霊場へ灯籠《とうろう》をおさめましょう、石の灯籠をおさめますがいかがですか」

　仔牛は高く否定の表示をした。

　問答は荘厳《しょうごん》さが少しずつ、現実的に変ってゆくようであった。亡《な》き惟康の転生である仔牛《こうし》は、まるで市あきうどのような貪欲《どんよく》さで、供養の代償をせりあげられるだけせりあげ、たちまち金の灯籠を二基、黄金百両、綾《あや》、錦《にしき》などに及び、それからまた戻って銀二十貫を加えた。小領に不服はなかったが、群衆のあいだに異様な動揺が起こった。かれらは代償がきまるたびに、「ううー」という声をあげた。初めは低かったけれども、しだいに高くなり、銀二十貫というところでは「ううー」という声が大地をゆるがすかと思われた。

「しずまれ、しずまれ」と警護の下役人たちが制止した、「小領の殿は御自分のたからで供養されるのだ、きさまたちの物を横領するわけではないぞ、しずまれ」

「これでよろしいか」と勝念坊は声をはりあげた、「これだけで成仏なされますか」

仔牛は否定の表示をした。

「えっ――」と勝念坊が眼をむいた、「これでもまだいけませんか」と彼はおどろきのあまり吃《ども》った、「それはしかし、いかに罪障消滅《ざいしょうしょうめつ》のためとはいえ、あまりにその」

だが仔牛は否定の表示をした。

仔牛は高く長く三度なき、首を横に三度振った。それだけではない、腹這《はらば》っていたからだを起こし、坐って、両の前肢を胸までもちあげた。それは殆《ほと》んど犬がちんちんをしたような恰好《かっこう》であって、群衆はわっと喝采《かっさい》し、勝念坊は仰天してふり返った。

──こむろが嬌《なま》めかしい身振りで、竹念坊になにかの意志を伝えようとしており、竹念坊はその意味がわからず、夢中になって、こむろの身振りをまねているのであった。

「竹念坊」と勝念坊が云った。

竹念坊ははっと眼をさまし、「ありがたや」と云って合掌した。そのとき、群衆の中から大領が出て来た。大領の物《も》注満《つぎま》柄《つか》は群衆をかきわけてとびだし、「みつけたぞ」と喚《わめ》きながら走って来ると、二人のひじりの前でちから足をふんだ。

「みつけたぞ、こいつら」と大領は激しく両手をこすり合せた、「はっは」と大領は大きな口をあけて笑いならぬ笑いを笑った、「とうとうみつけた、もう百年めだ、こんどは逃がさんぞ」

「どうしたのですか」と小領が立って来た、「失礼ですがこれは高野のひじり方で」

「高野のひじり、はっ」と大領は咆《ほ》えた、「これがひじり、この螻蛄《けら》食いの蛭《ひる》ったかりがか、こいつらが高野のひじりだというのか」

「しかし失礼ですが」

「ええい」と大領はおらび声をあげた。

二人の僧は啞然《あぜん》としており、群衆はざわめき立った。

「あのじいさまか」と小さな童がその母親らしい女に訊いていた、「やっぱりあのじいさまが田楽舞うだかえ」

「わかんねえ」と母親らしい女が答えた、「まだわかんねえが、じきになにか始まるだろうわえ」

大領はおらび声をあげながら、迅速にあたりを走りまわり、なにも思わしい物がみつからなかったからだろう、白木の壇に襲いかかると、それを押し潰《つぶ》し、台と脚を叩《たた》き割り、脚を一本ずつへし折り、それをぜんぶ地面に叩きつけたうえ、二人の僧の前に立って、さっきよりも強くちから足をふんだ。

「こいつらがなに者であるか教えてやる」と大領は云った、「その証拠を見せてやる、さあその坊主《ぼうず》、――」と大領は竹念坊を指さした、「きさまの持っているその赤い棒を、赤い棒だ、それをあの牛にあげてみせろ」

「それはいけません」と勝念坊が抗議した、「おおとの、三位《さんみ》の殿それは罪です」

「あげろ」と大領は絶叫した、「もっとはっきりあげるんだ、やれ」

竹念坊は恐怖のあまり命令にしたがった。勝念坊は仔牛に向って「たのむ、五郎」と哀願したが、仔牛はゆっくりと肯定の意志表示をした。

「次は白い棒だ」と大領が命じた。

仔牛は否定の表示をした。

「次は両方の棒を立てろ」と大領が云《い》った、「白と赤と両方いっしょに立てろ」

仔牛はやおら坐りこんだ。

「そこで赤い棒をあげろ」と大領がどなった。

「それは困る、それは迷惑だ」と勝念坊が手を振った、「それは人を愚弄《ぐろう》するというものです、いかにあなたが三位のおとどであろうとも、それだけは断じて」

「あげろ」と大領が喚いた、「あげぬとおのれ踏み殺すぞ」

竹念坊はふるえあがり、云われたとおり赤い棒をあげた。すると仔牛は坐りこんだままで、左の前肢《まえあし》をゆっくり頭の上へのせた。群衆のあいだにどっと笑い声が起こり、大領はさらに次つぎと命令を出し、竹念坊は云われるとおりに棒を使い、やがて仔牛は立ちあがった。後肢で立ちあがって、前肢をぶらぶらさせながら、まるで踊りでも踊るように、その辺をぐるっと歩きまわった。こむろが笑い、群衆が笑い崩れた。

「黙れ、しずまれ」と大領は両手を高くあげて絶叫した、「おれはきさまたちを笑わせるためにやっているのではない、静かにしろ」

「物注のおじさま」とこむろがこっちへ来て訊いた、「おじさまはこのお坊さまたちを御存じですの」

「知っているかって、嬢や」と大領は片手を振った、「知っているどころではない、おれはこいつらに砂金二十両をかたり取られたのだ」

「まあ、――では昨日うかがったあの六角堂の」

「あのときのかたりどもだ」と云って大領は下僕《げぼく》を呼んだ、「しび八、きさまここへ来てこいつらを押えてろ」

しび八はとんで来て二人を押えた。

「じっとしてろこいつら」と大領は二人に云った、「逃げようとでもしてみろ、この太刀でそっ首を刎《は》ねとばしてくれるぞ」

「ありがたや」と竹念坊がふるえながら合掌した。

「お願いです三位の殿」と勝念坊は云った、「どうか気をおしずめ下さい、私どもはただみほとけに仕えるだけの、とるにもたらぬ哀れな出家で、決してあなたの仰《おっ》しゃるような人間ではございません」

「きさまたちとは京の六角堂で会った、きさまたちはおれから金をかたり取った」と云って大領は威嚇《いかく》の身ぶりをした、「――覚えているだろう」

勝念坊は黙って激しく首を振った。

「おれは覚えているぞ」と大領は云った、「おれはそのきさまの面《つら》を忘れないぞ」

「しかし、ではうかがいますが」と勝念坊はけんめいにやり返した、「あなたが六角堂で会ったというのは、二人とも髭《ひげ》だらけではなかったでしょうか」

「うう」と大領は唸《うな》った、「それはそうだ、二人とも顔半分が髭だらけだった」

「私を見て下さい」と勝念坊は顎《あご》を前へ出してみせた、「そしてこの同宿も見て下さい、このとおり、私たちの顔はつるつるです、触って見て下さい、つるつるですから」

大領は「うう」と唸り、それから急にすさまじいちから足をふんだ。

「やい、安秋」と大領は叫んだ、「きさまのあれを持って来い、そのどこでもすぐにまにあう、そのそれ、きさまの、代用硯《すずり》を持って来い」

秦《はた》ノ安秋《やすあき》がこっちへ来た、「失礼ですがこれは代用硯などとは云いません、これは」

「うるさい」と大領が手を振った、「そのまにあわせ硯でこいつらの顔を塗れ」

「誰《だれ》、——私がですか」

「きさまだ」と大領が云った、「そいつらの顔の下半分を塗りつぶせ」

「そんなことはいやだ」と勝念坊が身をもがいた、「それは無法だ、これは卑劣すぎる、私はいやだ、放してくれ」

しび八は二人をびくとも動かさず、安秋は矢立《やたて》を出して、かれらの顔に髭を書いた。たいそう気取った手つきで、巧みに、両頰から顎へかけてまっ黒に塗りつぶした。

「おっ母《か》あ」と小さな童《わらわ》が母親に訊いた、「こんどは田楽舞いだすだなあ」

「まだだ」と母親が答えた、「まだどっちとも云えねえ、もうちっと待ってみるだ」

大領は二人の僧をとらえ、片方に勝念坊、こちらに竹念坊と、両手にかれらの衿首《えりくび》をつかみ、二人をお互いに向き合せた。

「これでどうだ」と大領が云った、「これでもこの面に見覚えがないか」

「あります」と竹念坊が答えた。

「六角堂にいたのはこの面だろう」

「似ています」と勝念坊が云った、「面は、顔は似ていますが、しかし頭が」

「この螻蛄食いの蛭たかりの、――ええい」と大領は二人を投げとばした、「頭なんぞくそうくらえ、二人ともぶち殺してくれるぞ」

「どうぞごかんべん」と竹念坊が云った。

「逃げろ早竹《さちく》」と勝念坊がどなり、仔牛に向って手を振った、「かかれ、五郎、かかれ」

「そいつらを捉《つか》まえろ」と大領が足ぶみをして喚いた、「そいつらを逃がすな、捉まえてふん縛れ、逆吊《さかさづ》りにかけろ、えい、えい」

郡館《ぐうかん》の広庭は混乱におちいった。そこにいた者ぜんぶが二人の僧を捉まえようとし、仔牛がかれらに突っかかった。人びとは仔牛から逃げ、互いにぶっつかり、転げた者の上へ転げ、そうしてなお二人の僧を追いまわし渦潮《うずしお》のように揉《も》み返した。

「そいつを捉まえろ」と館の高縁へとびあがってこむろが叫んでいた、「捉まえた者にこのこむろをやる、あたしが欲しかったらその二人を捉まえろ、縛って逆吊りにして火焙《ひあぶ》りにかけろ、えい、えい」

この騒動の端のほうで、小さな童がその母親らしい女の袖《そで》を引いていた。

「おっ母あ」とその童は訊いた、「あの中で誰が田楽舞っただかえ」

「誰でもねえ」と母親が答えた、「誰も田楽あ舞わねえ、ただばか騒ぎをしてるだけだ、つまらねえ、帰ろうわえ」

七

こんな恰好《かっこう》で失礼します。いや、なんでもありません、あの騒ぎでこちらの足を挫《くじ》き、この腕を折り、顔を半分すり剝《む》きました。それでこのとおり繃帯《ほうたい》だらけなのですが、——おまけに、あのこむろが大領と結婚することを発表した。ごらんになったでしょう、あの色白うしてあえかにやせほそりて、といったふうなあの姿を。だが＊＊＊＊彼女は大領と似合いであります。

大領のあの羆《ひぐま》のような野性が、まえから彼女の心の深部をとらえていたのだそうです。心の深部、——でしょうか、あの可哀《かわい》そうな竹念坊をしくじらせたやりかたや、最後に広縁へとびあがって喚き叫んだところなどでみると、むしろ肉躰的《にくたいてき》な共感によるのだと思うがどうであろう。そ、そ、なにをするんですか、どなたですか、どうか物を投げたりしないで下さい。

　私は自分がこんな恰好になり、こむろを失うことについて同情してもらおうとは思わない。私はあの二人の僧、いや早竹《さちく》と勝魚《かちお》のことで一言したいのである。このまえ私はかれらに希望をかけた。かれらこそ権力や富貴《ふうき》や驕慢《きょうまん》の小股《こまた》をすくい、搾取《さくしゅ》されたものを奪い返す知恵であると云った。六角堂のみごとな手口を聞いてしんじつ私はそう思ったのだ、しかしたちまち、かれらは尻尾《しっぽ》をつかまれてしまった。庶民の知恵はつまるところ権力や富の狡猾《こうかつ》とわる賢さにはかなわない、幸いあの二人はうまく逃げのびましたが、あれだけの投資をしておいて、あんなふうに失敗し、命からがら逃げだしたということは、結局、庶民の知恵などというものが権力や富に対していかに無力であるかと。

　痛い、どなたです、なぜ私に物を投げるんですか、失礼な、どうかそんな乱暴なことはしないで下さい。

私は以上の点を認めて発心した。私はこんどは藤原姓を買って勧学院へもぐりこもうと思う。最大多数の勤労者農民たちのために、圧政と搾取にさらされているかれらのためにはまず自分が権力をにぎらなければならないし、権力をにぎるためには大学寮へ入学しなければならない。

そ、痛い、どうして物を投げるんです、誰です、なぜそんなに物を投げるんですか。ええ、「ひっこめ」ですって、いや私はひっこみません、最大多数の勤労者農民のみかたである私は、痛い、痛い、よろしい、おやりなさい、しょせん私は大和ノくに添《そえ》上《かみ》ノ郡《こおり》の小領秘書官にすぎず、恋にもやぶれたいまいましい男にすぎないのですから、さあどうぞ、どうぞお好きなようにして下さい、さあどうぞ。

（「オール読物」昭和三十二年七月号）

ちゃん

一

その長屋の人たちは、毎月の十四日と晦日《みそか》の晩に、きまって重さんのいさましいくだを聞くことができた。

云《い》うまでもないだろうが、十四日と晦日は勘定日で、職人たちが賃銀を貰《もら》う日であり、またかれらの家族たちが賃銀を貰って来るあるじを待っている日でもあった。その日稼ぎの者はべつとして、きまった帳場で働いている職人たちとその家族の多くは、月に二度の勘定日をなによりたのしみにしていた。夕餉《ゆうげ》の膳《ぜん》には御馳走《ごちそう》が並び、あるじのためには酒もつくであろう。

半月のしめくくりをして、子供たちは明日なにか買って貰えるかもしれない。もちろん、いずれにしてもささやかなはなしであるが、ささやかなりにたのしく、僅《わず》かながら心あたたまる晩であった。

こういう晩の十時すぎ、ときにはもっとおそく、長屋の木戸をはいって来ながら、重さんがくだを巻くのである。

「銭なんかない、よ」と重さんがひと言ずつゆっくりと云う、「みんな遣っちまった、よ、みんな飲んじまった、よ」

　酔っているので足がきまらない。よろめいてどぶ板を鳴らし、ごみ箱にぶっつかり、そしてしゃっくりをする。

「飲んじゃった、よ」と重さんは舌がだるいような口ぶりで云う、「銭なんかありゃあしない、よ、ああ、一貫二百しか残ってない、よ」

　長屋はひっそりしている。重さんは自分の家の前まで、ゆっくりとよろめいてゆき、戸口のところでへたりこんでしまう。すると雨戸をそっとあけて、重さんの長男の良吉か、かみさんのお直が呼びかける。

「はいっておくれよ、おまえさん」と、お直なら云う、「ご近所へ迷惑だからさ、大きな声をださないではいっておくれよ」

　喉《のど》で声をころして云うのだ。

「ちゃん、はいんなよ」と良吉なら云う、「そんなところへ坐《すわ》っちまっちゃだめだよ、こっちへはいんなったらさ、ちゃん」

「はいれない、よ」重さんはのんびりと云う、「みんな遣っちまったんだから、一貫二百しか残ってないんだから、ああ、みんな飲んじまったんだから、はいれない、よ」

長屋はやはりしんとしている。まだ起きているうちもあるが、それでもひっそりと、聞えないふりか寝たふりをしている。——

長屋の人たちは重さんと重さんの家族を好いていた。重さんもいい人だし、女房のお直もいいかみさんである。十四になる良吉、十三になる娘のおつぎ、七つの亀吉《かめきち》と三つのお芳《よし》。みんな働き者であり、よくできた子たちである。

重さんがそんなふうにくだを巻くのは、このところずっと仕事のまが悪いからで、そのためにお直や良吉やおつぎが、それぞれけんめいに稼いでいるし、ふだんは重吉もおかしいほど無口でおとなしい。だから長屋の人たちは黙って、知らないふりをしているのであった。

たいていの場合、お直と良吉で、重さんの片はつく。しかし、それでも動かないときには、末の娘のお芳が出て来る。三つになるのに口のおそい子で、ときどき気取って舌っ足らずなことを云う。

「たん」もちろん父《ちゃん》の意味である、「へんなって云ってゆでしょ、へんな、たん」

## 二

重吉のまわりで、冬は足踏みをしていた。

季節はまぎれもなく春に向っていた。霜のおりることも少なくなり、風の肌ざわりもやわらいできた。梅がさかりを過ぎ、沈丁花《じんちょうげ》が咲きはじめた。歩いていると、ほのかに花の匂《にお》いがし、その匂いが、梅から沈丁花にかわったこともわかる。——けれども、そういう移り変りは重吉には縁が遠かった。いま、昏《く》れがたの街を歩いている彼には、かすかな風が骨にしみるほど冷たく、道は凍《い》てているように固く、きびしい寒さの中をゆくように、絶えず胴ぶるいがおそってきた。

灯のつきはじめたその横町の、一軒の家から中年の女が出て来て、火のはいった行《あん》灯《どん》を軒に掛けた。行灯は小形のしゃれたもので、「お蝶《ちょう》」と女文字で書いてあった。

「あら重さんじゃないの」と女が呼びかけた、「どうしたの、素通りはひどいでしょ」

重吉の足がのろくなり、不決断にゆっくりと振返った。

「お寄んなさいな、新さんも来ているのよ」

「しんさん、——檜物町《ひものちょう》か」

「金六町、新助さんよ」

女がそう云ったとき、家の中から男が首を出して、よう、と声をかけた。

「久しぶりだな、一杯つきあわないか」

「うん」と重吉は口ごもった、「やってもいいが、まあ、この次にしよう」

「なに云ってんの」と女がきめつけた、「それが重さんの悪い癖よ、いいからおはいんなさい、さあ、はいってよ」

女は重吉を押しいれた。そうして、戸口の表に飾り暖簾《のれん》を掛けてから、中へはいってみると、新助が独りで盃《さかずき》をいじっていた。

「手を洗いに奥へいったよ」と彼は女に云った、「しかし、どうしたんだ、お蝶さん」

お蝶と呼ばれた女はこの店のあるじだろう。土間をまわって台の向うへはいり、おでんの鍋《なべ》を脇《わき》にして腰をおろした。それは三坪足らずの狭い店で、台囲いに向って板の腰掛がまわしてあり、土間のつき当りにある暖簾の奥は、女あるじの住居と勝手になっているようだ。

「どうかしたのか」と新助は暖簾口のほうへ顎《あご》をしゃくった、「それが悪い癖だって、——どういうことなんだ」

「なんでもないの」お蝶はそう云って、おでん鍋に付いている銅壺《どうこ》から燗《かん》徳利を出し、ちょっと底に触ってみてから、はかまへ入れて新助の前に置いた、「熱くなっちゃったわ、ごめんなさい」

「そうか」と新助はうなずき、くすっと笑って云った、「あいつらしいな」

「なにがよ」

「こっちのことだ」と新助は云った、「しかし、断わっておくが、今日の勘定はおれが払うからな、あいつに付けたりすると怒るぜ」

お蝶はうしろへ振返り、大きな声で呼んだ、「おたまちゃん」

奥からもうすぐですという返辞が聞え、暖簾口から重吉が出て来た。

新助は重吉に場所をあけてやり、そうして二人は飲みはじめたのだ。やがて、おたまという女があらわれ、お蝶は代って奥へはいったが化粧を直して戻ると、店には新しい客が二人来ていた。

日本橋おとわ町のその横町は、こういった小態《こてい》な飲み屋が並んでおり、どの店にも若い女が二人か三人ずついて、日がくれると三味線や唄《うた》の声で賑《にぎ》やかになる。このときもすでに、近くの店から三味線の音が聞えはじめ、まもなくお蝶の店にも幾人か客が加わって、腰掛はほとんどいっぱいになった。

「檜物町に会ったか」

それまでの話がとぎれたとき、ふと調子を変えて新助がきいた。

「いや」と重吉は首を振った。

「話にゆくって云ってたんだがな、うちのほうへもいかなかったか」

重吉はまた首を振った、「来ないようだな、なにか用でもあるのか」

「うん」新助は云いよどみ、燗徳利を取って重吉にさした、「まあ一つ、――おめえ弱くなったのか」

「檜物町はおれになんの用があるんだ」

「かさねろよ」と新助は酌《しゃく》をしてやった、「このまえからおれと檜物町とで話していたんだ、長沢町、――つまりおめえと檜物町とおれは、一つ釜《かま》の飯を食って育った人間だ」

新助は本店の「五桐《ごとう》」の話をした。

日本橋両替町にあるその店は、五桐火鉢という物を作っている。いまは三代目になるが、先代のころまでは評判の店であった。さしわたし尺二寸以上の桐《きり》の胴まわりに、漆と金銀で桐の葉と花の蒔絵《まきえ》をした火鉢で、その蒔絵の桐の葉が五枚ときまっているため、五桐火鉢と呼ばれるのであり、作りかたに独特のくふうがもちいられていて、ほかにまね手のないものと珍重されていた。

かれら三人はその店の子飼いの職人であった。重吉が一つ年上、新助と真二郎はおない年だったが、五年ばかりまえ、新助と真二郎は「五桐」からひまをとり、片方は京橋の金六町、片方は檜物町に、自分たちの店を持った。

二人は五桐火鉢にみきりをつけたのだ。先代までは珍重されたが、時勢が変るにつれて評判も落ち、注文がぐんぐん減りだした。五桐の品を模した安物がふえたし、世間の好みも違ってきたのであろう。手間賃を割って値をおとしても、売れる数は少なくなるばかりであった。——

これでは店がもちきれないので、五桐でもやむなく新しい火鉢に切替えたが、名目だけは残したいので、重吉が一人だけ、元どおりの火鉢を作っていた。新助はそのことを云いだしたのだ。もう三十五にもなり、子供が四人もあり、職人として誰にも負けない腕をもっているのに、長屋住いで、僅かな手間賃を稼ぎにかよっている。もうそろそろ自分の身のことを考えてもいいころではないか、と新助は云った。

重吉は飲みながら聞いていた。なにも云わないが、飲みかたが少しずつ早くなり、お蝶か新助が酌をしないと、手酌で飲んだ。

「心配してくれるのはありがてえが」と重吉はやがて云った、「おれにはいまの仕事のほかに、これといってできることはなさそうだ」

「それで檜物町と相談したんだ」

「まあ待ってくれ」

「いいからこっちの話を聞けよ」と新助が遮って云った、「それはおめえが五桐火鉢を守る気持はりっぱだ、けれども世間ではもうそれだけの値打は認めてくれない、あの蒔絵のやりかた一つだって、漆の下地掛けから盛りあげるまで、まる九十日もかけるというのはばかげている、木地の木目の選び、枯らしぐあい、すべてがそうだ、すべてがあんまり古臭いし、いまの世には縁の遠い仕事だ」

「重さん」と新助は続けた、「おらあ、はっきり云うが、ここはひとつ考え直してくれ、時勢は変ったんだ、いまは流行が第一、めさきが変っていて安ければ客は買う、一年使ってこわれるか飽きるかすれば、また新しいのを買うだろう、火鉢は火鉢、それでいいんだ、そういう世の中になったんだよ」

三

新助は一と口飲んでまた云った。

「おめえが脇眼もふらず、丹精こめて作っても、そういう仕事のうまみを味わう世の中じゃあないし、またそんな眼のある客もいなくなった、このへんで時勢に合った仕事に乗り替えようじゃないか、その気になるなら、檜物町とおれがなんとでもするぜ」

重吉は弱よわしく唇で笑った、「火鉢は火鉢か、そりゃあそうだ」

「おれたちは三人いっしょに育った、檜物町とおれはどうやら店を持ち、どうやら世間づきあいもできるようになった、いまならおめえに力を貸すこともできる、こんどはおめえの番だ、このへんでふんぎりをつけなくちゃあ、お直さんや子供たちが可哀《かわい》そうだぜ」

重吉は持っている盃をみつめ、それから手酌で飲んで、ゆっくりと首を振った。

「友達はありがてえ」と彼は低い声で云った、「友達だからそう云ってくれるんだ、うん、考えてみよう」

「わかってくれたか」

「わかった」と重吉はうなずいた、「おめえに云われて、よくわかった」そして彼は急に元気な口ぶりになった、「――じつを云うとね、両替町の店でも、あんまりおれに、仕事をさしてくれなくなったんだ、むろんそいつは、売れゆきの悪いためだろう、待ってたひにゃあ買いに来る客もねえから、おれが自分で古いとくいをまわって、注文を取ってくるっていう始末なんだ」

「自分でだって、――おめえがか」

「恥ずかしかったぜ、いまは馴《な》れたけれども、初めは恥ずかしくって、汗をかいたぜ」重吉は手酌で二杯飲み、空になった盃をじっとみつめた、「いまは馴れた、けれどもな、おめえの云うとおりだ、もう三十五で、女房と四人の子供をかかえてるんだ、このままじゃあ、女房子が可哀そうだからな」

「その話、もうよして」とお蝶がふいに云《い》った、「お酌をするわ、重さん、酔ってちょうだい」

「ちょっと待てよ」と新助が云った、「まだこれから相談があるんだ」

「もうたくさん、その話はたくさんよ」とお蝶は強くかぶりを振った、「重さんはわかったって云ってるし、ここは呑《の》み屋《や》なんだから、もうその話はよして飲んでちょうだい、今夜はあたしもいただくわ、いいでしょ、重さん」

「うん」と云って重吉は頭《こうべ》を垂れた、「いいとも、あたぼうだ」

友達はありがてえな。注がれるままに飲みながら、重吉は心の中でつぶやいた。出てゆく客があり、はいって来る客があり、おたまがかなきり声をあげた。

——おれは泣きそうになってるぞ。

重吉は頭を振った。友達だから云ってくれるんだ、ありがてえな、と彼は口には出さずにつぶやいた。お蝶がなにか云い、新助がそれに答えたが、やり返すような声であった。重吉は飲み、頭をぐらぐらさせ、そうして「ありがてえな」と声に出して云った。

——おれは泣きそうだ。

泣いたりすると、みっともねえぞ、と重吉は自分に云った。そこで彼は外へ出たのだ。新助が呼びかけたのを、お蝶がとめた。手洗よ、というのが聞えたようで、重吉は戸口を出ながら、ああそうだよと云った。

お蝶を出てから「源平」で飲んだ。お蝶もそうだが、源平も毎晩寄らないときげんが悪い。もう十年ちかい馴染《なじみ》で、客の少ない晩などは奥へあげられ、長火鉢をはさんで盃のやりとりをする、ということも珍しくはなかった。かれら夫婦には子供がなく、店を二人きりでやっていて、いろけのない代りに、源平の庖丁《ほうちょう》とかみさんのおくにのあいそが、売り物になっているようであった。

重吉は二本ばかり陽気に飲み、そこでぐっと深く酔った。ほかに客が三人あり、源平は庖丁を使いながら、重吉のようすを不審げに見ていた。急に酔いが出たのは、まえの酒のせいで、重吉は源平の眼が気に入らなかった。へんな眼で見るなよ、と云おうとしたとき、お蝶がはいって来た。——お蝶はすっかり酔って、顔は蒼白《あおじろ》く硬《こわ》ばり、眼がすわっていた。彼女は源平とおくにに挨拶《あいさつ》すると、重吉の脇に腰を掛け、彼の手から盃を取りあげた。

「お蝶さん」とおくにが云って、すばやく眼まぜをした、「——奥がいいわ」

「ええ、ありがと」とお蝶が答えた、「あたし、すぐに帰るんです」

「どうしたんだ」重吉がお蝶を見た、「勘定なら気の毒だがだめだ、おらあ鐚《びた》も持っちゃあいねえんだから」

「お酌してちょうだい」

「ここも勘定が溜《た》まってるんだぜ」

「お酌して」とお蝶は云った。

重吉が注いでやった一杯を飲むと、お蝶は燗徳利を取り、手酌で二杯、喉《のど》へほうりこむように呷《あお》った。

「あんたの顔が見たかったのよ、重さん」とお蝶は彼の眼をみつめながら云った、「——あたしくやしかった」

「客がいるんだぜ」

「あんなふうに云われて、なにか云い返すことはなかったの」お蝶のひそめた声には感情がこもっていた、「あんた云いたいことがあったんでしょ、そうでしょ、重さん」

「うん」と重吉はひょいと片手を振った、「云いたいことはあった、云い忘れちゃったが、よろしく頼むと云うつもりだった」

お蝶は黙って、じっと重吉の眼をみつめていた。短いあいだではあるが、その沈黙はまるで百千の言葉が火花をちらすような感じだった。

「はい」とお蝶は彼に盃を返し、酌をしてやってから、立ちあがった、「あたしね、あの人をひっぱたいてやったの、平手で、あの人の頬っぺたを、いい音がしたわよ」

重吉は盃を持ったまま、お蝶を見た。

「さよなら――」とお蝶が子供っぽく明るい声で云った。

客たちが振返り、源平とおくにが眼を見交わした。重吉は立ちそうにしたが、お蝶は明るい笑顔を向けて手を振り、少しよろめきながら出ていった。

「さよなら――」と外でお蝶の云うのが聞えた、「また来ます、お邪魔さま」

「重さんいってあげなさいな」とおくにが云った、「ひどく酔っているようじゃないの、危ないからお店まで送ってあげなさいよ」

「そうだな」重吉は立ちあがった。

出てみると、お蝶の姿は三、四間さきにあり、かなりしっかりした足どりで歩いていた。左右の呑み屋は客のこみ始めるときで、三味線の音や唄の声や、どなったり笑ったりする声が、賑《にぎ》やかに聞えていた。――重吉はお蝶の姿が見えなくなるまで、黙ってそこに立っていて、それからその横町を、堀のほうへぬけていった。

「よせ、よしてくれ」と重吉は云った、「なぐるのはよしてくれ」

四

彼はその自分の声で眼をさました。

気がつくと自分はごろ寝をしてい、すぐそばにお芳《よし》がいた。彼は畳の上へじかに寝ころんでいるのだが、枕《まくら》もしているし、搔巻《かいまき》も掛けてあった。三つになる末っ子のお芳は、千代紙で作った人形を持って、咎《とが》めるような、不審そうな眼で父親を見まもっていた。

「たん」とお芳が云った、「誰がぶつのよ」

重吉は喉の渇きを感じた。

「誰がたんをぶつのよ、たん」

「かあちゃんはどうした」

「おしえーないよ」とお芳はつんとした、「たんがおしえーないから、かあたんが問屋へいったことも、あたいおしえーないよ」

重吉は起き直った、「いい子だからな、芳ぼう、たんに水を一杯持って来てくれ」

「あたい、いい子じゃないもん」

重吉は溜息《ためいき》をつき、充血した、おもたげな眼でまわりを眺めやった。その六帖《じょう》はごたごたして、うす汚なく、みじめにみえた。実際はお直がきれい好きで、部屋の中はきちんと片づいているのだ。初めから古物で買って、そのまま十五年以上も使っている簞笥《たんす》や鼠《ねずみ》いらず、長火鉢や鏡架《かがみかけ》に並んで、ふたの欠けた長持があり、その上に、女房のお直と娘のおつぎのする、内職の道具がのせてある。——

これらは障子にうつっている曇りの日の午後の、さびたような、少しも暖たかさのない薄光りをうけて、事実よりもずっとうす汚なく、わびしく、気の滅入《めい》るほどみじめにみえた。重吉は簞笥の上の仏壇を見あげた。作りつけの小さな仏壇で、塗りの剝《は》げた扉は閉っていた。その中には親たちの位牌《いはい》にまじって、長男の和吉の位牌もある。生れて五十日足らずで死んだから、顔だちも覚えていないのに、重吉の頭の中では良吉よりも大きく、はるかにおとなびているように思えた。

——生きていれば十五だ。

おつぎまでが年子だったのだ。重吉はもういちど部屋の中を眺めまわし、みんな昔のままだと思った。お直と世帯《しょたい》を持ったままだ、がらくたが二、三ふえただけで、ほかにはなにも変ってはいない。

——残ったのは子供たちだけか。

十五年の余も働きとおして来て、残ったのは四人の子供だけである。しかもその子供でさえ、満足には育てられなかったし、いまでは上の子二人にもう稼がせている。

——おめえはよかったな、和吉。

おまえは死んでよかった、と重吉は心の中で云った。生きていれば貧乏に追われ、骨身も固まらないうちから稼がなければならない。良吉をみろ、あいつはまだ十四だ。なりは大きいほうだが、足腰も細いし、まだほんの子供だ。それが毎日ぼてふりをして稼いでいる、毎朝まっ暗なじぶんに起きて河岸《かし》へゆき、雨も雪もお構いなしに魚を売って歩く。いまに仕出し魚屋になるんだ、といばっているが、本当はまだ友達と遊びたいさかりなんだ。

——おまえは死んで運がよかったぜ。

ほんとだぜ、重吉は心の中で云った。こんな世の中はくそくらえだ。生きている甲斐《かい》なんかありゃしねえ、まじめに仕事いっぽん、脇眼《わきめ》もふらずに働いていても、おれのようにぶまな人間は一生うだつがあがらねえ。まじめであればあるほど、人に軽く扱われ、ばかにされ、貧乏に追いまくられ、そして女房子にまで苦労させる。

——たくさんだ、もうたくさんだ。

こんな世の中はもうまっぴらだ、と重吉は思った。

「たん」とお芳が云った、「水持って来ようか」

お芳はじっと父親を見ていて、本能的に哀れを感じたらしい。咎めるような眼つきが、いまは（三つという年にもかかわらず）憐《あわ》れむような色に変っていた。三つでも女の子は女の子であり、貧しい生活の中で母親や兄や姉たちの、父に対するいたわりや気遣いを見たり聞いたりしているためだろう。その顔つきにはひどくおとなびた、まじめくさった表情があらわれていた。

「いいよ」重吉は眼をそらした、「自分でいって飲んで来る、おまえ遊びにゆかないのか」

「いかない」とお芳は云った、「たんの番をしていなって、帰るまで番してなって、かあたんが云ったんだもんさ」

重吉は立って勝手へゆき、水瓶《みずがめ》からじかに柄杓《ひしゃく》で三杯水を飲んだ。

——お直さんや子供たちが可哀そうだぜ。

新助がそう云った。あれは三日まえのことだな、と重吉は柄杓を持ったまま思った。あれは親切で云ったことだ。檜物町《ひものちょう》の真二郎もそうだ。あの二人とは同じ釜《かま》の飯を食って育った。金六町も檜物町もめさきのきく人間だ。二人が「五桐《ごとう》」にみきりをつけ、きれいにひまをとり、自分自分の店を持って、当世ふうのしょうばいに乗り替えたのは、めさきがきくからだ。おかげでしょうばいは繁昌《はんじょう》するし、家族も好きなような暮しができる。檜物町は上の娘を踊りと長唄《ながうた》の稽古《けいこ》にかよわせているし、金六町は妾《めかけ》を囲ってるそうだ。

「それでもおれのことを心配してくれる」重吉は持っている柄杓をみつめながら、放心したようにつぶやいた、「——友達だからな、友達ってものはありがてえもんだ」

重吉はぎょっとした。勝手口の腰高障子が、いきなり外からあけられたのである。あけたのは長男の良吉で、良吉もびっくりしたらしい、天秤棒《てんびんぼう》を持ったまま、口をあいて父親を見た。

「ちゃん」と良吉はどもった、「どうしたんだ」

重吉は戸惑ったように、持っている柄杓をみせた、「水をね、飲みに来たんだ」

「水をね」と良吉が云った、「びっくりするぜ」

「ご同様だ」

「今日は休んだのかい」

「そんなようなもんだ」と重吉は水瓶へ蓋《ふた》をし、その上に柄杓を置きながら云った、「本所の吉岡《よしおか》さまへ注文を聞きにいって、そのまままうちへけえって来たんだ」

「かあちゃんは」

「おつぎと問屋へいったらしい」

「湯へいこう、ちゃん」と良吉は流しの脇からたわしと磨《みが》き砂《ずな》の箱を取りながら云った、「いま道具を洗って来るからな、こいつを片づけたらいっしょに湯へいこう」

「お芳がいるんだ」

「留守番さしとけばいいさ、すぐだから待ってなね」

六帖へ戻るとすぐ、亀吉《かめきち》が隣りの女の子を伴《つ》れて来、お芳といっしょに遊び始めた。隣りのおたつは五つ、亀吉は七つであるが、どちらもお芳に牛耳《ぎゅうじ》られていた。おまんまごとになれば、かあたんになるのはお芳ときまっていて、おたつはその娘、亀吉は「手のかかってしゃのない伜《せがれ》」ということになる。それでふしぎにうまくゆくし、お芳のかあたんぶりも板についていた。

「さあさ、ごはんにしましょ」とお芳が面倒くさそうに云う、「今日はなんにもないかや味噌汁《みそしる》でたべちゃいましょ、さあさ、二人とも手を洗ってらっしゃい」

## 五

「かあたんは夜なべだかやね、もう二人とも寝ちまいな」と云うのもお芳だ、「さっさと寝ちまいな、夜なべをして、あった問屋へ届けなけえば、お米が買えないんだかや、さっさと寝ちまいな」

そのときも同じことであった。その小さな世帯はひどく苦しい、おたつはまだ頑是《がんぜ》ないし、亀吉は手ばかりかかって少しも役に立たない、お芳ひとりが飯の支度をしたり、縫い張りをしたり、夜も昼も賃仕事をして稼ぐのである。

「うるさい、うるさい」とお芳がまた云《い》う、「そんなとこよで、ごまごましてたや、仕事ができやしない、二人とも外へいって遊んできな」

重吉は耳をふさぎたくなり、いたたまれなくなってそこを立った。

「十日戎《とおかえびす》の、売り物は」上り端《はな》の二帖へいって、重吉は外を眺めながら、調子の狂った節で低くうたいだした、「――はぜ袋にとり鉢、銭叺《かます》、小判に金箱」

彼はそこでやめて、首を振った、「唄も一つ満足にはうたえねえか」

重吉は気のぬけたような眼で、ぼんやり外を眺めやった。向うの井戸《いど》端《ばた》で良吉の声がする。盤台を洗いながら、近所のかみさんと話しているらしい。元気な話し声にまじって、高い水の音が聞えた。良吉の声には張りがあり、話す調子はおとなびていた。重吉はからだがたよりなくなるような、精のない気分でそれを聞いていた。

まもなくお直とおつぎが帰り、良吉も井戸端から戻って来た。お直たちは内職物の包を背負っていて、有難いことに来月いっぱい仕事が続くそうだ、などと重吉に云いながら、六帖へいって包をおろし、良吉は手ばしこく道具を片づけた。

「かあちゃん」と良吉は土間から叫んだ、「おれ、ちゃんと湯へいって来ていいか」

「大きな声だね、みっともない」と六帖でお直が云った、「いくんなら、亀吉も伴れてっておくれよ」

「だめだよ、今日はだめだ」と良吉は云い返した、「今日はちょっとちゃんに話があるんだ」

彼は父親に眼くばせをし、「この次に伴れてってやるからな、亀、今日はかあちゃんといきな、な」

「ひどいよ、良」と云うお芳の気取った声が聞えた、「伴れてってやんな、良、ひどいよ」

「へっ」と良吉が肩をすくめた、「あいつをかみさんにする野郎の面《つら》が見てえや、ちゃん、いこうか」

おつぎが重吉に手拭《てぬぐい》を持って来た。

湯屋は川口町に面した堀端にある。昏《く》れかかった道を歩いてゆきながら、良吉は父親に笑いかけ、帰りに一杯おごるぜ、と云った。冗談いうな。冗談じゃねえほんとだ、と良吉は口をとがらした。帰りに東屋《あずまや》へ寄ろう、今日は儲《もう》かったんだ、本当だぜ、ちゃん。まあいい、おれはさっき一と口やったんだ、と云いながら、重吉は喉《のど》が鳴るように感じた。まだ時刻が早いので、男湯はすいていた。ざっとあびて出よう、と良吉が云い、そうして彼は父親の背中をさすってやった。

「へんなことをきくけれどね、ちゃん」と背中をさすりながら良吉はいった、「お蝶《ちょう》さんていうのはどういう人なんだい」

重吉の肩がちょっと固くなった。

「お蝶さんって、——どのお蝶さんだ」

「おとわ町で呑《の》み屋《や》をやってる人さ」

「それなら、どういう人だってきくことはねえだろう、その呑み屋のかみさんだよ」

「ただ、それだけかい」

「ただ、それだけだ、もう一つ云えば、勘定が溜《た》まっているくらいのもんだ」と云って重吉は調子を変えた、「——良、どうしてそんなことを訊《き》くんだ」

良吉は声を低くした、「本当にそれだけならいいんだ、おれ」と彼はそこで言葉を切り、それから考えぶかそうに云った、「——かあちゃんが心配しているもんだから」

「そうか」と少しまをおいて重吉が云った、「そいつは気がつかなかった」

「まえにかあちゃんの友達だったたって」

「この町内にいたんだ」と重吉が云った、「おやじは左官だったが、お蝶が十五の年に死んじまった、おふくろというのが気の弱い性分で、二年ばかりすると、押掛け婿《むこ》のようなかたちで、亭主を入れてしまった」

亭主というのは道楽者で、母娘《ははこ》はかなり辛《つら》いおもいをしたらしい。ちょうど重吉とお直が世帯を持つころだったが、お蝶はよくお直のところへ来て、泣きながらぐち話をしていた。そのうちに、ふいとかれらはいなくなった。夜逃げ同様にどこかへ越してゆき、まったく音信が絶えてしまった。

——お蝶さんは吉原《よしわら》へでも売られてしまったのではないか。

近所ではそう云っていたし、重吉やお直もそんなことではないかと話し合った。そして五年ばかり経《た》ったある日、重吉はおとわ町のその横町でお蝶に呼びとめられ、彼女が呑み屋を始めたことを知ったのである。

「その義理のおやじのために、ひどいめにあったそうだ。恥ずかしくって口にも云えないって詳しい話はしなかったが、ずいぶんひどいめにあったらしい、おい」と云って重吉は急に軀《からだ》をひねった、「おい、いいかげんにしろ、背中の皮がむけちまうぜ」

「いけねえ」良吉はあわてた、「ああいけねえ」と云い、手に唾《つば》をつけて父親の背中をなでた、「赤くなっちゃった、痛《いて》えか、ちゃん」

「いいよ、温たまろう」

二人は湯槽《ゆぶね》へつかった。

「かあちゃんにそう云いな」と暗い湯槽の中で重吉がそっと云った、「心配するなって、飲みに寄るだけだし、勘定が少し溜まってるだけだって、いいな」

「ああ」と良吉が云った、「——その人、いまでも苦労してるのかい」

「だろうな」と重吉が答えた、「義理のおやじってのは死んだが、おふくろが寝たっきりで、誰《だれ》か世話になってる人があるようだ、詳しいことは話さねえが、やっぱり苦労は絶えねえらしい」

良吉は黙っていて、それから、さぐるような口ぶりで云った、「——そのお蝶さんって人はね、ちゃんのおかみさんになるつもりだったって、ほんとかい」

「つまらねえことを云うな」

「だって、かあちゃんがそ云ってたぜ、お蝶さんって人が自分で、かあちゃんにそう云ったことがあるって」

「よせ、つまらねえ」と重吉がさえぎった、「よしんばお蝶がそう云ったにしろ、おれの知ったことじゃあねえ、つまらねえことを気にするなって、かあちゃんに云ってくれ、——こっちはそれどころじゃあねえんだから」

「出よう、ちゃん」と良吉が元気な声になって云った、「早く出て東屋へいくべえ」

## 六

東屋は亀島橋に近い堀端《ほりばた》にある飯屋で、すべてが安いうえに、酒がいいので評判だった。店は四、五十人もはいれるほど大きくて、女は一人も置かず、十四、五になる男の子が五人、若者が五人いて、客の相手をした。

ちょうど灯のはいったときで、店はひどく混んでいたが、良吉はすばしこく、二人並んで掛けられる席をみつけた。

「ちゃんは酒だ、肴《さかな》はなんにする」と良吉はいせいよく云った、「おれは泥鰌汁《どじょうじる》で飯を食おう、――うちじゃあなぜ泥鰌を食わしてくれねえのかな」

「おれが卯年《うどし》だからな」

「卯年だといけねえのか」

「うの字がおなじだから、鰌《うなぎ》を食うと共食いになるって、かあちゃんがかつぐんだ」

「だって鰻《うなぎ》と泥鰌たあ違うだろう」

「おんなじように思えるらしいな、かあちゃんには」

「笑あせるぜ」と良吉は鼻を鳴らした。

重吉は鯊《はぜ》の佃煮《つくだに》と豆腐汁で酒を飲み、良吉は飯をたべた。彼は泥鰌汁のお代りをし、たっしゃにたべながら、休みなしに話した。父親におごっていることよりも、父親と二人で、つまり男同志でそうしていることに、誇りと満足を感じているようであった。

彼はやがて自分のやる仕出し魚屋について語り、淡路屋《あわじや》の旦那《だんな》について語り、魚政《うおまさ》の親方について語った。どっちも重吉には知らない名だったが、とにかく淡路屋の旦那は良吉が贔屓《ひいき》で、彼が店を持つときには資金を貸す、という約束になっているというし、魚政の親方は仕出し料理のこつを教えてくれるそうであった。

「いまに楽をさせるぜ、ちゃん」と良吉は顔を赤くして云った、「もう五、六年の辛抱だ、もうちっとのまだ、いまにおれが店を持ったら楽をさせるよ、ほんとだぜ、ちゃん」

重吉はうれしそうに微笑し、うん、うんとうなずいていた。

それが三月のはじめのことで、まもなく十四日が来た。その夕方おそく、もう灯がついてから重吉はお蝶の店にあらわれ、ほんの二本だけ飲んで、溜まっている借の分に幾らか払い、それから「源平」へ寄った。

お蝶へゆくまえに、彼はもう飲んでいたのだ。お店で受取った勘定が、予定の半分たらずだった。主人は云い訳を云ったが、要するに五桐火鉢《ごとうひばち》では儲からない、ということであり、売れただけの分払《ぶばら》いということであった。

くそくらえ、と重吉は思った。勝手にしゃあがれ、そっちがそう出るなら、こっちもこっちだ。こうなったら、泥棒にでもなんでもなってやる、押込みにだってなってやる、みていやあがれと思い、「五桐」の店を出るなり、見かける酒屋へ寄って立ち飲みをした。三軒で冷酒のぐい飲みをし、お蝶のところにさっときりあげたが、「源平」へいってから酔いが出た。

自分では酔いが出たとは、気がつかなかった。勘定日の夕方だから客が混んでいて、その中に一人、重吉の眼を惹《ひ》く男があった。年は四十五、六だろう、くたびれた印半《しるしばん》纏《てん》に股引《ももひき》で、すり切れたような麻裏をはいている。顔も軀つきも、痩《や》せて、貧相で、つきだしの摘《つま》み物だけを肴に、小さくなって飲んでいた。——

重吉は胸の奥がきりきりとなった。その客はこの店が初めてらしいし、自分が場違いだと悟っているらしく、絶えずおどおどと左右を見ながら、身をすくめるようにして飲んでいた。重吉はその男が自分自身のように思えた。隣りの客に話しかける勇気もなく、小さくなって、一本の酒をさも大事そうになめている恰好《かっこう》は、そのまま、いまの自分を写して見せられるような感じだった。

「おかみさん」と彼はおくにを呼んだ、「奥を借りてもいいか」

「ええどうぞ、そうぞしくってごめんなさい」

「そうじゃねえ、あの客と飲みてえんだ」

と重吉はあごをしゃくった、「うん、あの客だ、おれは先にあがってるから、済まねえが呼んでくんねえか」

「だって重さん知らない顔よ」

「いいから頼む」と云って彼はふところを押えた、「今日は少し置いてゆくから」

おくにはにらんで、「そんなことを云うと、うちのが怒るわよ」と云った。

重吉は奥へあがった。おくには手早く酒肴《しゅこう》をはこび、支度ができると男を呼んだ。男は卑屈に恐縮したが、それでもあがって来て膳《ぜん》の向うへ坐《すわ》り、いかにもうれしそうに盃《さかずき》を受けた。そして、四本めの酒をあけたとき、重吉はたまりかねて云った。

「その親方ってのをよしてくれ、おれは重吉っていうんだ、頼むから名前を呼んでくれ、それに」と彼は相手を見た、「そうかしこまってばかりいちゃあ酒がまずくなる、もっとざっくばらんにやってくんな」

男はあいそ笑いをし、頭をかいた、「済みません、あっしは喜助ってもんです、お気に障《さわ》ったら勘弁しておくんなさい」

「それがかしこまるってんだ、もっと楽にやれねえのかい」

そのじぶんはもう酔いが出ていたのだ。

喜助という男は彼を「重さんの親方」と呼び、きげんをとるつもりだろう、自分の不運と、生活の苦しいことを話した。重吉の荒れた頭はべつの考えにとらわれていて、喜助の話すことはほとんど、うけつけなかったが、子供が三人あること、一人は生れたばかりだし、女房は産後の肥立ちが悪く、まだ寝たり起きたりしていること、彼には定職がなく、その日その日の手間取りをしているが、あぶれる日が多く、子供たちに芋粥《いもがゆ》を食わせることもできないような日があること、そして案外に年が若く、まだ三十六だということなどが、ぼんやりと耳に残った。

「こんなことが続くんなら」と喜助はとりいるように笑って、云った、「いっそ泥棒でもするか、女房子を殺して、てめえも死んじめえてえと思いますよ」

「しゃれたことう云いなさんな」と重吉は頭をぐらぐらさせた、「泥棒になりてえのはこっちのこった、泥棒」と云って、重吉はぐいと顔をあげた、「——泥棒だって、誰が泥棒だ、泥棒たあ誰のこった」

「あんた酔ってるんだ、重さんの親方」

「おい、ほんとのことを云おうか」重吉は坐り直した、「ほんとのことを云っていいか」

「よござんすとも」喜助は唾をのんだ、「ほんとのことを云って下さい、うかがいますから」

「おれはね、重吉ってえもんだ」彼は坐り直した膝《ひざ》を固くし、そこへ両手の拳《こぶし》をつっぱって云った、「両替町の五桐の店で、子飼いから育った職人だ、はばかりながら、五桐火鉢を作らせたら、誰にもひけはとらねえ、おめえ——それを疑うか」

「とんでもねえ」と喜助はいそいで首を振った、「そんなことはちゃんと世間で知ってますよ」

重吉は盃を取って飲んだ。

七

「おれは腕いっぱいの仕事をする、まっとうな職人なら誰だってそうだろう、おれは先代の親方にそう仕込まれたし、仕込まれた以上の仕事をして来たつもりだ」重吉は空《から》になった盃を持ったまま相手を見た、「ここをよく聞いてくれ、いいか、——かりにも職人なら、自分の腕いっぱい、誰にもまねることのできねえ、当人でなければできねえ仕事をする筈《はず》だ、そうしなくちゃあならねえ筈だ、違うか」

「そのとおりだ、そのとおりだよ、親方」

「おめえはいい人間だ」と重吉が云《い》った、「どこの誰だっけ」

「まあ注ぎましょう」喜助は酌《しゃく》をした。

重吉はそれを飲み、ぐたっと頭《こうべ》を垂れた。喜助はすばやく二杯、手酌であおり、膳の上にある鉢の中から慈姑《くわい》の甘煮《うまに》をつまんで口へほうりこんだ。

「おらあ、それをいのちに生きて来た」と重吉は云った、「身についた能の、高い低いはしようがねえ、けれども、低かろうと、高かろうと、精いっぱい力いっぱい、ごまかしのない、嘘《うそ》いつわりのない仕事をする、おらあ、それだけを守り本尊にしてやって来た、ところが、それが間違いだっていうんだ、時勢が変った、そんな仕事はいまの世間にゃあ通用しねえ、そんなことをしていちゃあ、女房子が可哀《かわい》そうだっていうんだ」

重吉は顔をあげ、唇をゆがめながら、少し意地悪な調子で云った、「いまは流行が第一の世の中だ、めさきが変っていて安ければ客は買う、一年も使ってこわれるかあきるかすれば、また新しいのを買うだろう、それが当世だ、しょせん火鉢は火鉢だって」

「おめえ、どう思う」と重吉は喜助を見た、「そんなこっていいと思うか、みんなが流行第一、売れるからいい、儲《もう》かるからいいで、まに合せみたような仕事ばかりして、それで世の中がまっとうにゆくと思うか、――それぁ、いまのまに合う、そういう仕事をすれぁ、金は儲かるかもしれねえ、現におめえも知ってるとおり、檜物町《ひものちょう》も金六町も店を張って、金も残したし世間から立てられるようにもなった、それはそれでいいんだ、あの二人はそうしてえんだから、それでいいんだ、――おめえ、金六町と檜物町を知ってるか」

「それぁ、そのくらいのことはね、親方」と喜助はあいそ笑いをした、「まア一つ、お酌しましょう」

重吉は盃をみつめた。

「あの二人からみれば、おれなんぞはぶまで、どじで、気のきかねえ唐変木《とうへんぼく》にみえるだろう、けれどもおれはおれだ、女房にゃあ済まねえが、おらあ職人の意地だけは守りてえ、自分をだまくらかして、ただ金のためにするような仕事はおれにゃあできねえ」重吉はまたぐらっと頭を垂れた、「――それを、あの金六町はいやあがった。新助のやつはいやあがった。火鉢は火鉢だって、ひばちは、ひばち……」

そして重吉は泣きだした。終りの言葉はつきあげる嗚咽《おえつ》に消され、垂れた頭が上下に、うなずくように揺れた。喜助は当惑し、なにか云おうとしたが、いそいで三杯、手酌であおった。

「おらあ、くやしかった」と重吉は盃を持ったままの手で、眼のまわりを拭《ふ》いた、「向うが向うだからしようがねえ、向うはもう職人じゃねえんだから、職人の足を洗った人間に職人の意地を云ってもしようがねえ、おらあ、黙ってた、黙ってたが、くやしかったぜ、わかるか」

「わかりますとも、よくわかりますよ」

「おめえはいい人間だ」と重吉は眼をあげて相手を見た、「——誰だっけ」

「いやだぜ親方、喜助だっていってるじゃありませんか」

「ああ、喜助さんか、——宇田川町だな」

「まあ、注ぎましょう」喜助は酌をした。

それから喜助が酒のあとを注文したのだ。それは覚えている。おくにが来て、重吉のひどく酔っていることを認め、もう飲まないほうがいいといった。重吉は財布を出し、そこで源平が来て、ちょっとやりあった。源平は中《ちゅう》っ腹《ぱら》なようなことを云い、重吉は財布を投げだして、立ちあがった。

「くそうくらえ、おらあこの人と泥棒になるんだ」と重吉はどなったのだ、「こうなったら泥棒だってなんだってやるんだ、押込みだってやってやるから、みてやがれってんだ」

それは外へ出てからのことかもしれない。喜助がしきりになだめ、二人はもつれあって歩いていた。重吉はひょろひょろしながら、女房のお直を褒め、良吉を褒め、おつぎを褒め、亀吉《かめきち》をお芳《よし》を褒めた。みんなを自慢し、褒めながら、自分をけなしつけ、卑《いや》しめ、ついでに喜助のこともやっつけた。

「なっちゃねえや、なあ」重吉は相手の肩にもたれかかりながら云った、「おめえもおれもなっちゃいねえ、屑《くず》みてえなもんだ、二人ともいねえほうがいいようなもんだ
——おれにさからうつもりか」

「お宅まで送るんですよ、長沢町でしょう」

「泊るんだぜ」と重吉は云った、「今夜はおめえとゆっくり話をしよう、古い友達と会って話すなあ、いい心持のもんだ、泊るか」

「お宅へいってからね、親分、お宅にだって都合があるでしょうから」

「すると、泊らねえっていうのか」

「危ねえ、駕籠《かご》にぶつかりますぜ」

喜助は重吉を抱えて駕籠をよけた。

そうして長沢町のうちへ帰り、むりやりに喜助を泊らせた。時刻もおそかったらしいが、彼は喜助を古い友達だと云い、久しぶりだから、二人で飲みながら話し明かす

のだと云った。子供たちはみんな寝ていたようだ。お直が酒の支度をし、喜助がしきりになにか辞退していた。それを聞きながら、重吉は云いようもなくくたびれてきて眠くなり、そこへ横になった。

「おめえはやってってくれ」重吉は寝ころびながら云った、「おらあ、ちょっと休むから、ほんのちょっとだ」

そしてお直に、「すぐに起きるんだから、この友達を帰したら承知しないぞ」と云った。

そのまま眠ってしまったのだ。なにも知らなかった。たぶん明けがただろう、泥棒、という言葉を二度ばかり、夢うつつに聞き、夢をみているんだなと思い、死ぬほど喉《のど》が渇いているのに気がついた。しかし、手を伸ばして、土瓶を取る精もなく眠り続けた。——半睡半醒《はんせい》といった感じで、お直や子供たちの声を聞き、食事をする茶碗《ちゃわん》や箸《はし》の音を聞いた。そして、それらが静かになるとまた眠りこみ、豆腐屋の呼び声で眼がさめた。路地をはいって来た豆腐屋を、お直が呼びとめ、「やっこを二丁」と云っていた。

重吉ははっきりと眼をさまし、しまった、と掻巻《かいまき》の中で首をすくめた。

「とんだことをしたらしいぞ」と彼は口の中でつぶやいた、「なにか大しくじりをやったらしい、うっ」

すると、枕元《まくらもと》へ誰か来て、そっとささやいた。

「たん、起きな」それはお芳であった、「あの人どよぼうだよ」

## 八

「云うんじゃないっていったのに、しょうのない子だねえ」とお直が云った、「――もうこのへんがよさそうよ」

彼女は箸で鍋《なべ》の中の豆腐を動かした。膳の脇《わき》にある七厘《しちりん》の上で、湯豆腐の鍋がさかんに湯気を立てている。重吉は盃をもったままで、その湯気を仔細《しさい》らしく眺めていた。半刻《はんとき》ほどまえに起き、銭湯へいって来てから、その膳に向って二本飲んだのであるが、酒の匂《にお》いが鼻につくばかりで、少しも酔うけしきがなく、気持もまるでひき立たなかった。

「たべてみなさいな」とお直が云った、「熱いものを入れればさっぱりしますよ」

「どんな物を取ってったんだ」

「そんなこと忘れなさいったら、物を取られたことより、親切を仇《あだ》にされたことのほうがよっぽどくやしいわ」とお直が云った、「それに、おまえさんの友達なら困るけれど、知らない他人だっていうんだからよかった、他人ならこっちは災難と思えば済むんだから」

重吉は眼をあげてお直を見た、「出てゆくのを見た者はねえのか」

「良が見たそうよ、戸口のところで振返って、お世話になりましたって、低い声で云ったんですって」お直は七厘の口をかげんした、「うちの者を起こすまいとしているんだって、良はそう思ったものだから、そのまま眠ってるふりをしたんですってさ」

「あいつは」重吉は口を二度、三度あけ、それから恥じるように云った、「良のやつは、怒ってたろうな」

「なにを怒るの」

「おれがあんな野郎を、伴《つ》れこんで来たことをよ」

「良がなんて云ったか教えましょうか」とお直は亭主を見た、「――もしちゃんがこんなことをしたんなら大ごとだ、こっちが盗まれるほうでよかったって、良はそう云ったきりですよ」

「そうか」と重吉は細い声で云って、ひょいと盃を上へあげた。なにか云うつもりだったらしい。それとも心の中で云ったのかもしれないが、その盃を膳の上に置くと、そこへごろっと横になった、「まだ眠いや」

「少したべて寝なさいな、すきっ腹のままじゃ毒ですよ」

「まあいいや、ひと眠りさしてくれ」

お直は文句を云いながら立ちあがった。

枕を持って来て当てがい、搔巻を掛けてくれた。重吉は考えようとしたのだ。すっかり醒《さ》めたようでもあり、宿酔《ふつかよい》が残っているようでもあり、頭はぼんやりしているし、ひどく胸が重かった。眼をさましているつもりでいて、つい眠りこみ、子供たちの声で眼をさましたが、搔巻を頭からかぶって、ずっと横になったままでいた。

灯がついて夕飯になったとき、良吉が父親を起こしに来た。重吉はなま返事をし、お芳が向うからなにか云った。すると良吉が、芳坊は黙ってな、と叱《しか》り、戻っていって食事を始めた。――重吉は考えに考えたあげく、すっかり心をきめていた。自分の決心がたしかであるかどうかも、繰り返し念を押してみたうえ、みんなの食事の終るのを待った。

「ちょっと、みんな待ってくれ」

食事が終ったとき、重吉は起きあがって、そこへ坐《すわ》り直した、「そのままでいてくれ、おれはちょっと、みんなに」

「よせやい」と良吉が云った、「そう四角ばるこたあねえや、酒だろ、ちゃん」

「うん」と重吉はうなずいた、「——酒だ」

「あたしがつけるわ」とおつぎが立った。

重吉はお直に云った、「片づけるのは待ってくれ、そのまんまにして、みんな立ねえでそこにいてくれ」

「酔っぱやってんだな、たん」とお芳が云った。

お直は立って、酒の燗《かん》のつくうちに片づけよう、このままではきたなくてしようがない、そう云って手ばしこく膳の上を片づけ、お芳と亀吉がそれを手伝った。良吉はこのごろ読み書きを習いにかよっている。一つ向うの路地にいる浪人者の家で、小さな寺子屋をやっており、夜だけかよっているのだが、彼は「今夜はおくれちゃった」と云いながら父親には構わず、道具を揃《そろ》えて立ちあがった。

「そうか」と重吉は気がついて云った、「おめえ手習いだったな」

それでではなをくじかれ、重吉はまるで難をのがれでもしたような、ほっとした顔になり、かしこまっていた膝《ひざ》を崩して、あぐらをかいた。——良吉は出てゆき、酒の支度ができた。お直とおつぎは内職をひろげ、重吉はお芳と亀吉をからかいながら、手酌で飲みだした。こんどは酒がうまくはいり、気持よく酔いが発してきた。

「十日戎《とおかえびす》の売り物は」重吉は鼻声で低くうたいだした、「——はぜ袋に、とり鉢」

「わあ、またおんなじ唄《うた》だ」とお芳がはやしたてた、「おんなじ唄で調子っぱじゅえだ」

「芳坊」とおつぎがたしなめた。

「いいよ、芳坊の云うとおりだ」重吉はきげんよく笑った、「ちゃんの知ってるのは昔からこれだけだ、おまけに節ちがいときてる、こんなに取柄のねえ人間もねえもんだ、なあ」

良吉が帰って来たときにはすっかり酔って、勘定はゆうべみんな飲んじまったぞ、などといばっていた。それからまもなく横になり、なにかくだを巻いているうちに眠りこんだ。自分ではまだしゃべっているつもりで、ひょっと眼をさますと、行灯《あんどん》が暗くしてあり、みんなの寝息が聞えていた。——彼は着たままで、それでもちゃんと夜具の中だったし、彼により添って亀吉が眠っていた。隣りの家で誰《だれ》かの寝言を云う声がし、表通りのほうで犬がほえた。

重吉はじっとしたまま、かなり長いこと、みんなの寝息をうかがっていて、それから静かに夜具をぬけだした。亀吉はびくっとしたが、夜具を直し、そっと押えてやると動かなくなった。重吉はあたりを眺めまわし、口の中で「手拭《てぬぐい》ひとつでいいな」とつぶやいた。そのとき遠くから鐘の音が聞えて来た。白かね町の時の鐘だろう、数えると八つ（午前二時）であった。聞き終ってから立って勝手へいった。

勝手は二帖《じょう》の奥になっている。音を忍ばせて障子をあけ、手拭掛けから乾いている手拭を取り、それで頬冠《ほおかむ》りをした。そうして、勝手口の雨戸を、そろそろと、極めて用心ぶかくあけかかったとき、うしろでお直の声がし、彼はびっくりして振返った。

「どうするの」お直は寝衣《ねまき》のままで、暗いから顔はわからないが、声はひどくふるえていた、「どうするつもりなの、おまえさん、どうしようっていうの」

「おれはその、ちょっと、後架まで」

お直はすばやく来て彼を押しのけ、三寸ばかりあいた戸を静かに閉めた。

「後架へゆくのに頬冠りをするの」とお直が云った、「さあ、あっちへいってわけを聞きましょう、どうするつもりなのか話してちょうだい」

九

二人は二帖で向きあって坐った。行灯は六帖にあり、暗くしてあるから、お互いの顔もぼんやりとしか見えない。それが重吉にはせめてもの救いで、固く坐ったまま、声をひそめてわけを話した。口がへただから思うとおりには云えないが、とにかく話せるだけのことは話し、どうかこのままゆかせてくれ、と頭をさげた。お直はわなわなどふるえていて、すぐには言葉が出なかった。

「そう、――」とやがてお直がうなずいた、「そうなの」とお直は歯のあいだから云《い》った、「そうして、お蝶《ちょう》さんといっしょになるつもりね」

重吉は息を止めてお直を見た。

「おめえ」と云って、彼は息を深く吸い、静かに長く、吐きだした、「そんなことじゃねえ、お蝶なんてなんの関係もありゃあしねえ、おれがいちゃあみんなのためにならねえっていうんだ」

「なにがみんなのためにならないの」

「いま云ったじゃあねえか」重吉はじれたように力をいれて云った、「おらあ、だめな人間なんだ、職人の意地だなんて、口では幅なことを云ってる、むろん意地もなかあねえが、おれだって人間の情くらいもってる、てめえの女房子に苦労させてえわけじゃねえ、できるんなら当世向きの仕事をして、おめえや子供たちに楽をさせてやりてえんだ、そう思ってやってみたけれども、幾たびやってみてもできねえ、いざやってみるとどうしてもいけねえ、どう自分をだましても、どうにもそういう仕事ができねえんだ」

「できないものをしようがないじゃないの」

「それで済むか」と重吉が遮った、「このあいだ金六町にも云われた、時勢を考えろ、いまのままじゃあ、かみさんや子供たちが可哀《かわい》そうだって、云われるまでもねえ、てめえでよく知ってた、けれどもそう云われてみて、初めて、本当におめえたちが可哀そうだということに気がついた、檜物町《ひものちよう》や金六町はあのとおり立派にやっているし、二人はおれの相談に乗ろうと云ってくれる、だがおらあだめだ、おれにはどうしたって、あの二人のようなまねはできやしねえんだ」

「できないものをしようがないじゃないか」と、こんどはお直が遮った、「人間はみんながみんな成りあがるわけにはいきゃあしない、それぞれ生れついた性分があるし、運不運ということだってある。檜物町や金六町はそうなれる性分と才覚があったから成りあがったんでしょ、おまえさんにはそれがないんだからしようがないじゃないか」

「だからよ、だからおれは」

「なにがだからよ」とお直は云った、「お前さんの仕事が左前になって、その仕事のほかに手が出ないとすれば、あたしや子供たちがなんとかするのは当然じゃないの、楽させてやるからいる、苦労させるから出てゆく、そんな自分勝手なことがありますか」

「おれは自分の勝手でこんなことを云ってるんじゃねえんだ」
「じゃあ、誰のことを云ってるの、あたしたちがおまえさんの出てゆくのを喜ぶとでもいうのかい、おまえさん、そう思うのかい」
お直はふるえる声を抑えて云った、「――二十日ばかりまえのことだけれど、檜物町がここへ来て、あたしに同じようなことを云ったわ、いまのようでは、うだつがあがらない、うちの仕事をするようにすすめてくれ、そうすればもうちっと暮しも楽になるからって」
「やっぱり、檜物町が来たのか」
「来たけれどおまえさんには云わなかったし、檜物町にも、あたしは仕事のことには口だしをしませんからって、そう断わっておきました」お直は怒ったような声で続けた、「――おまえさんがそんな仕事をする筈《はず》もなし、あたしたちだっておまえさんにいやな仕事をさせてまで、楽をしようとは思やしません、良は十四、おつぎは十三、あたしだってからだは丈夫なんだから、一家六人がそろっていればこそ、苦労のしがいもあるんじゃないの」
「そいつも考えた、いちんち、ようく考えてみたんだ」と重吉は云った、「けれどもいけねえ、昨日お店で勘定を貰《もら》ってみてわかったが、勘定はこっちの積りの半分たらずで、これからは売れただけの分払《ぶばら》いだという、つまりもうよしてくれというわけだ、これまでだって満足な稼ぎはせず、飲んだくれてばかりいたあげくに、見も知らねえ男を伴れこんで、ありもしねえ中から物を盗まれた、もうたくさんだ、自分で自分にあいそがつきた、おらあこのうちの疫病神《やくびょうがみ》だ、頼むから止めねえでくれ、おらあ、どうしてもここにはいられねえんだ」

「そいつはいい考えだ」と云う声がした。

突然だったので、重吉もお直もとびあがりそうになって、振返った。六帖のそこに、良吉が立ってい、その向うにおつぎも亀吉《かめきち》も、お芳《よし》までも立っているのが見えた。

「そいつはいいぜ、ちゃん」と良吉は云った、「どうしてもいたくねえのならこのうちを出よう」

「良、なにを云うんだ」とお直が云った。

「けれどもね、ちゃん」と良吉は構わずに云った、「出てゆくんなら、ちゃん一人はやらねえ、おいらもいっしょにゆくぜ」

「あたいもいくさ」とお芳が云った。

「芳なんかだめだ」と亀吉が云った、「女はだめだ、いくのはおいらとあんちゃんだ、男だからな」

「みんないくのよ」とおつぎが云った、「放ればなれになるくらいなら、みんなでのたれ死にするほうがましだわ」そしておつぎは泣きだした、「そうだわね、かあちゃん、そのほうがいいわね」

「よし、相談はきまった」と良吉がいさんで云った、「これで文句はねえだろう、ちゃん、よかったら、支度をしようぜ」

「良、――」とお直が感情のあふれるような声で呼びかけた。

重吉は低くうなだれ、片方の腕で顔をおおった。

「おめえたちは」と重吉がしどろもどろに云った、「おめえたちは、みんな、ばかだ、みんなばかだぜ」

「そうさ」と良吉が云った、「みんな、ちゃんの子だもの、ふしぎはねえや」

おつぎが泣きながらふきだし、次に亀吉がふきだし、そしてお芳までが、わけもわからずに笑いだし、お直は両手でなにかを祈るように、しっかりと顔を押えた

## 十

いうまでもなく、一家はその長屋を動かなかった。お直と良吉の意見で、重吉は「五桐」の店をひき、自分の家で仕事をすることにした。

これまでも自分が古いとくいを廻《まわ》り、注文を取って来たのだから、店をとおさずに自分でやれば、数は少なくとも、売れただけそっくり自分の手にはいる。「五桐火鉢」といわなくともいい、蒔絵《まきえ》の模様も変えよう。そのうちにはまた世間の好みが変って、彼の火鉢ににんきが立つかもしれない。いずれにせよ、やってみるだけの値打はある、ということになったのであった。

それが思惑《おもわく》どおりにゆくかどうかは、誰にも判断はつかないだろう。長屋の人たちはうまくゆくように願った。かれらはみな重吉とその家族を好いていたから——しかし、それからのちも、長屋の人たちは重吉が酔って、くだを巻く声を聞くのである。こんどは十四日、晦日《みそか》ではないし、せいぜい月に一度くらいであったが、それは夜の十時ごろに長屋の木戸で始まり、同じような順序で、戸口まで続くのである。

「みんな飲んじまった、よ」と戸口の外で重吉がへたばる、「二貫と五百しきゃ、残ってないよ、ほんとに、みんな飲んじまったんだから、ね」

「はいっておくれよ、おまえさん」とお直の声をころして云うのが聞える、「ご近所に迷惑だからさ、ごしょうだからはいっておくれ」

「はいれない、よ」重吉がのんびりと答える、「みんな飲んで、遣っちまったんだから、銭なんか、ちっとしきゃ残ってないんだから、ね、いやだよ」

良吉が代り、やがてお芳の声がする、「たん、へんな」とお芳は気取って云うのであった、「へんなって云ってゆでしょ、へんな、たん」

（「週刊朝日別冊」昭和三十三年二月）

# 落葉の隣り

一

おひさは繁次《しげじ》を想《おも》っていた。それは初めからわかっていたことだ。ただ繁次が小心で、おひさの口からそう云《い》われるまで、胸の奥ではおひさを想いこがれながら、おひさは参吉を恋しているものと信じ、そのために心を磨《す》り減らしているのであった。

「なんでもないよ、繁ちゃん」と参吉が云った、「大丈夫だ、心配しなくってもいいよ」

これが繁次と参吉と、そしておひさをむすびつけるきっかけになったのだ。

繁次と参吉はおないどしであった。浅草黒船町の裏の同じ長屋で生れ、その長屋で育った。おひさはかれらより五つとし下で、やはり同じ長屋の、繁次の家と向う前に住んでいた。——三人は小さいじぶんお互いを知らなかった。長屋には子供が多いし、三人はめだつような子ではなかったからだ。そのうえ、繁次は七つのときに総持寺の末寺へ小僧にやられ、五年のあいだその長屋にいなかった。父の源次は古金《ふるかね》買いをしていたが、繁次を坊主《ぼうず》にするつもりだったらしい。こんな世の中では正直者は一生うだつがあがらない、どんな貧乏寺でも一寺《じ》の住職となれば、人にも尊敬されるし食うにも困らないから、というようなことを、まだ七歳にしかならない繁次に云い聞かせた。

繁次が十二の年に父が死んだ。あとには軀《からだ》の弱い母と八つになる妹のおゆりが残され、くらしに困るので彼は長屋へ帰った。寺の小僧になって五年、繁次は読み書きや礼儀作法は覚えたが、坊主になる気にはどうしてもなれず、機会があったら逃げだしてやろうとさえ考えていたので、家へ帰るときまったときには、父の死んだことを悲しむよりも、うれしさのあまりとびあがりたいように思った。

こうして繁次が長屋へ帰った年、参吉は反対に、田原町二丁目の仏具師の店へ奉公にはいった。ちょうど繁次と入れ違いのようなかたちだったが、そのあいだ半年ばかりいっしょに遊んだ。五年ぶりの再会であったが、特に親しかったわけではないから、初めは同じ長屋の顔見知りというくらいのつきあいで、そこにもしおひさがいなかったら、二人は友達にさえならなかったかもしれなかった。

おひさは妹の友達としてすぐ彼に馴染《なじ》んだ。妹のおゆりより一つとし下の七つで、軀つきも顔だちも貧相な、玉蜀黍《とうもろこし》の毛のような赤毛のしょぼしょぼと生えた頭の、まったく見ばえのしない子だったが、「繁ちゃんのあんちゃん」と云って、一日じゅう彼に付きまとった。

五月のはじめの或《あ》る午後、——御蔵《おくら》の渡しと呼ばれる渡し場の近くで、繁次はおひさに蟹《かに》を捕ってやっていた。隅田川の石垣にしがみついて、石の隙間《すきま》にいる蟹を捕るのだが、五つ六つ捕ったとき、近所の子供たちが五人ばかりやって来て、「坊主、坊主、——」とからかいだした。寺から帰ってまだ十日ほどにしかならず、彼の頭はまだ坊主だった。自分でもそれが恥ずかしいので、長屋の子供たちを避けていたくらいだから、繁次はふるえるほどはらが立った。かれらの中には鉄造、与吉などという乱暴者がいて、繁次をからかいながら、おひさの小《こ》桶《おけ》を取りあげて、中の蟹を川の中へ抛《ほう》り投げてしまった。おひさの泣きだす声を聞いて、繁次は石垣をよじ登ろうとした。鉄や与吉は腕力が強い、とうていかなう相手ではないが、とびついていって指の一本も食い千切ってやろうと思ったのだ。

そのとき参吉があらわれた。

「おい鉄、よせよ」と参吉がおっとりした声で云った、「五人がかりで一人をいじめるなんてみっともねえぞ」

「あたしのもよ」とおひさが泣きながら小桶を指さした、「あたしの蟹も逃がしちゃったのよ」

「いやなやつらだな」と云って、参吉は唾《つば》を吐いた、「いっちまえよ、鉄」

五人はぐずぐずとそこをはなれ、なにかあくたいをつきながら、駒形《こまがた》のほうへ逃げていった。繁次は石垣にしがみついたままこのようすを見ていたが、参吉に感謝するよりも、自分が人に助けられたという、みじめな、やりきれない気持でまいった。

それから半月くらいあとに、長屋の路地で出会ったとき、参吉のほうから繁次に笑いかけて、将棋をささないかと云った。参吉は色の白いおも長な顔で、眉《まゆ》が濃く、いつも屹《きっ》とひきむすんだような口つきをしてい、話しぶりや動作もおっとりと、ぜんたいが大人びていた。繁次は眩《まぶ》しいような眼つきをし、将棋は知らないんだと答えた。

「そんなら覚えればいいさ」と参吉が云った、「うちへ来ないか」

繁次は初めて参吉の家へいった。

参吉は両親がなく、茂兵衛《もへえ》という祖父と二人ぐらしであった。ずっとあとでわかったことだが、参吉の父母は夫婦養子で、茂兵衛と折り合いが悪く、そのときから四年まえに、長屋を出て別居してしまった。繁次はその二人をうろ覚えに覚えていたので、どうしていなくなったのか不審に思ったが、なにかしら訊《き》いてはいけないような感じがしたので、参吉にはなにも云わなかった。

茂兵衛の年はもう七十に近かった。背丈が高く瘦《や》せてはいたが、まだ足腰は達者で、酒もよく飲むし、しばしばあそびにもゆくという噂《うわさ》があった。上り端《はな》の三帖《じょう》に轆轤鉋《ろくろがんな》を据え、一日じゅう椀《わん》の木地《きじ》を作っているが、いい腕なのでかなりな稼ぎになるのだ、といわれていた。黙りやで殆《ほと》んど口はきかないけれども、色の浅黒いおも長な顔や、六尺近い長身の軀つきに、どこかの大店《おおだな》の隠居といったような品のよさがあり、武助という差配《さはい》までが一目置いているようであった。

繁次は将棋を覚えてから、毎晩のように参吉の家へでかけていった。——彼は指物《さしもの》職になるつもりで、浅草橋外の福井町にある「指定《さしさだ》」という店へ弟子入りをしたが、母が病身なため住込みでなく、特にかよい奉公をゆるされ、朝八時から夕方の五時まで勤めるようになっていた。仕事は追い廻《まわ》しか使い走りで、駄賃くらいの銭しか貰《もら》えなかったが、母と妹も内職をするので、親子三人どうやらくらすことができた。——参吉の家へゆくのは夕めしのあとで、茂兵衛老人はたいてい酒を飲んでいるが、繁次を見ると必ず茶を淹《い》れたり、菓子を出してくれたりした。

老人はあまり口はきかないが、孫の参吉がひじょうに可愛《かわい》いらしく、そのため繁次にもあいそよくするようであった。参吉はうるさそうな顔をするだけで、なにも云わないし、もちろん自分でやろうとすることもない。繁次と将棋をさしながら、平気でその茶を啜《すす》り、菓子を喰《た》べた。

参吉は十月の末に仏具屋へ奉公にいったが、そのちょっとまえの或る夜、繁次は怒って参吉を殴った。いつものように将棋をさしていて、繁次が二番負け、三度めに勝った。そして四番めの駒を並べるとき、参吉が「こんどはかげんなしにやるぜ」と云った。これが繁次にかちんときた。

「じゃあ」と繁次が訊き返した、「これまではかげんしてたのか」

「いいからやんなよ」と参吉がおうように云った、「待ったなしだぜ」

繁次はみじめに負けた。参吉のさしかたは辛辣《しんらつ》で、それまでとは人が違うようにするどく、繁次は手も足も出なかった。

「ちぇっ」と参吉は駒を投げだしながら云った、「おめえはだめだな」

「だめだって」繁次はふるえた、「なにがだめなんだ」

「繁ちゃん」と参吉が云った。

「だめとはなんだ」と繁次はどなった、「なまいきなことを云うな」

そして彼は参吉にとびかかり、押し倒して拳骨《げんこつ》で殴った。参吉は手向いもせず、されるままになっていた。繁次は相手が無抵抗なので、ちょっと気ぬけがし、同時に、相手の眉のところが切れて、血がふき出しているのを認め、ぎょっとしてとびのいた。

「怒らして悪かった」と起きあがりながら参吉が云った、「ごめんよ、繁ちゃん」

「たいへんだ、血が出てる」繁次は蒼《あお》くなった、「おれかあちゃんを呼んで来る」

そのとき老人はいなかったので、彼は母を呼びにゆこうとしたが、参吉は「そんな大げさなことはよせよ」と云い、勝手へいって傷を洗った。左の眉のところが斜めに、一寸ばかり切れていた。殴ったとき拇指《おやゆび》の爪《つめ》が当ったのだろう、それほど深く切れてはいないが、上げ汐《しお》どきとみえてなかなか血が止らなかった。参吉が洗った傷へ塩を擦りこむのを見ながら、繁次はおろおろとあやまった。

「なんでもないよ、繁ちゃん」とそのとき参吉が云ったのだ、「――大丈夫だ、心配しなくってもいいよ」

その言葉がこたえたのはあとのことだ。

参吉はまもなく仏具屋へ奉公にゆき、すると茂兵衛はへんな女を家へ入れた。年は三十五六、小柄でひき緊《し》まった軀つきにも、あさ黒い膚《はだ》の、よくととのった目鼻だちにも、水しょうばいをした者に特有の媚《こび》があり、日髪《ひがみ》、日風呂《ひぶろ》で、いつも白粉《おしろい》や香油の匂《にお》いをさせているため、たちまち長屋の女房たちの非難の的になった。――差配の武助が人別しらべにゆくと、親類の者で名はおみち、年は三十二歳、暫《しばら》く滞在するだけだ、と答えたそうであるが、両隣りの人たちはあざ笑った。昼間はもちろん、近所が起きているうちは静かであるが、夜半から明けがたまではひどいというのである。息をころし、声をひそめてはいるが、それが却《かえ》ってなまなましく、深い実感に満ちていて、たとえば両手で耳を塞《ふさ》いでも、その手をとおして聞えてくるようだ、というのであった。

二

——参ちゃんはどう思うだろう。

おとなたちの話は、繁次には理解できなかったが、下町で育てばませるのが一般だから、おぼろげながらいやらしいということは感じた。暫くいて出てゆくのならいいけれども、あのまま女がいつくとすれば参吉の母ということになる。

——あんな女を母と呼べるだろうか。

おれならまっぴらだな、と繁次は思い、参吉が気の毒でたまらなくなった。

正月元旦《がんたん》の午《ひる》ころ、参吉はやぶいりで帰って来た。どうなることかと心配していると、暫くして、将棋をさそう、と迎えに来た。なにも変ったようすはなく、家へ来いと云うのを聞いて、繁次は安心すると同時にちょっとがっかりした。

「将棋はよしたんだ」と繁次は云った、「それより浅草へでもいかないか」

繁次の眼に気づいて、参吉は左の眉のところを撫《な》でた。そこにはあのときの傷が、薄く茶色の糸を引いたように残っていた。

「これが気になるのか」

「そうでもないけれど」と繁次は赤くなった、「でも、――将棋さえやらなければ、あんなことにはならなかったろうからね」

「なんでもねえのにな」と参吉が云った、「じゃあ浅草へいこう」

妹のおゆりと向うのおひさが、伴《つ》れていってくれとせがんだ。参吉は伴れていってもいいような顔をしたが、繁次はいつになく強い調子ではねつけ、参吉と二人だけででかけた。

繁次は小遣など持ってはいないので、見世物や芝居の看板を眺めたり、大道野師《やし》の口上を聞いたりしながら、折があったら、参吉にあの女のことを訊くつもりでいた。しかし参吉はきまえよく二人分の銭を出し、芝居を一つと軽業《かるわざ》を見たのち、掛け茶屋であべ川餅《もち》を喰べた。五時までに店へ帰らなければならないというので、茶店を出るとまもなく帰ることにしたが、かみなり門をぬけたところで、繁次はそれとなくあの女のことを訊いてみた。参吉はやや暫く、なにも云わずに歩き続けてから、いつもの穏やかな、おとなびた口ぶりで云った。

「呼ぶのに困るんだ」と参吉は苦笑した、「おっ母《か》さんじゃあねえし、おばあさんて呼ぶのは悪いようだしな」

十歩ほどいってから、繁次がまた訊いた、「参ちゃんは嫌いじゃあねえんだな」

「ねえな」と参吉が答えた、「――おれにゃあずっと、かあちゃんがいなかったから」

繁次は頭《こうべ》を垂れた。

「長屋の者が悪く云ってるってことは知ってるよ」と参吉が云った、「人のわる口を云うのに銭はかからねえからな、云いたい者には云わせておけばいいさ」

それからさらに云った、「そんなことを気にしてくれなくってもいいぜ、繁ちゃん」

繁次は黙って頷《うなず》いた。

おれとは段が違うんだな、とあとで繁次は思った。おひさに蟹を捕ってやっていたときのこと、鉄や与吉を追っぱらってくれたが、どなりもしなかったし威《おど》しもしなかった。

――いっちまえよ、鉄。

そう云った静かな声が思いだされた。まだこっちは坊主頭《ぼうずあたま》で遊び相手もないとき、将棋をやろうと云ってくれた。知らなければ覚えればいいさ、うちへ来ないか。そうして、覚えの悪いおれに、半年も辛抱づよくつきあってくれた。

――おめえはだめだな。

舌打ちをしてそう云われたとき、おれはのぼせあがるほど癪《しゃく》に障《さわ》った。癪に障ったのは本当はあいつのほうだったろう、半年も辛抱づよく教えたのに、いつまで経《た》っても手があがらない。も手があがらない。誰だっていいかげん飽き飽きするさ、それをおれはかっとなって殴りつけた。左の眉のところが切れて、血がふきだしたときの驚き。だが参吉は怒らなかった、自分で傷の手当をしながら、なんでもない、心配しなくってもいいよ、と云ってくれた。

――人間の段が違うんだな。

繁次はそう思った。人の悪口を云うのに銭はかからない、とあいつは云ったが、長屋の人たちが悪く云うには理由がある。おれだってあんな女はいやらしいし、あいつだって好きにはなれない筈《はず》だ。朝っから白粉の匂いをぷんぷんさせて、だらしのない恰好《かっこう》をしている女なんぞ、あいつだってがまんがならないに違いない、けれどもあいつはそんなけぶりもみせなかった。

――ああいうのを十万人に一人っていう人間かもしれねえな。

繁次は十三歳の頭でそう思った。

田原町と黒船町はわりに近いので、月に三度か五度くらい、参吉は長屋へあらわれた。たいていは使いに出たついでのことで、繁次は「指定《さしさだ》」へいっているから殆んど会わなかったが、妹のおゆりや向うのおひさからよくそれを聞いた。ことにおひさは、参吉のことになるとむきになり、彼の云《い》った言葉や、どんな顔つきをしたか、などということまで、詳しく覚えていて繁次に告げた。

「あの人にお土産を持って来るのよ」とおひさは云った、「いつでもよ、あたいちゃんと知ってるわ」

「あの人って誰だ」

「参吉さんちにいる女の人よ、わかってるくせに」

おひさは彼を繁ちゃんのあんちゃんと呼ぶが、参吉のときは名前にきちんとさんを付けて呼んだ。

――こんなちびでも人の見分けはつくんだな。

繁次はそのころからそう思いはじめた。おひさは参吉が好きなんだ、よせばいいのにな、あいつはいまにきっとえらい人間になる、おめえみてえなみっともねえ子なんか、見向いてもくれやあしねえ。あんまり好きにならねえほうがいいぜ、などと思うこともあった。

その年の秋ぐち、七月にはいるとすぐに、長屋で痢病《りびょう》がはやりだし、妹のおゆりが五日病んで死んだ。激しい下痢《げり》が続き、しまいには血をくだしたが、蒲団《ふとん》から畳にとおるほどの血で、医者にも手当のしようがなかった。その長屋で子供がほかに三人、老婆《ろうば》が一人死に、隣りの町内でも幾人か死んだ。

「さぞ苦しかったろうね、可哀《かわい》そうに」母はおゆりの死顔に化粧をしてやりながら、同じことを繰り返して云った、「あたしはこんなに軀《からだ》が弱いんだもの、死ぬならあたしが死ぬ順じゃないか、あたしはもう先に望みはありゃあしない、おまえはこれからどんなにでも仕合せになれたのにね」

棺《ひつぎ》を出そうとしているところへ、参吉が悔みに来た。急に背丈が伸びたようだし、口のききようもいっそうおちついて、繁次《しげじ》にはちょっと近づきにくいようにさえ感じられた。近所の人たちのごたごた混みあっているなかで、参吉は悔みを述べ、香典の包を置くと、繁次にめくばせをして、脇《わき》へ呼んだ。

「おれは田原町をよすことにしたよ」と参吉は云った、「蒔絵《まきえ》職人になるつもりなんだ、おちついたらまた話に来るからな」

そのときおひさがこっちへ来て、参吉さん、と呼びかけた。参吉がそっちを見ると、おひさは繁次のうしろへ隠れて、恥ずかしそうに笑いかけた。参吉も微笑《ほほえ》み返したが、なにものは云わず、繁次に「じゃあまた」という手まねをして、たち去った。

妹に死なれたことは、繁次にとっても大きな痛手であった。しかし育ちざかりのことであるし、母がいつまでもくどくど嘆き続けるので、それがうるさいために、却《かえ》って早く悲しさを忘れるようになった。――それよりまえ、九月の晦日《みそか》に参吉が訪ねて来て、蒔絵師のところへ弟子入りがきまったと云い、ちょっと外へ出ようと誘った。それから隅田川の河岸《かし》へゆき、そこで半刻《はんとき》ばかり話した。きまった先は日本橋横山町の島田《しまだ》藤兵衛《とうべえ》といって、大名道具を扱う店だということだった。

「おれは名をあげてみせるよ」参吉は珍しく昂奮《こうふん》した口ぶりで、なんどもそう云った、「金なんかいらねえ、一生貧乏でいい、たとえ屋根裏で飢え死にをしてもいいんだ、――その代り、これは誰それの作だと、百年さきまで名の残るような物を作ってみせるよ」

繁次は圧倒された。参吉がそんなようすをみせたのも初めてであるが、屋根裏で飢え死にをしてもいいとか、百年のちまで名の残るような仕事をする、などという言葉は、聞くのも初めてであるし、その意味もよくのみこめないので、参吉が自分の知らない世界にはいり、見あげるほど高く、えらい者になったように感じられたのであった。

――あいつはきっとそうなるだろう。

繁次はそれを確信した。そして、自分が彼の額を傷つけたときのことや、怒りもせずに、おちついた手つきで傷の手当をしていたことを思いだし、あんなところにも人にまねのできない性分があらわれていた、やっぱりえらくなるやつは違うんだな、と思った。

年があけて二月、繁次は「指定」の店へ住込みで奉公することになった。母のことは向うのおひさのうちで面倒をみてくれるというし、かよいでは本当の仕事が覚えられない。それに年も十四になったので、思いきってそういうことにした。そして、住込みときまったとき、横山町の「島藤」の店へゆき、参吉を呼びだしてそのことを告げた。

「おれは参ちゃんのような能はねえけれど」と彼は別れるときに云った、「それでもいちにんまえの職人にはなるつもりだよ」

「おめえは腕っこきになるさ」と参吉は励ますように云った、「やぶいりに会おう」

三

それから三年経った秋、おひさの母親が死んだ。

繁次が仕事で鉋《かんな》を使っていると、女中が来て「おひさっていう子が来ている」と告げた。名前だけではちょっと思いだせず、鉋屑《くず》をはたきながらいってみると、勝手口の向うにある薪小屋《まきごや》の前に、おひさが立っていた。だが、それがおひさだとわかるまでにはちょっとひまがかかった。その年のお盆のやぶいりに会ってからそれほど日は経っていないのに、背丈も一寸くらい伸びたようだし、顔や軀つきにもどことなくまるみがついて、「みっともないちび」という感じとはすっかり変ってみえた。繁次が近よってゆくと、おひさは、いっぱいにみひらいた眼で彼をみつめたが、その眼から大きな涙がこぼれ落ちるのを繁次は見た。

「かあちゃんが死んだの」とおひさは前掛で顔を掩《おお》い、泣きだしながら云った、「かあちゃんが死んじゃったのよ」

　繁次は口をあいたが、すぐには言葉が出なかった。彼はおひさの肩へ手をやり、するとおひさは軀ごと凭《もた》れかかった。前掛で顔を掩ったまま、彼の胸へ凭れかかって、うっ、うっと咽《むせ》びあげた。

「どうしたんだ、いつ死んだんだ」

「昨日《きのう》が初七日《しょなのか》だったの」

「知らなかったな、病気だったのか」

「十日ばかり寝ただけ」とおひさが答えた、「寝て二三日すると頭がおかしくなって、死ぬときにはわけがわからなくなっていたの」

「ちっとも知らなかった、たいへんなことになっちゃったな、それは」

おれはまぬけなことを云うぜ、繁次は自分に舌打ちをした。凭れているおひさの軀が、触れているところだけ熱いように感じながら、悲しいような気分さえ起こらない自分が、恥ずかしくなるばかりだった。

「あたしどうしよう、繁ちゃん」おひさは咽びあげながら云った、「あたしどうしたらいいかしら」

「どうするって、なにを――」

おひさは急に軀を固くした。繁次はその軀を押しはなして、顔を覗《のぞ》きこみながら、どうかしたのか、なにか心配なことでもあるのか、と訊《き》いた。おひさは暫《しばら》くじっとしていたが、やがて小さくかぶりを振ると、涙で濡《ぬ》れた顔をよく拭《ふ》いて、前掛をおろした。

「なんでもないの」とおひさは微笑した、「かあちゃんに死なれて心ぼそくなっただけよ、ごめんなさい」

「そうだろうけれど、まあ坊がいるからな」と繁次はぎごちなく云った、「おじさんはあんなだから、おめえがしっかりしなくっちゃまあ坊が可哀そうだぜ」

「おかしいのね」おひさはぼんやりと、独り言のように云った、「あの子ったらかあちゃんが死んでも泣かないのよ」

そしておひさは喉《のど》で、しゃっくりのような泣きじゃくりの音をさせた。

その夕方、仕事を終ってから、繁次は親方にわけを話して、おひさの家へ悔みにいった。さきにうちを覗《のぞ》くと、母がおひさと増吉《ますきち》に夕飯を喰《た》べさせているところだった。繁次は声をかけておいて、おひさの家へいった。姉弟《きょうだい》の父は角造《かくぞう》といい、今戸の瓦屋《かわらや》の職人だったが、酒癖が悪く、飲みだすと三日も五日も休みなしに飲み、もちろん仕事には出ないし、酒乱のようになった。そうかと思うとぴたっとやめて、二十日も一と月も一滴も飲まないことがある。そんなときは軀まで小さくなったかと思うほどおとなしく、ろくろく話もできないというふうになるが、飲み始めるとまた同じような結果になるのであった。

繁次が悔みにいったときも酔っていて、繁次の挨拶《あいさつ》など耳にもはいらないようすだった。表のすり切れた古畳の上へ、片肌ぬぎになってあぐらをかき、飯茶碗《めしぢゃわん》を持って飲んでいた。まわりには食い荒した皿や丼《どんぶり》や小鉢物と、一升徳利が六七本も並んでおり、部屋の中は胸が悪くなるほど酒の匂《にお》いがこもっていた。

「子供は親のもんだ、そうじゃねえか」と角造は云った、「子供ってやつは親が生んで、親が苦労して育てたもんだ、そうじゃねえってのか、おい、そうじゃねえって云うのか」

繁次は立とうとした。

「おい待て、逃げるな」と角造はどなった、「帰るんならそこのところをはっきりさせてから帰れ、子供は親のもんじゃねえのか」

「そんなことわかってるじゃねえか」と繁次はなだめるように云った、「いったいなにを怒ってるんだい、おじさん」

「子供が親のものなら、どうして親の自由にしちゃあいけねえんだ、子供を育てるためには親はずいぶん苦労をしてる、てめえの食《しょく》を詰めても子供に食わせ、飲みてえ酒もかげんして、暑さ寒さにひっぱる物の心配もしなけりゃあならねえ、そうやって育てた子供なんだから、親が困ってるとき親のために働くのはあたりめえだろう」

そこまで聞いて繁次はどきんとし、そうだったのか、と心の中で呟《つぶや》いた。

――あたしどうしたらいいかしら。

おひさがそう云いに来たのはこのためだ。一昨年《おととし》のお盆に帰ったとき、彼は母から聞いたことがあった。例によって角造が飲み続けたあげく、おひさを芸妓屋《げいぎや》へ売ろうと云いだし、そのためひどい夫婦喧嘩《げんか》になった、というのである。あんなみっともねえ子をかい、と繁次は笑って聞いたが、女房に死なれた角造は、きっとまたそんなことを考えだしたに違いない。ひでえ人だな、と思いながら、やがて繁次は立ちあがって、自分の家へ戻った。

おひさは勝手で茶碗を洗ってい、母は行灯《あんどん》の側《そば》で、増吉の手の爪《つめ》を切ってやってい
た。繁次は低い声で角造のようすを話し、どういう事情なのかと訊《き》いた。想像したと
おり、女房が寝つくとすぐに、おひさを芸妓屋へ売ろうと云いだした。女房は危ない
と感じたのだろう、繁次の母と差配の武助に立会ってもらい、「どんなことがあって
もおひさを売るようなまねはさせないでくれ」と頼んだ。おひさもよく云い聞かせら
れたのだろう、母親が死んで五日と経たないうち、父がその話をもちだしたので、す
ぐに差配のところへ駆けこんだ。

「あたしは女だから口出しはしなかったけれど」と母は云った、「差配さんは膝《ひざ》づめ
でかなり強いことを云ったらしい、それからずっと飲み続けで、あのとおりどなりち
らしているんだよ」

乱暴をしそうで怖いというから、おひさと増吉は母が預かった。おちつくまで預か
るつもりだけれど、三人口を養うとなると、——と云いかけて母は口をつぐんだ。

「当分のことならなんとかなるよ」と繁次は云った、「だけど、差配が止めるだけで
大丈夫なのかなあ」

「角さんがやる気になればだめらしいね」と母は云った、「芸妓屋へじかにしろ、女《ぜ》

衒《げん》に頼むにしろ、親が金を取ってしまえば、お上《かみ》の力でもどうしようもないそうだよ」

「ひでえもんだな」と繁次は幾たびも首を振った、「ひでえもんだな」

勝手で物音がしなくなり、おひさの啜《すす》り泣く声がかすかに聞えた。繁次がいってみると、おひさは流しの前に立ち、前掛で顔を掩って泣いていた。小刻みにふるえている肩に、赤い襷《たすき》のかかっているのが、繁次の眼にはひどくいじらしくみえた。

「泣くなよ、泣いてる場合じゃあねえじゃねえか」と繁次は云った、「いくら親だからって、立派に働ける軀を持っていて、自分が怠けたり酒を飲んだりするために、子供を売るなんて非道なまねができるもんか、そんな者は親じゃあねえぜ、そうだろう」

「でも、あきちゃんだって売られちゃったわ」と泣きながらおひさが云った、「いやだいやだって泣いてたけれど、去年とうとう売られちゃったのよ」

「あきちゃんて誰だ」

「お札売りのうちの人よ」

「覚えてねえな」と繁次は首を捻《ひね》った、「それはその子が気が弱かったからだよ、本当にいやで、死ぬ気になってみな、にんげん死ぬ気になってやればできねえことはねえぜ」

おひさは顔をあげた。涙で濡《ぬ》れた眼を拭《ふ》き、その眼でじっと繁次をみつめた。

「参吉さんもそう云《い》ったわ」

「参ちゃんが、……いつ、――」

「今年の正月のやぶいりのときよ」とおひさは云った、「江戸一番の職人になるんだ、死ぬ気になってやるつもりだって」

繁次は胸の奥に一種の痛みを感じた。どういうわけか理由はわからないが、重苦しいような痛みを、胸の奥に感じて顔をしかめた。

「それでわかるだろう」と繁次は乾いた声で熱心に云った、「職人になるんでさえ死ぬ気でやるっていうんだ、おめえは自分の一生と、まあ坊のためだぜ、もう十二なんだからな、まあ坊のためにも自分の一生のためにも、死ぬ気になって頑張ってみな、その気になればきっと切りぬけられるぜ」

「ええ」とおひさは頷《うなず》いた、「やってみるわ、まあ坊さえいなければあたし死ぬつもりだったんだもの、やれるだけやってみるわ」

繁次は母に、金を届ける、と云って、まもなくいとまを告げた。年期奉公には、場合によって主人から金を借りることができた。繁次は借りなかったので、少しぐらいならどうにでもなった。

「参吉とそんな話をしたのか」店へ帰る途中で繁次はそう呟いた、「——おれにはそんなことは云わなかったがな、いつそんな話をする暇があったろう」

そのときまた、胸の奥にあの痛みが起こった。繁次はわけがわからず、立停ってそっと、片手で胸を押えた。

四

十九の年の十一月、繁次は初めて居酒屋へはいって、初めて独りで酒を飲んだ。それまでにも祭礼とか祝いごと、正月などに、兄弟子たちにしいられて舐《な》めるくらいのことはあったが、盃《さかずき》に二つもやると軀じゅう火がついたように熱く、いまにも心臓がとび出しそうになるので、酒と聞いただけでも逃げだすようにしていた。

だがその日は飲みたかった。人の酔うのは見ているから、そんなふうに酔えれば有難いし、酔えなくとも、ただ苦しくなるだけでもいい、思うさま自分を苦しめてみたい、というような気持であった。

神田川の河岸《かし》にあるその居酒屋は、小さくて汚ないうえに、荷揚げ人足や船頭など、川筋で働く人たちがおもな客だから、「指定《さしさだ》」の職人などはもちろん、近所の者とかち合う心配はなかった。店は二十人もはいれるだろうか、暗くて湿っぽい土間に長い飯台が二つ、それを囲んで空樽《あきだる》に薄い蒲団《ふとん》を置いたものが並べてある。——十五日の黄昏《たそがれ》で、かなり混んでいる店の、いちばん隅に席をみつけ、繁次は壁へくっつきそうな恰好《かっこう》で、肩をすぼめながら腰を掛けた。

年は二十ちょっとぐらいだろうが、世帯崩《しょたいくず》れのような、ひどく老《ふ》けてみえる女が注文を聞きに来て、おや、指定さんのにいさんじゃないの、と驚いたように云った。繁次は逃げだしたくなったが、やっとがまんして酒と肴《さかな》を頼んだ。

「だらしがねえな」と繁次は口の中で呟いた、「そんなことわかってたじゃねえか、忘れちまえ」

佃煮《つくだに》と目刺の焼いたのと、甘煮《うまに》などが並び、繁次は二杯まで眼をつむって飲んだ。これまでとは違って、苦くもなく、匂いも鼻につかなかった。

忘れちまえ、と心の中で繰り返し、幾たびもぎゅっと眼をつむって頭を振った。だが、眼の奥に残った印象は深く強烈で、まるで刻みつけでもしたように、どうしても打ち消すことができなかった。——彼はおひさと参吉が抱き合っているのを見たのだ。勝手口の外にある薪小屋《まきごや》の前で、背の高い参吉が上から跼《かが》むようにし、おひさは背伸びをして、両方でお互いの軀《からだ》を抱き緊《し》め、そして唇を合わせていた。それはけんめいな、ひたむきな姿で、勝手口へ繁次《しげじ》の出て来た物音にも、まったく気づかないようであった。

おひさは「指定」の女中をしていた。父親がなにをするかわからないので、繁次が親方夫婦に話したところ、三人いる女中の一人に嫁の話があり、その代りを捜していたところだそうで、すぐに相談がきまった。差配の武助がおひさの父と「指定」の親方とのあいだに立って、おひさの身売りなどはしない、という証文を入れ、年期七年で五両という金を貸した。受人はむろん武助で、残った増吉は繁次の母が世話をすることになった。

それから足かけ三年、おひさも十四歳になるが、店でいっしょにくらし始めてから、繁次はいつもおひさに気をつけ、ほかの女中や職人たちにいじめられたり、わるさをされたりしないように庇《かば》ってやった。

――出しゃばるんじゃあねえぜ。

無用に気をきかせたり、才ばしったふうをしないほうがいい。あの子はまがぬけている、と云われるくらいのほうが朋輩《ほうばい》から憎まれずに済む。それをよく覚えておくように、などと、いっぱしおとなぶった口ぶりで、だが心からしんけんに、繁次は繰り返し注意したものであった。

このあいだずっと、休みの日にはたいてい参吉が訪ねて来た。そしていっしょに芝居や寄席《よせ》や、季節によっては菊見、舟遊び、遊山《ゆさん》などにもでかけた。横山町の店はやかましいとのことで、いつも参吉のほうから来るのだが、するとおひさのようすが目立って変った。参吉はそれまでどおり、一と言か二た言話しかける程度だが、おひさは顔を赤らめ、返辞もろくにはできず、うるんだような眼で、気づかれないようにそっと見あげたりする。そのくせ参吉のいるあいだはそわそわとおちつかず、へまなことをして朋輩の女中に叱《しか》られる、といったようなことを繰り返した。

――まだ十三や十四で、いやだよこの子は、もういろけづいちゃったんじゃないの。

今年になってから、口の悪いおつねという女中にずけずけとそう云われ、おひさは泣きだしたことがあった。

「いま始まったことじゃねえ」繁次は持った盃をみつめながら、独りでそっと呟いた、「おひさは昔から参吉が好きだった、それでいいじゃねえか、おい繁、てめえやきもちをやいてるのか」

盃を持つ手に力がはいり、指の節がぐっと高くなった。

――こんなことはざらにあるんだろうな。

いまのおれのように、こんなみじめなおもいをしている者が、この世の中にどれほどたくさんいるだろうか、と繁次は心の中で思った。

「どうしたの、にいさん」

こう云われて眼をあげると、さっきの年増女《としまおんな》が前に来ていた。

「あたしおつぎっていうの」女はにっと笑いかけながら燗《かん》徳利を持った、「あら、ちっとも減ってないじゃないの、お酌《しゃく》しましょう」

「自分でやるからいいよ」

「そんなに嫌わなくってもいいでしょ」おつぎは酌をしながら繁次を見た、「あたしまえからあんたのことよく見かけていたのよ、今日はどうしてこんなとこへ来たの」

繁次は返辞ができなかった。

「飲みたかったからさ」とようやく云って、彼は思いだしたように盃をさし出した、「――一つやらないか」

「いただくわ」おつぎは盃を受取った、「一つだけね、ありがと」

こんなところにいるとつい飲むようになってしまう。嫌いだったのがいまは好きになったが、酔うとだらしがなくなるから、店にいるあいだは飲まないようにしているのだ、とおつぎは云った。言葉は乱暴だが、さっぱりとした中になんとはないあたたかみがこもっていて、繁次はいつかあまえたいような気分にひきこまれた。

「ちっとも飲まないじゃないの」やがておつぎが訝《いぶか》しそうに云った、「あたしがいちゃあ邪魔」

「そうじゃない」繁次は眼をそらして、呟くように云った、「初めてだから、まだ」

おつぎの眼に、なんと云いようもない色が動いた。店の中は殆《ほと》んど客がいっぱいで、皿小鉢の音や、話したり笑ったりする高ごえや、三人いる小女《こおんな》たちの甲だかい呼び声などのため、繁次のいるその隅だけ、一ところ穴があいたように感じられた。

「あたし小さいときにね」とおつぎが云った、「おみおつけの鍋《なべ》へ踏みこんで、こっちの足に火傷《やけど》をしたことがあるのよ、五つの年だったかな、火からおろしたばかりで鍋はぐらぐら煮たっていたの」

「あぶねえ——」繁次はきゅっと顔をしかめた。

「おっ母《か》さんがうどん粉に酢を入れて練ったのを塗って、晒《さら》しで巻いてくれるあいだ、あたし死んじゃいたい死んじゃいたいって、声っ限り泣いてたわ」

「痛かったろうな」

「痛いためばかりじゃないの、どう云ったらいいかな」おつぎは機械的に燗徳利を持ったが、繁次の盃にまだ酒があるのを見て、それを下に置きながら続けた、「こんなたいへんなことになったら、もう生きてはいられないだろう、いっそ死んじまうほうがましだ、っていうような気持だわね、そうよ、そんなような気持だったわ」

同じような気持になったことは、それからあとにも三度ある。そして、「死んじまいたい」と思いつめるそのときの気持には、嘘《うそ》も誇張もない。ぎりぎりいっぱい、死ぬよりほかにないと思うのだが、そのときが過ぎてしまうと気持もいつか変ってゆき、そんなに思いつめたことがばからしくさえなる、とおつぎは云った。

「人間てそんなものらしいわ」おつぎはにっと微笑した、「悲しいことかもしれないけどね、おかげで生きていられるんでしょ」

なんのためにそんな話をするんだ。初対面なのに、なにか勘ちがいをしているな、繁次はそう思いながら、やはりあたたかな、母親の乳の匂《にお》いでも嗅《か》ぐような、しんみりした気分に浸っていた。

「おれ、繁次っていうんだ」ふとそう云ってから、恥ずかしそうに彼は赤くなった。

「そう」とおつぎは頷いた、「繁さんね」

奥のほうでおつぎを呼ぶ声がし、小女がこっちへ来て「ねえさん」と云った。たぶん馴染《なじみ》の客なのだろう。おつぎは繁次に手を出して云った。

「もう一つちょうだい」

繁次はうろたえた手つきで、持っていた盃を渡し、酌をしてやった。

「御馳走《ごちそう》さま」おつぎは飲んでから、そう云って繁次の顔を見た、「――よかったらまた来てね、くよくよするんじゃないのよ」

繁次はまもなくその店を出た。

思いがけないことだが、おつぎという女と話したあと、彼は参吉に悪かったな、と思った。その日はいっしょに寄席へゆく筈《はず》だったが、薪小屋の前のことを見てかっとなり、「今日は軀のぐあいが悪いから」と断わってしまった。

「二人のことはわかってたんじゃねえか」と彼は自分を責めた、「どっちも古い友達同志なんじゃねえか、――繁公、てめえきざなやつだぜ」

## 五

いまにおひさは参吉といっしょになるだろう、参吉はきっと江戸に何人という職人になるだろうし、そうすればおひさも仕合せになれる、二人はそうなるようにきまっていたんだ。――繁次はそれを納得した。小さいじぶんからのことを思い返してみろ、二人がそうなるのは当然のことじゃないか、と彼は幾たびも自分に云った。

そこまではっきりしているのに、薪小屋の前の二人の姿を思いだすと、そのたびに胸が裂けるような痛みを感じた。いつだったか、繁次の家の勝手でおひさが泣いていて、「参吉さんもそう云った」とおひさの口から聞いたあと、胸の奥にわけのわからない苦痛が起こった。そのときの痛みに似ていて、もっとするどく深く、息ができなくなるほどの痛みなのだ。

「おれだけじゃあねえんだな」と繁次はよく独り言を云った、「あのおつぎっていう人だって、女の身でずいぶん辛《つら》いおもいをしたらしいからな」

おひさとはなるべく顔の合わないようにしたが、同じ家にいるのでまったく見ないわけにはいかないし、なにか話しかけられれば返辞もしなければならない。おひさのようすにはなんの変化もなく、これまでどおり彼を頼みにし、つまらないようなことでも、いちいち彼に相談するというふうであった。

――十四ぐらいでも、女ってものはたいした度胸があるんだな。

男と抱きあい、唇を吸いあう、などということはたいへんな出来事の筈だ。云ってみれば一生がきまるようなことだろうのに、なんの変化もみせないというのは、よっぽどの度胸があるに違いない、と彼は思った。

繁次はやがて、自分の気持を隠すことを覚えた。おひさにも参吉にも、できる限りそれまでと同じような態度をとり、自分の感情を表へあらわさないようにつとめた。こういう努力には卑屈感が伴わずにはいない。繁次はときどき自分がみじめで、やりきれなくなることがあった。そんなことはたびたびではないが、どうにもがまんのできないようなときには、いつかの居酒屋へいって気をまぎらわした。そういうときは参吉にもわかるらしく、腑《ふ》におちないような眼で、しげしげと彼の顔を見ることがあった。

「おめえどうかしたのか」と或《あ》るとき参吉が訝《いぶか》しそうに訊《き》いた、「このごろなんだかようすのおかしなときがあるぜ」

「そうかな」と繁次は首をかしげた、「自分じゃあ気がつかねえがな」

だらしのないはなしだが、そのとき繁次はうれしいような気持になった。

——やっぱり友達なんだな。

心にやましいことがあればそんなことを訊きはしない、と繁次は思った。おひさとのことがやましければ、おれのようすで気がつく筈だ。おれがこんなに用心しているのに、おかしいなと勘づくのは、おれを友達として心配してくれるからだし、心にやましさがないからだ。

——いいやつだな。

あいつは思いやりのあるいいやつだ。あいつに比べるとおれはみみっちい、くだらねえ人間じゃねえか。あいつは頭もいい、自分で云うとおりきっと偉い職人になるだろう。おれなんかには過ぎた友達だ、と繁次は思った。

二十《はたち》になったころから、参吉の訪ねて来るのが少なくなった。店の手があかないんだ、と云《い》ったことがある。「島藤《しまとう》」では腕っこきの一人になったようすで、大名屋敷や金持の家へ、直し物にかようこともあり、休みの日にも、遊ぶより仕事をするほうが面白い、というふうであった。

繁次は兄弟子にすすめられて、端唄《はうた》の稽古《けいこ》を始めたが、どうしてもうまくならないし、声が悪いので「落葉に雨の」というのを半分やりかけたままよしてしまった。或る夜、また河岸の居酒屋へいったとき、少し酔ったのだろう、自分でも気づかないうちに、その唄をうたいだした。——参吉があまり来なくなってからだから、二十の年の冬のかかりだったろうか、雨が降っていて客もあまりなく、彼はいつもの隅に腰を掛けて、おつぎの酌で飲んでいた。飲むといっても、おつぎに助《す》けてもらってせいぜい一本というところだし、それもたいてい三分の一は残るのが例であった。その晩もよけいに飲んだわけではないが、珍しく客が少ないのと、気のめいるような雨の音とで、なんとなくそんな気分になったのだろう、稽古したところだけを低い声で、そっとうたった。

「あら、いいわね」とおつぎが云った、「粋《いき》な文句じゃないの、あとをうたってよ」

「よせよ恥ずかしい」繁次は赤くなった、「われながらこの声にはうんざりしているんだ」

「あんたのおはこだよ、それ」とおつぎが云った、「なにかっていうと自分を貶《けな》すんだ、よくない癖だよ、繁さん、あんたはいい人だけれど、それだけは直さなくちゃいけないよ」

繁次は黙った。

「あとを聞かして」おつぎは気を変えるように云った、「あたし好きだわ、その唄」

繁次は首を振った、「これっきりしきゃ知らないんだ」

「そんなこと云わないで」

「本当に知らねえんだ」と繁次が云った、「ここまでやってみたけれど、自分でも可笑《おかし》くなってよしちゃったんだ」

おつぎはじっと繁次を見ていて、「かなしい性分だね、あんたって人は」と溜息《ためいき》でもつくように云った。そして、そこまででいいからもういちど聞かせてくれ、とせがんだが、繁次はすっかりてれてしまい、この次にしようと断わった。

その次の次あたりだろう、やはり客の少ない晩に、繁次はなにげなくその唄をうたった。もちろん張った声ではない、無意識な、呟くような声であった。そのときもおつぎは向うに腰掛けていたが、こんどはなにも云わず、燗徳利を持ったまま眼をつむって、しんと聞いていた。うたい終ってから、おつぎのそのしんとした表情を見、自分がうたったことに気づいて、繁次は赤くなった。

「いい唄だよ」とおつぎは眼をあいて云った、「かなしくって、せつなくなるようだ、すっかりならっちまえばよかったのに」

「ああ」とおつぎはすぐに頭を振った、「そうじゃない、それだけのほうがいいかもしれない、あとの切れちまってるほうが情が残っていいかもしれないよ」

「いろんなことを云うんだな」繁次は苦笑いをした、「おれなんかにゃあ文句の意味もわからねえや」

「もうすぐだよ」とおつぎが云った、「そういう気持を覚えるには学問もいらず、てまもかからないからね」

そんなことを云われたのが、心のどこかに残ったのだろうか。それともほかに知った唄がないためか、仕事をはなれて、とぼんとしているときなどに、ふと気がつくとその唄をうたうのが癖になった。

「おかしなやつだぜ」と端唄のうまい兄弟子が云った、「唄ってものはしまいまできっちり覚えてからうたうもんだ、半端《はんぱ》な唄はうたうな」

繁次《しげじ》は一言もない。なるべく気をつけるようにしたが、つい忘れて、ときどきわれ知らずうたい、独りで赤くなるようなことがあった。

二十二の年の春、参吉は長屋へ戻って、「島藤」の店へかよいの職人になった。店では一番の腕だそうで、大名や富豪の屋敷へは、もっぱら彼がゆくのだということであった。その年の夏、おひさも暇を取って家《うち》へ帰った。父親の角造が中気で倒れ、そのまま寝こんでしまった。増吉《ますきち》は神田白壁町の質屋へ奉公にいったばかりだし、どうしてもおひさが帰らなければならなかったのである。

「休みには家へ帰ってね、繁ちゃん」と暇を取って出てゆくときおひさが云った、「このごろあんまり帰らないんでしょ」

「帰らなくはねえさ」

「たいてえ芝居かどっかへゆくじゃないの、知ってるわよ」とおひさが云った、「でもこれからはなるべく帰ってね」

参吉がいるぜ、と口まで出かかったが、繁次は「うん」と頷《うなず》いただけであった。

母親のくらしを助けるために、繁次は親方から三度金を借りているし、月づき幾らかずつは仕送らなければならないので、二十三で年期のあける筈が、なお一年延びることになっていた。彼は手のおそいほうだし、見栄《みば》えのするような仕事はできなかった。それできょうだい弟子たちからは軽くみられていたが、みてくれに構わず、いそがない品なら誰にも負けない物を作るので、特に箪笥《たんす》などは名ざしで来る注文が少なくなかった。

　繁次は晦日《みそか》だけは家へ帰った。しかし母に幾らか渡すと、茶も啜《すす》らずにとびだしてしまう。参吉やおひさに会いたくなかったし、ぐちっぽくなった母の繰り言を聞くのも、気が重かったのだ。

「そういう年ごろになったんだね」と母はたびたび云った、「男の子が二十を越せば、自分の家なんか気ぶっせいになるんだろう、いいよ、おまえだけじゃないんだから」

「注文の仕事が閊《つか》えてるんだ」と繁次は眼をそらしながら答える、「名ざしの注文なんだから、休みだからって遊んでるわけにはいかないんだよ」

　そんなふうに上《あが》り框《がまち》で云って、そのまま出てしまうことが多かった。おひさは父の看病をしながら、仕立て物の賃仕事をしているそうで、ときには母のところへ、わからないところを訊きに来ていて、繁次と顔の合うこともあったが、おひさのほうが先に眼をそらすようで、話をする機会は殆《ほと》んどなかった。

## 六

二十四の年の三月に、繁次はようやく年期があけて、黒船町裏の家へ帰った。店と縁が切れたわけではなく、かよいでもう二三年仕事をすれば、親方が店を分けてくれる約束であった。

こうなれば避けるわけにはいかない。朝でかけるときなど、しばしばおひさと出会った。おひさも十九で、すっかり女らしくなってい、朝の挨拶《あいさつ》をするときなど、ちょっとした微笑や、おじぎのしかたなどに、ほのかな媚《こび》が感じられた。そんなことが眼につくと、繁次の胸はまた痛みにおそわれ、一日じゅうその痛みの続くこともあった。

参吉ともよく会うが、彼は泊りこみで修理物にでかけることが多く、またお互いの仕事が違うためもあろうが、以前ほど親しい往《い》き来《き》はしなかった。

――どうして二人はいっしょにならねえんだろう。

繁次はそれが訝しかった。参吉にも祖父とその女がいるし、おひさには寝たっきりの父親がある。たぶんそれが障《さわ》りになっているのだろう、と思ったけれども、参吉は男であり、祖父は丈夫で女もいる。その気になればおひさと夫婦になって、病人ひとりくらい養ってゆけるではないか、などと思ったりした。

夏になってから、――浅草寺《せんそうじ》の四万六千日のすぐあとのことだが、繁次が晩めしを済ませたところへ、参吉が訪ねて来た。

「おばさん今晩は」そう云いながらさっさとあがって来、爪楊枝《つまようじ》を使っている繁次の脇《わき》に坐《すわ》った、「おめえに見せてえものがあるんだ、こいつを見てくれ」

二尺に三尺ほどの紙をひろげた。母がちゃぶ台を持ってゆき、参吉は行灯《あんどん》を引きよせた。その紙には一脚の厨子《ずし》の絵が、極彩色《ごくさいしき》で描いてあった。

「おれにはよくわからねえが」と繁次が云った、「見たことのねえもんだな、文台ってやつか」

「庇《ひさし》二階の厨子っていうんだ」

「大名道具だな」

「紀州さまから出たんだそうだ」と参吉は昂奮《こうふん》して云った、「いまは本町二丁目の小村屋のもので、この下の段、下層っていうんだが、ここのところの螺鈿《らでん》がいけなくなったんで、おれが五十日がかりで繕ったんだ」

小村屋という名は繁次も聞いていた。日本橋本町二丁目の唐物《からもの》商で、長者番付にも載るほどの富豪だという、主人《あるじ》の喜左衛門《きざえもん》は茶人としても名高く、歌、俳諧《はいかい》なども堪《たん》能《のう》だという評判だった。——その厨子は先代の喜左衛門が紀伊家から賜《たま》わったのだが、作られたのはおよそ七百年まえであり、関白《かんぱく》藤原のなにがし家の調度だった。そういう由緒《ゆいしょ》のある品だから外へは出せない、参吉は小村屋へかよって修理をし、終りの七日ばかりは泊りこみでやった、ということであった。

「この青貝の脇を見てくれ」参吉は指で五カ所をさし示した、「これは鈴虫なんだ、ここところに五疋《ひき》いるだろう、それで鈴虫の厨子という名が付いているんだ」

そして漆や蒔絵《まきえ》の図柄や、螺鈿のこまかい技巧について、蚊にくわれるのも知らず、熱をこめた口ぶりで、熱心に説明した。

――やっぱりたいしたやつになったな。

繁次はそう思ってたじろいだ。彼にはその厨子が、そんなに貴重な品かどうか見当もつかない。もちろん実物を見たわけではない、参吉の描いた絵と、その説明を聞いただけであるが、それだけでも実物を見るような感じがした。しかし彼がたじろいだのは、厨子に対する参吉の態度であった。彼のまわりにもずいぶん凝り性な者や、変った性質の者がいる。それは職人かたぎといって、どんな職にも一風変った、名人はだの人間がいるものだ。参吉もそういう一人なのだろうが、それらよりもっと大きな、底の知れない才能、といったものが感じられた。

「いけねえ、饒舌《しゃべ》りすぎた」参吉はふと繁次を見て、苦笑した、「すっかり退屈さしちゃったようだな」

「退屈なもんか、戸惑ってるだけだ」

「七百年か」参吉は絵をたたみながら、独り言のように云った、「――こいつはきっと千年以上も残るぜ」

参吉の凄《すご》いような眼つきを見て、繁次はずっと以前のことを思いだした。

――金なんかいらない、一生貧乏で、たとえ屋根裏で死んでもいい、百年さきまで名の残るような物を作ってみせる。

参吉はそう云ったことがあった。たしか二人とも十三だったろう、仏具屋をやめて「島藤」へはいるまえのことだ。それからまる十年の余も経《た》ち、繁次は忘れていたが、参吉の心の中にはいまでもあのときの火が燃えている。十年以上ものあいだ休みなく燃え続いていたのだろうし、いまではもっと激しくなっているようだ。やっぱり参吉は何万人に一人っていう人間なんだな、と繁次は思った。

その前後から、参吉の家がうまくいっていない、というような噂《うわさ》を聞くようになった。祖父の伴《つ》れこんだ女はおみちといい、もう四十を越していた。はじめ「一年も続くかどうか」といわれたくらいで、こんな裏長屋にはそぐわないようなあだっぽい女だったが、茂兵衛《もへえ》との仲もいいし、四十を越したとは思えないほど、いまでも若わかしいいろけをもっていた。噂のたねはそのおみちで、参吉とあやしいから茂兵衛がやきもちをやくとか、参吉がおみちを追い出そうとしているとか、まったく反対な陰口が弘《ひろ》まっていた。

「茂兵衛さんはもう八十だろう」という者があった、「女のほうは四十を出たといっても、あのとおりいろけたっぷりだからな、おまけに参吉のやつがまたいい男ときてるんだから、無事におさまってくわけがねえや」

「あのひと毎晩のようにせっつくんですってよ」という女房もいた、「それではおじいさんの軀《からだ》がたまらないだろうって、参吉さんが出てゆけがしにするのよ、なにしろおじいさん孝行な子だったものね」

繁次はどっちの噂も信じなかった。

――参吉にはおひさがいる。

あんな女に関心を持つ筈《はず》はない、あいつの頭は仕事のことでいっぱいなんだから。そう思っていた。そのころ繁次はようやく酒の味がわかるようになり、休みの日や、気持のふさぐようなときには、居酒屋とか蕎麦屋《そばや》などで一杯やる癖がついた。飲むといっても一本がいいところで、それを一刻《とき》もかけて舐《な》めるように飲む。たまに二本めを取ったりするが、どうしても半分は残るのであった。

神田川の河岸《かし》のあの居酒屋は馴染《なじみ》のようになった。おつぎという女はもういなかった。繁次の年期が終るちょっとまえにその店をやめてしまい、どこへいったかわからなくなった。おたつという女中の話によると、博奕《ばくち》打ちの男があり、その男といっしょに上方《かみがた》のほうへいったらしい。ということであったが、べつの女中は「からだがわるくなったので故郷《くに》へ帰ったようだ」と云《い》っていた。故郷がどこだかは店の主人も知らず、どっちの話が事実かもわからなかった。——繁次は暫《しばら》く淋《さび》しかった。それほど好きというのではない、初めてのときに感じた、あたたかい劬《いたわ》り、男のような言葉つきの中にあるうら悲しいようなひびきなど、向きあっていると芯《しん》から慰められるように思えた。ほかにも馴染の客が少なくないらしいのに、繁次がゆくとすぐに寄って来て、帰るまで相手をしてくれる。いろ恋とはまったくべつな、姉と弟という感じだったろう。いなくなられたあとも、好きな姉を失った、というふうな気持であった。

九月の十五日の休みに、おひさを芝居へ伴れていってやれ、と母に云われた。

「いやだよ」と繁次は断わった、「みっともなくって、そんなことができるかい」

「なにがみっともないのさ」

「長屋のみんなにへんな眼で見られるじゃねえか」そして殆《ほと》んど呟《つぶや》くように云った、「芝居なら参吉につれてってもらえばいいさ」

「参ちゃんがどうしたって」

「なんでもねえよ」と繁次は云った、「――二三日まえに縫ってた参吉の袷《あわせ》も、ちょうど仕上ったたんじゃねえのか」

母は口をつぐんだ。

三日まえの夜、おひさが縫いかけの袷を持って来て、ひとところどうしてもうまくいかないからと、母の手を借りていた。こりこりするような紬縞《つむぎじま》で、母は針を動かしながら「参吉さんにぴったりの柄じゃないか」と云っていた。繁次は木綿のほかに着たことはないが、参吉は渋い絹物を好んで作った。多くは紬で、色も柄も渋いものだし、光るような生地《きじ》は決して使わないから、絹物といっても、着たところにいやみはなかった。

――酒でも飲むか。

繁次はぼんやりそんなことを思った。

おひさは参吉のもの、と自分でもはっきりきめているのに、おひさが参吉の着物や羽折などを縫っていたりすると、いつものように胸が痛くなる。以前のように耐えがたいというほどではない。いっとき経てば消えてしまうが、その痛みを感じたときの、頼りないような淋しさのほうが、心に残るようになった。

明るいうちから飲みにもゆけず、浅草の奥山へでもいってみようかと思い、着替えをしているところへ参吉が来た。

「ちょっと相談があるんだが」と云って参吉は繁次のようすを見た、「――でかけるのか」

「用じゃあねえんだ、あがってくれ」

「うちへ来てくれないか」と参吉が云った、「ここじゃあ話しにくいんだ」

## 七

参吉はそわそわしていた。いっしょに家へいってみると、老人も女も留守だった。

「茶でも淹《い》れようか」と参吉が云った、「ちょうど湯が沸いてるが」

「どうしたんだい」繁次は不審そうに参吉を見た、「茶だなんて、珍しいことを云うじゃねえか」

「おれだって茶ぐらい淹れるさ、まあ楽にしないか」

「それはおめえのほうだろう」と繁次は云った、「なんだか今日はようすがおかしいじゃねえか、相談てなあなんだ」

「まあとにかく茶を淹れよう」

繁次は口をつぐんだ。

――なにかあったな。

そう思いながら、ふと脇にある机のような物に、片肱《かたひじ》を突いて倚《よ》りかかった。唐草《からくさ》の風呂敷《ふろしき》が掛けてあるからわからないが、倚りかかった感じは机のようであった。

「あ、ちょっと」とすぐに参吉が云った、「そいつはいけねえ、そいつに触るのはよしてくれ」

繁次はすぐにはなれた、「うっかりしてた、机のようだな」

「机じゃあねえんだ、いま見せるよ」

参吉は茶を淹れて来て坐った。

茂兵衛の好みだろうか、小ぶりな茶碗《ちゃわん》も高価な品のようだし、茶の味も繁次には初めての、びっくりするほどうまいものであった。こんな裏長屋などで茶らしい茶を飲む家はない、もちろん高価だということが第一だが、食うことに追われている生活では、おちついて茶をたのしむなどという心のゆとりがなかった。茶といえばふけたような匂《にお》いのする安い番茶で、それを色の出なくなるまで淹れて使うから、白湯《さゆ》を飲むのとさして変りがなかった。

参吉は茶を一と口啜《すす》ると、机のような物に掛けてある風呂敷を取った。

「おれが作ったんだ」と参吉は云った、「――どう思う」

繁次は坐り直した。

二段になっている文台のような道具で、青貝入りの金蒔絵がみごとに仕上っている。下段は四枚の扉があり、中央の二枚が左右に開くのだろう、合わせめに小さな銀の錠前が掛っていた。蒔絵は暗い朱色の地に、金でこまかく秋草が散らしてあり、ところどころに青貝が光っていた。

「たいそうなもんだな」繁次は手を伸ばして、そっとこばを撫《な》でながら云った、「おれなんぞにはよくわからねえが、こりゃあたいそうなもんだ」

「なにか気のつくことはねえか」

「どういうことだ」

「これを見てくれ」参吉は指で、青貝の部分をさし示した、「ここと、ここと、これだ」

「うん」繁次は眼を近づけた、「――虫のようだな」

「鈴虫だよ、忘れちゃったか」

繁次は「鈴虫」と口の中で呟いた。

「いつか絵図を見せたろう」

「ああ」と繁次は云った、「口まで出かかってたんだ、小村屋の文台だったな、たしか」
「厨子《ずし》っていうんだ、鈴虫の厨子だ」
「だっておめえいま、自分で作ったって云やあしなかったか」
「頼まれて写しを作ったんだ」
「へえ」繁次はもういちど熱心に見直した、「そういえば、あのとき見せてもらった絵図とそっくりのようだな、いつのまにやったんだ」
「ふつうなら一年くらいかかるだろうが」と参吉が云った、「おれはまえから早漆といって、漆の重ねかたや乾かしかたのくふうをしていた、まだ誰も知らねえんだが、それでやるとふつうの三分の一で仕上るんだ」
「保《も》ちはどうなんだ」
「これが初めてだから慥《たし》かなことは云えねえが、一年かけてやったのと違いはない筈だ」と参吉は云った、「だがそれはまたのことにして、おまえにひとつ頼みがあるんだ」
「おれにできることか」
「親方に話してもらいてえんだ」参吉はちょっと口ごもった、「指物職《さしもの》だから、とくい先にこういう道具を欲しがっている客はねえか、もしあったら売ってもらいてえと思うんだが」

「わからねえな」と云って繁次はふと眼をあげた、「しかしおめえいま、頼まれて写しを作ったって」

「そうなんだ」と参吉はせきこんで云った、「或《あ》る道具屋から頼まれて、代金までできまってたんだが、その道具屋が急に潰《つぶ》れちまって、おれは金が要るし、途方にくれちゃってるんだ」

繁次はちょっと考えてから訊《き》いた、「値段はどのくらいなんだ」

「道具屋との話では五十両ということだったが、事情が事情だから、現銀なら三十両でいいんだ」

「金はいそぐのか」

「いそぐんだ」と参吉は云った、「じつは嫁を貰《もら》うことになって、いい家《うち》があったもんだから手付けを打ったんだが」

「嫁を貰うって」繁次はどきっとした、胸の中でどきんと音がしたような感じだった、「そうか、そりゃあよかった、そいつはいいや、そういうことならすぐ親方に話してみるが、値段のところがどうなるかな」

「自慢するようだが、これは鈴虫の厨子でとおる品だぜ、時代の色までそっくり写したんだ、腕のいい道具屋なら鈴虫の厨子で、金二百枚には売れるくらいなんだ」

繁次は妙な顔をしたが、「うん」と頷《うなず》いてまた参吉を見た、「――いま家へ手付けを打ったって云ったが、世帯《しょたい》を持つのはここじゃあねえのか」

「ここじゃあまずいんだ、相手の育ちが育ちだからな、いくらなんでも」

「育ちが育ちって」繁次が遮った、「それはどういうことだ」

「それを云わなかったっけ」と云って参吉はてれ隠しに笑った、「初めに云うつもりだったんだが、相手は小村屋の娘なんだ」

繁次は口をあいたが、言葉は出なかった。

「おれがあの厨子の繕いにかよってたことは話したな」と参吉は続けた、「そのあいだずっとその娘、――おすがっていうんだが、茶や八つの世話をずっとしてくれていたんだ、年は十八、縹緻《きりょう》もちょっとずばぬけているが、おっとりした娘で、そうだな、坐《すわ》っていろと云えば一日じゅう坐っている、っていうようなところがあるんだ」

修理にかよっているうちに、この娘を妻に貰えれば、おれは立派な仕事ができると思った。問題は向うが富豪で、こっちが平《ひら》の職人だということだが、しかし蒔絵師《まきえし》としてのおれは、人におくれをとらない腕がある。向うは金、こっちは腕だ。とにかく当ってみろと、まず娘に自分の気持をうちあけた。娘はべつに驚いたようすもなく、あっさり「ええいいわ」と答えた。

「そのへんのおうようなところが、なんとも云えずおすがらしいんだ」と参吉が云った、「それで勇気がついたから、すぐ旦那《だんな》に話してみた、ちょっとごたごたしたが、おすががゆくというので結局はなしがまとまった」

「ちょっと、話の途中だが」と繁次が舌のもつれるような口ぶりで遮った、「そうすると、おひさはどうなるんだ」

参吉は訝《いぶか》しそうな眼をした、「どうなるって、おひさちゃんがどうかしたのか」

「あの子は昔からおめえが好きだった、おめえだって好きだったじゃあねえか、おらあいつも見ていてよく知ってるんだぜ」

「そりゃあ好きなことは好きだったさ、しかし好きだっていうことと夫婦になるならねえってこととは」

「しらばっくれるな」と云ってから繁次は声を抑えた、「おい、おれはこの眼で見たんだぜ、おめえとおれが十九、おひさが十四の年だ、おれの店《たな》へ訪ねて来たおめえは、勝手口の外にある薪小屋《まきごや》のところで、おひさと抱きあってた、どんなふうに抱きあってたか、おれの眼にはいまでもはっきり残ってるんだ、あれが、ただ好きだっていうだけでできることか」

「待ってくれ」参吉は額を横撫でにした、「――うん、覚えてる、思いだしたが、それはおめえの思いすごしだ」

「どこが思いすごしだ」

「おめえの云うとおりおれは十九、おひさちゃんは十四だぜ」と参吉が云った、「好きだというほかになんの気持もありゃあしねえ、子供同志のちょっとしたいたずらで、そのくらいのことは誰にだって覚えがあるだろう」

「ちょっとしたいたずらだって」繁次の顔から血のけがひいた、「あれがちょっとしたいたずらだってえのか、野郎」

繁次は片手で参吉を殴った。参吉の顔がぐらっと揺れたが、避けもせず抵抗もしない。それでさらに繁次は逆上し、とびかかって馬乗りになると、拳《こぶし》で相手の横鬢《よこびん》を殴った。

――いけねえ、またやった。

心のどこかでそう叫ぶ声がし、そこへおひさが駆けこんで来た。

「よして繁ちゃん、危ない」おひさは繁次にしがみついた、「ごしょうだからよして、危ない、よしてちょうだい」

繁次は殴るのをやめ、参吉の眉《まゆ》のところにある（昔の）薄い傷痕《きずあと》を見た。

「穏やかに話そう」と参吉が平べったい声で云った、「近所へみっともねえから」

「繁ちゃん」とおひさが泣き声で云った。

繁次は軀《からだ》をどけ、参吉は起き直って、着物の衿《えり》を合わせた。

「もういい大丈夫だ」と繁次は喘《あえ》ぎながらおひさに云った、「これから男同志で話すことがある、もう乱暴なまねはしねえから、おめえはうちへ帰っててくれ」

## 八

半刻《はんとき》ばかりのち、おひさが晩めしの支度をしていると、勝手の障子をあけて、繁次《しげじ》が覗《のぞ》いた。

「六つが鳴ったら渡し場のところへ来てくれ」と彼は囁《ささや》いた、「話があるんだ」

「六つね」とおひさは頷いた、「いいわ」

繁次は障子を閉めて去った。

おひさが御蔵《おくら》の渡しへいったとき、繁次は河岸っぷちに佇《たたず》んで、暗くなった隅田川の水面を眺めていた。あたりはもうすっかり昏《く》れてしまい、向う岸の灯がまばらに、ちらちらとまたたくように見えた。その渡しは六時が刻限なので、渡し小舎《ごや》も戸を閉めてい、河岸沿いの道にも通る人は殆《ほと》んどなかった。

「ちょっと飲んでいたんだ」おひさを見ると繁次はすぐに云《い》った、「臭かったらはなれていてくれ」

「さきに云っとくわね」おひさは繁次の言葉に構わずそう云った、「あたし悪いけれど、あんたたちの話を聞いちゃったのよ」

「鈴虫の厨子《ずし》のこともか」

「ええ、頼んだ道具屋さんが潰《つぶ》れたってことも」

「あれは贋作《がんさく》だ」と繁次が云った、「写しだと云ったが、道具屋と結託して鈴虫の厨子の偽物《にせもの》を作ったんだ、あいつはもうだめだ、参吉はいい腕を持っているが、その腕のいいのが仇《あだ》になった、いまっから道具屋と組んで、名物の偽作なんぞするようじゃおしまいだ」

「だってあの人、お金が要るんでしょ」

「作りだしたのはそのまえっからだ」と繁次は怒りを抑えかねたように云った、「おめえが帰ってからおらあ云ってやった、そんな無理なことをして嫁に貰ったって、おんば日傘で育った金持の娘に、おめえの稼ぎでやりくりのできるわけがねえ、また贋作、偽物を作るということになるぜって」

「あんたは昔っからあの人が好きだったわ」

「好き以上だ、おれはあいつこそ万人に一人っていう職人になると思ってた」と繁次は云った、「――人間てもなあわからねえ、おらああいつを、おれなんぞとは段違いなやつ、いまに必ず偉くなるやつだと信じこみ、あいつがおれの友達だっていうことが自慢だった、あいつのためならどんなことをしてもいいと思い、……云っちまうが、おめえのことさえ諦《あきら》めたくらいなんだぜ」

「知ってるわ」とおひさが囁き声で云った、「あたし知ってたのよ」

繁次は顔をそむけ、おひさからはなれて、河岸《かし》っぷちを石垣すれすれに五六歩ゆき、そこで川のほうに背を向けてしゃがんだ。――男が二人、御蔵のほうから高ごえに話しながら来、繁次とおひさを認めたのだろう、通り過ぎてゆきながら、「ようおたのしみ」と云った。どうやら酔っているらしかったが、それ以上からかうようすもなく、はずんだ声で話しながら去っていった。

――おたのしみ、か。

繁次は強く奥歯を嚙《か》み合せた。

――ここで蟹《かに》を捕ってやったことがあったっけな。

おひさがこっちへ歩み寄って来た。

「あたし繁次さんが好きだったわ」とおひさは低い声で云った、「こんな小さいじぶんから、ずっとあんたが好きだったわ、そのことを知ってもらおうと思って、ずいぶん小さい知恵をしぼったのよ、——でもあんたは勘づいてはくれなかった、あんたは一人ぎめに、あたしが参吉さんを想《おも》ってるって、自分だけで思いこんでいたわ、あたしが口やそぶりで、どんなにそうじゃないってことを知らせようとしても、あんたは気づいてもくれなかったのよ」

繁次はしゃがんだまま、両手を固く握り合せ、それを額へぐいと押しつけた。

「それがほんとなら」と繁次はよく聞きとれない声で云った、「——いや、いまでもそう思っていてくれるのか」

おひさは答えなかった。呼吸五つほど数えても答えのないことで、繁次にはおひさの気持がおよそわかった。

「参吉はもうだめだぜ」と繁次が云った、「あいつは小村屋の娘を貰うだろう、だが、それも長続きはしないだろうし、職人としても立ち直ることはできやしないぜ」

「だめなことはあたしも同じよ」とおひさが云った、「——薪小屋の前であの人に抱かれたとき、あたし、これが繁ちゃんなら、って思ったわ、あんなふうに抱かれるなんて夢にも思わなかったし、抱かれるとすぐに、これが繁ちゃんだったらいいのにって思った、おかしいようだけれど、いまでもそのことは覚えているのよ」

「おれには、とても」と繁次が口の中で呟《つぶや》いた、「とてもそんな勇気はありゃあしねえ、けれどもおれは」

「いいえだめ、もうだめなの」おひさはそっとかぶりを振り、なんの感情もない声で遮った、「繁次さんがあたしのこと、あの人が好きだと思いこんで、いつまでもそう思いこんでいるのを見ているうちに、あたしあの人のことが本当に好きになってしまったの」

「しかしおめえもわかっている筈《はず》だ」

「あんたが悪いのよ」むしろ明るい口ぶりでおひさが云った、「こんなにあの人のことが忘れられなくなったのは、あんたのせいよ、――あたしもうだめなの、本当にだめなのよ」

繁次は黙った。おひさも口をつぐんだ。

「あたしわかってるわ」とおひさがやがて云った、「あんたの云うとおり、あの人は小村屋からおかみさんを貰っても、きっと長続きはしないでしょ、そればかりじゃない、男のあんたにはわからないようだけれど、あの人はいまがゆき止りよ、万人に一人なもんですか、女には女の勘があって、男のことは案外よく見えるものよ、あの人はもうゆき止りだわ、これからはただ落ちるだけよ」

繁次がきっと振向いた。すると、おひさはなにかを避けるように、繁次の顔をみつめながらあとじさりをした。

「あんたは仕合せになれるわ」あとじさりをしながらおひさが云った、「うちの町内にだって二人も、あんたのことを好きな人がいるわ、もうすぐあんたは店を持つんだし、どんないいおかみさんだって貰える、あんたはきっと仕合せになれてよ」

おひさはついに泣かなかったし、泣き声も出さなかった。

九

「どうしたの」と女が云った、「ちっともあがらないじゃないの、お口に合わないんですか」

「おめえに一ついこう」

「あたしだめなの」と女が云った、「このうちはやかましいのよ」

繁次は盃《さかずき》を出し、女は酌《しゃく》をした。

――本所らしいな、ここは。

彼は注がれた盃を持ったまま、店の中を眺めまわした。天床に八間《はちけん》が二つ、木口の新しい、小ぎれいな店の造りを明るく照らしている。白磨《しろみが》きのがっちりした飯台が四つ、二列に並べてあり、腰掛も樽《たる》ではなく、よく枯らした杉の厚い板で、一人ずつ座《ざ》蒲団《ぶとん》が置いてあった。もうおそいのだろう、客はまばらで、板場へ通じる暖簾《のれん》の奥も静かになっていた。

「ここは本所か」と繁次が訊いた。

「その次はあたしの名でしょ」と女は云った、「あたしおきぬ、どうぞごひいきに」

「本所のどのへんだ」

そのとき向うで「きぬちゃん」と呼んだ。三人の客の相手をしていた女中である、おきぬは「ちょっと待ってね」と云って、そちらへ立っていった。

繁次は盃を口へ持っていったが、眉《まゆ》をしかめて口からはなした。

「本所のどこだろう」彼は自分の考えをそっちへそらすように呟いた、「――あれから一軒、二軒、ここが四軒めだな」

盃を持つ手がふらふらし、盃の酒がこぼれた。繁次は肱《ひじ》を突いた左の手で顔を支え、なにかを耐え忍ぶように唇を嚙んだ。

「――落葉に雨の音を聞く」

三人伴《づ》れの向うの客の一人が、いい声でうたいだし、その伴れがやじを入れたので、唄《うた》はそれっきり聞えなくなった。

「なつかしいな」繁次は眼をつむった、「あの人はおつぎといったっけ、――もうすぐよって、こういう気持がわかるようになるには、学問も金もいらないからねって」そうだ、学問もいらず金をかけなくっても、いつかはみんなそういう気持を味わうときが来るんだ。いまから思うと、おれはもうあのとき、ああいう気持がわかっていたらしい、だからあの唄ばかりうたってたんだ。へ、だらしのねえやつだ、と彼は思った。

「もう忘れちゃったなあ」繁次は眼をつむったまま、さぐりさぐり、口の中で低くうたいだした、「――落葉に雨の音を聞く、隣りは恋のむつごとや……」

彼はつむった眼にぎゅっと力をいれた。

「あたしその唄だい好きよ」と女が云った、「あとを聞かして」

女が戻って来たのを知らなかったので、繁次は吃驚《びっくり》し、盃の酒をまたこぼした。女は布巾《ふきん》で台の上を拭《ふ》き、燗《かん》徳利を取りあげた。

「あらいやだ」とおきぬが云った、「ちっとも減らないじゃないの、どうなすったの」

「この唄を知ってるのか」と繁次が訊《き》いた。

「文句はよく知らないのよ、でも好きな唄だわ」とおきぬが云った、「はいお酌、――冷たいわね、お燗を直して来ましょうか」

「それより水を貰《もら》いてえな」

「おひやね、はい」おきぬは立っていった。

あとの文句はうたわないほうがいい、とおつぎが云った。あとの切れているほうが情が残るようだって、と繁次は思った。

おきぬが湯呑《ゆのみ》に水を持って来た。彼は一と息に飲みほそうとして噎《む》せ、激しく咳《せ》きこんだ。

「勘定」と彼は呟きながら云った。

「いまのあとを聞かしてくれないの」

「この次だ」と彼は云った、「こんど来たときにな」

「きっとよ、きっといらしってね」

「きっと来るよ」と彼は頷いた。

勘定をして外へ出ると、街はひっそりとしていて、辻《つじ》灯台のほかには一つの灯も見えず、かなり強い風が吹いていた。繁次は立停って、左右を見まわした。

「どっちへゆくんだ」まっ暗な街を眺めながら、彼は途方にくれたように呟いた、

「――これからどっちへいったらいいんだ」

（「小説新潮」昭和三十四年十月号）

# 解説

木村久邇典《きむらくにのり》

山本周五郎氏は、文壇においては〝地味〟な作家のひとりである。たとえば、谷崎《たにざき》潤一郎《じゅんいちろう》、志賀直哉《しがなおや》、武者小路実篤《むしゃのこうじさねあつ》、川端康成《かわばたやすなり》氏らが正月作家とよばれるならば、山本氏はあきらかに歳末作家に属する……といったふうな分類が、この作者についての通念になっているようであります。これは氏が、つねに強い人間よりも弱い人々、富裕な人士よりも貧困のドン底にあえぐ人々、日の当る場所に居る選民よりは、縁の下の力持の役割を黙々としてにないつづける最大多数のひとびとの側において、ともに苦しみ傷つき、そのなかから生きる喜びを模索しようとする立場を堅持していることも手伝って、氏の作風が実作以上に〝地味〟であると考えられているような傾向が、いくぶんあるからなのではないでしょうか。

持込まれたあらゆる文学賞を固辞し、文壇人とはつきあわず、一切の趣味道楽をもたずに文学ひとすじを追求してきた山本氏の態度は、むしろそれが文学者として本来の姿であるにかかわらず、近来とみに〝有名人〟化してショーマン的になった大方の文壇人の在りかたからすれば、一種の偏屈人ともみなされ、アウトサイダーともとられる要因につながっていたといえないこともありますまい。

そこで、新潮文庫に収録されることになった山本氏の短編集では、大雑把《おおざっぱ》ではありますが、これまで作者が短編小説で企てたいろいろなこころみを分類し、各分野から数作をえらんで一冊の本にまとめるという編纂《へんさん》方法をとってみました。すなわち、この文庫の短編集をひもとけば、氏の作品のさまざまなジャンルが、おおまかではあるが、読者の眼前にただちに展開するようにと企図したのであります。

各編とも、ギリギリに圧縮された重厚な文体、逆目《さかめ》ひとつないノミのさばき、さらにもまして尋常ならざるテーマの選択。そしてこれだけはどうしても書かずにいられないという文学者の基本的な使命感――とでもいうべきものが、一作ごとに横溢《おういつ》しており、山本氏がこんにちたぐい稀《まれ》な短編小説の名手であることを、まぎれもなく実証しているのであります。これらのこころみにおいて、作者が表現の過剰を極度にひきしめながら、細心簡潔に語り訴えた内容のオリジナルな豊富さ多様さは、〝地味〟であるどころか、真正面から文学の本道を貫いていて、まことに〝絢爛《けんらん》〟と評して過言ではない。と同時に、その絢爛さは、うわべだけのケバケバしさでなく、氏一流の深く沈潜した花やかさであることも見逃がしてはならない。まさに一読三嘆すべき氏の才華が、この短編集に開花しているかの観を禁じ得ないのであります。

山本周五郎氏が、中堅作家の地歩を固めたのは、ちょうど日本が満州事変から第二次世界大戦に突入した戦争時代にあたっており、戦時下のきびしい物資統制のために雑誌の強制的な統廃合がおこなわれて、存続した雑誌にも極端な紙数の圧縮が余儀なくされました。したがって、山本氏のみならず、この時代に登場した作家には、一様に圧搾《あっさく》された短編小説が要請されるという一時期が、用紙事情の窮屈だった終戦後数年にまでわたってつづいたわけであります。山本氏はこうした時代の制約を、みずからの行文を能《あた》うかぎり簡潔に省略して練りきたえるという努力を積重ねることで逆に活用し、それまでの山本ぶしから脱出してこんにち独特の文体をつくるモトを地道に研鑽《けんさん》したのでした。

アンドレ・ジッドの言葉をつぎに書きそえることは、この場合、決しておおげさな引用ではないはずです。『大芸術家とは、束縛に鼓舞され、障害が踏切台となる者であります。ミケランジェロがモオゼの窮屈な姿を考えだしたのは、大理石の不足によるものだといいます。アイスキュロスは舞台上で同時に用いうる声の数が限られている事によって、そこで止《や》むなく、コオカサスに鎖《つな》ぐプロメトイスの沈黙を発明しました。ギリシァは琴に絃《げん》を一本つけ加えた者を追放しました。芸術は束縛より生れ、闘争に生き、自由に死ぬのであります』

「おたふく」（昭和二十四年、講談雑誌四月号）「妹の縁談」「湯治」と共に三部作をなす小説です。戦前まで武家を主題とした作品の多かった作者は二十一年に「柳橋物語」を問うて以来、次第に江戸の下町を背景とする庶民の哀歓を扱った作品を発表するようになりました。「おたふく」はおそらく作者が、〝下町もの〟に確たる成算を得たという意味で重要な地位を占める小説であります。自分たちはおたふくであると決めこんでしまっている底ぬけに明るく情味ゆたかな、おしずとおたか姉妹を通じて人間の限りない善意がここに示されています。

「こんち午《うま》の日」（昭和三十一年、オール読物三月号）下町の豆腐屋の婿《むこ》になった塚次《つかじ》が、家出をした不良娘のおすぎやならず者の情人に妨害されながらも、健気《けなげ》に家業をたて養父母を守ってゆくという話であります。これは決して古風な義理人情だけをうたったのでなく、現に作者が身辺で見聞し、現実にあった出来事を小説化したものです。その気になればこうした事例は、われわれの周囲にいくらでも発見することができる。——何気なしに看過《みす》ごしてしまうひとは、自分だけが小市民生活の幸福にひたって他を顧みず、本当の人生に対決することのない気の毒なひとたちだと訴えているのであります。

山本氏は、よしんばしがなくはあっても、おのれの職業への片すみの誇りをうたったいくつかの作品を書いています。「こんち午の日」の豆腐に打込む塚次もそうであれば、「ちゃん」（昭和三十三年、週刊朝日別冊）で登場する五桐火鉢《ごとうひばち》の職人重吉も同様であります。裏長屋の人々の善意、重吉をいたわる家族の純朴《じゅんぼく》さもさることながら、断固としてインチキな安物をつくることはできない、と意地をはる飲んべえ重吉のなかに、しがないからこそ自分の職業により深い愛着を見出《みいだ》す働き人の、本能ともいってもよい職業意識がみごとに描きつくされています。下町ものは「ちゃん」に至って氏の独壇場の感があります。

「落葉の隣り」（昭和三十四年、小説新潮十月号）これも〝下町もの〟の代表的作品で、おひさと繁次《しげじ》と参吉とのデリケートな感情の交流と乖離《かいり》を扱った精緻《せいち》な小説であります。おひさは繁次を想《おも》っていた。繁次はおひさを想っていた、だが、繁次はおひさの想っているのは参吉であろうと信じ、そのために却《かえ》って引込み思案になっているのであります。それを歯がゆく感じたおひさは参吉と口づけしたりする。繁次はますます悩み、おひさに消極的な態度になります。やがて参吉が贋作《がんさく》などをやる腐った職人だと分っても、おひさはそのときもう参吉に離れられないものを感じてしまっている——。理屈では割切ることのできないかなしく微妙な女性の愛情を浮彫りにして、人生の不可思議な断面を確実にとらえているのであります。「なんの花か薫る」（昭和三十一年、週刊朝日増刊号）この小説は「夜の辛夷《こぶし》」「ほたる放生《ほうじょう》」などとともに、プロスティテュートが主人公になっている〝岡場所《おかばしょ》もの〟とも称される作品であります。客に惚《ほ》れてはいけない、とことごとに教えられてきた娼妓《しょうぎ》のお新は、それはわかっているつもりで、房之助《ふさのすけ》という若い侍を愛するようになり、教えを垂れた菊次をはじめ同輩の妓《おんな》や抱え主までが、後押しして彼女の幸福を実現させようとするのですが、最後に晴れやかな表情で、「おれの出世を祝ってくれ」といって現れた房之助は、二年ごしの許婚《いいなずけ》との内祝言《ないしゅうげん》の盃《さかずき》も済ませた、というのです。心憎いばかり完璧《かんぺき》な短編であります。作者はこの作品でも、心理描写はつとめてさけ、会話と動作の簡潔な描写だけで、あふれるような余情を与えているのであります。「ひやめし物語」（昭和二十二年、講談雑誌四月号）「おしゃべり物語」「思い違い物語」「彦左衛門《ひこざえもん》外記」などともに作者の〝滑稽《こっけい》もの〟に属する作品です。真の意味でのユーモア作家はこの国ではまことにすくない。氏がその意味でも貴重なユーモア小説の書き手であることを、この作品からもうかがうことができると思います。

「牛」（昭和三十二年、オール読物七月号）作者の〝平安朝もの〟のひとつであります。その豊富なボキャブラリー、華麗な様式美、楽譜を散文化したかのようなリズム、氏の才能のゆたかさが遺憾なく発揮された注目すべき創作です。

「山椿《やまつばき》」（昭和二十三年、講談雑誌三月号）これは〝武家もの〟に属する小説です。主馬《しゅめ》と祝言した新妻のきぬには心にきめた良三郎という青年がありました。主馬はきぬが自害したことにして寺に預け、良三郎を自分の配下にします。――そしてきぬと彼を引合わせることになった二年後、怠惰なスネ者にすぎなかった良三郎はかつてきぬが高く評価していた以上の有能な青年に生れかわっていたのです。人間の真情がどんなに駄目な人間をも変質させることのすばらしさを、作者はしずかに感動的に訴えているのであります。

「大炊介《おおいのすけ》始末」（昭和三十年、オール読物二月号）〝武家もの〟のなかでもきわめて高い水準をしめす作品です。自分の出生の秘密を知った大炊介が、それまでの藩の衆望を故意にうらぎらねばならなかった悲劇を描いた小説で、血よりも強くつながる養父との父子の情や、親友こさぶとの交情が、特異なシチュエーションをこえて、よく一般性をもって読者に迫るのであります。これは登場人物の性格の把握がしっかりしていること、そしていかなる性格にも普遍妥当性を与えようとする山本氏の努力が成果をあげているからにほかなりません。

「よじょう」(昭和二十七年、週刊朝日増刊号)これも武家ものにかぞえられる作品ですが、そういうタイトルはぬきにして、作者後半期のあたらしい展開軸になった意義ぶかい小説です。というのは、氏の十数年来のこころみが、この作品において見事な成功をおさめたからであります。作者はラベルの名曲「ダフネとクロエ」が、単純な数小節のテーマ・メロディーを変化させることだけで華麗な交響詩となっていることに気づき、その手法を散文に生かしてみよう、と思いたったのでした。

それはどのように生かされたか?

〝川の水は光っていた、流れながら光っていた。〟〝彼はそれを眺めていた。しょんぼりと立って、ながいこと眺めていた。〟〝彼は好きでやくざになったのではなかった。今でも好きではなかった。〟〝角さんは弱い人間にはやさしかった。岩太のような者には特にやさしかった。〟〝つい昨日《きのう》までそんなだった、つい昨日まで——。〟〝乞食《こじき》になるということも、簡単ではない、誰にでもおいそれとなれるものではなかった。乞食になるには、それだけの踏ん切りがなければならなかった。勇気がなければならなかった。乞食になるということは、きりっとした勇気のある証拠かもしれなかった。〟

山本周五郎氏の粘りのある文体は、ここに確立されたのであります。けっして上《うわ》っ面《つら》を流れ奔《はし》ることなく、一行一行、読者に食いこんでゆく量感は、ここで一段の重みを加えました。この手法を獲得することによって、氏は、氏の内部の革命を果したばかりでなく、日本語でこんにちの欧米の一流の小説と比肩しうる作品を生みだす契機を、しっかりとおのれのものにすることができたのであります。

(昭和四十年一月、文芸評論家)

# 表記について

新潮文庫の文字表記については、原文を尊重するという見地に立ち、次のように方針を定めました。

一、旧仮名づかいで書かれた口語文の作品は、新仮名づかいに改める。
二、文語文の作品は旧仮名づかいのままとする。
三、旧字体で書かれているものは、原則として新字体に改める。
四、難読と思われる語には振仮名をつける。

なお本作品集中には、今日の観点からみると差別的表現ととられかねない箇所が散見しますが、著者自身に差別的意図はなく、作品自体のもつ文学性ならびに芸術性、また著者がすでに故人であるという事情に鑑み、原文どおりとしました。

（新潮文庫編集部）

# 大《おお》炊《いの》介《すけ》始《し》末《まつ》

新潮文庫　や-2-7

昭和四十年一月三十日　発行
平成十五年二月二十五日　六十二刷改版
平成二十二年八月二十日　六十九刷

著者　山《やま》本《もと》周《しゅう》五《ご》郎《ろう》

発行者　佐藤隆信

発行所　株式会社　新潮社

郵便番号　一六二—八七一一
東京都新宿区矢来町七一
電話　編集部(〇三)三二六六—五四四〇
読者係(〇三)三二六六—五一一一
http://www.shinchosha.co.jp

価格はカバーに表示してあります。

乱丁・落丁本は、ご面倒ですが小社読者係宛ご送付ください。送料小社負担にてお取替えいたします。

印刷・錦明印刷株式会社　製本・錦明印刷株式会社



ISBN978-4-10-113407-9 C0193